O JULGAMENTO DE MIRACLE CREEK

O JULGAMENTO DE MIRACLE CREEK

ANGIE KIM

Tradução
Mariana Serpa

TRAMA

Título original: *Miracle Creek*
Copyright © 2019 by Angela Suyeon Kim
Lista de personagens copyright © 2020 by Angela Suyeon Kim

Direitos de edição da obra em língua portuguesa no Brasil adquiridos pela Trama, selo da Editora Nova Fronteira Participações S.A. Todos os direitos reservados. Nenhuma parte desta obra pode ser apropriada e estocada em sistema de banco de dados ou processo similar, em qualquer forma ou meio, seja eletrônico, de fotocópia, gravação etc., sem a permissão do detentor do copirraite.

Editora Nova Fronteira Participações S.A.
Rua Candelária, 60 — 7.º andar — Centro — 20091-020
Rio de Janeiro — RJ — Brasil
Tel.: (21) 3882-8200

Dados Internacionais de Catalogação na Publicação (CIP)
(Câmara Brasileira do Livro, SP, Brasil)

Kim, Angie
    O julgamento de Miracle Creek / Angie Kim ; tradução Mariana Serpa. – 1. ed. – Rio de Janeiro : Trama, 2021.
    400 p.

    Título original: *Miracle Creek*
    ISBN: 978-65-89132-18-9

    1. Romance inglês I. Título.

21-69618   CDD-823

Índices para catálogo sistemático:

1. Romances : Literatura inglesa 823

Aline Graziele Benitez – Bibliotecária – CRB-1/3129

www.editoratrama.com.br

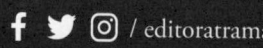 / editoratrama

Para Jim, sempre,
e
Para Um-ma e Ap-bah,
por todo o seu amor e sacrifício

LISTA DE PERSONAGENS

Proprietários do Miracle Submarine

Família Yoo

Pak Yoo, imigrante coreano e técnico certificado do Miracle Submarine LLC, uma câmara para terapia de oxigenação hiperbárica na cidade de Miracle Creek, estado da Virgínia

Young, esposa de Pak e coproprietária do Miracle Submarine

Mary, filha única do casal

Pacientes do Miracle Submarine

Família Thompson/Cho

Matt Thompson, radiologista e primeiro paciente do Miracle Submarine, em tratamento para infertilidade

Janine Cho, sua esposa, clínica e conselheira médica do Miracle Submarine

Sr. e sra. Cho, pais de Janine, amigos da família Yoo e investidores do Miracle Submarine

Família Ward

Elizabeth, dona de casa divorciada e antiga contadora

Henry, filho único de Elizabeth, em tratamento para autismo, TDAH e TOC

Victor, ex-marido de Elizabeth e pai de Henry

Família Santiago

Teresa, dona de casa divorciada

Rosa, filha adolescente de Teresa, em tratamento para paralisia cerebral

Carlos, filho mais novo de Teresa

Família Kozlowski

Kitt, dona de casa casada e mãe de cinco filhos

TJ, seu caçula e único menino, em tratamento para autismo; autista não verbal

Participantes do julgamento

Honorável Frederick Carleton III, juiz

Abraham Patterley (Abe), promotor

Shannon Haug, advogada de defesa

Anna e Andrew, sócios de Shannon e membros da equipe de defesa

Steve Pierson, especialista em incêndios criminosos e detetive de polícia

Morgan Heights, detetive de polícia e investigadora ligada ao Serviço de Proteção à Criança

oxigenação hiperbárica: administração de oxigênio a uma pressão atmosférica superior. Esse procedimento é realizado em câmaras especialmente projetadas, que permitem a liberação de 100% de oxigênio a uma pressão atmosférica três vezes maior que a normal [...]. Os fatores limitantes ao uso da oxigenação hiperbárica incluem os riscos de incêndio e descompressão explosiva [...]. Também chamada de *oxigenoterapia hiperbárica*.

— *Dicionário médico Mosby, 9ª edição (2013)*

O INCIDENTE

Miracle Creek, Virgínia
Terça-feira, 26 de agosto de 2008

Meu marido me pediu para mentir. Não era uma mentira importante. Talvez ele nem considerasse mentira, e, a princípio, eu também não considerei. Na verdade, não era nada de mais. A polícia tinha acabado de liberar as manifestantes, e ele pediu que eu me sentasse no lugar dele, enquanto ele ia dar uma olhada para ver se elas não estavam retornando. Rendê-lo, como colegas de trabalho fazem uns pelos outros o tempo todo, como nós mesmos costumávamos fazer no mercado, enquanto eu comia, enquanto ele fumava. Ao me sentar, porém, esbarrei na mesa, e o certificado acima dela entortou um pouco, como se para me lembrar de que aquilo não era normal, de que havia uma razão pela qual ele nunca me deixara responsável por aquilo antes.

Pak se debruçou para ajeitar a moldura, os olhos fixos na caligrafia em inglês: *Pak Yoo, Miracle Submarine LLC, Técnico Hiperbárico Certificado.*

— Está tudo certo — disse ele, os olhos ainda no certificado, como se falasse com *ele*, não comigo. — Os pacientes estão selados, o oxigênio está ligado. É só você ficar sentada aí. — Ele me olhou. — Só isso.

Eu encarei os controles, os botões e interruptores pouco familiares da câmara, que no último mês havíamos pintado de azul-bebê e posicionado no galpão.

— E se os pacientes me chamarem pelo interfone? — perguntei. — Eu digo que você volta logo, mas...

— Não, eles não podem saber que eu saí. Se alguém perguntar, estou aqui. Estive aqui o tempo todo.

— Mas, e se alguma coisa der errado? E se...

— O que pode dar errado? — indagou Pak, em tom de ordem. — Eu já volto, e ninguém vai te chamar no interfone. Não vai acontecer nada.

Ele saiu andando, como se para encerrar o assunto. Na porta, porém, olhou de volta para mim.

— Não vai acontecer nada — repetiu, num tom mais suave. Parecia uma súplica.

A porta do galpão se fechou com um baque, e eu quis gritar que ele estava louco de achar que nada daria errado aquele dia, entre todos os dias, quando tanta coisa já tinha dado errado — as manifestantes, o plano de sabotagem, a consequente interrupção da eletricidade, a polícia. Será que ele achava que já tinha acontecido muita coisa, que nada pior poderia acontecer? Só que a vida não funciona dessa forma. Tragédias não são capazes de evitar a chegada de novas tragédias, e o azar nunca vem dividido em proporções iguais; as desgraças são atiradas na nossa direção aos montes, de forma desordenada e incontrolável. Como é que ele não sabia disso, depois de tudo por que passamos?

Das 20h02 às 20h14, permaneci sentada, não disse nada, não fiz nada, como ele mandou. Meu rosto estava empapado de suor, e eu pensava nos seis pacientes trancados, sem ar-condicionado (o gerador comportava apenas a pressurização, o oxigênio e os interfones), e agradeci a Deus pelo aparelho de DVD portátil para acalmar as crianças. Repeti para mim mesma que deveria confiar no meu marido, então aguardei, conferindo o relógio, a porta, o relógio outra vez, rezando para que ele voltasse (ele *tinha* que voltar!) antes que o Barney terminasse e os pacientes pedissem outro DVD. Assim que a última música do programa começou, meu telefone tocou. Era Pak.

— Elas ainda estão aqui — sussurrou ele. — Eu vou precisar montar guarda, para garantir que não tentem nada outra vez. Você vai ter que desligar o oxigênio quando a sessão acabar. Está vendo o botão?

— Estou, mas...

— Gire até o fim no sentido anti-horário e aperte com força. Bote um alarme, para não esquecer. Às 20h20, pelo relógio na parede — disse ele, desligando em seguida.

Toquei o botão que marcava o oxigênio, de metal descolorido, o tom exato da torneira barulhenta de nosso antigo apartamento em Seul. Fiquei surpresa ao sentir quanto estava frio. Acertei meu relógio segundo o da parede, marquei o alarme para as 20h20. Naquele instante, enquanto estava prestes a pressionar a pequena saliência do botão que ativava o alarme, — neste momento a bateria do DVD acabou, e eu baixei a mão, assustada.

Penso bastante sobre esse momento. As mortes, a paralisia, o julgamento — será que tudo isso teria sido evitado se eu tivesse apertado o botão? É estranho, eu sei, que minha mente continue retornando a esse lapso em particular, considerando os erros maiores e mais dignos de culpa que cometi naquela noite. Talvez seja exatamente o tamanho, a aparente insignificância, que o torne tão poderoso e suscite tantos "e se". E se eu não tivesse me distraído com o DVD? E se eu tivesse movido o dedo um microssegundo mais depressa e conseguido acionar o alarme *antes* que o DVD parasse no meio da música? *Amo você, você me ama, somos uma fa-mí-lia fe-l—*

O vazio daquele momento, a categórica, densa e opressiva ausência de som — isso tudo me pressionava, me espremia por todos os lados. Quando o som enfim veio — um *toc-toc-toc* de dedos na janela, do interior da câmara —, eu me senti quase aliviada. Mas o barulho aumentou, passando a ser o de punhos socando o vidro em uma cadência que só podia significar *Me tira daqui!*, o som se intensificando mais e mais a cada momento. Foi então que percebi: só podia ser TJ batendo a cabeça contra a câmara. TJ, o garoto autista que adorava Barney, o dinossauro roxo, o menininho que correu para mim quando nos conhecemos e me abraçou com força. Sua mãe tinha ficado impressionada, contou que ele nunca abraçava ninguém (TJ odiava que tocassem nele), que talvez fosse a minha camiseta com o mesmíssimo tom de roxo do Barney. Desde aquele dia, passei a usar a mesma camiseta; lavava à mão, todas as noites, e a vestia para as sessões de TJ, e todo dia ele me abraçava. Todo mundo me achava muito legal, mas na verdade eu fazia aquilo por *mim*, porque amava o jeitinho com que ele me abraçava — o mesmo jeitinho de minha filha, antes que começasse a se esquivar dos meus abraços. Eu adorava beijar a cabecinha de TJ, sentir as cócegas de seus cabelinhos ruivos em meus lábios. Agora, esse menino, cujos abraços eu tanto aprecio, está batendo a cabeça contra uma parede de aço.

Ele não era louco. A mãe de TJ havia explicado que ele sofria de dores crônicas por conta de uma inflamação intestinal, só que ele não fala e, quando a dor aperta, TJ faz a única coisa capaz de aliviá-la: bate a cabeça, usando a nova dor, mais aguda, para atenuar a primeira. É como sentir uma coceira insuportável e arranhar a pele a ponto de sangrar, sentindo uma dor deliciosa, só que multiplicada por cem. Certa vez, ela me contou, TJ enfiou a cabeça numa janela. Aquilo me atormentou, a ideia daquele garotinho de oito anos sentindo uma dor tão forte que era preciso bater a cabeça contra uma parede de aço.

E o som dessa dor... as pancadas incessantes. A persistência, a insistência crescente. Cada pancada disparava vibrações que reverberavam e iam ganhando corpo, forma, massa. Iam penetrando em mim. Eu sentia a coisa ribombando em minha pele, revirando minhas entranhas e exigindo que meu coração batesse no mesmo ritmo, mais forte, mais depressa.

Eu precisava interromper aquilo. Essa é a minha justificativa. Para ter saído correndo do galpão e deixado seis pessoas presas numa câmara fechada. Eu queria fazer a despressurização e abrir a porta, tirar TJ de lá, mas não sabia como. Além do mais, quando o interfone tocou, a mãe de TJ me implorou (ou melhor, implorou a Pak) que não interrompesse o mergulho, que ela o acalmaria, mas, por favor, pelo amor de Deus, troque as pilhas e reinicie o DVD do Barney *agora*! Havia pilhas na nossa casa, em algum canto, na porta ao lado, uma corridinha de vinte segundos, e ainda faltavam cinco minutos até eu precisar desligar o oxigênio. Então, saí.

— Vamos trocar as pilhas — falei, cobrindo a boca para abafar a voz, imitando o tom grave e o sotaque forte de Pak. — Só um minutinho.

E saí correndo.

A porta da nossa casa estava entreaberta, e senti uma pontada de esperança de que Mary estivesse lá, dando uma limpeza, como eu havia mandado, e de que, por fim, algo daria certo naquele dia. Quando entrei, ela não estava. Eu me vi só, sem a menor ideia de onde estavam as pilhas e sem ninguém para me ajudar a procurar. Era o que eu esperava desde o início, mas aquele instante de esperança fora suficiente para que minhas expectativas subissem ao céu, então desabassem no chão. *Calma*, disse a mim mesma, e comecei a vasculhar o grande armário de aço que usávamos como despensa. Casacos. Manuais. Fios. Nada de pilhas. Quando bati a porta, o armário bamboleou, e o metal frágil fez uma barulheira, como um eco das pancadas de TJ. Visualizei sua cabeça batendo no aço, abrindo feito melão maduro.

Balancei a cabeça para afastar o pensamento.

— Meh-hee-yah — falei. O nome coreano de Mary, que ela odeia. Sem resposta. Eu sabia que não haveria, mas mesmo assim fiquei enfurecida. — Meh-hee-yah! — gritei de novo, mais alto, esticando as sílabas para que arranhassem minha garganta, precisando daquela dor para afastar os ecos das pancadas de TJ que ainda ribombavam em meus ouvidos.

Vasculhei o resto da casa, caixa por caixa. A cada segundo que passava sem achar as pilhas, minha frustração crescia, e eu pensei em nossa briga naquela manhã, eu dizendo que ela precisava ajudar mais — ela tinha 17 anos! —, Mary se afastando sem dizer uma palavra. Pensei em Pak tomando as dores dela, como sempre. ("Não largamos tudo e viemos para os Estados Unidos para nossa filha cozinhar e limpar", ele sempre diz. "Não, essa função é minha", sinto vontade de responder. Mas nunca respondo.) Pensei em Mary revirando os olhos, de fones nos ouvidos, fingindo não me escutar. Qualquer coisa que alimentasse minha raiva, que ocupasse minha mente e me distraísse das pancadas. A raiva que sentia de minha filha era reconfortante e familiar, como um cobertor velho. Transformava o pânico numa leve ansiedade.

Cheguei à caixa do cantinho onde Mary dormia; abri as abas com força e joguei tudo no chão. Tralhas de adolescente: ingressos rasgados de filmes que eu nunca tinha visto, fotografias de amigos que eu não conhecia, uma pilha de bilhetes, o de cima em um rabisco apressado. *Fiquei esperando você. Quem sabe amanhã?*

Eu queria gritar. Onde estavam as pilhas? (E, lá no fundo da mente: de quem era o bilhete? De um garoto? Esperou para quê?) No mesmo instante, meu telefone tocou — Pak outra vez —, então vi 20h22 na tela e lembrei. O alarme. O oxigênio.

Quando atendi, quis explicar que não havia desligado o oxigênio, mas que já estava a caminho, e que estava tudo sob controle, às vezes ele deixava o oxigênio ligado por mais de uma hora, certo? Minhas palavras, no entanto, saíram diferentes. Feito vômito — de uma rajada só, incontroláveis.

— A Mary sumiu — falei. — A gente faz tudo isso por ela, mas ela nunca está em casa, e eu preciso dela, preciso que ela me ajude a encontrar as pilhas para o DVD antes que TJ arrebente a própria cabeça.

— Você sempre pensa o pior dela, mas Mary está aqui, me ajudando — respondeu ele. — As pilhas estão debaixo da pia, mas é melhor não deixar os pacientes sozinhos. Vou mandar Mary buscar. Mary, vá até lá agora. Leve quatro pilhas grandes para o galpão. Eu vou em um minu…

Eu desliguei. Às vezes, é melhor não dizer nada.

Corri até a pia da cozinha. As pilhas estavam onde ele tinha dito, em um saco que eu achava que fosse lixo, debaixo de um par de luvas sujas e cobertas de ferrugem. Estavam limpas ontem mesmo. O que Pak andava fazendo?

Balancei a cabeça. As pilhas. Eu precisava voltar para TJ.

Quando saí de casa, um cheiro estranho — feito madeira úmida queimada — pairava no ar. Estava escurecendo, tornando mais difícil enxergar, mas avistei Pak ao longe, correndo em direção ao galpão.

Mary corria à frente dele.

— Mary, não precisa correr! — gritei. — Eu encontrei as pilhas. — Ela seguiu correndo, não em direção à casa, mas ao galpão. — Mary, para! — falei, mas ela não parou. Ignorou a porta do galpão e foi até os fundos.

Não entendi por quê, mas aquilo me assustou, a presença dela ali, e eu gritei de novo, dessa vez seu nome coreano, mais baixinho. — Meh-hee-yah — falei, e corri atrás dela.

Mary se virou. Algo em seu rosto me deixou paralisada. Parecia reluzir, de certa forma. Uma luz alaranjada cobria sua pele, tremeluzente, como se ela estivesse parada sob o sol poente. Eu quis tocar seu rosto e dizer quanto ela era linda.

De sua direção, ouvi um barulho. Parecia um estalido, porém mais baixo e abafado, feito um grupo de gansos se preparando para voar, centenas de asas batendo ao mesmo tempo rumo ao céu. Pensei tê-los visto, uma cortina cinzenta rasgando o vento e subindo cada vez mais alto no céu violeta, mas pisquei, e o céu estava vazio. Disparei em direção ao som, então vi o que ela tinha visto e eu não tinha, a razão pela qual Mary corria.

Fogo.

Fumaça.

A parede dos fundos do galpão estava em chamas.

Não sei por que não corri nem gritei, ou por que Mary também não. Eu queria. Mas só consegui avançar lentamente, um passo de cada vez, aproximando-me, os olhos cravados nas chamas vermelhas e alaranjadas — trêmulas, saltitantes e rodopiantes, como numa dança.

Quando a explosão soou, meus joelhos cederam, e eu caí. Mas não tirei os olhos de minha filha. Toda noite, quando apago as luzes e fecho os olhos para dormir, eu a vejo, minha Meh-hee, naquele momento. O corpo sacodindo feito uma boneca de pano e subindo num arco pelo céu. Cheio de graça. E delicadeza. Logo antes de ela aterrissar, com um baque surdo, vejo seu rabo de cavalo balançando bem alto. Como quando ela pulava corda, quando pequena.

UM ANO DEPOIS

O JULGAMENTO: DIA UM

Segunda-feira, 17 de agosto de 2009

YOUNG YOO

Ao cruzar a sala de audiências, ela se sentiu como uma noiva. Sem dúvida, seu casamento fora a última vez — a única, na verdade — em que um recinto inteiro havia se calado e se virado para olhá-la. Se não fossem a variedade de cores de cabelos e os fragmentos de comentários sussurrados em inglês quando ela cruzou o corredor — "Olha, são os donos", "A filha ficou meses em coma, coitadinha", "Ele está paraplégico, que horror" —, ela talvez pensasse que ainda estava na Coreia.

A pequena sala de audiências até parecia uma igrejinha antiga, com bancos de madeira barulhentos de cada lado do corredor. Ela manteve a cabeça baixa, como fizera no casamento, vinte anos antes; não tinha o costume de ser o centro das atenções, e aquilo parecia errado. Modéstia, discrição, invisibilidade: eram essas, não notoriedade e ostentação, as virtudes de uma esposa. Não era por isso que as noivas usavam véus? Para protegê-las dos olhares, para esconder o rubor de suas bochechas? Ela olhou para os lados. À direita, atrás da acusação, avistou rostos conhecidos, de familiares de seus pacientes.

Os pacientes haviam estado todos juntos uma única vez: em julho do ano anterior, durante a orientação, no exterior do galpão. Seu marido havia aberto as portas e revelado a câmara com pintura fresca na cor azul. "Este", dissera Pak, cheio de orgulho, "é o Miracle Submarine. Oxigênio puro. Pressão intensa. Cura. Juntos." Todos aplaudiram. As mães choraram.

Agora, lá estavam aquelas mesmas pessoas, soturnas, desprovidas de qualquer esperança de um milagre, substituída pela curiosidade de quem fuça uma revista de fofoca na fila do mercado. Isso, e pena — se era dela ou de si mesmos, Young não sabia. Esperava raiva, mas elas sorriam enquanto ela caminhava, e ela precisou lembrar que era uma vítima. Não era a ré, não era considerada culpada pela explosão que causara a morte de dois pacientes. Ela disse a si mesma o que Pak repetia diariamente — a ausência deles no galpão aquela noite não foi o que provocou o incêndio, e, mesmo que estivesse com os pacientes, ele não teria evitado a explosão —, então sorriu de volta. Aquele apoio era bom. Ela sabia disso. Mas parecia indevido, errado, como um prêmio conquistado à base de trapaças, e, em vez de servir de respaldo, trazia o peso da preocupação de que Deus visse tudo aquilo e decidisse corrigir aquela injustiça, que a fizesse pagar de alguma outra forma por suas mentiras.

Ao chegar ao balaústre de madeira, Young conteve o ímpeto de correr para o outro lado e sentar-se à mesa da defesa. Sentou-se com sua família atrás da acusação, junto a Matt e Teresa, duas das pessoas presas no Miracle Submarine aquela noite. Fazia muito tempo que ela não os via, desde o hospital. Mas ninguém a cumprimentou. Todos olhavam para baixo. Eles eram as vítimas.

*

O fórum ficava em Pineburg, cidade vizinha a Miracle Creek. Eram estranhos, os nomes — o oposto do esperado. Miracle Creek não parecia um lugar onde milagres são operados, a não ser que o milagre fosse as pessoas passarem anos morando ali sem enlouquecer de tédio. O nome "Miracle" e suas possibilidades propagandísticas (além do baixo valor dos terrenos) os atraíra para lá, apesar de não haver outros asiáticos — provavelmente nenhum imigrante, ponto. Ficava a apenas uma hora de viagem da capital, Washington, D.C., a uma distância confortável de modernidades como o aeroporto Dulles, mas guardava o isolamento de uma cidadezinha muito afastada da civilização, um mundo totalmente diferente. Estradas de terra, em vez de calçadas de concreto. Vacas, em vez de carros. Galpões de madeira decrépitos no lugar de arranha-céus de aço e vidro. Era como adentrar um filme antigo, em preto e branco. A cidade dava a sensação de ter sido usada e descartada; da primeira vez que Young visitou o lugar, teve o ímpeto de pegar todos os lixinhos do bolso e atirar o mais longe possível.

 Pineburg, apesar do nome simples e de ser vizinha a Miracle Creek, era um charme, uma cidade cheia de ruazinhas estreitas com pavimento de pedras, ladeadas por lojinhas ambientadas em chalés e pintadas em cores bem vívidas. Ao olhar a fileira de lojas da rua principal, Young recordou seu mercado favorito de Seul, com a lendária fileira de produtos — verde-espinafre, vermelho-pimenta, roxo-beterraba, laranja-caqui. Pela descrição, ela teria achado muito espalhafatoso, mas era o contrário — como se as cores berrantes suavizassem umas às outras, deixando uma sensação geral de agradável elegância.

 O fórum ficava na base de uma colina, ladeando uma fila de videiras que subia a encosta. A precisão geométrica proporcionava uma calculada tranquilidade, e parecia apropriado encaixar um edifício da justiça entre ordenadas fileiras de vinhas.

 Aquela manhã, ao olhar o fórum com suas compridas colunas brancas, Young pensara que aquilo era o mais próximo que ela já havia chegado dos Estados Unidos que imaginara. Na Coreia, depois de Pak decidir que ela se mudaria para Baltimore com Mary, Young fora a algumas livrarias folhear imagens do país — o Capitólio, os arranha-céus de Manhattan, o Inner Harbor. Em seus cinco anos ali, não visitara muitos pontos turísticos. Passara os primeiros quatro trabalhando numa mercearia a três quilômetros do Inner Harbor, mas em uma vizinhança que as pessoas chamavam de "gueto", com casas fechadas por tábuas de madeira e garrafas quebradas por toda parte. Uma pequena catacumba de vidro blindado: isso tinha sido os Estados Unidos para ela.

 Chegava a ser engraçado o tamanho de seu desespero para fugir daquele mundo poeirento, do qual ela agora sentia saudade. Miracle Creek era insular, com residentes de longa data (que remontavam a gerações, ao que se dizia). Ela achava que seus corações demorariam um pouco a amolecer, então dedicou-se a fazer amizade com uma família vizinha que parecia especialmente gentil. Com o tempo, porém, percebeu que eles não eram amistosos; eram educadamente hostis. Young conhecia o tipo. Sua própria mãe pertencera a essa raça que usava a educação para disfarçar a animosidade, como alguém que espalha perfume para disfarçar odores corporais — quanto pior o cheiro, mais perfume se usava. Aquela delicadeza excessiva e rígida — o eterno sorriso da esposa, sempre de lábios fechados, e o marido, que terminava *todas* as frases com *senhora* —, mantinha Young à distância e reforçava seu *status* de estrangeira. Embora seus clientes mais frequentes em Baltimore fossem briguentos, vivessem xingando e reclamando de tudo, dos preços altos aos refrigerantes quentes e cortes de frios muito finos, havia honestidade em sua rudeza, uma confortável intimidade em sua gritaria. Feito implicância de irmãos. Tudo escancarado.

Quando Pak se juntou às duas nos Estados Unidos, no último ano, eles começaram a procurar uma casa em Annandale, o bairro coreano da área de Washington, D.C. — a uma curta distância de Miracle Creek. O incêndio interrompera tudo isso, e eles ainda estavam morando na casa "temporária". Um casebre decrépito, numa área decrépita, diferente de todas as imagens que vira nos livros. Até hoje, o lugar mais chique em que Young pusera os pés nos Estados Unidos havia sido o hospital onde Pak e Mary passaram meses internados, depois da explosão.

*

Estava uma barulheira na sala de audiências. Não vinha das pessoas — vítimas, advogados, jornalistas e sabe-se lá quem mais —, mas dos dois aparelhos pré-históricos de ar-condicionado que ficavam atrás do juiz, cada um numa lateral. Os dois roncavam feito cortadores de grama sempre que o termostato ligava e desligava, e como não estavam sincronizados, isso acontecia em momentos diferentes — um, depois o outro, depois o primeiro outra vez, então de novo, como um ritual de acasalamento entre duas feras mecânicas. A cada termostato ligado, tudo chacoalhava, cada um num tom diferente, perturbando os ouvidos de Young. Ela queria enfiar o dedo mindinho na orelha, alcançar o cérebro e coçar.

A placa no lobby informava que o fórum era uma construção histórica de 250 anos e pedia doações para a Sociedade de Preservação do Fórum de Pinehouse. Young balançou a cabeça só de imaginar essa sociedade, um grupo inteiro com o único propósito de impedir a modernização daquele edifício. Os norte-americanos tinham tanto orgulho de coisas com centenas de anos, como se a idade das coisas por si só tivesse algum valor. (Filosofia que não se estendia, claro, às pessoas.) Eles não pareciam perceber que o mundo valorizava os Estados Unidos exatamente por não ser um país antigo, mas jovem e moderno. Os coreanos eram o oposto. Em Seul haveria uma Sociedade Modernizadora, dedicada a trocar todos os pisos de pinho "antigos" do fórum por placas de mármore e aço polido.

— Todos de pé. O Tribunal Penal de Skyline County está aberto, presidido pelo honorável juiz Frederick Carleton III — disse o oficial de justiça, e todos se levantaram.

Menos Pak. Ele estava agarrado aos braços da poltrona, as veias esverdeadas de suas mãos e punhos saltando como se quisessem que os braços sustentassem todo o peso de seu corpo. Young começou a ajudar, mas se conteve, sabendo que necessitar de ajuda para algo básico como se levantar pioraria tudo, e talvez ele acabasse nem se levantando. Pak dava tanta importância às aparências, à conformidade às regras e expectativas — clássicos coreanos aos quais ela, estranhamente, nunca dera bola (segundo Pak, porque a riqueza da família dela lhe garantia o luxo de ficar imune a tudo isso). Mesmo assim ela entendia a frustração dele em ser a única figura sentada em meio àquela multidão de pé. Aquilo o tornava vulnerável, feito uma criança, e ela precisou refrear o ímpeto de abraçá-lo, para encobrir sua vergonha.

— O tribunal está em sessão. Processo número 49621, "Estado da Virgínia contra Elizabeth Ward" — disse o juiz, e bateu o martelo. Como numa coreografia, os dois aparelhos de ar-condicionado desligaram, e o rangido de madeira contra madeira reverberou no teto inclinado e pairou no ar em meio ao silêncio.

Era oficial: Elizabeth era a ré. Young sentiu uma pontada no peito, como se uma célula dormente de alívio e esperança tivesse explodido e espalhasse fagulhas elétricas por todo o seu corpo, dissolvendo o medo que tinha dominado sua vida. Por mais que quase um ano tivesse se passado desde a absolvição de Pak e a prisão de Elizabeth, Young não acreditara muito, ficara pensando se não era uma armadilha, e se hoje, no início do julgamento, ela e Pak não seriam designados como os verdadeiros réus. Agora, porém, que a espera havia chegado ao fim, e após diversos dias de coleta de provas — "provas incontestáveis", dissera a acusação —, Elizabeth seria julgada culpada, e eles resgatariam o dinheiro do seguro e recomeçariam a vida. Não viveriam mais estagnados.

Os jurados entraram. Young observou aquelas pessoas — 12 jurados, sete homens e cinco mulheres —, que acreditavam em punição capital e juraram-se dispostas a votar em prol de uma morte por injeção letal. Young descobrira isso na semana anterior. Ao perguntar por que o promotor público estava especialmente bem-humorado, recebera a resposta de que os potenciais jurados que talvez votassem a favor de Elizabeth haviam sido dispensados por serem contra a pena de morte.

"Pena de morte?", indagara ela. "Tipo, enforcamento?"

Sua perturbação e repulsa decerto ficaram aparentes, pois Abe fechou o sorriso. "Não, por injeção, drogas intravenosas. É indolor."

Ele havia explicado que Elizabeth não necessariamente seria condenada à pena de morte, que era só uma possibilidade, mas mesmo assim Young temera ver Elizabeth ali, ver o terror que certamente haveria em seu rosto, ao confrontar pessoas com o poder de acabar com sua vida.

Young forçou-se a olhar para Elizabeth, sentada à mesa da defesa. Parecia uma advogada, os cabelos loiros presos num coque, terninho verde-escuro, pérolas, salto alto. Young quase não a reconhecera, de tão diferente do que costumava ser — rabo de cavalo bagunçado, moletom amassado, meias de cores diferentes.

Era irônico: de todos os pais de pacientes, Elizabeth sempre fora a mais desgrenhada, mas possuía, de longe, a criança mais dócil de todas. Henry, seu único filho, era um menino bem-educado, que, ao contrário de tantos outros pacientes, andava, falava, sabia usar o banheiro e não fazia birra. Durante a orientação, quando a mãe de gêmeos com autismo e epilepsia perguntara a Elizabeth "Desculpe, mas o que é que o Henry está fazendo aqui? Ele parece tão normal", ela franziu a testa, como se tivesse se ofendido. Recitou uma lista — TOC, TDAH, distúrbio sensorial, transtorno do espectro autista, ansiedade —, então contou como era difícil, disse que passava dias e mais dias pesquisando sobre tratamentos experimentais. Parecia não fazer ideia de quanto parecia resmungona, rodeada de crianças em cadeiras de rodas e conectadas a tubos de alimentação.

O juiz Carleton pediu que Elizabeth se levantasse. Young esperou que Elizabeth chorasse enquanto o juiz lia as acusações, ou pelo menos que ficasse ruborizada, baixasse os olhos. Mas Elizabeth, com suas feições pálidas, tinha os olhos cravados no júri, sem piscar. Ela analisou o rosto de Elizabeth, tão vazio de expressão, e imaginou que a mulher estava anestesiada, em choque. Em vez de distante, porém, Elizabeth parecia serena. Quase feliz. Talvez, pelo enorme costume às carrancas de preocupação de Elizabeth, sua ausência quase a fazia parecer contente.

Ou talvez os jornais tivessem razão. Talvez Elizabeth estivesse desesperada para se livrar do filho e, agora que Henry morrera, enfim tivesse conseguido um pouco de paz. Talvez fosse mesmo um monstro, desde o início.

MATT THOMPSON

Ele teria dado tudo para não estar ali hoje. Talvez não o braço direito inteiro, mas sem dúvida um dos três dedos restantes. Já era mesmo uma aberração sem todos os dedos... O que significaria perder mais um? Ele não queria ver os repórteres, os cliques das câmeras fotográficas que registraram seu erro de cobrir o rosto com as mãos — estremeceu, imaginando como o flash refletiria o tecido rugoso da cicatriz que cobria o que restara de sua mão direita. Não queria ouvir os sussurros, "Olha lá o médico estéril", nem encarar Abe, o promotor, que certa vez olhara para ele, a cabeça inclinada como se examinasse um quebra-cabeça, e perguntara se ele e Janine já tinham considerado adotar. "Ouvi dizer que a Coreia tem um monte de bebês mestiços." Não queria conversar com os sogros, os Cho, que mostravam desdém e baixavam o olhar, juntinhos, ao ver as feridas dele, nem ouvir Janine ralhar com os pais por sentirem vergonha de qualquer defeito aparente, o que ela diagnosticava como mais um de seus preconceitos e intolerâncias "tipicamente coreanos". Mais do que tudo, não queria ver ninguém do Miracle Submarine. Não queria ver os outros pacientes, nem Elizabeth, e definitivamente, sem sombra de dúvida, não queria ver Mary Yoo.

Abe se levantou, se aproximou de Young e tocou sua mão, que estava apoiada no balaústre. Deu umas batidinhas delicadas. Ela sorriu em resposta. Pak cerrou os dentes e, quando Abe abriu um sorriso, Pak esgarçou os lábios, como se tentasse sorrir, porém sem muito sucesso. Matt imaginou que Pak, como seu próprio sogro coreano, não visse pessoas negras com bons olhos e considerasse uma das maiores falhas dos Estados Unidos entregar a presidência a um negro.

Ao conhecer Abe, ele se surpreendera. Miracle Creek e Pineburg pareciam tão brancas e provincianas. O júri era todo branco. O juiz era branco. Policiais, bombeiros… brancos. Aquele não era o tipo de lugar onde se esperaria ver um promotor negro. Por outro lado, não era o tipo de lugar onde se esperaria ver um imigrante coreano no comando de um minissubmarino, que supostamente era um dispositivo médico, mas lá estava ele.

— Senhoras e senhores do júri, meu nome é Abraham Patterley. Eu sou promotor público. Represento o Estado da Virgínia contra a acusada, Elizabeth Ward.

Abe apontou o indicador direito para Elizabeth, que tomou um susto, como se não soubesse que estava sendo acusada. Matt encarou o indicador de Abe, imaginando o que Abe faria se o perdesse, como o próprio Matt. "Graças a Deus a sua carreira não será muito afetada", dissera o cirurgião, instantes antes da amputação. "Imagine se você fosse pianista ou cirurgião." Matt havia pensado muito nisso. Que profissão não seria muito afetada pela amputação de um indicador e um dedo médio? Ele poderia encaixar os advogados na categoria de "não muito afetados", mas agora, ao olhar Elizabeth encolhida diante do dedo de Abe apontado para ela, ao ver o poder que aquele dedo conferia a Abe, já não tinha mais tanta certeza.

— Por que Elizabeth Ward está aqui hoje? Os senhores já ouviram a acusação. Incêndio criminoso, agressão, tentativa de homicídio. — Abe encarou Elizabeth, então se virou para os jurados. — Homicídio.

Abe fez uma pausa.

— As vítimas estão aqui sentadas, prontas e ávidas por lhes dizer o que aconteceu a elas — continuou ele, apontando para a fileira da frente — e às duas vítimas fatais da ré: Kitt Kozlowski, sua amiga de longa data, e Henry Ward, filho de oito anos da ré, que não vão poder lhes contar nada, pois estão mortos.

"Às 20h25 do dia 26 de agosto de 2008, um dos tanques de oxigênio do Miracle Submarine explodiu, provocando um incêndio incontrolável. Havia seis pessoas lá dentro, três muitíssimo próximas do tanque. Duas morreram. Quatro tiveram ferimentos gravíssimos, o que ocasionou meses de hospitalização, paralisia e membros amputados. A ré deveria estar lá dentro, com seu filho. Mas não estava. Disse a todos que estava doente. Dor de cabeça, congestão, tudo junto. Pediu a Kitt, mãe de outro paciente, que ficasse de olho em Henry enquanto ela descansava. Foi até um córrego próximo com uma garrafa de vinho que tinha trazido na bolsa. Fumou um cigarro do mesmo tipo e marca do que deu início ao incêndio, e usou o mesmo tipo e marca de fósforo que deu início ao incêndio."

Abe olhou os jurados.

— Tudo o que acabei de dizer é incontestável — disse, então fez uma pausa para dar ênfase. — In-con-tes-tá-vel — repetiu ele, enunciando as cinco sílabas em separado. — A ré — entoou Abe, apontando outra vez o indicador para Elizabeth — *admitiu* tudo isso: que saiu intencionalmente, fingindo estar passando mal e, enquanto seu filho e sua amiga eram incinerados do lado de dentro, ela bebericava seu vinho, fumava um cigarro da mesma marca usada para provocar o incêndio, acendido com um fósforo da mesma marca, e escutava Beyoncé em seu iPod.

*

Matt sabia por que era a primeira testemunha. Abe explicara a necessidade de uma visão mais abrangente. "Câmara hiperbárica, oxigênio, isso e aquilo, essas coisas são complicadas. Você é médico, por isso vai poder ajudar o pessoal a compreender. Além disso, você estava lá. É perfeito." Perfeito ou não, Matt estava péssimo por ter que falar primeiro, ambientar o cenário. Ele sabia o que Abe achava, que toda aquela história de cura no submarino era bem esquisita, e queria dizer "vejam só, cá está um norte-americano normal, um médico de verdade, que fez uma faculdade de verdade, e ele estava envolvido nisso, então não pode ser tão absurdo assim".

— Ponha a mão esquerda sobre a Bíblia e levante a mão direita — disse o oficial de justiça.

Matt pôs a mão direita sobre a Bíblia, ergueu a esquerda e encarou o oficial de justiça nos olhos. Antes fosse tomado por um imbecil que não sabia distinguir direita de esquerda. Melhor do que expor a mão deformada, ver todos os presentes se encolhendo e desviando o olhar, feito abutres sobrevoando um lixão, sem saber ao certo onde aterrissar.

Abe começou pegando leve. Perguntou onde Matt havia nascido (Bethesda, Maryland), onde havia estudado (Tufts), onde cursara medicina (Georgetown), residência (também), especialização (também), área de atuação (radiologia), hospital de referência (Fairfax).

— Agora, preciso fazer a primeira pergunta que me veio à mente quando soube da explosão. O que é o Miracle Submarine e quem é que precisa de um submarino no meio da Virgínia, que fica tão longe da costa?

Vários jurados sorriram, como se aliviados em ver mais alguém se perguntando a mesma coisa.

Matt esgarçou os lábios em um sorriso.

— Não é um submarino de verdade. Só tem o mesmo desenho, com as janelinhas, a escotilha selada e as paredes de aço. Na verdade, é um dispositivo médico, uma câmara para terapia de oxigenação hiperbárica. Nós chamamos pela sigla, OHB, para facilitar.

— Conte para nós como funciona, dr. Thompson.

— O paciente é trancado dentro da câmara. A pressão atmosférica é elevada de 1,5 a 3 vezes, e o paciente passa a inalar oxigênio puro, a 100%. A alta pressão faz com o que o oxigênio seja mais bem dissolvido no sangue, nos fluidos e tecidos. Células danificadas precisam de oxigênio para se regenerarem, e essa penetração profunda de oxigênio extra pode resultar numa cura e regeneração mais rápidas. Muitos hospitais oferecem OHB.

— O Miracle Submarine não é uma câmara hospitalar. É diferente?

Matt pensou nas câmaras estéreis dos hospitais, supervisionadas por técnicos de jaleco, depois na câmara enferrujada dos Yoo, toda torta, no meio de um galpão antigo.

— Não muito. Nos hospitais, cada paciente fica deitado dentro de um tubo transparente. O Miracle Submarine é maior, então comporta quatro pacientes e seus acompanhantes, fazendo com que a estrutura seja bem mais econômica. Além do mais, as clínicas particulares são abertas ao tratamento de condições que não constam do rol homologado pelo sistema de saúde, que a maioria dos hospitais não trata.

— Que tipo de condições?

— Uma grande variedade. Autismo, paralisia cerebral, infertilidade, doença de Crohn, neuropatias.

Matt achou ter ouvido risadinhas vindas dos fundos da sala, dirigidas à condição que ele tentara esconder no meio da lista: infertilidade. Ou talvez fosse a lembrança de sua própria risada à primeira menção de Janine à OHB, depois da análise de seu esperma.

— Obrigado, dr. Thompson. Pois bem, o senhor se tornou o primeiro paciente do Miracle Submarine. Pode falar um pouco sobre isso?

Nossa, e como podia. Podia discorrer horas a esse respeito, contar como Janine havia disfarçado direitinho, convidando-o para jantar na casa de seus pais sem dizer uma palavra sobre os Yoo e a OHB, e, pior ainda, nem sobre sobre a "contribuição" que esperava de Matt. Fora uma verdadeira emboscada dos infernos.

— Eu conheci o Pak na casa dos meus sogros, no ano passado — disse Matt a Abe. — O casal é amigo da família; meu sogro e o pai do Pak são da mesma cidadezinha da Coreia. Enfim, eu fiquei sabendo que o Pak estava abrindo uma empresa de OHB, na qual meu sogro era um dos investidores.

Estavam todos sentados à mesa do jantar; quando Matt chegou, os Yoo se levantaram, mais que depressa, como se ele pertencesse à realeza. Pak parecia nervoso, seu rosto anguloso acentuado pelo sorriso contido, e, quando ele apertou a mão de Matt, os nós pontudos de seus dedos se projetaram. Young, sua esposa, curvara-se em uma leve mesura, com os olhos baixos. Mary, a filha de 16 anos, era uma cópia da mãe, com olhos que pareciam grandes demais para seu rosto delicado, mas tinha o sorriso fácil e travesso, como se soubesse um segredo e não conseguisse se conter para saber qual seria a reação dele ao descobrir, o que naturalmente estava prestes a acontecer.

"Você conhece a OHB?", perguntou Pak, assim que Matt se sentou, palavras que pareceram uma deixa para um espetáculo muito bem ensaiado. Todos se viraram para encarar Matt, inclinando-se em sua direção de um jeito conspiratório, e começaram a falar, um de cada vez, porém sem parar. O sogro de Matt comentou sobre a popularidade da técnica em seus clientes de acupuntura asiáticos; o Japão e a Coreia possuíam centros de bem-estar dotados de saunas infravermelhas e OHB. A sogra de Matt disse que Pak possuía anos de experiência com OHB em Seul. Janine falou que pesquisas recentes indicavam que a OHB era uma terapia promissora para inúmeras doenças crônicas, ele sabia disso?

— Qual foi sua reação ao assunto? — perguntou Abe.

Matt viu Janine levar o polegar à boca e mordiscar a cutícula. Algo que ela fazia quando estava nervosa, a mesma coisa que fizera naquele jantar, sem dúvida por saber exatamente o que ele pensaria, o que todos os seus colegas do hospital pensariam: que aquilo era a maior baboseira. Mais uma das terapias holísticas alternativas de seu pai para ludibriar pacientes burros, loucos e desesperados. Matt, claro, jamais disse isso. O sr. Cho já o desaprovava o bastante simplesmente por não ser coreano. O que faria se descobrisse que Matt considerava sua profissão — e toda a "medicina" oriental — uma grande baboseira? Não. Não seria bom. Por isso Janine fora tão brilhante ao anunciar a coisa toda na frente de seus pais e amigos.

— Todo mundo estava animado — respondeu Matt a Abe. — O meu sogro, que tinha trinta anos de carreira como acupunturista, estava respaldando aquilo, e a minha esposa, que era clínica, confirmava que tinha potencial. Eu não precisava saber mais nada. — Janine parou de morder a cutícula. — Importante lembrar — acrescentou Matt — que ela sempre teve notas muito maiores que as minhas durante a faculdade.

Janine riu junto com os jurados.

— Então, o senhor se inscreveu para o tratamento. Fale um pouco sobre isso.

Matt mordeu o lábio e desviou o olhar. Já esperava a pergunta, e havia ensaiado a resposta, num tom bastante desinteressado. Da mesma forma que Pak mencionara, aquela noite, o investimento do sogro de Matt, a "nomeação" de Janine — como se fosse uma comissão presidencial ou coisa do tipo — como conselheira médica, e todos concordaram: "Você, dr. Thompson, precisa ser o nosso primeiro paciente." Matt pensou ter ouvido mal. Pak falava inglês muito bem, mas tinha um sotaque forte e cometia erros de sintaxe. Talvez tivesse errado ao traduzir "diretor" ou "presidente". Então, porém, Pak acrescentou: "Os pacientes serão crianças, em sua maioria, mas vai ser bom termos um adulto."

Matt bebericou o vinho, sem dizer nada, imaginando por que raios Pak achava que um homem saudável como Matt pudesse precisar de OHB, quando uma ideia lhe ocorreu. Será que Janine tinha falado alguma coisa sobre a "questão" deles... *dele*? Ele tentou ignorar o pensamento, concentrar-se no jantar, mas suas mãos tremiam, e ele não conseguia pegar o *galbi*; os pedaços escorregadios de costela marinada deslizavam pelos finos hashis de prata. Mary, ao perceber, foi ao seu resgate. "Eu também não consigo usar os de metal", dissera ela, oferecendo um par dos de madeira, do tipo que vinha nas entregas de comida chinesa. "Com esse é mais fácil. Tenta aí. Minha mãe diz que foi por isso que a gente teve que sair da Coreia. Ninguém quer se casar com uma moça que não sabe usar hashi. Não foi, mamãe?" Todos permaneceram em silêncio, parecendo incomodados, mas Matt riu. Ela riu junto, dois risonhos entre carrancudos, feito crianças malcriadas em uma sala cheia de adultos.

Nesse momento, enquanto Matt e Mary gargalhavam, Pak soltou: "A OHB tem altas taxas de cura de infertilidade, sobretudo para pessoas como você, com baixa motilidade espermática." Naquele instante, ao ter a confirmação de que sua esposa compartilhara detalhes — detalhes médicos, detalhes pessoais — não apenas com seus pais, mas também com gente que ele nunca tinha visto antes, Matt sentiu um calor lhe subindo pelo peito, como se um balão cheio de lava acabasse de explodir em seus pulmões, expulsando o oxigênio. Matt encarou Pak, tentando respirar normalmente. Por mais estranho que fosse, não era o olhar de Janine que ele precisava evitar, mas o de Mary. Ele não queria saber como aquelas palavras — *infertilidade, baixa motilidade espermática* — afetariam sua forma de enxergá-lo. Se seu olhar inicial de curiosidade (talvez interesse?) agora estaria recoberto de nojo, ou pior, de pena.

— Eu e minha esposa estávamos com problemas para engravidar — disse Matt a Abe. — A OHB era um tratamento experimental para homens com o meu problema, então fazia sentido aproveitar essa nova iniciativa.

Ele excluiu o fato de não ter concordado a princípio, de ter se recusado a sequer tocar no assunto durante o resto do jantar. Janine falou o que claramente havia praticado, que o voluntariado de Matt como paciente ajudaria a dar o pontapé inicial no empreendimento e que a presença de um "médico normal" (palavras dela) reforçaria a segurança e eficácia da OHB aos potenciais clientes. Ela não parecia perceber que ele não respondia, que tinha os olhos fixos no prato. Mary, no entanto, percebeu. E partia em seu resgate, todas as vezes, zombando de sua técnica com os hashis e fazendo piadas sobre a mistura de sabor do *kimchi* com alho e vinho.

Nos dias seguintes, Janine estava insuportável, falando sem parar sobre a segurança da OHB, seus diversos usos, blá-blá-blá. Ao ver Matt impassível, tentou culpá-lo, dizendo que a recusa reforçaria a suspeita de seu pai de que Matt não acreditava em sua prática. "E *não* acredito mesmo. Não acho que ele pratique medicina, e você sabe disso desde o primeiro dia", dissera ele, o que levou à mais dolorosa resposta dela: "A questão é que você é contra tudo o que seja asiático. Acha tudo inferior."

Antes que Matt pudesse protestar contra aquela acusação de racismo, apontar que ele havia se casado com *ela*, pelo amor de Deus (e, além do mais, ela não estava sempre dizendo quanto os coreanos das antigas, como seus pais, eram racistas?), Janine suspirou e disse, num tom apelativo: "Um mês. Se funcionar, a gente não precisa da fertilização in vitro. Você não vai precisar gozar dentro de um potinho. Será que não vale a tentativa?"

Ele nunca chegou a concordar. Janine fingiu que seu silêncio representava um consentimento, e ele permitiu. O que ela dissera estava certo, ou pelo menos não estava errado. Além do mais, talvez assim seu sogro começasse a perdoá-lo por não ser coreano.

— Quando foi que o senhor começou a OHB? — perguntou Abe.

— No dia 4 de agosto, o primeiro dia de funcionamento da clínica. Eu queria concluir as quarenta sessões logo em agosto, porque nessa época o trânsito é melhor, então me inscrevi para fazer dois mergulhos por dia, o primeiro às 9h e o segundo às 18h45. Havia seis sessões diárias, e esses horários eram reservados para os pacientes de "mergulho duplo".

— Quem mais participava do grupo de mergulho duplo? — perguntou Abe.

— Outros três pacientes: o Henry, o TJ e a Rosa. E suas mães. Tirando umas poucas vezes em que alguém ficava doente, preso no trânsito ou coisa do tipo, todos nos encontrávamos lá, duas vezes por dia, todos os dias.

— Conte um pouco sobre eles.

— Claro. A Rosa é a mais velha. Tem 16 anos, acho. Tem paralisia cerebral. Usa cadeira de rodas e um tubo de alimentação. É filha de Teresa Santiago. — Ele apontou para ela. — Nós a chamamos de Madre Teresa, porque ela é extremamente gentil e paciente. — Teresa corou, como sempre corava ao ser chamada assim. — Tem o TJ, que tem oito anos. Ele é autista. Não verbal. E a mãe dele, a Kitt...

— Kitt Kozlowski, que morreu durante o acidente no verão passado?

— Isso.

— O senhor reconhece essa foto?

Abe acomodou uma fotografia em um suporte. Uma foto posada, com o rosto de Kitt no centro, feito uma daquelas flores de Anne Geddes feitas com bebês, só que rodeada dos rostos de sua família em vez de pétalas de flores. O marido de Kitt, acima (atrás dela), TJ, abaixo (em seu colo), duas menininhas à direita, duas à esquerda, todas as cinco crianças com seus mesmos cabelinhos ruivos e bagunçados.

O retrato da felicidade. Agora a mamãe havia partido, deixando o girassol sem a bolota do centro para segurar as pétalas.

Matt engoliu em seco e soltou um pigarro.

— Essa é a Kitt com sua família, com TJ.

Junto à fotografia de Kitt, Abe posicionou mais uma. De Henry. Não era um retrato feito em estúdio, mas uma foto meio borrada dele sorridente, num dia de verão, junto a um céu azul e um gramado verde. Ele tinha os cabelos loiros meio bagunçados, a cabeça jogada para trás e os olhos azuis quase fechados, de tanto gargalhar. Bem no meio da boca, exibia a janelinha de um dente faltando.

Matt engoliu em seco outra vez.

— Esse é o Henry. Henry Ward. Filho de Elizabeth.

— A ré acompanhava Henry nos mergulhos, como as outras mães? — perguntou Abe.

— Sim — respondeu Matt. — Ela sempre entrava com Henry, exceto pelo último mergulho.

— Então ela ia sempre, e por um acaso não foi na vez em que todos lá dentro foram mortos ou sofreram ferimentos?

— Isso. Foi a única vez.

Matt olhou para Abe, fazendo muito esforço para não pensar em Elizabeth, mas podia vê-la pelo canto do olho. Ela encarava as fotografias, mordendo o lábio, atormentada por aquelas imagens, removendo todo o batom cor-de-rosa. Parecia errado aquele rosto maquiado, com delineador nos olhos azuis, bochechas rosadas, um contorno arrebitando o nariz, mas nada debaixo dele — apenas um branco. Como um palhaço que se esqueceu de pintar os lábios.

Num segundo suporte, Abe posicionou um pôster.

— Dr. Thompson, isto aqui ajudaria a explicar a estrutura física do Miracle Submarine?

— Sim, muito — respondeu Matt. — Esse é o meu rascunho bruto do terreno. Fica na cidade de Miracle Creek, 16 quilômetros a oeste daqui.

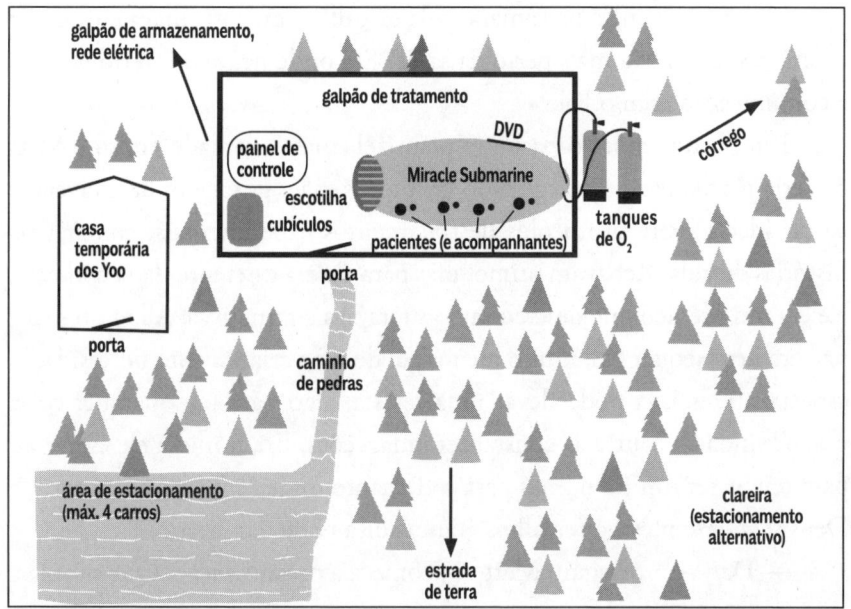

Miracle Creek também é o nome do córrego que deu origem ao nome da cidade. Ele corre bem no meio dela. Enfim, o córrego passa pela mata que fica ao lado do galpão de tratamento.

— Desculpe, o senhor disse "galpão de tratamento"? — Abe parecia intrigado, como se não tivesse visto o galpão umas quatro mil vezes.

— Isso. No meio do terreno existe um galpão de madeira, onde fica a câmara de OHB. Lá dentro, à esquerda, fica o painel de controle que o Pak comandava. E uns cubículos onde nós deixávamos tudo o que não podia entrar na câmara, como joias, equipamentos eletrônicos, roupas sintéticas, qualquer coisa que pudesse produzir faísca. O Pak era muitíssimo rígido com a segurança.

— E do lado de fora do galpão, o que é que tem?

— Na frente, tem uma área revestida de pedras, onde funcionava um estacionamento com capacidade para quatro carros. À direita, a mata e o córrego. À esquerda, tem uma casinha, onde a família do Pak mora, e nos fundos ficam o galpão de armazenamento e a rede elétrica.

— Obrigado — disse Abe. — Agora, descreva um mergulho normal. O que acontece?

— A pessoa entra na câmara, pela escotilha. Eu costumava entrar por último e me sentava mais perto da saída. Era onde ficava o interfone, para a comunicação com o Pak.

Parecia um motivo bastante plausível, mas a verdade era que Matt preferia permanecer à margem do grupo. As mães gostavam de conversar, trocar ideias sobre protocolos de tratamentos experimentais, contar suas histórias de vida. Achavam ótimo, mas para ele era diferente. Para começar, ele era um médico que descreditava as terapias alternativas. Além do mais, não era nem sequer pai, muito menos pai de uma criança com necessidades especiais. Desejava poder levar uma revista, algo para ler, qualquer coisa que o blindasse contra as constantes indagações. Era irônico: ele estava ali para tentar ter um filho, mas para todo canto onde se virava perguntava a Deus se *queria* mesmo ter filhos. Tanta coisa pode dar errado.

— Daí — prosseguiu Matt —, começa a pressurização. Que simula a verdadeira sensação de um mergulho.

— Como é essa sensação? Para o pessoal que nunca viajou de submarino — perguntou Abe, arrancando sorrisos de diversos jurados.

— Parece uma aterrissagem de avião. Os ouvidos entopem, às vezes estalam. O Pak subia a pressão aos poucos, para minimizar o desconforto, por isso o processo levava uns cinco minutos. Quando chegávamos a 1,5 atm, pressão equivalente a cinco metros abaixo do nível do mar, nós colocávamos os capacetes de oxigênio.

Um dos assistentes de Abe entregou-lhe um capacete de plástico transparente.

— Tipo este?

— Exatamente — respondeu Matt, pegando o capacete.

— Como é que isso funciona?

Matt virou-se para o júri e apontou para o anel de látex azul na parte de baixo.

— Essa parte aqui envolve o pescoço e a cabeça fica toda coberta. — Ele esticou a abertura, feito uma gola alta, e encaixou o capacete transparente na cabeça. — Depois vem o tubo — disse Matt, e Abe entregou-lhe um tubo plástico em espiral. Quando esticado, o tubo parecia interminável, feito aquelas cobrinhas pequeninas que chegavam a atingir três metros de comprimento quando desenroladas.

— O que é que isso faz, doutor?

Matt inseriu o tubo em uma abertura do capacete, na altura de seu maxilar.

— Ele conecta o capacete à torneira de oxigênio que fica dentro da câmara. Atrás do galpão ficam dois tanques de oxigênio, conectados às torneiras por meio de alguns tubos. O Pak abria o oxigênio, que passava pelos tubos e chegava ao nosso capacete. O oxigênio se expandia e inchava o capacete, tipo um balão de gás.

— Como se sua cabeça fosse um aquário — comentou Abe, com um sorriso. Os jurados riram. Matt percebeu que eles gostavam de Abe, esse sujeito de fala simples, que explicava tudo direitinho e não agia como se fosse mais inteligente que os outros. — E depois?

— Muito simples. Nós quatro respirávamos normalmente e passávamos sessenta minutos respirando oxigênio puro. Depois de uma hora, o Pak desligava o oxigênio, nós tirávamos os capacetes, a câmara era despressurizada e a gente saía — respondeu Matt, removendo o capacete.

— Obrigado, dr. Thompson. É muito útil ter uma visão geral do processo. Agora, eu gostaria de passar à razão de estamos todos aqui: os acontecimentos do dia 26 de agosto do ano passado. O senhor se recorda desse dia?

Matt assentiu.

— Perdão, mas o senhor precisa responder verbalmente. Para o taquígrafo.

— Sim. — Matt pigarreou. — Sim.

Abe apertou um pouco os olhos, depois os arregalou, como se não soubesse ao certo se devia pedir desculpas ou ficar animado com o que estava por vir.

— Conte para nós, com as suas palavras, o que aconteceu nesse dia.

A sala de audiências se remexeu, quase imperceptivelmente; todos os corpos na área dos jurados e na tribuna deram um giro de dois milímetros. Aquelas pessoas foram até ali para isso. Não apenas pela carnificina, embora fosse um fato — as fotografias da explosão e dos destroços do equipamento incendiado —, mas pelo drama da tragédia. Matt via todos os dias, no hospital: ossos quebrados, acidentes de carro, cânceres apavorantes. As pessoas choravam por tudo isso, claro — a dor, a injustiça, a inconveniência de tudo aquilo —, mas sempre havia um ou dois em cada família que se energizavam ao se verem à margem do sofrimento, cada célula de seu corpo vibrando a uma frequência levemente mais alta, despertos da dormência mundana de sua vida cotidiana.

Matt olhou para baixo, para a mão destroçada, o polegar, o dedo anelar e o mindinho despontando de uma bolha vermelha. Então, pigarreou outra vez. Já havia contado aquela história muitas vezes. Para a polícia, os médicos, os investigadores da seguradora, Abe. Uma última vez, disse a si mesmo. Uma última vez ele revisitaria a explosão, as marcas do fogo, a destruição da cabecinha de Henry. E jamais precisaria falar sobre aquilo outra vez.

TERESA SANTIAGO

O dia estava quente. Do tipo que já fazia a pessoa suar às sete da manhã. Sol fortíssimo, depois de três dias de aguaceiro — um ar denso e pesado, tal e qual uma secadora cheia de roupas molhadas. Teresa, a bem da verdade, estava ansiosa pelo mergulho da manhã; seria um alívio ficar trancada em uma câmara com ar-condicionado.

Ao estacionar o carro na vaga, quase atropelou uma pessoa. Havia um grupo de seis mulheres segurando cartazes, caminhando em círculo, feito um piquete. Teresa reduzia a marcha, para tentar ler os cartazes, quando alguém surgiu à sua frente. Ela pisou com força no freio e por pouco não acertou uma mulher.

— Meu Deus! — exclamou, saindo do carro. A mulher seguiu caminhando. Não gritou, não olhou, não mostrou o dedo. — Com licença, o que está acontecendo aqui? Nós precisamos entrar.

Eram todas mulheres. Seguravam cartazes onde se lia "SOU CRIANÇA, NÃO RATO DE LABORATÓRIO!", "QUERO SER ACEITO, NÃO ENVENENADO" e "CHARLATANISMO = ABUSO INFANTIL", tudo escrito em letras de forma, com cores primárias.

Uma mulher alta, de cabelos curtos e grisalhos, se aproximou.

— Este trecho é propriedade pública — soltou ela. — Temos o direito de ficar aqui, para impedir vocês. A OHB é perigosa, não funciona e vocês só estão mostrando aos seus filhos que não os amam como eles são.

Atrás dela, um carro buzinou. Kitt.

— Estamos aqui do lado. Ignore essas vacas escrotas — disse ela, e apontou para a estrada.

Teresa fechou a porta do carro e a seguiu. Kitt não havia ido muito longe. Apenas até uma clareira na mata, onde havia outro estacionamento. Pela folhagem espessa, ela visualizou o córrego pós-tempestade, todo marrom, cheio e lento.

Matt e Elizabeth já estavam lá.

— Quem é essa gente? — indagou Matt.

— Sei que elas andam dizendo coisas terríveis sobre você e fazendo umas ameaças loucas — disse Kitt a Elizabeth —, mas nunca pensei que realmente fossem tomar uma atitude.

— Você as conhece? — perguntou Teresa.

— Só da internet — respondeu Elizabeth. — São fanáticas. São mães de autistas, e ficam por aí dizendo que esse é o jeito deles e que todos os tratamentos são ruins, falaciosos e prejudiciais.

— Mas a OHB não é nada disso — argumentou Teresa. — Matt, explique a elas.

— Não tem conversa com essas mulheres — soltou Elizabeth balançando a cabeça. — A gente não pode se deixar afetar. Vamos, senão vamos nos atrasar.

Eles seguiram pela mata, para evitar as manifestantes, mas não adiantou. As mulheres avistaram o grupo e saíram correndo para impedi-los de entrar. A mulher grisalha ergueu o folheto de uma câmara de OHB rodeada de chamas e o número 43 escrito acima, com uma exclamação.

— Fato: já ocorreram 43 incêndios em câmaras de OHB, até algumas explosões — disse a mulher. — Por que estão expondo seus filhos a algo tão perigoso? Para quê? Para que eles façam mais contato visual? Para baterem menos as mãos? Aceitem seus filhos como eles são. Foi assim que Deus os fez, a forma como *nasceram*, e...

— A Rosa, não — disse Teresa, dando um passo à frente. — Ela não nasceu com paralisia cerebral. Ela era saudável. Andava, falava, adorava brincar no parquinho. Mas adoeceu e não foi tratada com a rapidez necessária. — Ela sentiu uma mão lhe apertar o ombro. Kitt. — Ela *não devia* estar numa cadeira de rodas. Vocês estão me criticando, me *condenando* por tentar curar minha filha?

— Eu sinto muito — disse a mulher grisalha. — Mas nosso objetivo é atingir os pais de crianças autistas, o que é diferente...

— Por que é diferente? — retorquiu Teresa. — Porque elas nasceram assim? E as crianças que nascem com tumores, com fenda palatina? Deus *mandou* essas crianças assim, claro, mas isso significa que os pais não devam buscar cirurgia, radiação, seja lá o que for para que elas sejam plenamente saudáveis?

— Nossos filhos são plenamente saudáveis — retrucou a mulher. — Autismo não é doença, é só uma forma diferente de ser, e qualquer suposto tratamento é puro charlatanismo.

— Tem certeza? — perguntou Kitt, plantando-se ao lado de Teresa. — Eu costumava pensar isso, até ler que várias crianças autistas têm problemas digestivos, por isso andam na ponta dos pés, pois espichar os músculos ajuda na dor. O TJ sempre andou na ponta dos pés, então fui fazer um teste. Descobri que ele tinha uma inflamação gravíssima e era incapaz de nos contar.

— Aconteceu o mesmo com ela — soltou Teresa, apontando para Elizabeth. — Ela foi atrás de um monte de tratamentos, e o filho dela melhorou tanto que os médicos afirmam que ele não é mais autista.

— É, a gente sabe tudinho sobre esses *tratamentos*. O filho dela tem muita sorte por ter sobrevivido. Nem todas as crianças sobrevivem.

A mulher brandiu o folheto dos incêndios em OHBs bem na cara de Elizabeth.

Elizabeth soltou um murmúrio debochado, balançou a cabeça para a mulher, puxou Henry e começou a caminhar para o galpão. A mulher agarrou Elizabeth pelo braço e puxou com força. Elizabeth gritou, tentou se soltar, mas a mulher aumentou o aperto, impedindo-a de andar.

— Cansei de ser ignorada por vocês — disse. — Se não pararem com isso, uma coisa terrível *vai* acontecer. Eu garanto.

— Ei, sai fora! — disse Teresa, entrando no meio das duas e dando um tapa na mão da mulher.

A mulher virou-se para ela, as mãos cerradas, prontas para dar um soco, e Teresa sentiu um arrepio que começou nos ombros e desceu pelas costas. Disse a si mesma que deixasse de bobagem, que era só uma mãe com opiniões fortes, nada mais.

— Deixa a gente passar — disse ela. — Agora.

Depois de um instante, as manifestantes se afastaram. Então ergueram os cartazes e retomaram sua caminhada, numa elipse torta.

*

Era estranho estar ali sentada na sala de audiências, ouvindo Matt relatar outra vez os eventos ocorridos na manhã da explosão. Teresa não esperava que as lembranças dele se igualassem às dela — ela via *Lei & Ordem*; não era assim *tão* inocente —, mas mesmo assim o nível de disparidade era enervante. Matt reduziu o encontro com as manifestantes a uma frase — "um debate sobre a eficácia e segurança de tratamentos experimentais do autismo" —, sem qualquer menção aos argumentos de Teresa em relação a outras doenças, fazendo com que a discussão perdesse a força ou simplesmente fosse irrelevante. A hierarquia das deficiências — para Teresa isso era o cerne, a razão de todo o seu sofrimento, e para Matt não era nada. Se ele tivesse uma criança especial, seria diferente, claro. Ter uma criança com necessidades especiais não apenas mudava uma pessoa, mas transmutava, a transportava para um mundo paralelo, com um eixo gravitacional alterado.

— Durante toda essa situação — perguntava Abe —, o que a ré estava fazendo?

— A Elizabeth não se envolveu em nada — continuou Matt —, o que eu achei bem estranho, porque ela costuma falar bastante sobre tratamentos de autismo. Ficou só encarando o folheto. Havia um texto na parte de baixo e ela ficava semicerrando os olhos, como se tentasse ler o que estava escrito.

Abe entregou a Matt um papel.

— Era este o folheto?

— Sim.

— Por favor, leia o que está escrito na parte de baixo.

— "Evitar fagulhas dentro da câmara não é o bastante. Em um dos casos, um incêndio iniciado do lado de fora da câmara, debaixo do tubo de oxigênio, levou a uma explosão, ocasionando várias mortes."

— "Incêndio iniciado do lado de fora da câmara, debaixo do tubo de oxigênio" — repetiu Abe. — Não foi exatamente isso o que aconteceu nesse mesmo dia, mais tarde, com o Miracle Submarine?

Matt olhou para Elizabeth, contraindo a mandíbula, como se esmagasse os molares.

— Sim — respondeu ele —, e eu sei que ela estava atenta a esse detalhe porque foi falar com o Pak logo em seguida e contou a ele sobre o folheto. O Pak disse que isso não poderia acontecer com a gente, que ele não deixaria nenhuma daquelas mulheres chegarem perto do galpão, mas a Elizabeth ficou dizendo quanto elas eram perigosas e o fez prometer que chamaria a polícia e daria queixa de que elas estavam nos ameaçando, para que ficasse registrado.

— Mas e durante o mergulho? Ela disse alguma coisa lá dentro?

— Não, ela ficou calada. Parecia distraída. Como se estivesse pensando intensamente.

— Como se planejasse alguma coisa, talvez? — perguntou Abe.

— Protesto, meritíssimo! — disse a advogada de Elizabeth.

— Deferido. O júri deve desconsiderar a pergunta — disse o juiz, num tom preguiçoso. Uma versão judicial de "ah, tá, que seja". Não que tivesse importância. Todo mundo já estava pensando naquilo: o folheto suscitara em Elizabeth a ideia de atear fogo ao local e botar a culpa nas manifestantes.

— Dr. Thompson, depois que o Miracle Submarine explodiu, da exata maneira salientada pela ré, ela fez alguma nova tentativa de levantar suspeita contra as manifestantes?

— Fez — respondeu Matt. — Naquela mesma noite. Eu ouvi Elizabeth dizer ao detetive que tinha certeza de que aquilo tinha sido obra das manifestantes, e que elas deviam ter botado fogo debaixo dos tubos de oxigênio, do lado de fora.

Teresa também tinha ouvido. E ficara convencida, como todos os presentes, num primeiro momento. Durante quase uma semana, as manifestantes foram as principais suspeitas, e mesmo depois da prisão de Elizabeth o grupo seguiu sob suspeita. Naquela manhã mesmo, durante a fala de abertura da advogada de Elizabeth, reservada para depois do pronunciamento da acusação, ela se decepcionara, certa de que a defesa pintaria as manifestantes como as verdadeiras criminosas.

— Dr. Thompson — disse Abe —, o que mais aconteceu naquela manhã, depois do protesto?

— Depois do mergulho, a Elizabeth e a Kitt saíram primeiro, e eu fui ajudar a Teresa a empurrar a cadeira de rodas pela mata. Quando chegamos ao segundo estacionamento, o Henry e o TJ já estavam nos carros, e a Elizabeth e a Kitt estavam na mata, do lado oposto a nós. Estavam discutindo.

Teresa se lembrava: as duas gritavam, mas de um jeito sussurrado, como quando alguém discute um assunto particular na frente dos outros.

— O que estavam dizendo?

— Foi difícil escutar, mas ouvi a Elizabeth chamar a Kitt de "vaca invejosa", e também algo tipo "eu adoraria poder ficar sentada no sofá comendo bombons o dia inteiro em vez de ter que cuidar do Henry".

Teresa havia ouvido "bombons", também, mas não o resto. Matt estava mais perto, no entanto; assim que os dois chegaram à clareira, ele percebeu algo em seu para-brisa e foi correndo apanhar.

— Deixe-me ver se entendi — disse Abe. — A ré chamou Kitt de "vaca invejosa" e disse que adoraria comer bombom em vez de cuidar do filho, Henry... apenas umas horas antes de Kitt e Henry serem mortos na explosão. Eu entendi direito?

— Isso mesmo.

Abe olhou as fotografias de Kitt e Henry, balançou a cabeça e fechou os olhos brevemente, como se para se recompor.

— A ré teve outras brigas com Kitt das quais o senhor esteja ciente? — perguntou, por fim.

— Sim — respondeu Matt, encarando Elizabeth nos olhos. — Uma vez, ela gritou com a Kitt na nossa frente e a empurrou.

— *Empurrou?* Fisicamente? — Abe escancarou a boca. — Fale um pouco sobre isso.

Teresa sabia qual história Matt iria contar. Elizabeth e Kitt eram amigas, mas sempre pairava uma tensão subjacente que vez ou outra acabava em desavenças. Só umas alfinetadas, nada de mais, exceto por uma vez. Aconteceu depois de um mergulho. Quando todos estavam saindo, Kitt entregou a TJ o que parecia ser um tubo de pasta de dente com desenhos do Barney.

"Ai, meu Deus, é aquele iogurte novo?", perguntou Elizabeth.

Kitt suspirou.

"Sim, é o YoFun. E sim, eu sei que não é SGSC", disse Kitt a Teresa. "SGSC é sem glúten, sem caseína", explicou ela a Matt. "É uma dieta para autistas."

"O TJ saiu da dieta?", perguntou Elizabeth.

"Não. Tudo o mais que ele come é SGSC. Mas esse é o preferido dele, e é a única forma de ele tomar os suplementos. É só uma vez por dia."

"Uma vez *por dia*? Mas é feito de *leite*", retrucou Elizabeth, como se dissesse *fezes*. "O principal ingrediente é a *caseína*. Como é que você diz que ele faz uma dieta sem caseína, se ele come caseína todos os dias? Sem falar que isso daí tem *corante*. Não é nem *orgânico*."

Kitt parecia prestes a chorar. "O que é que eu vou fazer? Ele só aceita os remédios com o YoFun. Ele fica feliz. Além do mais, eu não acho que essa dieta realmente funcione. Nunca fez diferença para o TJ."

Elizabeth cerrou os lábios com força. "Talvez a dieta não funcione porque você não faz direito. *Sem* significa *nada*. Eu uso pratos diferentes para a comida do Henry; lavo as louças dele com esponjas diferentes."

Kitt se levantou. "Bom, não tenho como fazer isso. Tenho outros quatro filhos, e preciso cozinhar para eles e limpar tudo. Já é difícil demais manter a dieta. Todo mundo fala para eu fazer meu melhor, e que cortar a maior parte já é melhor do que nada. Sinto muito se não consigo ser cem por cento perfeita, feito você."

Elizabeth franziu a testa. "Não é para mim que você tem que pedir desculpas. É para o TJ. Glúten e caseína são neurotóxicos para nossos filhos. A menor fração interfere nas funções cerebrais. Não admira que o TJ ainda não esteja falando." Ela se levantou. "Vamos, Henry", disse, e saiu andando.

Kitt se plantou na frente dela. "Espera aí, você não pode simplesmente..."

Elizabeth a empurrou. Não com força, nem de longe com força suficiente para machucar, mas Kitt ficou surpresa. Todos ficaram surpresos. Elizabeth seguiu caminhando, então deu meia-volta. "Ah, a propósito, você pode fazer o favor de parar de dizer às pessoas que não está vendo melhoras em relação à dieta? Você não está fazendo a dieta e está desencorajando os outros sem motivo." E bateu a porta.

— Dr. Thompson — disse Abe, depois que Matt relatou a história —, a ré já perdeu a cabeça desse jeito outras vezes?

Matt assentiu.

— No dia da explosão, durante a briga com a Kitt.

— No dia em que a ré chamou Kitt de "vaca invejosa" e disse que adoraria comer bombons o dia inteiro em vez de cuidar do próprio filho?

— Exatamente. Ela não fez nada físico dessa vez, mas saiu correndo, bufando de raiva, e bateu a porta do carro com muita força, daí acelerou e deu ré tão depressa que quase bateu no meu carro. A Kitt gritou para que ela se acalmasse e esperasse, mas... — Matt balançou a cabeça. — Eu lembro que fiquei preocupado com o Henry, porque a Elizabeth estava dirigindo muito depressa. Saiu cantando pneu.

— O que aconteceu em seguida? — perguntou Abe.

— Perguntei a Kitt o que tinha acontecido e se ela estava bem.

— E aí?

— Ela parecia muito transtornada, quase chorando, e disse que não, que não estava tudo bem, que a Elizabeth estava muito aborrecida com ela. Então falou que tinha feito uma coisa e que precisava descobrir como consertar, antes que a Elizabeth descobrisse, porque, se ela descobrisse...

Matt olhou para Elizabeth.

— Sim?

— Ela disse: "Se a Elizabeth descobrir o que eu fiz, ela vai me matar."

PAK YOO

Ao meio-dia, o juiz pediu um recesso. Almoço, o que Pak temia, sabendo que o dr. Cho — pai de Janine, que atendia por "dr. Cho" mesmo sendo acupunturista, não médico — insistiria em pagar a conta. Caridade forçada. Não que ele não ficasse tentado — estavam vivendo à base de lámen, arroz e *kimchi* desde que as contas do hospital começaram a chegar —, mas o dr. Cho já tinha lhe dado muita coisa: deu empréstimos mensais para as necessidades básicas, assumiu as parcelas da hipoteca, ofereceu uma generosa quantia pelo carro de Mary, pagou as contas de luz. Pak não tivera escolha a não ser aceitar tudo, inclusive a última brilhante ideia do dr. Cho, um website de arrecadação de fundos escrito em inglês *e* coreano. Uma declaração internacional de que Pak Yoo era um inválido miserável, necessitado de esmolas. Não. Já era demais. Pak disse ao dr. Cho que eles tinham outros planos e esperou que ele não visse os dois comendo no carro.

A caminho do carro, viu uma dúzia de gansos, vindo bem na direção deles. Pak esperou que Young ou Mary espantassem as aves, mas elas seguiram caminhando, empurrando Pak cada vez mais para perto, feito uma bola de boliche em direção aos pinos. E os gansos... estavam igualmente alheios, ou talvez fossem apenas preguiçosos. Só quando a cadeia de rodas estava a centímetros de atropelar um dos gansos, e Pak, prestes a soltar um grito, que uma das aves grasnou e o bando todo levantou voo. Young e

Mary seguiram andando no mesmo ritmo, como se nada tivesse acontecido, e ele queria gritar com elas por sua insensibilidade.

Pak fechou os olhos e respirou fundo. Ar para dentro, ar para fora. Disse a si mesmo que estava sendo ridículo — ele estava realmente irritado com sua esposa e filha por não terem percebido os gansos! Seria cômico se não fosse tão patético, essa sensibilidade extrema aos gansos que adquirira em seus quatro anos morando sozinho.

Ghee-ruh-ghee ap-bah. "Pai ganso-selvagem." Era como os coreanos chamavam os homens que permaneciam na Coreia trabalhando, enquanto a esposa e os filhos partiam para o exterior em busca de uma melhor educação, e voavam (ou "migravam") todos os anos para ver a família. (No ano passado, quando o alcoolismo e o suicídio alcançaram taxas alarmantes entre os cem mil pais gansos de Seul, as pessoas começaram a chamar homens como Pak — que não podiam pagar as passagens, então nunca voavam — de "pais pinguins", mas àquele ponto sua identificação com os gansos já estava estabelecida; os pinguins jamais o incomodaram da mesma forma que os gansos.) Pak não pretendera se tornar um pai-ganso; os três haviam planejado se mudar para os Estados Unidos juntos. Contudo, enquanto esperava o visto familiar, Pak ouviu falar de uma família de anfitriões em Baltimore que desejava abrigar uma criança e um dos pais, sem custos, e matricular a criança em uma escola próxima. Em troca, o pai ou a mãe trabalharia em sua mercearia. Pak, então, enviou Young e Mary para Baltimore, com a promessa de juntar-se a elas em breve.

No fim das contas, o visto familiar demorou mais quatro anos para sair. Quatro anos sendo um pai sem família. Quatro anos morando sozinho em um conjugado, numa "vila" triste e descuidada, cheia de pais-gansos tristes e descuidados. Quatro anos trabalhando em dois empregos, sete dias por semana, quatro anos de contenção de gastos e economias. Todo esse sacrifício pela educação de Mary, por seu futuro, e agora cá estava ela, cheia de cicatrizes, sem qualquer segurança, sem perspectiva de ir para a faculdade, indo a julgamentos de homicídio e sessões de terapia, em vez de a aulas e festas.

— Mary — disse Young, em coreano —, você precisa comer.

Mary balançou a cabeça e olhou pela janela do carro, mas Young botou a tigela de arroz em seu colo.

— Só um pouquinho, filha.

Mary mordeu o lábio e apanhou o par de hashi — meio hesitante, como se estivesse com medo de provar uma comida exótica. Pegou um grão de arroz e levou à boca. Pak se lembrou de Young, na Coreia, ensinando Mary a comer desse jeito. "Quando eu tinha a sua idade", dissera Young, "sua avó me fazia comer arroz de grão em grão. Desse jeito, você sempre está com comida na boca, então ninguém espera que você fale, mas você não fica parecendo uma porca. Nenhum homem quer uma mulher que coma ou fale demais." Mary rira. "*Ap-bah*, a *Um-ma* comia assim quando vocês namoravam?", perguntara ela. "Sem sombra de dúvida, não", respondera Pak. "Mas eu gosto de porcos." Os três gargalharam e terminaram o jantar, comendo da maneira mais descuidada e barulhenta possível, revezando-se nos barulhos de porquinho. Aquilo fazia mesmo tanto tempo assim?

Pak olhou a filha, comendo um grão de arroz atrás do outro, e a esposa, observando a menina, os olhos emoldurados por rugas de preocupação. Pegou o *kimchi* para se forçar a comer, mas o fedor de alho fermentado remoinhando em meio ao calor se entranhou em seu rosto, feito uma máscara. Ele abriu a janela e colocou a cabeça para fora. No céu, os gansos voavam para longe e, à distância, era possível ver a majestosa simetria de sua formação em V; ele refletiu sobre quanto aquilo era injusto, chamar homens como ele de "pais-ganso". Os verdadeiros gansos machos encontravam uma parceira para a vida toda; as verdadeiras famílias de gansos permaneciam juntas, caçavam, dormiam e migravam juntas.

De repente, uma visão: a imagem de um ganso numa sala de audiências, processando os jornais coreanos por difamação e exigindo retratações por todas as referências aos pais-ganso. Pak deu uma risadinha; Young e Mary o encararam, confusas e preocupadas. Ele cogitou explicar, mas o que poderia dizer? *Daí o ganso entra com um processo...*

— Eu pensei numa coisa engraçada — disse ele, por fim.

As duas não perguntaram o quê. Mary voltou a comer seu arroz, Young voltou a olhar para Mary, e Pak voltou a olhar pela janela, observando o triângulo de gansos se afastar cada vez mais.

*

Depois do almoço, ao retornar à sala de audiências, Pak reconheceu uma mulher grisalha nos fundos. Uma das manifestantes, a que o ameaçara naquela manhã, dizendo que não descansaria até desmascarar sua fraude e acabar com seu negócio de uma vez por todas. "Se você não parar agora", dissera ela, "vai se arrepender. *Eu juro*." Agora que sua promessa havia se realizado, cá estava ela, inspecionando o recinto como uma orgulhosa diretora em noite de estreia. Ele imaginou que a enfrentava, ameaçava expor suas mentiras em relação àquela noite, contar à polícia tudo o que havia visto. Que satisfação seria ver aquela arrogância se esvaindo de seus olhos, substituída pelo medo. Mas não. Ninguém podia saber que ele estivera fora aquela noite. Ele precisava manter o silêncio, a qualquer custo.

Abe se levantou e algo caiu no chão: o folheto com o *43!*, escrito numa fonte vermelha e agressiva. Pak encarou o papel, aquele pedaço de papel que dera origem a tudo. Se pelo menos Elizabeth não o tivesse visto e ficado obcecada com a ideia de sabotagem, de que alguém havia tocado fogo debaixo dos tubos de oxigênio, ele estaria levando Mary para a faculdade naquele exato instante. Uma onda de calor o invadiu, fazendo seus músculos estremecerem, e ele desejou agarrar aquele folheto, rasgá-lo inteiro, fazer uma bolinha e jogar em Elizabeth e na manifestante, nessas mulheres que haviam arruinado sua vida.

— Dr. Thompson — disse Abe —, vamos continuar de onde paramos. Conte sobre o último mergulho, durante o qual ocorreu a explosão.

— Nós começamos atrasados — disse Matt. — O mergulho antes do nosso costumava começar às 18h15, mas eles se atrasaram. Eu não sabia, então cheguei lá na hora e o estacionamento da frente estava lotado. Todo o pessoal do mergulho duplo teve que parar no estacionamento alternativo, um pouco mais adiante, como tinha acontecido de manhã. Nós só começamos às 19h10.

— Qual foi o motivo desse atraso? As manifestantes ainda estavam lá?

— Não. A polícia havia dispersado todas, um pouco mais cedo. Ao que parece, elas tentaram impedir os mergulhos largando balões de gás hélio na fiação elétrica, o que causou uma queda de energia — explicou Matt.

Pak quase deu uma risada frente à eficiente síntese da descrição de Matt. Seis horas de caos — as manifestantes aborrecendo os pacientes; a polícia se dizendo incapaz de impedir uma "manifestação pacífica"; a queda do ar-condicionado e da luz durante um mergulho à tarde, assustando os pacientes; a chegada da polícia, por fim; as manifestantes gritando "que rede elétrica?" e "que diabo os balões têm a ver com a queda na rede elétrica?". Tudo isso reduzido a uma frase de dez segundos.

— Como foi que os mergulhos prosseguiram, se houve queda de energia? — perguntou Abe.

— Eles têm um gerador; é um requisito de segurança. Pressurização, oxigênio, comunicação, tudo isso ainda funcionava. Só as coisas secundárias, como o ar-condicionado, a luz e o DVD não funcionavam.

— DVD? O ar-condicionado eu entendo, mas por que um DVD?

— Para as crianças, para que elas ficassem sentadinhas. O Pak acoplou um televisor do lado de fora de uma das janelas e instalou caixas de som. As crianças adoravam, e eu sei que os adultos também gostavam bastante.

Abe deu uma risadinha.

— Pois é, pelo menos na minha casa as crianças tendem a ficar bem mais sossegadas na frente de uma tevê.

— Pois é. — Matt sorriu. — Enfim, o Pak conseguiu prender um aparelhinho de DVD portátil ao exterior da última janela. Ele falou que acabou se atrasando por ter tido que ajeitar tudo. E ainda por cima alguns pacientes de antes ficaram assustados com a manifestação e cancelaram os mergulhos, o que acabou tomando mais tempo.

— E as luzes? O senhor disse que estavam apagadas?

— Isso, as do galpão. Nós começamos depois das sete da noite, então estava começando a escurecer, mas, como era verão, ainda havia luz suficiente para enxergarmos.

— Então vocês estavam sem luz e o mergulho estava atrasado. Alguma outra estranheza aquela noite?

Matt assentiu.

— Sim. A Elizabeth.

— O que tem ela? — indagou Abe, erguendo as sobrancelhas.

— É importante ressaltar — disse Matt — que mais cedo, naquele mesmo dia, eu a vi ir embora pisando duro depois de uma discussão com a Kitt, então imaginei que ela ainda fosse estar irritada. Só que, quando ela chegou, estava de excelente humor. Uma simpatia fora do comum, até com a Kitt.

— Será que as duas conversaram e fizeram as pazes?

Matt balançou a cabeça.

— Não. Antes da Elizabeth chegar, a Kitt contou que tinha tentado falar com ela, mas ela ainda estava brava. De todo modo, a coisa mais estranha foi que a Elizabeth falou que estava passando mal. Eu me lembro de achar aquilo estranho; como parecia alegre, quando supostamente estava se sentindo mal. — Matt engoliu em seco. — Enfim, ela disse que precisava se sentar, ficar no carro e descansar durante o mergulho. Então...

Os olhos de Matt dispararam até Elizabeth. Ele tinha o rosto todo contraído, como se estivesse se sentindo ferido, traído e decepcionado, tudo de uma vez, feito o olhar de uma criança à mãe ao descobrir que o Papai Noel não existe.

— Então? — Abe tocou o braço de Matt, para reconfortá-lo.

— Ela pediu à Kitt para se sentar perto do Henry e dar uma olhada nele durante o mergulho, e sugeriu que eu me sentasse ao lado deles para ajudar também.

— Então a ré organizou os lugares para que Henry se sentasse entre o senhor e Kitt?

— Isso.

— A ré chegou a fazer alguma outra sugestão em relação à disposição dos lugares? — perguntou Abe, enfatizando a palavra *sugestão* e conferindo-lhe um tom sinistro.

— Fez, sim. — Matt encarou Elizabeth outra vez, com aquele olhar de criança ferida-decepcionada-traída. — A Teresa ia entrar primeiro, como sempre. Mas a Elizabeth a impediu. Falou que, já que a tela do DVD estava nos fundos e a Rosa não assistia à TV, o TJ e o Henry poderiam se sentar lá atrás.

— Parece razoável, não? — indagou Abe.

— Não, nem um pouco — disse Matt. — A Elizabeth era muito seletiva em relação aos DVDs que o Henry podia ou não ver.

Matt contraiu o rosto, e Pak soube que ele estava pensando na briga a respeito da escolha do DVD. Elizabeth queria algo educativo, um documentário de história ou ciência. Kitt queria *Barney*, o preferido de TJ. Elizabeth cedeu, mas depois de uns dias, soltou: "O TJ está com oito anos. Você não acha que está na hora de apresentar a ele algo mais condizente com a idade?"

"O TJ precisa ficar tranquilo. Você sabe disso", respondeu Kitt. "O Henry vai ficar bem; uma hora de Barney não vai matá-lo."

"Uma hora sem o Barney também não vai matar o TJ."

Kitt encarou Elizabeth nos olhos durante um longo tempo. Então sorriu. "Tudo bem, vamos fazer do seu jeito." E largou o DVD do Barney no cubículo.

A sessão havia sido um verdadeiro desastre. TJ começou a berrar quando o documentário começou. "Olha, TJ, é sobre dinossauros, igual ao Barney", Elizabeth tentara dizer por sobre os uivos de TJ, mas tudo foi por água abaixo quando TJ arrancou o capacete e começou a bater a cabeça na parede. O choro de Henry chegou a doer nos ouvidos de Matt, que gritou para que Pak, pelo amor de Deus, botasse logo o DVD do Barney.

— Depois daquele dia — continuou Matt, após resumir o incidente —, o Pak sempre botava Barney, e a Elizabeth sempre se sentava com Henry longe da tela. Ela dizia que o Barney era um lixo e que não queria o filho perto daquilo. Então, ela mudar de ideia de repente e posicionar o Henry perto do DVD... foi algo estranhíssimo. A Kitt até perguntou se ela tinha certeza e a Elizabeth falou que era um agrado especial para o Henry.

— Dr. Thompson — disse Abe —, essa alteração de lugares proposta pela ré afetou mais alguma coisa?

— Sim. Mudou as conexões dos pacientes aos tubos de oxigênio.

— Desculpe, não entendi.

Matt olhou para os jurados.

— Mais cedo, expliquei que a gente conectava os capacetes a torneiras de oxigênio, do lado de dentro da câmara. São duas torneiras, uma na frente e uma atrás, cada uma conectada a um tanque de oxigênio. Duas pessoas ficavam conectadas a uma única torneira, compartilhando o mesmo tanque. — Os jurados assentiram. — Por conta da troca de assentos feita pela Elizabeth, o tubo de oxigênio do Henry ficou conectado à torneira de trás, em vez de à da frente, como sempre.

— Então a ré se certificou de que Henry ficaria conectado ao tanque de oxigênio de trás?

— Isso. Ela me pediu para conectar o meu ao da frente e o Henry ao de trás. Eu disse que tudo bem, mas perguntei que diferença fazia.

— E?

— Ela disse que eu estava mais perto do da frente, e o Henry, mais perto do de trás, e que se cruzássemos os tubos talvez o Henry acabasse tendo uma crise de TOC, transtorno obsessivo-compulsivo.

— E Henry já havia exibido sinais anteriores de alguma "crise" de TOC — disse Abe, fazendo aspas com as mãos —, em algum desses trinta e tantos mergulhos que vocês haviam feito juntos?

— Não.

— E depois?

— Eu disse que tudo bem, que não cruzaria os tubos, mas ela não ficou satisfeita. Foi até os fundos e conectou pessoalmente o tubo de Henry à torneira de trás.

Abe se postou bem à frente de Matt.

— Dr. Thompson — disse ele; como se fosse uma deixa, o ar-condicionado perto de Matt ganhou vida com um estrondo. — Qual dos tanques de oxigênio explodiu?

Matt cravou os olhos em Elizabeth e respondeu, sem pestanejar. Lenta e deliberadamente. Pontuando cada sílaba, transbordando de veneno, com o objetivo de feri-la.

— O tanque de trás. O tanque que estava conectado à torneira de trás. O que *aquela mulher*... — Matt parou, e Pak teve certeza de que ele levantaria o braço e apontaria para ela, mas em vez disso, Matt apenas piscou com força e desviou o olhar. — ... garantiu que estivesse conectado à cabeça do próprio filho.

— Depois que a ré organizou tudo como queria, o que aconteceu? — perguntou Abe.

— Ela disse a Henry: "Eu te amo muito, meu docinho."

— "Eu te amo muito, meu docinho" — repetiu Abe, virando-se para a fotografia de Henry, e Pak viu os jurados franzirem a testa para Elizabeth, alguns balançando a cabeça. — E depois?

— Ela foi embora — respondeu Matt, com um tom seco. — Sorriu e acenou, como se estivéssemos indo dar uma volta de montanha-russa, e se afastou.

MATT

— Então, a ré saiu e o mergulho noturno começou. O que aconteceu depois, dr. Thompson? — perguntou Abe.

No instante em que a escotilha se fechou, ele sabia que algo estava seriamente errado. O ar estava muito parado e estranho, o que, somado ao forte cheiro de odores corporais e desinfetante que permeava a câmara, dificultava muito a respiração. Kitt pedira a Pak que subisse a pressão de TJ bem lentamente, pois ele estava se recuperando de uma otite, de modo que isso levou dez minutos, em vez dos cinco costumeiros. Com a pressurização, o ar ficou ainda mais denso e quente, se isso era possível. O DVD portátil não estava conectado às caixas de som, e o som de Barney cantando *"O que vamos ver no zoológico?"* do outro lado do vidro espesso da janela dava um toque de surrealismo ao mergulho, como se eles realmente estivessem debaixo d'água.

— Estava quente, sem o ar-condicionado, mas tirando isso estava tudo normal — disse Matt, o que não era realmente verdade.

Ele esperara que as duas mulheres passassem o mergulho inteiro dissecando o inesperado comportamento amigável de Elizabeth e a óbvia mentira de estar passando mal, mas elas permaneceram em silêncio. Talvez fosse o constrangimento de falar na frente de Matt, ou talvez o calor. De todo modo, ele ficou contente por ter a chance de se sentar e refletir; precisava pensar no que diria a Mary.

— Qual foi o primeiro sinal de que havia algo errado? — perguntou Abe.

— O DVD parou bem no meio de uma música.

O silêncio daquele momento foi absoluto. Sem o ruído no ar-condicionado, sem Barney, sem as conversas. Depois de um segundo, TJ bateu na janelinha, como se o aparelho de DVD fosse um animal adormecido que ele pudesse acordar. "Tudo bem, TJ; aposto que acabou a pilha", dissera Kitt, com a serenidade forçada de quem se encontra diante de um urso adormecido.

Suas memórias da última parte eram entrecortadas, como um daqueles filmes antigos que avançam meio engasgados, as cenas unidas de maneira tosca, saltando de uma imagem a outra. TJ esmurrando a janelinha. TJ se levantando, jogando longe o capacete de oxigênio e batendo a cabeça na parede. Kitt tentando afastar TJ da parede.

— Você pediu a Pak que encerrasse o mergulho?

Matt balançou a cabeça. Agora, à luz do dia, parecia a coisa mais óbvia a fazer. Naquele momento, porém, a confusão era muito grande.

— A Teresa disse que talvez fosse melhor parar, mas a Kitt disse que não, que era só reiniciar o DVD.

— O que Pak disse?

Matt virou-se para Pak.

— Estava um caos na câmara, uma barulheira, então não consegui ouvir direito, mas ele disse alguma coisa sobre ir pegar as pilhas, que voltaria em alguns minutos.

— Então Pak começou a tentar resolver a história do DVD. E depois, o que aconteceu?

— A Kitt acalmou o TJ e conseguiu recolocar o capacete nele. Cantou umas músicas para ele se acalmar.

Uma só, na verdade: a música interrompida quando o DVD do Barney parou de funcionar. Repetidas vezes, num tom bem lento e baixinho, como uma canção de ninar. Às vezes, quando estava quase pegando no sono, Matt ouvia. *Amo você, você me ama, so-mos uma fa-mília fe-liz.* Ele acordava com um sobressalto, o coração disparado, e visualizava a si mesmo arrancando a cabeçorra roxa do Barney e pisoteando-a, fazendo o bicho parar no meio das palmas e largando de lado o corpo roxo e decapitado.

— O que aconteceu depois? — perguntou. Abe.

Todos haviam ficado quietos e em silêncio, Kitt entoando um murmúrio cantarolado, com TJ aninhado em seu peito, de olhos fechados. "Preciso do pinico", soltou Henry, de repente, e estendeu a mão para apanhar o urinol, que ficava nos fundos, para emergências sanitárias. Henry esbarrou o peito nas pernas de TJ, que levou um susto e começou a se debater, como se tivesse levado um choque. Começou a chutar tudo, descontrolado. Matt puxou Henry de volta, mas TJ arrancou o capacete, jogou no colo de Kitt e começou a bater a cabeça na parede outra vez.

Era difícil acreditar que uma criança fosse capaz de bater a cabeça várias vezes em uma parede de aço, produzindo baques tão fortes, e não arrebentasse o crânio. Ouvir aquela barulheira, com a certeza de que a cabeça de TJ abriria na pancada seguinte, fez Matt querer arrancar o próprio capacete, tapar as orelhas e fechar os olhos com força. Henry parecia sentir o mesmo; virou-se para Matt com os olhos tão arregalados que mais pareciam bolotas com um pontinho no lugar das pupilas. O centro de um alvo.

Matt, então, pegou a mãozinha de Henry. Aproximou o rosto do dele, sorriu, os dois separados pelos capacetes, e disse que estava tudo bem. "Só respire", dissera ele, e inspirou profundamente, mantendo os olhos fixos nos de Henry.

Henry respirou com Matt. Ar para dentro, ar para fora. Ar para dentro, ar para fora. O pânico no rosto de Henry começou a se dissipar. Suas pálpebras relaxaram, as pupilas dilataram, e os cantinhos dos lábios se curvaram, quase um sorriso. Na janelinha entre os dentes da frente, Matt percebeu a pontinha de um novo dente. *Ei, seu dente está crescendo*, Matt abria a boca para dizer, quando ouviu a explosão. Matt pensou que fosse a cabeça de TJ abrindo, mas o som era muito mais alto, o som de cem cabeças, de mil cabeças batendo no aço. Feito uma bomba explodindo, do lado de fora.

Matt piscou — quanto tempo aquilo havia levado? Um décimo de segundo? Um centésimo? —, e onde antes estava o rosto de Henry, havia fogo. Rosto, depois uma piscada de olhos, depois fogo. Não, mais rápido que isso. Rosto, piscada, fogo. Rosto-piscada-fogo. Rostofogo.

*

Abe passou um bom tempo sem falar. Matt também. Os dois apenas ficaram ali, escutando o choro e as fungadas da tribuna, da área do júri, de toda parte, exceto pela mesa da defesa.

— Doutor, o senhor gostaria de um recesso? — perguntou o juiz a Abe.

Abe olhou Matt com as sobrancelhas erguidas, as linhas ao redor dos olhos e da boca informando que também estava cansado, que seria bom parar.

Matt virou-se para Elizabeth. Ela passara o dia todo muito contida, a ponto de parecer desinteressada. Ele, no entanto, esperava ver aquela fachada ruir naquele momento, esperava que ela gritasse que amava o filho, que jamais faria mal a ele. Alguma coisa, qualquer coisa, que mostrasse a devastação que qualquer ser humano sentiria ao ser acusado de matar o próprio filho e escutar os terríveis detalhes de sua morte. Que se danasse o decoro, que se danassem as regras. Mas ela não disse nada, não fez nada. Apenas escutou tudo, olhando para Matt com uma curiosidade displicente, como se assistisse a um programa sobre os padrões climáticos da Antártida.

Matt desejou agarrá-la pelos ombros e sacudi-la. Desejou enfiar a cara na dela e gritar que até hoje tinha pesadelos com Henry, feito o extraterrestre de um desenho infantil — a cabeça uma bolota de chamas, o restante do corpo intacto, as roupas intocadas, mas as pernas se debatendo em um grito silencioso. Ele queria enfiar aquela imagem na cabeça dela, por transferência, telepatia ou qualquer coisa possível para sumir com a maldita compostura daquela mulher, fazer com que ela nunca mais pudesse encontrá-la.

— Não — disse Matt a Abe; já não estava cansado, já não necessitava do intervalo pelo qual tanto torcera. Quanto mais rápido mandasse aquela sociopata para o corredor da morte, melhor. — Prefiro continuar.

Abe assentiu.

— Conte o que aconteceu com Kitt depois da explosão do lado de fora.

— O fogo estava isolado à torneira de oxigênio de trás. O capacete do TJ também estava conectado, mas a Kitt estava segurando, pois TJ tinha arrancado o capacete. As chamas brotaram da abertura, invadiram o colo de Kitt e ela pegou fogo.

— E depois?

— Eu tentei tirar o capacete do Henry, mas...

Matt olhou as próprias mãos. As cicatrizes sobre os cotos amputados pareciam brilhantes e novas, feito plástico derretido.

— Dr. Thompson? O senhor conseguiu? — perguntou Abe.

Matt olhou para cima.

— Desculpe. Não. — Ele se forçou a aumentar o tom da própria voz, a entoar as palavras mais depressa. — O plástico começou a derreter e estava quente demais; eu não conseguia segurar.

Foi como segurar um ferro em brasa. Suas mãos se recusavam a obedecer ao comando da mente. Ou talvez aquilo fosse mentira; talvez ele quisesse fazer o mínimo para dizer a si mesmo que havia feito o máximo. Que não havia deixado um menininho morrer porque não queria estragar suas preciosas mãos.

— Eu tirei a camisa e enrolei nas mãos para tentar outra vez, mas o capacete do Henry começou a se desintegrar, e minhas mãos pegaram fogo.

— E os outros?

— A Kitt estava gritando, tinha fumaça por toda parte. A Teresa tentava fazer o TJ engatinhar para longe das chamas. Todos gritávamos para que o Pak abrisse a porta.

— Ele abriu?

— Abriu. Ele abriu a escotilha e nos puxou para fora. A Rosa e a Teresa primeiro, daí ele entrou e me empurrou para fora, e depois pegou o TJ.

— E então?

— O galpão estava pegando fogo. A fumaça era tão espessa que a gente não conseguia respirar. Eu não lembro como... mas de alguma forma o Pak tirou a Teresa, a Rosa, o TJ e eu do galpão, depois correu de volta para dentro. Ficou lá por um tempo. Por fim, saiu carregando o Henry e o deitou no chão. O Pak estava ferido... tossia, estava cheio de queimaduras... e eu disse a ele que esperasse por ajuda, mas ele nem ouviu. Correu lá para dentro para pegar a Kitt.

— E o Henry? Qual era o estado dele?

Matt havia se aproximado de Henry rapidamente, enfrentando todas as células de seu corpo, que gritavam para que ele se afastasse dali. Ele desabou no chão e segurou a mão de Henry — intocada, sem um arranhão, como o restante do seu corpo, do pescoço para baixo. As roupas não estavam queimadas, as meias ainda estavam brancas.

Matt tentou não olhar para a cabeça de Henry. Mesmo assim, percebeu que o capacete havia desaparecido. *O Pak deve ter enfim conseguido tirar*, pensou ele, mas, ao ver o látex azul em torno do pescoço de Henry, percebeu: o capacete de plástico transparente havia derretido, deixando apenas o aro de metal. A parte à prova de fogo, que protegeu tudo abaixo do pescoço de Henry, deixando-o intocado.

Ele se forçou a olhar a cabeça de Henry. Ela ardia lentamente, com os cabelos chamuscados, toda a pele queimada, sangrenta e cheia de bolhas. O dano era pior junto ao lado direito do maxilar, o ponto onde o oxigênio — o fogo — entrava pelo capacete. A pele ali havia sido completamente queimada, revelando ossos e dentes. Ele viu o novo dentinho de Henry, agora sem a gengiva que o escondia. Perfeito e pequenino, logo acima dos outros, que claramente eram dentes de leite, pois os permanentes ainda por vir estavam acima, bem à vista. Uma brisa suave soprou, e Matt sentiu o fedor de pele chamuscada, cabelo queimado e carne cozida.

— Quando eu cheguei perto — disse Matt a Abe —, o Henry estava morto.

YOUNG

Sua casa não era exatamente uma casa. Estava mais para uma cabana. Meio torta, parando para olhar de um certo ângulo. Tinha o formato de um chalezinho de troncos, uma casa na árvore, do tipo que os adolescentes construíam com o pai meio desajeitado e sobre o qual a mãe poderia comentar: "Vocês se esforçaram muito. E nem fizeram aula de marcenaria!"

Da primeira vez que a vira, Young dissera a Mary: "Não importa o aspecto. Vai nos manter secas e seguras. Isso é o mais importante." Era difícil sentir segurança, no entanto, numa cabana barulhenta e meio torta, como se toda a estrutura estivesse afundando lentamente na terra. (O terreno era macio e lamacento, o que tornava a ideia possível.) A porta e a única "janela" — uma folha de plástico transparente presa com fita a um buraco na parede — também eram tortas, assim como o compensado de madeira do chão. A pessoa que construíra aquela cabana não tinha a menor familiaridade com o conceito de planos ou ângulos retos.

Agora, porém, abrindo a porta inclinada e pisando no chão instável, tudo o que Young sentia era segurança. Segurança para fazer o que queria desde que o juiz bateu o martelo e concluiu o primeiro dia de julgamento: rir alto, escancarando as duas fileiras de dentes, e gritar que amava julgamentos norte-americanos, que amava Abe, amava o juiz e, principalmente, amava os jurados. Ela amava o jeito como os jurados ignoravam as instruções do juiz para não discutirem o caso com *ninguém*, nem entre si, e, assim que ele se levantava para sair — Young amava isso mais do que tudo, eles nem sequer esperavam o juiz sair do recinto —, começavam a falar sobre Elizabeth, como ela era assustadora, e que audácia mostrar a cara ali, na frente daquela gente cuja vida ela arruinou. Ela amava como eles se levantavam para sair e encaravam Elizabeth, todos ao mesmo tempo, como uma gangue, a mesma expressão de nojo estampada em cada rosto — a bela uniformidade daquela cena, como numa coreografia.

Young sabia que não devia se sentir assim, não depois do terrível testemunho de Matt relembrando as mortes de Henry e Kitt, as queimaduras, a amputação de seus dedos, a dificuldade de aprender a usar apenas a mão esquerda. Ela, no entanto, passara o último ano numa tristeza perpétua, recordando os gritos de Pak na unidade de queimados do hospital e imaginando um futuro sem a funcionalidade de seus membros, e ouvir a respeito já não a afetava. Feito os sapos, que se acostumam à água quente e acabam morrendo na panela fervente. Ela havia se acostumado à tragédia, vivia insensível a ela.

A alegria e o alívio, no entanto... eram relíquias enterradas e esquecidas, e agora que haviam retornado à tona, não havia como contê-las. Quando Matt testemunhou sobre os minutos antes da explosão e não houve dúvida, nem o menor indício, da ausência de Pak no galpão, foi como se uma lama que corria em suas veias e cortava seus órgãos tivesse escapado em um instante por uma abertura na barragem, totalmente liberada. A história que Pak inventara para protegê-los havia, com o tempo e muitas repetições, virado verdade, e a única pessoa que poderia contestá-la havia, na verdade, cimentado tudo.

Young se virou para ajudar Pak a entrar.

— Hoje foi um bom dia — disse ele, quando ela se aproximou, e abriu um sorriso. Parecia um garotinho, a boca torta, um canto mais alto que o outro, uma covinha em apenas uma das bochechas. — Eu esperei até estarmos sozinhos para te contar a boa notícia — prosseguiu ele, escancarando e entortando ainda mais o sorriso, e Young sentiu a delícia da aproximação conspiratória com o marido. — O investigador do seguro estava no fórum. Eu conversei com ele, enquanto você estava no banheiro. Ele vai preencher o formulário assim que o veredito sair. Falou que vamos levar só umas semanas para receber todo o dinheiro.

Young inclinou a cabeça para trás, uniu as palmas e fechou os olhos na direção do céu, como sua mãe sempre fazia para agradecer a Deus pelas boas notícias. Pak riu, e ela riu também.

— A Mary já sabe? — perguntou ela.

— Não. Quer contar? — retorquiu Pak.

Aquilo a surpreendeu, ele querer saber sua preferência em vez de ordenar que ela agisse de determinada forma. Young assentiu e sorriu, insegura, porém feliz, como uma noiva na noite de casamento.

— Vá descansar. Eu conto para ela.

Ao passar por ele, pôs a mão em seu ombro. Em vez de se afastar, Pak cobriu a mão dela com a sua e sorriu. As duas mãos unidas — uma equipe, uma unidade.

Young saboreou a vertigem que brotava dentro de si, feito bolhas de gás hélio, e que nem a aparente tristeza de Mary — sua filha estava parada diante do galpão, encarando as ruínas e chorando baixinho — poderia estragar. Na verdade, as lágrimas de Mary deixaram Young ainda mais feliz. Desde a explosão, Mary exibia outra personalidade: antes uma menina explosiva e falante, passara a ser uma cópia exata da filha de Young, porém muda e aérea. Os médicos de Mary diagnosticaram um transtorno de estresse pós-traumático (ou TEPT — os norte-americanos adoravam reduzir os termos a siglas; que imensa importância a de economizar os segundos), disseram que sua recusa em falar sobre aquele dia era um sintoma "clássico" de TEPT. Ela não quisera ir ao julgamento, mas os médicos garantiram que outros relatos talvez reavivassem suas lembranças. E Young admitia que hoje, sem sombra de dúvida, alguma coisa havia se libertado. A atenção que Mary dispensara ao testemunho de Matt, a todos os detalhes daquele dia — as manifestantes, os atrasos, a queda na luz, todas as coisas que ela tinha perdido por ter passado o dia estudando para o vestibular. E agora aquele choro. Uma emoção verdadeira — a primeira reação expressiva desde a explosão.

Ao se aproximar de Mary, Young percebeu que seus lábios se moviam, emitindo murmúrios quase inaudíveis.

— Tão quieto... tão quieto — dizia Mary, mas de um jeito etéreo, hipnótico, feito um mantra.

Quando Mary acordou do coma pela primeira vez, falara muitas vezes, em inglês e coreano, sobre a quietude antes da explosão. O doutor explicou que as vítimas de trauma com frequência focavam intensamente em algum elemento sensorial do evento, revivendo aquele único detalhe inúmeras vezes na mente. "As vítimas de explosões com frequência são assombradas pelo estrondo", dissera ele. "É natural que ela se fixe na justaposição auditiva daquele momento, no silêncio que precedeu o estrondo."

Young aproximou-se de Mary. Ela não se mexeu; mantinha o olhar fixo na câmara incendiada, ainda aos prantos.

— Eu sei que hoje foi difícil — disse Young, em coreano —, mas fico feliz por você enfim estar conseguindo deixar o choro vir — concluiu, estendendo a mão para tocar o ombro da filha.

Mary se esquivou.

— Você não sabe nada! — gritou ela, em inglês, engasgada de tanto soluçar, e correu para dentro da casa.

A reação doeu, mas foi apenas momentâneo; em seguida, veio o alívio de Young em perceber que o que acabava de acontecer — o choro, o berro, a corrida, tudo — era uma reação típica da verdadeira Mary, de antes da explosão. Era engraçado como ela odiava tanto o melodrama de garota adolescente e repreendia Mary por conta dessas bobagens, mas ao mesmo tempo sentia falta disso e, por isso, se via aliviada.

Ela foi atrás de Mary e abriu a cortina de chuveiro preta que demarcava seu lado da casa. Era fina demais para lhe dar privacidade (ou a Pak e Young, do outro lado); servia mais como um símbolo, uma declaração visual da exigência de uma adolescente de ficar sozinha.

Mary estava deitada em seu colchão, o rosto enfiado no travesseiro. Young sentou-se e afagou seus longos cabelos negros.

— Tenho uma boa notícia — disse Young, num tom delicado. — O dinheiro do seguro vai entrar assim que o julgamento terminar. Logo vamos poder sair daqui. Você sempre quis conhecer a Califórnia. Pode se matricular em uma universidade de lá, podemos deixar tudo isso para trás.

Mary ergueu um pouco a cabeça, feito um bebê lutando contra seu peso, e virou-se para Young. Havia marcas de travesseiro em seu rosto, e seus olhos eram duas fendas inchadas.

— Como é que você pode pensar nisso? Como pode falar em universidade, em Califórnia, com a Kitt e o Henry mortos? — As palavras de Mary eram acusatórias, mas ela tinha os olhos arregalados, como se impressionados pela capacidade de Young em manter o foco na parte não trágica da história, buscando pistas de como fazer o mesmo.

— Eu sei que foi terrível tudo isso que aconteceu. Mas a gente precisa seguir em frente. Precisa se concentrar na sua família, no seu futuro.

Young alisou de leve a testa de Mary, como se passasse uma camiseta de seda.

Mary baixou a cabeça.

— Eu não sabia que o Henry tinha morrido daquele jeito. O rosto dele... — Ela fechou os olhos, e lágrimas pingaram sobre o travesseiro.

Young se deitou ao lado da filha.

— Shh, está tudo bem.

Ela afastou os cabelos da filha do rosto e correu os dedos por eles, como fazia todas as noites na Coreia. Como sentia saudade disso. Young odiava muitas coisas em relação à vida norte-americana: ter passado quatro anos separada do marido; ter descoberto (*depois* de chegar a Baltimore) que seus anfitriões esperavam que ela trabalhasse das seis da manhã à meia-noite, sete dias por semana; ter se tornado uma prisioneira, trancafiada em um cubículo à prova de balas. O que ela mais lamentava, porém, era o distanciamento da filha. As duas passaram os quatro anos sem se ver. Mary estava sempre dormindo quando Young chegava em casa, e ainda dormia quando ela saía. Nos primeiros fins de semana, Mary chegou a visitar a loja, mas passava o tempo todo chorando e dizendo que odiava a escola, que as crianças eram muito malvadas, que ela não entendia ninguém, que sentia saudade do pai, e dos amigos, e isso e aquilo. Então vieram a raiva, os gritos de Mary acusando Young de abandono, de ter feito dela uma órfã em um país estrangeiro. Então, por fim, o pior de tudo: o silêncio. Sem gritos, sem súplicas, sem olhares.

O que Young jamais entendera era por que Mary direcionava toda a sua raiva apenas para ela. A permanência de Pak na Coreia, o esquema com a família anfitriã de Baltimore — tudo isso tinha sido ideia dele. Mary sabia disso, vira o pai dando as ordens, silenciando as objeções de Young, mas mesmo assim, por algum motivo, Mary culpava *a mãe*. Era como se Mary associasse todas as dores transicionais da imigração — separação, solidão, colegas agressivos — a Young (pois Young estava nos Estados Unidos), enquanto Pak, em virtude da localização, permanecia atrelado às afetuosas lembranças da Coreia — família, união, adequação. A família anfitriã recomendou paciência, disse que Mary logo, logo seguiria o padrão típico das crianças imigrantes, com muita coisa para assimilar, muito depressa, e enlouquecendo os pais com suas preferências do inglês ao coreano, de McDonald's a *kimchi*. Mary, porém, jamais cedeu, nem a Young nem aos Estados Unidos, mesmo depois de começar a fazer amigos e falar unicamente em inglês nas raras ocasiões em que se dignava a se dirigir a Young, até que, por fim, aquelas primeiras associações se tornaram uma premissa matemática, uma constante eterna:

(Pak = Coreia = felicidade) > (Young = Estados Unidos = tristeza)

No entanto, será que isso finalmente havia terminado? Pois cá estava sua filha agora, deixando Young acariciar seus cabelos enquanto chorava, confortada por esse ato tão íntimo. Depois de cinco minutos, talvez dez, a respiração de Mary começou a acalmar, e Young olhou seu rosto adormecido. Quando acordada, Mary tinha o rosto muito anguloso — nariz fino, maçãs do rosto altas, linhas profundas de expressão que lhe marcavam a testa feito trilhos de trem. Quando dormia, porém, tudo suavizava feito cera derretida, e os ângulos cediam lugar a delicadas curvas. Até a cicatriz em sua bochecha parecia delicada, como se pudesse ser removida com um toque.

Young fechou os olhos e igualou sua respiração à da filha, sentindo uma pontada de tontura, de falta de familiaridade. Quantas vezes havia se deitado junto a Mary, com ela nos braços? Centenas de vezes? Milhares? Mas já fazia anos. Na última década, as únicas vezes em que ela permitira e sustentara um toque de Young por momentos mais longos haviam sido no hospital. As pessoas falavam tanto sobre a perda de intimidade entre os casais ao longo dos anos, tantos estudos acerca do número de relações sexuais no primeiro ano de casamento em comparação aos anos seguintes, mas ninguém media o número de horas de contato de uma mãe e seu bebê no primeiro ano de vida em comparação aos anos seguintes, a dramática dissolução da intimidade — a sensual familiaridade de cuidar, segurar, confortar — quando uma criança passava da primeira e segunda infâncias à adolescência. Mães e filhos moram na mesma casa, mas a intimidade vai embora, substituída por apatia com pitadas de irritação.

Era como um vício: era possível viver sem, mas impossível esquecer, não sentir mais saudade, e à menor demonstração, como agora, o desejo aumentava, bem como a vontade de mergulhar naquela sensação.

Young abriu os olhos. Aproximou o rosto e encostou o nariz no de Mary, como costumava fazer tantos anos antes. A respiração cálida da filha tocou-lhe os lábios, como suaves beijos.

*

Para o jantar, Young fez o prato que Pak fingia ser seu preferido: sopa de tofu e cebola com uma pasta grossa de soja. A comida preferida *de verdade* era *galbi*, costela marinada, desde que os dois haviam se conhecido, na faculdade.

Só que a costela, mesmo a de má qualidade, custava quase oito dólares o quilo. O tofu custava dois dólares a caixinha, o que dava para comprar se eles passassem o restante da semana comendo só arroz, *kimchi* e lámen de um dólar a dúzia. No primeiro dia de Pak em casa, depois do hospital, ela servira essa sopa, e ele respirara fundo, preenchendo os pulmões com o aroma pungente da coalhada de soja e cebola doce. À primeira bocada, fechou os olhos, disse que os quatro dias de comida insossa de hospital o haviam deixado com saudade de comida bem temperada e declarou que a sopa de

Young era sua nova favorita. Ela sabia que ele estava apenas protegendo a própria honra — Pak se envergonhava das próprias finanças, não aceitava nem conversar a respeito —, mas mesmo assim seu evidente deleite a cada mordida a deixava satisfeita, então ela preparava a sopa sempre que podia.

Parada diante da panela, mexendo a pasta e observando a água adquirir um forte tom amarronzado, Young teve que rir frente a tanto contentamento, frente à sensação de que aquela era a maior felicidade que ela já sentira nos Estados Unidos. Objetivamente, aquele era o pior momento de sua vida norte-americana — não, de *toda* a sua vida: o marido, paraplégico; a filha, catatônica, de rosto marcado e mente despedaçada; as finanças, inexistentes. Young deveria estar desesperada, derrotada pelo desconsolo de sua situação, pela pena expressada pelos outros, a ponto de mal conseguir se manter de pé.

Ainda assim, cá estava ela. Aproveitando a sensação da colher de pau em sua mão, o simples gesto de misturar a cebola fatiada ao líquido na panela, sorvendo os vapores aromáticos e aquecendo o próprio rosto.

Ela repetiu as palavras de Pak a respeito do dinheiro do seguro, inclusive recordando a forma como a mão dele se aninhara na dela e a calidez de seu sorriso. Os dois haviam rido juntos — quando fora a última vez que fizeram isso? Era como se tamanha privação de alegria a tivesse tornado extremamente sensível a ela, de modo que a menor migalha de prazer — daqueles cotidianos, já esperados, pouco percebidos quando a vida estava normal — agora suscitasse nela certo estado celebrativo, associado a marcos como noivados e formaturas.

"A felicidade é relativa", Teresa lhe dissera certa vez, poucos dias antes da explosão. Teresa havia chegado mais cedo para o mergulho matinal, e Young a convidou para esperar na casa enquanto Pak aprontava o galpão. Mary, que saía para o preparatório do vestibular, parou. "Sra. Santiago, que bom ver a senhora de novo. Oi, Rosa", disse ela, abaixando-se para ficar frente a frente com a outra menina. Young se surpreendia ao ver como Mary sabia ser amigável com todo mundo, menos com a própria mãe. Até Rosa respondia à alegre cadência de sua voz; ela sorriu, parecendo se esforçar para dizer alguma coisa, e emitiu um misto entre grunhido e gorgolejo.

"Escuta só", disse Teresa. "Ela está tentando falar. Passou a semana toda fazendo um monte de barulhinhos. A OHB está funcionando mesmo." Ela encostou a testa na de Rosa, bagunçou seus cabelos e riu. Rosa cerrou os lábios e murmurou, então abriu-os de novo e soltou um "muh".

Teresa perdeu o fôlego. "Vocês ouviram isso? Ela falou *mãe*."

"Falou! Falou *mãe*", repetiu Mary, e Young foi tomada por um arrepio de felicidade.

Teresa se agachou, olhando o rosto de Rosa. "Você consegue repetir, meu docinho? *Mãe. Mamãe.*"

Rosa murmurou outra vez, então disse "mãe", depois repetiu: "Mãe!"

"Ai, meu Deus!" Teresa beijou todo o rostinho de Rosa, que riu com as cócegas. Young e Mary riram, também, invadidas e unidas pela alegria daquele momento de estupefação. Teresa pôs a cabeça para trás, como se em uma prece silenciosa de agradecimento a Deus, e Young viu: lágrimas corriam por seu rosto, os olhos fechados numa alegria tão completa e incontida, os lábios esgarçados em um sorriso tão largo que exibia até os molares. Teresa beijou a testinha de Rosa. Dessa vez foi um beijo firme, sem cócegas, apreciando a pele de Rosa em seus lábios.

Young sentiu uma pontada de inveja. Era ridículo sentir inveja de uma mulher com uma filha incapaz de andar ou falar, sem um futuro que envolvesse faculdade, marido ou filhos. *Você devia sentir pena de Teresa, não inveja*, disse a si mesma. No entanto, quando fora que *Young* sentira uma alegria tão pura, como a que irradiava do rosto de Teresa? Certamente não nos últimos tempos, quando tudo o que dizia fazia Mary fechar a cara e gritar, ou pior: ignorá-la e fingir que não a conhecia.

Para Teresa, Rosa dizer "mãe" era uma conquista milagrosa, algo que a deixava mais feliz do que... o quê? O que Mary havia feito, o que poderia fazer, que trouxesse a Young tamanha alegria? Entrar em Harvard ou Yale?

Como se para enfatizar o ponto, Mary despediu-se afetuosamente de Teresa e Rosa, então virou-se e saiu, sem falar com Young. Young sentiu o rosto esquentar, e se perguntou se Teresa havia percebido. "Dirija com cuidado, Mary", disse Young, com um falso tom de alegria. "Vou servir o jantar às 20h30", concluiu, em inglês, sem querer ser rude com Teresa por usar coreano, por mais que ficasse constrangida a falar inglês na frente de Mary, sabendo que seu sotaque, como tudo o mais, a envergonhava.

Young virou-se para Teresa e forçou uma risadinha. "Ela está tão assoberbada. Preparatório para o vestibular, tênis, violino. Acredita que já está pesquisando universidades? Acho que é isso o que as meninas de 16 anos fazem." Um instante antes de falar, ela desejou ter refreado as palavras. Mas era como se assistisse a um filme no cinema, incapaz de interromper a cena seguinte. O fato era que, por um instante — o mais breve instante, mas longo o suficiente para causar mal —, ela desejou ferir Teresa. Quis injetar uma dose de sombria realidade em sua alegria, para removê-la. Quis fazê-la lembrar todas as coisas que Rosa deveria estar fazendo, mas não estava e jamais estaria.

O rosto de Teresa desabou, os cantos de seus olhos e lábios caíram dramaticamente, como se a linha invisível que os suspendia tivesse sido cortada. Era exatamente a reação que ela queria, mas assim que a viu Young sentiu ódio de si mesma.

"Sinto muito. Não sei por que disse isso." Young estendeu o braço e tocou a mão de Teresa. "Fui muito insensível."

Teresa olhou para cima. "Tudo bem", disse ela. A dúvida de Young certamente era visível, pois Teresa sorriu e apertou-lhe a mão. "Sério, Young, tudo bem. Logo que a Rosa adoeceu, foi difícil. Toda vez que eu via uma garotinha da idade dela, eu pensava, 'podia ser a Rosa, ela devia estar jogando futebol e dormindo na casa das amiguinhas'. Mas, num dado momento..." Ela afagou os cabelos de Rosa. "Eu aceitei. Aprendi a não esperar que ela fosse como as outras crianças, e agora eu sou uma mãe como outra qualquer. Tenho dias bons e dias ruins, e às vezes fico frustrada, mas outras vezes rio de alguma coisa que ela faz, ou vejo alguma novidade que ela nunca fez, como agora, e a vida fica boa, sabe?"

Young assentiu, mas na verdade não entendia como Teresa podia parecer feliz, podia *estar* feliz, como uma vida que era, frente a qualquer medida objetiva, tão trágica e difícil. Agora, porém, ao acordar Pak para o jantar com um beijo em sua bochecha, ao vê-lo sorrir e dizer que aquela era sua comida predileta e o cheiro estava ótimo, ela entendia. Por isso todos os estudos que mostravam que pessoas mais ricas e bem-sucedidas, que deveriam ser as mais felizes — presidentes de empresa, ganhadores de loteria, campeões olímpicos — não eram, na verdade, as mais felizes, e por que os pobres e deficientes não eram necessariamente os mais deprimidos: cada um se acostuma à própria vida, a cada conquista e dificuldade vivenciada, e ajusta suas expectativas de acordo.

Depois de acordar Pak, Young foi até o cantinho de Mary, bateu duas vezes o pé no chão — a falsa batida à porta, que eles usavam para intensificar a ilusão de privacidade — e abriu a cortina de chuveiro. Mary ainda dormia, de cabelos despenteados e boca escancarada, feito um bebê procurando leite. Como parecia vulnerável, feito depois da explosão, o corpo encolhido e o sangue escorrendo do rosto. Young piscou os olhos, para afastar aquela imagem, e ajoelhou-se ao lado da filha. Levou os lábios à têmpora de Mary. Fechou os olhos e beijou a menina, saboreando a sensação da pele de Mary em seus lábios, a cadência do sangue pulsando nas veias, e imaginou quanto tempo poderia passar assim, unida à filha, pele com pele.

MARY YOO

Ela acordou com a voz de sua mãe.
— Meh-hee-yah, acorde. Está na hora do jantar — dizia ela, mas sussurrando, como se tentasse, ao contrário das palavras, não acordar a filha.

Mary manteve os olhos fechados, tentando vencer a onda de desorientação que sentia ao ouvir sua mãe dizer "Meh-hee" num tom tão delicado. Nos últimos cinco anos, sua mãe só usava seu nome coreano quando estava aborrecida, durante suas brigas. Na verdade, passara um ano inteiro sem dizer "Meh-hee"; desde a explosão, estava sendo super legal e chamando-a apenas por "Mary".

O mais engraçado era que Mary odiava seu nome norte-americano. Mas nem sempre foi assim. Quando sua mãe (que tinha estudado inglês na faculdade e ainda lia livros norte-americanos) sugerira "Mary" como o nome mais próximo de "Meh-hee", ela ficou contente em encontrar um nome com a mesma sílaba inicial. Durante o voo de 14 horas de Seul a Nova York — suas últimas horas como Yoo Meh-hee —, ela treinara a grafia de seu novo nome, preenchendo uma folha inteira com M-A-R-Y e pensando como eram bonitas as letras. Depois da aterrissagem, quando o oficial da imigração a chamara de "Mary Yoo" enrolando o *r* daquele jeito exótico que sua língua coreana era incapaz de replicar, ela sentiu uma leve tontura e um glamour, feito uma borboleta recém-saída de um casulo.

No entanto, duas semanas depois de começar na escola nova, em Baltimore — durante a chamada, enquanto ela se distraía lendo cartas dos amigos coreanos e não reconheceu o novo nome, e não respondeu, e os outros alunos começaram a dar risadinhas —, a sensação de borboleta recém-saída da crisálida começou a dar lugar a um profundo senso de dissonância, como se ela tentasse encaixar um quadrado num buraco redondo. Mais tarde, no refeitório, quando duas garotas com cabelo de lámen repetiram a cena, entoando seu nome num crescente — "Mary Yoo? Ma-ry Yoooo? MA-REEEEE? YOOOOO?" —, sentiu-se levando marteladas que lhe dilaceravam o corpo.

Ela sabia, claro, que a culpa não era do nome, que o verdadeiro problema estava na ignorância do idioma, dos costumes, das pessoas, de tudo. Mas era difícil não associar seu novo nome à nova identidade. Na Coreia, como Meh-hee, ela era muito falante. Vivia arrumando problemas por ficar de conversinha durante as aulas, e escapava na lábia da maioria dos castigos. Sua nova persona, Mary, era uma sabichona de matemática que não abria a boca. Uma criatura mansa, quieta e solitária, envolta em uma carapaça de baixas expectativas. Sem seu nome coreano, era como se ela perdesse a força, tal e qual Sansão sem os cabelos, e assumisse uma identidade submissa, desconhecida e desagradável.

No fim de semana seguinte ao incidente da chamada/refeitório, durante a primeira visita de Mary à mercearia da família de anfitriões, sua mãe a chamou de "Mary" pela primeira vez. Os Kang haviam passado duas semanas treinando sua mãe e a consideravam pronta para assumir a gerência da loja.

Antes da visita, Mary imaginara um supermercado reluzente — tudo nos Estados Unidos parecia impressionante, por isso eles tinham se mudado para lá —, mas no caminho do carro até a loja ela precisou desviar de garrafas quebradas, guimbas de cigarro e uma pessoa dormindo na calçada, coberta por jornais rasgados.

A área de acesso à loja mais parecia um elevador de carga, tanto no tamanho, quanto no aspecto. Um vidro grosso separava os clientes da sala cavernosa que exibia os produtos, e umas placas ladeavam a janelinha para passagem de objetos: PROTEGIDO POR VIDRO À PROVA DE BALAS, CLIENTE É REI e ABERTO DE 6 À MEIA-NOITE, 7 DIAS POR SEMANA. Assim que sua mãe destrancou a porta à prova de balas, e aparentemente à prova de odores, Mary sentiu um sopro de carnes frias.

"De seis à meia-noite? Todo dia?", dissera Mary, antes mesmo de entrar. Sua mãe abriu um sorriso constrangido para os Kang e conduziu Mary a um estreito corredor, passando pela geladeira de sorvete a máquina de fatiar frios. Assim que elas chegaram aos fundos, Mary olhou a mãe. "Há quanto tempo você sabia disso?", perguntou.

Sua mãe franziu a testa, cheia de dor. "Meh-hee-yah, esse tempo todo eu achei que eles quisessem que eu ajudasse só como assistente. Só ontem à noite percebi... eles consideram isso uma aposentadoria. Perguntei se eles contratariam alguém para me auxiliar, talvez uma vez por semana, mas eles falaram que não podem pagar por conta do valor da mensalidade da sua escola." Ela deu um passo para trás, abriu uma porta e revelou um armário. Havia um colchão enfiado lá dentro, que ocupava quase todo o chão de concreto. "Eles montaram um lugarzinho para eu dormir. Não todas as noites, só se eu estiver muito cansada para voltar para casa dirigindo."

"E por que não posso ficar aqui com você? Posso estudar mais perto daqui, de repente até te ajudar depois da escola."

"Não, as escolas nesta vizinhança são terríveis. E você não pode passar a noite aqui de maneira nenhuma. É perigoso, tem muitas gangues e..." Sua mãe fechou a boca e balançou a cabeça. "Os Kang podem te trazer para me visitar aos fins de semana, mas é tão longe da casa deles... A gente não pode abusar da boa vontade deles."

"*A gente* não pode abusar *deles*?", retrucou Mary. "Eles estão te tratando que nem uma escrava, e você está deixando. Eu não sei nem por que a gente veio para cá. O que tem de tão incrível nas escolas norte-americanas? Eles estão dando em matemática o que eu aprendi no quarto ano!"

"Sei que está difícil agora", disse sua mãe, "mas é tudo para o seu futuro. Precisamos aceitar isso, fazer nosso melhor."

Mary quis ralhar com a mãe por ceder, por se recusar a lutar. Ela havia feito a mesma coisa na Coreia, quando seu pai contara a elas sobre seus planos. Mary sabia que sua mãe odiara a ideia — havia entreouvido as brigas —, mas no fim havia cedido, como sempre fazia, como estava fazendo naquele momento.

Mary não disse nada. Deu um passo para trás e apertou os olhos, para ver a mãe com mais clareza, aquela mulher cujas lágrimas formavam uma poça nas dobrinhas dos dedos entrecruzados, como em oração. Deu as costas e foi embora.

Mary passou o resto do dia na loja, enquanto os Kang saíam para comemorar a aposentadoria. Por mais aborrecida que estivesse com sua mãe, não deixava de se impressionar com a elegância e energia que ela dispensava ao trabalho na loja. Passara apenas duas semanas em treinamento, mas conhecia a maioria dos clientes, cumprimentava todos pelo nome, perguntava em inglês por suas famílias — hesitante e com sotaque carregado, mas ainda melhor do que a própria Mary faria. De diversas formas, ela era maternal com os clientes: antecipava suas necessidades; elevava o humor de todos com sua risada afetuosa, quase afetada, mas era firme quando necessário, como ao lembrar que não era possível comprar cigarros com vale-alimentação. Observando sua mãe, Mary parou para cogitar que talvez ela gostasse dali. Seria por isso que elas permaneciam nos Estados Unidos? Porque gerenciar uma loja a fazia mais realizada do que apenas ser sua mãe?

No fim da tarde, duas garotas entraram, a mais nova com cerca de cinco anos, e a mais velha da idade de Mary. Sua mãe imediatamente destrancou a porta. "Anisha, Tosha. Vocês duas estão lindas hoje", disse ela, e as abraçou. "Essa é minha filha, Mary."

Mary. A palavra parecia estrangeira na voz familiar e cadenciada de sua mãe, como um som jamais ouvido antes. Pouco natural. Errada. Ela ficou ali parada, em silêncio. "Eu gosto da sua mãe", disse a garotinha, com um sorriso. "Ela me dá bombom de chocolate." Young riu, entregou à menina um bombom e beijou-lhe a testa. "Então é *por isso* que você vem aqui todo dia."

"Adivinha só: tirei dez na prova de matemática!", disse a outra menina à Young. "Uau! Eu disse que você ia conseguir", respondeu a mãe de Mary.

"A sua mãe passou a semana toda me ajudando a estudar divisão", concluiu a menina, para Mary.

Depois que as meninas saíram, sua mãe virou-se para ela. "Não são umas gracinhas? Tenho tanta pena delas; o pai morreu ano passado."

Mary tentou sentir tristeza pelas duas. Tentou sentir orgulho da mulher amada e generosa que era sua mãe. Mas só conseguia pensar que aquelas meninas viam e abraçavam sua mãe todos os dias, e ela, não.

"É perigoso abrir a porta assim", disse Mary. "Para que uma porta à prova de balas, se você vai abrir e deixar todo mundo entrar?"

Sua mãe a olhou por um longo instante. "Meh-hee-yah", disse, tentando abraçá-la. Mary deu um passo para trás, para evitar o toque. "Meu nome é Mary agora", respondeu ela.

*

Foi nesse dia que Mary começou a chamar sua mãe de "mãe", em vez de "Um-ma". Um-ma era a mãe que cerzia seus suéteres, que a recebia todos os dias depois da escola com chá de cevada, que jogava jogo da bugalha com ela enquanto ouvia suas histórias sobre os acontecimentos do dia. E os almoços... quem na escola não invejava os almoços especiais de Um-ma? A merenda tradicional na Coreia era arroz com *kimchi*, em uma lancheira de aço inoxidável. Mas Um-ma sempre botavas uns extras — pedacinhos de peixe com os ossinhos para fora, um ovo frito à perfeição sobre o montinho de arroz, feito um vulcão jorrando gema amarela, *gimbap*, os rolinhos de alga, com rabanete branco e cenouras, e *yubuchobap*, o arroz doce e pegajoso enfiado em trouxinhas de tofu frito.

Mas aquela Um-ma havia morrido, fora substituída por sua mãe, uma mulher que a deixava sozinha na casa de estranhos, que não sabia sobre os garotos que a chamavam de "japa burra", nem sobre as garotas que riam na cara dela, que desconhecia a luta de sua filha para descobrir quem era Mary e onde Meh-hee tinha ido parar.

Aquele dia, então, ao sair da loja, Mary dissera "adeus" em coreano — escolhera deliberadamente a expressão formal que denotava distância, usada com estranhos —, cravara os olhos na mãe e dissera "mãe", em vez de "Um-ma". Ao ver a pontada de dor no rosto da mãe — suas bochechas empalideceram e a boca se abriu, como se ela quisesse protestar, mas se fecharam no instante seguinte, em resignação —, Mary esperava sentir-se melhor, mas não foi o que aconteceu. O recinto pareceu rodopiar. Ela quis chorar.

No dia seguinte, sua mãe começou a cuidar da loja sozinha, e lá passou a dormir com cada vez mais frequência. Mary entendia, pelo menos racionalmente: a viagem para casa levava meia hora, tempo que era melhor passar dormindo, ainda mais sabendo que Mary não estaria acordada. Naquela primeira noite, porém, deitada na cama, Mary percebeu que passara o dia todo sem ver nem falar com a mãe, pela primeira vez na vida, e sentiu ódio dela. Por ser sua mãe. Por tê-la levado a um lugar onde ela pudesse odiar a própria mãe.

Aquele veio a ser o verão do silêncio. Os Kang foram passar dois meses na Califórnia, com a família de seu filho, deixando Mary sozinha, sem escola, sem colônia de atividades, sem amigos, sem família. Mary tentou aproveitar a liberdade, disse a si mesma que vivia a fantasia de toda garota de 12 anos — poder ficar sozinha, sem pais nem irmãos, fazendo e comendo o que quisesse, assistindo ao que quisesse. Além do mais, ela já não encontrava muito os Kang, mesmo antes da viagem — eles eram quietos e reservados, cuidavam da própria vida e não a incomodavam. Então ela achou que ficar sozinha não seria tão diferente.

Há alguma coisa, porém, em ouvir os sons das outras pessoas. Não só falando, necessariamente. Só os ruídos da vida — subir uma escada, cantarolar baixinho, assistir à TV, o tilintar da louça... isso alivia a solidão. Quando os outros vão embora, a gente sente. A ausência — o silêncio total — se torna palpável.

E assim foi com ela. Mary passava dias sem ver outro ser humano. Sua mãe voltava para casa toda noite, mas só depois de uma da manhã, e saía muito antes do amanhecer. As duas nunca se encontravam.

No entanto, ela ouvia. Ao chegar em casa, sua mãe sempre ia até seu quarto, desviava das pilhas de roupas sujas de Mary, ajeitava o cobertor, dava-lhe um beijo de boa noite, e algumas noites simplesmente ficava ali sentada, em sua cama, penteando os cabelos de Mary com os dedos, do jeitinho que fazia na Coreia. Em geral, Mary ainda estava acordada, consumida pelas imagens de sua mãe cercada em algum tiroteio, ao sair tarde da noite do quadradinho à prova de balas — uma possibilidade real, a razão principal pela qual sua mãe não a deixava acompanhá-la à loja. Quando ela ouvia a mãe cruzar o corredor, pé ante pé, era invadida por um misto de alívio e raiva. Achava melhor não falar, então fingia dormir. Mantinha os olhos fechados e o corpo imóvel, tentando acalmar as batidas do coração, desejando que aquele momento durasse para sempre, querendo saborear a experiência de reviver sua Um-ma e desfrutar daquele velho afeto.

Cinco anos se passaram desde então, antes de os Kang retornarem e sua mãe voltar a dormir na loja, antes de Mary adquirir fluência em inglês e seus coleguinhas cruéis tocarem a vida, antes de seu pai vir para os Estados Unidos e os três se mudarem para um lugar onde Mary continuava se sentindo uma estrangeira, onde as pessoas perguntavam de onde ela era e pediam para ela falar sério, de onde era *de verdade*, quando respondia que era de Baltimore. Antes dos cigarros e de Matt. Antes da explosão.

Mas lá estavam elas outra vez. Sua mãe correndo os dedos por seus cabelos, e Mary fingindo dormir. Ali deitada, em meio à névoa do sono, Mary transportou-se de volta a Baltimore e imaginou se sua mãe sabia que ela passava todas aquelas noites acordada, esperando Um-ma voltar.

— Yuh-bo, o jantar está esfriando — disse o pai de Mary, interrompendo o momento.

— Ok, estou indo — respondeu sua mãe, e a balançou delicadamente. — Mary, o jantar está na mesa. Venha logo, sim?

Mary piscou e murmurou, como se começasse a acordar. Esperou que sua mãe saísse e fechasse a cortina, então se sentou, lentamente, reorientando-se, forçando a mente a absorver os arredores. Miracle Creek, não Baltimore, nem Seul. Matt. O incêndio. O julgamento. Henry e Kitt, mortos.

No mesmo instante, a imagem de Henry todo queimado e do peito de Kitt em chamas retornaram a seus pensamentos, e lágrimas quentes arderam os olhos outra vez. Mary passara o ano todo tentando não pensar neles, naquela noite, mas hoje, depois de ouvir sobre seus últimos momentos, de imaginar sua dor... as imagens pareciam agulhas cirurgicamente inseridas em seu cérebro, e toda vez que ela se movia, um tantinho que fosse, elas a espetavam, projetando raios incandescentes por detrás de suas órbitas e fazendo-a querer aliviar a pressão, apenas abrir a boca e gritar.

Ao lado do colchão, ela viu o jornal que havia pegado no fórum. Daquela manhã, com a manchete *"Mamãe Querida" começa a ser julgada hoje*. Uma fotografia mostrava Elizabeth olhando Henry, com um sorriso meio bobo e a cabeça inclinada, como se não acreditasse no amor que sentia pelo próprio filho, do mesmo jeito que o olhava na OHB: sempre mantendo Henry por perto, alisando seu cabelo, lendo com ele. Aquilo fez Mary pensar na Um-ma da Coreia, e ela sentiu uma pontada de dor ao ver a devoção singular daquela mãe por seu filho.

Tudo uma grande farsa, é claro. Só podia ser. O comportamento de Elizabeth durante todo o depoimento de Matt, que narrou como Henry foi queimado vivo — ela não se encolheu, não chorou, não saiu gritando nem correndo. Nenhuma mãe com o mínimo de amor por seu filho teria agido assim.

Mary tornou a olhar a fotografia daquela mulher, que passara o último verão fingindo amar seu filho e planejara secretamente sua morte, essa sociopata que largara um cigarro a centímetros de distância de um tubo de oxigênio, sabendo que o oxigênio estava ligado, e seu filho, conectado a ele. O pobre Henry, aquele menino tão lindo, de cabelinhos finos, dentes de leite, envolto em...

Não. Ela fechou os olhos com força e balançou a cabeça — com mais força, mais força —, até que seu pescoço começou a doer, e o quarto rodopiou, e o mundo ziguezagueou de um lado a outro e de cabeça para baixo. Quando não havia nada em sua cabeça e ela já não conseguia se sentar, largou o corpo sobre o colchão e enfiou a cabeça no travesseiro.

E deixou que o tecido de algodão sorvesse todas as suas lágrimas.

ELIZABETH WARD

A primeira vez em que ela machucara o filho de propósito havia sido seis anos antes, quando Henry tinha três anos. Eles haviam acabado de se mudar para outra vizinhança, fora de Washington, D.C. Um casarão pasteurizado — bem bacana, se visto isoladamente, mas um grande horror quando espremido, tal como era, entre outros casarões idênticos, todos muito próximos, construídos em trechos de terreno separados por uma faixa de grama. Elizabeth não era muito fã dos subúrbios, mas seu então marido, mas Victor, seu então marido, vetou a área urbana ("muito barulho!") e o campo ("muito longe!"), e concluiu que aquela casa (perto de dois aeroportos *e* três creches "trampolins") era um belo de um achado.

Na primeira semana, sua vizinha Sheryl deu uma festinha. Quando Elizabeth chegou com Henry, as crianças — andando de cavalinhos feitos de vassouras, brincando com trenzinhos do *Thomas* e carrinhos do *Carros* — zanzavam e gritavam (se de alegria, medo ou dor, ela não sabia) pelo porão cavernoso. Os pais estavam aglomerados em um bar no canto, separados das crianças por um portãozinho, mais parecendo animais numa jaula de zoológico, cada um com sua taça de vinho, tentando conversar em meio à barulheira.

Depois de alguns passos, Henry levou as mãos às orelhas e gritou, um berro agudo, que perfurou o pandemônio. Todos se viraram, os olhos convergindo primeiro em Henry, então indo parar nela, a mãe.

Elizabeth se virou e o abraçou com força, enterrando a cabecinha dele em seu peito e abafando o grito.

— Shh — disse ela, repetidas vezes, afagando-lhe os cabelos, até que ele parou. — Sinto muito — disse ela, aos adultos. — Ele é muito sensível ao barulho. E com a mudança, as caixas e tudo... está sendo demais para ele.

Os adultos sorriram e murmuraram superficialidades: "Claro", "não se preocupe", "todo mundo passa por isso".

— Faz uma hora que estou querendo soltar um berro assim — disse um homem a Henry. — Obrigado por fazer isso por mim, meu chapa — concluiu, com uma risada tão natural que Elizabeth quis abraçá-lo por aliviar a tensão.

— Crianças — disse Sheryl, num tom cantarolado, abrindo o portão para que os adultos saíssem —, temos um amiguinho novo. Vamos todos nos apresentar.

Uma a uma, as crianças — todas com idade entre a creche e o jardim-de-infância — começaram a dizer seus nomes e idades, até a mais novinha, Beth, que pronunciou seu nome como "Best" e ergueu o diminuto dedinho indicador para indicar sua idade. Sheryl se virou para Henry.

— E *você*, belo cavalheiro? — perguntou ela, arrancando risadinhas das crianças. — Qual é o *seu* nome?

"Henry. Tenho três", Elizabeth desejou que ele dissesse, ou que pelo menos escondesse o rosto em sua saia, dando-lhe motivo para dizer "o Henry fica tímido na frente de estranhos", o que suscitaria nas mães um coro de "ai, que fofinho!". Mas nada disso aconteceu. Henry permaneceu impassível. Ele ficou encarando o espaço, os olhos revirados e a boca escancarada, parecendo um menino em uma concha — sem personalidade, sem inteligência, sem emoção.

Elizabeth pigarreou.

— Este é o Henry, ele tem três anos — disse ela, tentando soar casual, afastar o forte constrangimento que ameaçava amordaçá-la.

— Oi, Hen-wee — disse a pequena Beth, que se aproximou, cambaleante.

Os adultos emitiram variações de "ah, não é uma fofura?", então retornaram a seu canto de conversa, oferecendo bebidas a Elizabeth, deixando-a imaginar se apenas ela havia registrado aquele intenso desconforto. Seria possível?

Durante os cinco minutos seguintes, enquanto Elizabeth se enturmava, Henry ficou quieto, em um canto. Não brincou com as crianças, não pareceu se divertir, mas pelo menos não chamou atenção para si, o que era o mais importante. Elizabeth bebeu o vinho, cuja fria acidez lhe acalmou a garganta e aqueceu seu estômago. Ela parecia revestida por um domo invisível, que fazia as crianças parecerem distantes e irreais, como num filme, e abafava sua cacofonia a um agradável zumbido.

Quando Sheryl abriu a boca, o momento se desfez.

— Coitadinho do Henry. Não está brincando com ninguém.

Mais tarde, aquela noite, esperando a ligação de Victor (conferência em Los Angeles, a terceira no mesmo mês), ela imaginou as diferentes formas com as quais poderia ter enfrentado aquele momento. Poderia ter dito "ele está cansado, precisa de uma soneca" e saído, ou poderia ter dado a Henry um daqueles bebezinhos que tocavam música, nos quais ele tinha fixação, para que ele parecesse estar brincando *perto* das outras crianças, ainda que não exatamente *com* elas. E quando Sheryl iniciou uma brincadeira para incluir Henry, ela deveria ter feito alguma coisa, claro.

Nos dias seguintes, Elizabeth atribuiria sua inércia à confusão do vinho, no estranho estado de embotamento que ela adentrara. Ela seguiu bebendo, enquanto Sheryl e o marido se sentaram de frente um para o outro e estenderam os braços, formando um pequeno túnel. Ninguém explicou as regras, mas parecia bastante simples: toda vez que eles diziam *bi-bi* e erguiam os braços, as crianças corriam, tentando cruzar a barreira antes que eles tornassem a baixar os braços. Ela não entendia direito que graça aquilo tinha, mas todos gargalhavam, até os outros pais.

Depois de uns ciclos de abertura e fechamento do túnel, Sheryl se dirigiu a Henry.

— Henry, quer brincar? É *muito* legal.

— Vem, vamos correr juntos — disse um dos meninos, de seus três anos, como Henry, estendendo a mão.

Henry permaneceu parado, sem reação, como se não enxergasse a mão do menino nem ouvisse sua voz. Seus sentidos não registravam nada. Encarava o teto com tanta atenção, que os outros ergueram os olhos também, para ver o que havia de tão interessante. Então ele deu as costas para o grupo, sentou-se e começou a se balançar.

Todos pararam para olhar. Não durou muito tempo — três segundos, cinco, no máximo —, mas algo naquele momento, o instante absoluto de silêncio e quietude além do balanço de Henry, aquilo esticou o tempo. Ela jamais entendera o conceito de que o tempo paralisava durante os acidentes, a ideia absurda de que a pessoa vê sua vida inteira passando num segundo diante dos olhos, mas foi exatamente isso o que aconteceu: enquanto Elizabeth encarava Henry se balançando, fragmentos de sua vida percorreram sua mente, feito um filme recortado: Henry, recém-nascido, recusando seu seio, rígido e cheio de leite. Henry com três meses, chorando por quatro horas seguidas; Victor chegando tarde em casa, de um jantar com um cliente, encontrando-a largada no chão da cozinha, aos prantos. Henry aos 15 meses, o único do grupinho que não andava nem engatinhava, a mãe da garota que já corria e entoava frases curtas dizendo "está tudo bem, cada bebê se desenvolve no seu próprio tempo." (Engraçado como são sempre as mães das crianças precoces que enaltecem as virtudes de não se preocuparem com os marcos do desenvolvimento, enquanto exibem o sorriso orgulhoso dos pais de crianças "avançadas".) Henry, com dois anos, ainda sem falar, e a mãe de Victor dizendo, em sua festa de aniversário: "o Einstein só começou a falar com cinco anos!" Henry na semana anterior, na consulta médica dos três anos, sem fazer contato visual, a pediatra entoando a temida palavra com "a" ("Veja bem, não estou dizendo que seja autismo, mas não faz mal fazermos uma testagem"). Na véspera, a equipe do Hospital de Georgetown dando a notícia de que a fila para testagem de autismo estava com oito meses de espera, Elizabeth furiosa por não ter ligado um ano antes — diabo, *dois* anos antes —, quando na verdade já sabia que havia algo errado, claro que sabia, mas desperdiçara todo aquele tempo esperando, negando e falando na porcaria do Einstein. E agora, lá estava ele se balançando — se balançando! — na frente dos novos vizinhos.

Foi Sheryl quem quebrou o silêncio.

— Acho que o Henry não está querendo brincar agora. Vamos lá, quem é o próximo? — Sua voz guardava uma displicência forçada e evidente, uma falsa jovialidade, e Elizabeth percebeu: Sheryl estava constrangida por Henry.

Todos voltaram para a brincadeira, o vinho e o papo furado, mas com cautela, ansiedade, sem metade do volume e da energia de antes. Os adultos se esforçavam para não olhar na direção de Henry e, quando a pequena Beth perguntou o que o *Hen-wee* estava fazendo, sua mãe sussurrou "shhh, agora não", virou-se para Elizabeth e comentou sobre a pastinha deliciosa, que era do Costco. Elizabeth sabia que aquele teatrinho de vamos-fingir--que-nada-aconteceu era pelo bem dela. Talvez devesse se sentir grata. De alguma forma, porém, aquilo só piorava as coisas, como se o comportamento de Henry fosse tão desviante que precisasse ser disfarçado. Se Henry tivesse câncer ou surdez, todos sentiriam pena, claro, mas não vergonha. Teriam todos se reunido à volta dela, fazendo perguntas e expressando empatia. Com o autismo era diferente. A coisa carregava um estigma. E ela, muito burramente, pensara que protegeria o filho (ou será que a si mesma?) se ficasse calada e esperasse, em desespero, que ninguém percebesse.

— Com licença — disse Elizabeth.

Ela foi cruzando o recinto, em direção a Henry. Tinha as pernas pesadas, como se grandes correntes a prendessem a uma jaula, e precisou de toda força possível para se mexer. As mães fingiam não perceber, mas ela via os olhos disparando em sua direção, via naqueles rostos a intensa gratidão por não estarem em sua pele, e sentiu uma fúria lhe invadir a garganta. Sentiu rancor, inveja, cobiça e o mais puro ódio por aquelas mulheres, com seus filhotes normais e superiores. Ao cruzar aquelas crianças risonhas e falantes, ela sentiu o ímpeto de apanhar uma, qualquer uma, e tomá-la para si. Como sua vida seria diferente, repleta de alegria e trivialidades ("Minha paciência acabou: o Joey não vai tomar suco!", ou "a Fannie pintou o cabelo de rosa!").

Ao alcançar Henry, ela se agachou atrás dele. Por mais que não pudesse ver os adultos, ela sentia os seus olhares, vindos de todas as direções e convergindo em suas costas, feito raios de sol em uma lente de aumento; um calor foi subindo por suas bochechas e orelhas, fazendo seus olhos lacrimejarem. Ela firmou as mãos e tocou o ombro de Henry.

— Está tudo bem, Henry — disse, com a maior delicadeza possível. — Vamos parar.

Ele parecia não ouvir, não sentir sua mão. Continuava a se balançar. Para a frente e para trás. Mesmo ritmo. Mesma cadência. Tal e qual uma máquina quebrada, repetindo a mesma função.

Ela quis gritar no ouvido dele, agarrá-lo e sacudir com força, depressa, tirá-lo do mundo onde ele estava preso, fazê-lo olhar para ela. Seu rosto estava quente. Seus dedos formigavam.

— Henry, você precisa parar. Agora mesmo! — disse ela, em um grito sussurrado.

Então se moveu, para esconder as mãos da vista de todos, e apertou os ombros dele. Com força. Ele parou, apenas por uma fração de segundo; quando ele voltou a se balançar, ela apertou mais forte, beliscando a carne macia entre seu pescoço e o ombro, cada vez mais forte, querendo, precisando que *doesse*, para que ele gritasse, ou batesse nela, ou saísse correndo, qualquer coisa que indicasse que ele estava vivo, no mesmo mundo que ela.

A vergonha e o medo viriam mais tarde, sem cessar, em ondas sufocantes. Quando ela viu as outras mães sussurrando, na hora da saída, fazendo-a pensar se elas teriam percebido. Na hora do banho, quando ela tirou a camisetinha de Henry e viu a marca em sua pele, a mancha vermelha. Quando ela o acomodou sob o cobertor e beijou sua cabeça, rezando para não ter lhe infligido algum dano psicológico irreparável.

Antes de tudo isso, porém, naquele instante quando Elizabeth apertou os dedos no filho, sentiu apenas uma libertação. Não o súbito alívio de bater uma porta ou arremessar longe um prato, mas a dissipação lenta e gradual de sua fúria, cedendo lugar ao prazer, ao deleite sensual de apertar algo macio, como sovar uma massa de farinha. Quando Henry enfim parou de se balançar e se contorceu, a boca escancarada de dor, os olhos encarando os dela — o primeiro contato visual longo e profundo que ele fazia em semanas, talvez meses —, Elizabeth sentiu o poder subindo por seu corpo e explodindo em elação, estilhaçando toda a dor e o ódio despedaçados em diminutos pedacinhos que ela já não era capaz de sentir.

*

O estacionamento do fórum estava quase vazio, o que não era surpresa, visto que já fazia algumas horas que a sessão havia sido encerrada. Desde então, sua advogada a fizera esperar em uma sala adjacente, alegando ter um "assunto urgente" (decerto esconder sua cliente assassina até a saída de todos). Não que tivesse importância; não era como se Elizabeth tivesse aonde ir ou algo para fazer. Os termos de sua prisão domiciliar somente permitiam que ela se deslocasse até o fórum e o escritório de Shannon, conduzida apenas por Shannon.

O carro da advogada, um Mercedes preto, passara o dia estacionado debaixo do sol; quando Shannon deu partida no motor, o ventilador soprou na velocidade máxima, acertando um vento direto no maxilar de Elizabeth. O ar estava escaldante, já que o ar-condicionado não tivera tempo de esfriar. Elizabeth tocou o rosto e recordou o testemunho de Matt, a erupção de fogo atingindo Henry naquele exato ponto. As imagens, a pele e o músculo do maxilar de Henry totalmente destruídos. Ela vomitou no próprio colo.

— Ai, merda. — Elizabeth abriu a porta do carro e cambaleou para fora, largando vômito por todo o banco de couro, porta, chão, tudo. — Ai, meu Deus, que bagunça. Me desculpe, por favor, me desculpe — disse ela, meio sentada, meio caída no concreto da calçada.

Tentou dizer que estava bem, que só precisava de água, mas Shannon começou a cuidar dela, fazendo coisas de mãe/médico — verificando o pulso, colocando a mão na testa para checar a temperatura —, e saiu dizendo que voltaria logo. Depois de um tempo — dois minutos? Dez? —, Elizabeth viu as câmeras de segurança apontadas para si; visualizou a si mesma esparramada no chão, de terninho e salto alto, coberta de vômito, e começou a rir. Violentamente. Histericamente. Quando Shannon retornou com toalhas de papel, Elizabeth percebeu que estava chorando, o que a surpreendeu; ela não se lembrava da transição de uma reação à outra. Shannon, graças a Deus, não disse nada, apenas limpou tudo com diligência enquanto Elizabeth permanecia sentada, rindo e chorando alternadamente, às vezes ao mesmo tempo.

No trajeto de volta, com Elizabeth naquele estado vazio de calma exagerada que se segue a um violento descontrole, Shannon soltou:

— Onde é que estava toda essa emoção hoje, mais cedo?

Elizabeth não respondeu. Apenas deu de ombros, de leve, e ficou olhando as vacas — devia haver umas vinte — que estavam aglomeradas em torno de uma árvore fina e solitária, no meio de um campo.

— Você tem noção de que todos os jurados estão achando que você não dá a mínima para o que aconteceu com Henry, não tem? Eles estão loucos para te mandar para o corredor da morte agorinha mesmo. Era essa a sua intenção?

Elizabeth se perguntou se as vacas mais brancas com manchas pretas — vacas Jersey? Holstein? — sentiam menos calor que as marrons.

— Eu só fiz o que você mandou — respondeu Elizabeth. — "Não deixe eles te afetarem", você disse. Calma e contida.

— Falei para você não agir feito louca. Para não gritar, não atirar coisas. Não mandei você virar um robô. Eu nunca vi uma pessoa tão impassível, com certeza não alguém que está passando pelo julgamento da morte do próprio filho. Foi horripilante. Não tem problema mostrar às pessoas a sua dor.

— Por quê? Que diferença faz isso? Você viu as provas. Eu não tenho a menor chance.

Shannon olhou Elizabeth, mordeu o lábio, desviou para o acostamento e pisou no freio.

— Se você pensa assim, por que é que estamos fazendo tudo isso? Quer dizer, por que me contratar, alegar inocência e partir para o tribunal do júri?

Elizabeth olhou para baixo. A verdade era que tudo tivera início com a pesquisa que começara a fazer no dia seguinte ao funeral de Henry. Havia tantos métodos — enforcamento, afogamento, inalação de monóxido de carbono, corte dos pulsos e muitos mais. Depois de preparar uma lista de prós e contras, ficou dividida entre comprimidos para dormir (vantagem: indolor; desvantagens: morte não garantida – risco de descoberta/reanimação) e um tiro de revólver (vantagem: morte certa; desvantagem: precisa esperar para comprar?), quando a polícia liberou as manifestantes e a levou presa. Quando a promotoria anunciou que pediria a pena de morte, ela percebeu: enfrentar um julgamento seria a melhor expiação para seu pecado — a atitude irrevogável, imperdoável que ela tomara aquele dia, durante um instante de raiva e ódio, o momento que sua mente insistia em reviver, dia e noite, desperta e adormecida, e que estava acabando com sua sanidade. Ser pública e oficialmente considerada culpada pela morte de Henry, ser forçada a reviver os detalhes de sua morte, depois ser morta por venenos injetados em sua corrente sanguínea. O requinte de toda aquela tortura. Não seria melhor que uma morte ligeira, num piscar de olhos?

Mas Elizabeth não podia dizer isso. Não podia contar a Shannon como se sentira mais cedo, forçando-se a encarar todos nos olhos, a escutar cada palavra, a olhar cada prova e ainda manter a expressão impávida, temendo que o menor movimento pudesse desencadear uma reação emocional em cascata. A cauterizante vergonha de centenas de pessoas que lançavam sobre ela seus olhares julgadores, feito dardos envenenados. Aceitar e absorver a culpa. Engolir, mais e mais, até entupir cada célula de seu corpo. Ela não só estava pronta para tudo isso; estava ávida, desejosa, mal podia esperar por mais.

Elizabeth não respondeu, e Shannon, aparentemente interpretando seu silêncio como uma rendição, voltou para a estrada.

— Ah, temos uma boa notícia — disse ela, depois de um minuto. — Victor não vai depor. Não vai nem comparecer.

Elizabeth assentiu. Sabia por que isso era bom, por que Shannon considerava que um pai abalado afetaria o júri, mas sua ausência não era algo a ser celebrado. Ele nem sequer a contatara desde a prisão, o que Elizabeth já esperava, e sim, ela sabia que ele tinha uma vida corrida na Califórnia, com a casa nova, a esposa e os filhos novos, mas imaginava que ele pelo menos viria para o julgamento pela morte de seu filho. Sentiu a bile subir e se enroscar em seu peito, feito uma serpente, sufocando seu coração. Pobre Henry. Filho de pais tão patéticos. Uma mãe responsável por sua morte, um pai inútil demais para se importar.

O celular de Shannon tocou. Ela atendeu.

— Conseguiu? — perguntou ela. Uma ligação esperada, obviamente. — Leia para mim.

Elizabeth respirou fundo. O cheiro de vômito atingiu seu nariz, e ela abriu a janela, o que só piorou tudo; a mistura do vômito azedo com o esterco doce do lado de fora mais parecia comida chinesa estragada. Assim que a ligação terminou, ela fechou a janela.

— Você tem que mandar lavar o carro — disse a Shannon. — Ponha na minha conta. Apesar de que dá para imaginar o seu sócio perguntando por que é que tem uma nota de limpeza de carro vomitado nas despesas de um julgamento por assassinato.

Elizabeth riu. Shannon, não.

— Escuta. Um dos vizinhos dos Yoo estava na sessão hoje. — O vislumbre de um sorriso enrugou os cantos dos lábios de Shannon. — Ele trouxe uma coisa que não achava que era importante, até o dia de hoje. Então eu mandei nossa equipe investigar isso o dia todo, e encontramos uma prova. Eu só queria te contar depois de confirmarmos.

Em algum lugar do lado de fora, as vacas mugiram, em uníssono. Elizabeth engoliu em seco. Suas orelhas estalaram.

— As manifestantes? Você conseguiu alguma coisa, enfim? Eu falei para ficar de olho nelas, sabia que elas...

Shannon balançou a cabeça.

— Elas, não. Matt. Ele está mentindo. Eu posso provar. Elizabeth, eu tenho provas de que outra pessoa provocou esse incêndio deliberadamente.

O JULGAMENTO: DIA DOIS

Terça-feira, 18 de agosto de 2009

MATT

Ele achava que aquele dia seria mais fácil que o anterior. Uma vez contada a história, ele se sentiria expurgado, como vomitar depois de uma noite de bebedeira.

No entanto, ao caminhar e ocupar mais uma vez o lugar da testemunha, fora mais difícil erguer a cabeça. Quanta gente estaria se perguntando por que ele, um jovem saudável, a porra de um médico, pelo amor de Deus, permitira que um garotinho fosse queimado vivo na sua frente?

— Bom dia, dr. Thompson. Eu sou Shannon Haug, advogada de Elizabeth Ward.

Matt assentiu.

— Quero que o senhor saiba que eu sinto muitíssimo pelos horrores que o senhor vivenciou. E peço desculpas antecipadamente por fazer o senhor recordar tudo aquilo de novo, por vezes com riqueza de detalhes. Meu objetivo não é feri-lo, mas sim descobrir a verdade. Se precisar parar a qualquer momento, basta me avisar. Está bem?

Matt sentiu a mandíbula relaxar e abriu um sorriso involuntário. Abe revirou os olhos. Abe não gostava de Shannon. Costumava descrevê-la como "a mandachuva de uma fábrica de luxo de litígios", e Matt esperara uma advogada de cinema: cabelos arrumados num coque francês, terninho e saia-lápis, salto alto, um sorriso misterioso, linda de morrer. Shannon Haug, ao contrário, tinha o jeito de uma tia querida, totalmente inofensiva, terno largo e amassado, cabelos grisalhos na altura dos ombros, sem brilho e meio bagunçados. Maternal, de seios fartos — menos megera sedutora, mais ama de leite. "Ela é o inimigo", advertira Abe, mas Matt estava desejoso disso, do afago gentil de uma mulher, então cedeu.

— Pois bem — continuou Shannon —, vamos começar com o básico. Perguntas simples, com resposta "sim" ou "não". O senhor viu Elizabeth atear fogo a alguma área do Miracle Submarine?

— Não.

— Já a viu fumando ou pelo menos segurando um cigarro?

— Não.

— Já viu qualquer outra pessoa relacionada à OHB fumando?

Matt sentiu o rosto esquentar. Precisava ter cautela ao cruzar esse caminho.

— O Pak não permitia cigarros na OHB. Todos nós sabíamos muito bem disso.

Shannon se aproximou, com um sorriso.

— Isso é um "não"? O senhor já viu alguém nas dependências do Miracle Submarine portando cigarros, fósforos, qualquer coisa do tipo?

— Sim. Quer dizer, a minha resposta é não — disse Matt. Ele não estava mentindo, teoricamente, já que o córrego ficava fora das "dependências", mas mesmo assim seu coração estava acelerado.

— Que o senhor saiba, alguém relacionado ao Miracle Submarine é fumante?

Certa vez, Mary dissera que Pak preferia Camel. No entanto, lembrou Matt a si mesmo, ele em tese não sabia disso.

— Não sei dizer. Só via essas pessoas na OHB, onde é proibido fumar.

— Entendi. — Shannon deu de ombros e rumou para sua mesa, como se aquela fosse uma lista de perguntas perfunctórias da qual ela nada esperava. No meio do caminho, deu meia-volta. — A propósito, o *senhor* fuma? — perguntou, num tom meio displicente.

Uma coceira brotou nos dedos inexistentes de Matt; ele quase sentiu o cilindro fino de um Camel suspenso entre os dois.

— Eu? — Matt esperou que sua risadinha não tivesse soado tão falsa quanto o gosto que deixara em sua boca. — Com a quantidade de raios X de pulmões de fumantes que eu vejo, precisaria desejar muito a minha própria morte para fumar.

Ela sorriu. Para sua sorte, Shannon estava tentando amaciá-lo, então não chamou a atenção para sua resposta evasiva. Pegou algo na mesa e voltou a se aproximar.

— Vamos falar sobre Elizabeth. O senhor já a viu batendo em Henry? Ou machucando-o de alguma forma?

— Não.

— Já a viu gritando com ele?

— Não.

— E negligência? Roupas surradas, má alimentação... alguma coisa?

Matt visualizou Henry de meias, comendo jujuba, e quase gargalhou; Elizabeth jamais o deixava chegar perto de nada que não fosse orgânico, sem corantes *e* sem açúcar.

— Sem sombra de dúvida, não.

— Ao contrário, ela se esforçava demais em prol dos cuidados de Henry. Acha justo fazer essa afirmação?

Matt ergueu as sobrancelhas e deu de ombros, de leve.

— Creio que sim.

— Ela conferia os ouvidos dele com um otoscópio antes e depois de todos os mergulhos, não é?

— Isso.

— Nenhuma outra mãe fazia isso, correto?

— Não. Quer dizer, correto.

— Ela lia livros com ele antes dos mergulhos?

— Sim.

— Só o alimentava com lanchinhos caseiros?

— Sim. Bom, pelo menos era isso o que ela dizia.

Shannon inclinou a cabeça.

— Elizabeth preparava tudo em casa porque Henry tinha alergias alimentares fortíssimas, não é verdade?

— Mais uma vez: era isso o que ela dizia.

Shannon aproximou-se ainda mais e inclinou a cabeça para o outro lado, como se analisasse uma pintura abstrata cuja orientação certa ela não conseguisse determinar.

— Dr. Thompson, o senhor está acusando Elizabeth de mentir acerca das alergias de Henry?

Matt sentiu o rosto corar.

— Não necessariamente. Eu só não tenho certeza do fato.

— Bom, então permita que eu corrija isso. — Shannon entregou a ele um documento. — Informe a nós o que é este papel.

Matt leu.

— É o resultado de um exame laboratorial, confirmando a grave alergia do Henry a amendoim, peixes, moluscos, laticínios e ovos.

Abe olhou para ele e balançou a cabeça.

— Vamos tentar outra vez. Elizabeth dava a Henry lanchinhos caseiros, que tinha certeza de não conterem esses alérgenos, correto?

— Parece que sim.

— O senhor recorda um incidente envolvendo amendoim, o alimento ao qual Henry mais era alérgico?

— Sim.

— O que aconteceu?

— O TJ estava com as mãos sujas de pasta de amendoim, por conta de um sanduíche. Na hora de entrar, ele sujou um pedaço da maçaneta da porta. O Henry encostou no mesmo ponto, e por sorte a Elizabeth percebeu.

— Como foi que ela reagiu?

Ela tinha ficado desesperada, começara a gritar "o Henry pode *morrer*!" e a agir como se a gororoba marrom fosse uma maldita cobra venenosa. Mas será que isso contribuiria para o retrato da mãe devotada que a advogada de Elizabeth estava construindo?

— A Elizabeth pediu que os meninos lavassem as mãos, e o Pak limpou a câmara.

Ele fez parecer que não tinha sido nada, mas fora uma verdadeira *saga*; Elizabeth mandando TJ escovar os dentes, lavar o rosto e até trocar de roupa.

— Se Elizabeth não tivesse percebido a pasta de amendoim, o que teria acontecido?

Antes de Shannon sequer concluir a pergunta, Abe se levantou, arrastando a cadeira no chão, e anunciou o protesto feito uma trombeta.

— Protesto. Se isso não é especulação, eu não sei o que é.

— Um pequeno desvio de rota, Excelência? — disse Shannon. — Sei aonde quero chegar, prometo.

— Então pare de enrolar — retrucou o juiz. — Protesto indeferido.

Abe se sentou e ajeitou a cadeira, cujo baque dos pés no chão mais pareceu um adolescente petulante batendo a porta do quarto. Shannon sorriu para ele, como faria uma mãe achando graça, então virou-se para Matt.

— Mais uma vez, doutor, o que teria acontecido se Elizabeth não tivesse visto Henry encostar na pasta de amendoim?

Matt deu de ombros.

— É difícil dizer.

— Vamos pensar juntos. Henry roía as unhas. O senhor já viu isso, certo?

— Certo.

— Então é sensato dizer que a pasta de amendoim provavelmente teria ido parar na boca do menino durante o mergulho?

— Sim, suponho que sim.

— Doutor, dada a gravidade da alergia de Henry a amendoim, o que teria acontecido?

— As vias aéreas incham e se fecham, e a pessoa não consegue respirar. Mas Henry sempre andava com uma injeção de epinefrina, que serve como antídoto.

— Havia alguma injeção de epinefrina dentro da câmara?

— Não. Já que a entrada de comida não era permitida, o Pak fazia a Elizabeth deixar do lado de fora.

— Quanto tempo ele levava para despressurizar e abrir a câmara?

— Era bem devagar, para nosso conforto, mas era possível fazer depressa, em cerca de um minuto.

— Um minuto inteiro sem respirar. Se a pessoa em crise esperar mais de um minuto pela injeção de epinefrina, o antídoto pode não funcionar?

— É pouco provável, mas, sim, *pode* acontecer.

— Então Henry poderia ter morrido?

Matt suspirou.

— Duvido muito. Eu teria feito uma traqueostomia. — Ele se virou para os jurados. — É possível fazer uma pequena incisão na laringe para aliviar a obstrução nas vias aéreas. Dá para fazer até com uma caneta, em caso de emergência.

— Havia alguma caneta lá dentro?

Matt sentiu o rosto corar outra vez.

— Não.

— E o senhor não estava com um bisturi no bolso, imagino?

— Não.

— Então, mais uma vez, Henry poderia ter morrido? Essa é uma possibilidade, doutor?

— Uma possibilidade *ínfima*.

— E Elizabeth preveniu isso. Garantiu que isso não chegaria nem perto de acontecer, não é?

— Sim — admitiu ele, com um suspiro.

Ele esperou a próxima pergunta lógica: *Se Elizabeth desejava a morte de Henry, não teria sido mais fácil ignorar a pasta de amendoim na maçaneta?* Não, diria ele, e repetiria que não havia risco real de que Henry morresse por conta disso, e certamente nenhuma garantia, não tanto quanto a merda de uma bola de fogo explodindo na cara de alguém. Mas Shannon não fez essa pergunta; com seu sorriso de professora, olhou o júri, então para Elizabeth, esperando que eles chegassem à mesma conclusão, e Matt pôde ver as expressões dos jurados relaxando. Viu todos encarando Elizabeth, ainda impassível, imaginando se talvez ela não fosse fria e apática, mas simplesmente estivesse cansada. Cansada demais para mover um músculo.

— Doutor — disse Shannon, como se para enfatizar essa conclusão —, o senhor chegou a dizer a Elizabeth que ela era a mãe mais dedicada que já conheceu, certo?

Era verdade; ele tinha dito isso. Mas a intenção havia sido criticar, sugerir que ela relaxasse, pelo amor de Deus. Dizer que ela tinha ultrapassado todos os limites do controle parental. Maternidade-fantoche. No entanto, o que ele podia responder? *Sim, eu disse isso, mas estava sendo sarcástico porque odeio mães dedicadas?*

— Sim — disse ele, por fim. — Eu achava que ela se esforçava muito para *agir* como uma mãe dedicada.

Shannon o encarou, erguendo os cantos da boca lentamente, como se acabasse de descobrir algo interessante.

— Estou curiosa. O senhor gosta de Elizabeth, doutor? Antes do acidente, digo. O senhor gostava dela?

Matt ficou encantado com aquilo, com a esperteza de Shannon naquele momento, fazendo-lhe uma pergunta que não tinha uma boa resposta. *Sim, eu gostava dela* só serviria para humanizar Elizabeth ainda mais, e *não, nunca gostei* o faria parecer tendencioso.

— Não cheguei a conhecê-la muito bem — disse ele, por fim.

Shannon sorriu, o sorriso complacente da mãe que decide deixar a mentira de seu filhinho passar.

— E quanto a... — Ela olhou a tribuna, como os comediantes avaliam sua plateia, à procura de vítimas. — Pak Yoo? O senhor acha que *ele* gostava de Elizabeth?

Algo naquela pergunta fez Matt se encolher. Talvez fosse o tom de Shannon — muito displicente, mas de um jeito deliberado, como se a pergunta não tivesse importância. Como se ela não se importasse de verdade com a resposta, mas precisasse mencionar o nome de Pak num momento inesperado, de um jeito inesperado.

— Não tenho muito talento para ler pensamentos — respondeu Matt, no mesmo tom desinteressado de Shannon. — A senhora teria que perguntar ao próprio Pak.

— Justo. Então deixe-me reformular a pergunta. Ele já fez algum comentário negativo em relação a Elizabeth?

Matt balançou a cabeça.

— Nunca ouvi ele dizer nada negativo em relação à Elizabeth. — Isso era verdade: era Mary quem lhe contava sobre a irritação de Pak em relação a ela, com bastante frequência, mas o próprio Pak jamais dissera nada. — O Pak é um profissional. Não fazia fofoca com os pais, muito menos sobre outros pacientes.

— Mas o senhor não era um simples paciente, certo? Suas famílias são amigas.

As famílias podiam até ser "amigas", mas Pak não era exatamente amistoso. Matt suspeitava que Pak, como muitos coreanos que ele conhecia, não gostava de ver homens brancos se relacionando com mulheres coreanas.

— Não — disse ele. — Eu era um cliente. Só isso.

— Então ele nunca conversou com o senhor sobre, digamos, o seguro contra incêndio?

— O quê? — *De onde aquela porra tinha saído?* — Não. Seguro contra incêndio? Por que nós conversaríamos sobre seguro contra incêndio?

Shannon ignorou suas perguntas. Apenas se aproximou e o encarou.

— *Alguém* relacionado ao Miracle Submarine, incluindo sua própria família, já conversou com o senhor sobre seguro contra incêndio?

— Nunca.

— O senhor já ouviu alguém conversar sobre isso ou mencionar esse assunto?

— Não.

Matt estava ficando irritado. E um pouco assustado, embora não soubesse ao certo por quê.

— O senhor conhece a seguradora do Miracle Submarine?

— Não.

— Já entrou em contato com a seguradora do Miracle Submarine?

— O quê? Por que diabos eu...? — Matt sentiu uma coceira nos dedos amputados. Desejou socar alguma coisa. Talvez o rosto de Shannon. — Eu acabei de falar, não faço ideia de que empresa é essa.

— Então o senhor afirma, sob juramento, que nunca efetuou qualquer telefonema para a companhia de seguros Potomac Mutual, correto?

— Hein? Não, claro que não.

— Tem certeza?

— Absoluta.

O rosto inteiro de Shannon pareceu se elevar — os olhos, a boca, até as orelhas —, e ela foi andando — não, *desfilando* — até a mesa da defesa, pegou um documento, desfilou de volta até ele e lhe entregou um papel.

— O senhor reconhece isso?

Uma lista com números de telefone, datas e horários. No topo, o número do próprio Matt.

— É minha conta de telefone. Do meu celular.

— Por favor, leia o item destacado.

— Vinte e um de agosto de 2008. Oito e cinquenta e oito da manhã. Quatro minutos. Chamada efetuada. 800-555-0199. Companhia de seguros Potomac Mutual. — Matt ergueu os olhos. — Não estou entendendo. A senhora está dizendo que *eu* fiz essa ligação?

— Eu, não, mas o documento, sim. — Shannon parecia satisfeita, quase triunfante.

Matt leu outra vez. 8h58. Talvez ele tivesse digitado o número errado. Mas uma chamada de quatro minutos?

— Talvez eu tenha recebido um anúncio da seguradora e tenha ligado para pedir uma cotação?

Ele não se recordava de ter feito isso, mas já fazia um ano. Como ia saber de todas as coisas aleatórias e idiotas que fazia diariamente sem refletir, tão insignificantes que não eram lembradas nem na semana seguinte, que dirá um ano depois?

— Então o senhor fez essa ligação, mas em resposta a um anúncio?

Matt olhou para Janine. Ela cobria a boca com as mãos.

— Não. Quer dizer, talvez? Eu não me lembro dessa ligação e estou tentando entender... Eu nunca nem ouvi falar dessa empresa. Por que é que eu ligaria para eles?

Shannon sorriu.

— Acontece que a Potomac Mutual registra todas as chamadas recebidas. — Ela entregou alguns documentos a Abe e ao juiz. — Excelência, peço desculpas pela falta de aviso prévio, mas ficamos sabendo sobre essa ligação ontem e só conseguimos o registro à noite.

Matt encarou Abe, esperando que ele visse em seu rosto a pergunta *que-merda-eu-faço-agora?*, que desse um jeito de resgatá-lo, mas Abe apenas lia o documento, a testa franzida.

— Alguma objeção, sr. Patterley? — indagou o juiz.

— Não — murmurou Abe, ainda lendo.

Por fim, Shannon entregou o documento a Matt. Ele quis arrancar o papel de sua mão, mas aguardou, o ignorando até que ela pedisse que ele lesse em voz alta. Abaixo do cabeçalho, que continha data, hora, tempo de espera (<um minuto) e duração total da chamada (quatro minutos), lia-se:

NOME: Não informado.
ASSUNTO: Seguro contra incêndio/incêndio criminoso
RESUMO: Cliente interessado em saber se todas as apólices contemplam cobertura em casos de incêndio criminoso. Cliente satisfeito ao saber que todas as apólices incluem cobertura em casos de incêndio criminoso, exceto no caso de envolvimento do titular da apólice no planejamento/execução do incêndio.

Matt leu tudo com calma, no tom de voz neutro de alguém que *não* estava prestes a ser acusado de participação em um incêndio criminoso. Ao terminar, ergueu os olhos. Shannon não disse nada — apenas olhou para ele, como se esperasse que fosse Matt a quebrar o silêncio. *Eu não tive nada a ver com isso*, lembrou a si mesmo.

— Acho que não foi para uma cotação, no fim das contas — disse ele.

Ninguém riu.

— Deixe-me perguntar outra vez, doutor — continuou Shannon. — O senhor efetuou uma ligação anônima para a seguradora do Miracle Submarine, uma semana antes da explosão, e perguntou se o seguro efetuaria o pagamento caso alguém deliberadamente botasse fogo na estrutura, não foi?

— Claro que não — respondeu Matt.

— Então como é que o senhor explica esse documento que acabou de ler?

Uma boa pergunta para a qual ele não possuía resposta. O ar se adensou, tomado de expectativa, e Matt não conseguia respirar, nem pensar.

— Talvez seja um engano. Confundiram meu número com o de outra pessoa.

Shannon assentiu de forma exagerada.

— Claro, faz sentido. Uma pessoa aleatória efetua a chamada, e por uma incrível coincidência *tanto* o telefone *quanto* a seguradora registram o número errado, e por outra incrível coincidência, o senhor acaba se tornando a principal testemunha de um julgamento de assassinato onde as mortes, pasmem, foram causadas por um incêndio criminoso. Eu entendi bem?

Alguns jurados abafaram um risinho.

Matt suspirou.

— Eu só sei que não fiz essa ligação. Alguém deve ter usado meu celular.

Matt esperou que Shannon debochasse dele outra vez, mas ela pareceu satisfeita. Interessada.

— Vamos explorar essa possibilidade — disse ela. — Isso aconteceu em agosto do ano passado, numa quinta-feira de manhã, às 8h58. O seu celular foi roubado nessa época?

— Não.

— Alguém costuma usá-lo? Pegar emprestado, esse tipo de coisa?

— Não.

— Então quem tinha acesso ao seu celular em torno das 8h58?

— Eu estava na OHB, certamente. Nunca faltei a um mergulho matinal. O horário oficial dos mergulhos era às nove, mas sempre começávamos antes, se todos já estivessem presentes, ou depois, se alguém chegasse atrasado. Já faz um ano, então não lembro a que horas começamos naquela manhã específica.

— Então, suponhamos que o mergulho tenha começado mais tarde, talvez às 9h10. Alguém poderia ter usado seu celular sem que o senhor soubesse?

Matt balançou a cabeça.

— Impossível. Ou eu deixava o telefone no carro, que ficava trancado, ou levava comigo e o deixava no cubículo pouco antes do início de cada mergulho.

— E se tivesse começado mais cedo, digamos, às 8h55? Às 8h58, o senhor estaria na câmara, junto com os outros, incluindo Elizabeth. Quem poderia ter usado seu celular?

Matt olhou para Shannon, cujo semblante sorridente deixava muito clara sua expectativa, então percebeu: todo aquele rosário de perguntas tinha sido um teatrinho. Ela jamais considerara, por um instante sequer, que ele tivesse feito aquela ligação. Apenas o fizera acreditar que sim, para deixá-lo nervoso, desesperado para pensar em um suspeito alternativo e entregá-lo de bandeja. A alternativa óbvia. A única, na verdade.

— Nos mergulhos matinais, a única pessoa no galpão era o Pak — respondeu Matt.

Isso não era nenhum segredo. Ainda assim, dizer em voz alta parecia uma traição. Ele não conseguia olhar para Pak.

— Então Pak Yoo tinha acesso ao seu celular durante todos os mergulhos matinais, que às vezes começavam antes das 8h58, hora da chamada em questão, correto?

— Isso.

— Dr. Thompson, seria justo dizer, em relação ao seu testemunho, que Pak Yoo pode ter ligado para a companhia de seguros anonimamente, usando o seu celular, e perguntado se a apólice contemplava pagamentos em casos de incêndio criminoso, o que supostamente aconteceu poucos dias depois? É uma síntese justa?

Matt queria desesperadamente dizer que não, que Pak não fez nada disso, foi Elizabeth, e agora você está inventando uma merda de ligação para dizer... dizer o quê, que Pak explodiu o próprio negócio? Matou seus pacientes por dinheiro? Aquilo era ridículo. Ele havia visto Pak durante o incêndio, seu desespero para salvar os pacientes, alheio aos riscos de acabar ferido ou mesmo de morrer. No entanto, o alívio de saber que era Pak o alvo, não ele próprio — que alívio impressionante. O respeito que Matt tinha por Pak, sua firme crença em sua inocência, a necessidade de ver Elizabeth ser punida... o alívio saiu tragando aquilo tudo, afogando e sufocando todas as outras sensações. Além do mais, responder "sim" nada mais seria do que uma lógica extensão de tudo o que ele já havia admitido. Ele não estava dizendo que Pak tinha provocado o incêndio. Havia um abismo entre a ligação telefônica e a explosão.

— Sim — respondeu Matt, dizendo a si mesmo que afirmar aquilo não era nada de mais.

Ele ouviu um zumbido, o som de moscas se refestelando numa carcaça. Ou talvez fossem os sussurros da plateia ao fundo.

O rosto de Pak estava vermelho — se era de vergonha ou raiva, Matt não sabia.

— Doutor — disse Shannon —, o senhor está ciente de que, na noite da explosão, Elizabeth encontrou um bilhete perto do córrego, escrito num papel com o logotipo da loja H-Mart, onde se lia: "Isso tem que acabar. Nos encontramos hoje, às 20h15?"

Foi automática a reação. Seu olhar disparou para Mary, feito metal e ímã. Ele piscou, esperando que ninguém percebesse o deslize. Correu os olhos pelo recinto, como se analisasse todo o clã coreano.

— Não, não estou sabendo disso. Mas conheço o papel. — Matt virou-se para o júri. — O H-Mart é um supermercado coreano. Nós fazemos compras lá às vezes.

— Não é verdade que Pak Yoo sempre usava esse bloquinho de anotações?

Matt se esforçou para não soltar um suspiro de alívio. Shannon achava que o bilhete era de Pak. Nem sequer lhe passara pela cabeça que poderia ser de Matt. E Mary... ela não estava nem sendo considerada.

— Sim, o Pak usava — respondeu Matt.

Shannon virou o olhar para Pak, bem devagar, então retornou a Matt.

— Onde o senhor deduz que ele estava, naquela noite, das 20h15 até a explosão, dez minutos depois?

Algo na forma como ela disse "o senhor deduz" irritou Matt.

— É, o Pak estava no galpão.

Havia dúvida em relação a isso?

— Como é que o senhor sabe?

Ele teve que pensar. *Como* podia saber, para além do fato de apenas presumir que fosse verdade, já que era o que todo mundo dizia? Todos os Yoo estavam no galpão, era o que diziam. Quando o DVD parou, Pak mandou Young até a casa, para buscar pilhas. Ela demorou, então Mary foi ajudar, mas percebeu algo atrás do galpão, foi caminhando até lá, e *bum*. Mas, se Pak havia provocado o incêndio... será que os Yoo estavam mentindo? Para protegê-lo? Por outro lado, se fosse mesmo o responsável, Pak não teria arriscado a própria vida no resgate e sem sombra de dúvida teria impedido Mary de se aproximar. Não.

— Eu sei porque foi ele que supervisionou o mergulho. Fechou a gente lá dentro, falou comigo e depois da explosão abriu a escotilha e nos tirou de lá.

— Ah, a abertura da escotilha. Mais cedo, o senhor afirmou que a despressurização e abertura da escotilha levam apenas um minuto. Correto?

— Isso.

— Então, se Pak estivesse presente, a escotilha teria sido aberta um minuto depois da explosão?

— Isso.

— Doutor, vamos tentar uma coisinha? Eis um cronômetro. Gostaria que o senhor fechasse os olhos e repassasse, mentalmente, tudo o que ocorreu desde a explosão até a abertura da escotilha. Quando terminar, pare a contagem do cronômetro. O senhor pode fazer isso?

Matt assentiu e pegou o cronômetro digital, que marcava até as dezenas de segundos. Achou graça daquela proposta ridícula, de tentar recordar, um ano depois, se a incineração da cabeça de um garoto havia levado 48,8 segundos ou 48,9 segundos. Apertou o botão de início, fechou os olhos e repassou a cena. Rosto-piscada-fogo, Henry se debatendo, as chamas subindo pela camisa até suas mãos. Quando chegou ao rangido da escotilha se abrindo, ele apertou o botão. 2:36.8.

— Dois minutos e meio. Mas isso não parece muito confiável — afirmou Matt.

Shannon ergueu uma folha de papel dobrada.

— Isto é um relatório da reconstituição do acidente, realizado por um especialista da própria acusação, que inclui uma estimativa do tempo que se passou entre a explosão e a abertura da escotilha. O senhor pode ler em voz alta, doutor?

Ele apanhou o papel e o desdobrou. Assinaladas com marca-texto amarelo, enfiadas no meio do relatório, havia cinco palavras.

— Mínimo dois, máximo três minutos.

— Então, o senhor e o relatório concordam — disse Shannon. — A escotilha foi aberta mais de dois minutos depois da explosão, mais de um minuto além do tempo que levaria se Pak Yoo estivesse presente.

— Mais uma vez — retrucou Matt —, isso não parece muito acurado.

Shannon o encarou com um misto de satisfação e pena, como os adolescentes olham as crianças que ainda acreditam em Papai Noel.

— Agora, vamos ao outro motivo pelo qual o senhor acreditou que Pak Yoo estivesse no galpão: vocês se falaram pelo interfone. Ontem, o senhor afirmou, abre aspas: "Estava um caos na câmara, uma barulheira, então não consegui ouvir direito." Lembra?

Matt engoliu em seco.

— Lembro.

— E, já que não conseguiu ouvir direito, o senhor presumiu que fosse Pak Yoo, mas não dá para ter certeza, não é?

— Não, eu não consegui ouvir todas as palavras, mas ouvi a voz. Sei que era o Pak — disse Matt, no mesmo instante perguntando a si mesmo se aquilo era verdade. Será que ele estava apenas sendo teimoso?

Shannon o encarou como se estivesse com pena.

— Doutor — disse, com a voz mais suave —, o senhor está ciente de que Robert Spinum, vizinho dos Yoo, assinou uma declaração afirmando que se encontrava, naquela noite, no quintal de sua casa, em uma ligação, das 20h11 até as 20h20, e que durante toda a duração da chamada viu Pak Yoo a menos de meio quilômetro de distância do galpão, *do lado de fora*?

Abe se levantou imediatamente, com um protesto — algo sobre falta de fundamento —, mas Matt ficou mais atento aos arquejos atrás de Abe. Young, que levou as mãos à boca. Parecia aterrorizada, mas não surpresa.

— Excelência — retrucou Shannon —, eu só perguntei se a testemunha por acaso tinha ciência desse fato, mas não vejo problema em retirar a pergunta. O sr. Spinum está aguardando para depor, e sem sombra de dúvida será chamado à primeira oportunidade. — Ao finalizar a frase, ela semicerrou os olhos para Matt, como se fosse uma ameaça. — Doutor, permita-me refazer a pergunta: o senhor tem *certeza* de que a voz que escutou no interfone era de Pak Yoo?

Matt esfregou o coto de seu dedo indicador. Ardia e latejava, e por mais estranho que fosse era uma sensação boa.

— Eu achei que fosse, mas não tenho como afirmar com cem por cento de certeza.

— Dito isso e somado ao seu testemunho em relação à abertura da escotilha, é possível que Pak Yoo não estivesse no interior do galpão durante os dez minutos anteriores à explosão? E que, na verdade, não houvesse ninguém supervisionando o mergulho?

Matt olhou para Pak e Young; os dois encaravam o chão, os ombros caídos. Ele lambeu os lábios. Sentiu gosto de sal.

— Sim — disse ele. — Sim, é possível.

YOUNG

Ela ficou surpresa ao perceber o silêncio que se fez quando Shannon concluiu suas perguntas. Ninguém sussurrou nem tossiu. Os aparelhos de ar-condicionado não zumbiram nem cuspiram. Como se alguém tivesse apertado o botão de pausa e congelado todos no lugar, todas as cabeças viradas para Pak. Franzindo a testa para ele, tomados de repulsa, como haviam feito com Elizabeth mais cedo. De herói a assassino em uma hora. Como isso havia acontecido? Feito uma apresentação de mágica, mas sem o *Shazam!* para marcar o instante da transformação.

Devia ter soado um estrondo, talvez um trovão. Desastres que mudavam todo o rumo de uma vida costumavam ser barulhentos, não? Sirenes, alarmes, *alguma coisa* que sinalizasse a quebra da realidade: normal agora, alterada e fragmentada no instante seguinte. Young desejou correr, agarrar o martelo do juiz e golpeá-lo na mesa — quebrar o silêncio ao meio. *Todos de pé. Estado da Virgínia contra Young Yoo.* Culpada de acreditar que sua família estivesse livre de problemas. Culpada de ser tão idiota, depois de ver, repetidas vezes, quanto tudo pode ruir rapidamente, como um montinho de fósforos.

Quando Abe se levantou, Young teve um último instante de esperança, de que ele perguntasse a Matt como ele ousava mentir, como ousava comprometer um inocente. Abe, porém, pronunciou-se em tom de derrota, fazendo perguntas superficiais sobre quem mais utiliza o bloquinho do

H-Mart e afirmando ser impossível Matt estimar o tempo entre a explosão e a abertura da escotilha, e Young sentiu seu corpo se esvaziar, soprando todo o ar dos pulmões feito um balão furado.

Young quis se levantar e gritar. Gritar para os jurados que Pak era um homem honrado, que se atirara no fogo, literalmente, por seus pacientes. Gritar com a advogada de Elizabeth, dizer que ele não teria arriscado a própria vida e a da filha por dinheiro. Gritar para que Abe consertasse tudo aquilo, que ela tinha acreditado quando ele dissera que todas as evidências apontavam para Elizabeth.

O juiz anunciou o recesso para o almoço, e as portas da sala de audiências se abriram com um rangido. Então, Young ouviu. O som de marteladas à distância. *Tum-clac, tum-clac* no ritmo do seu coração pulsando nas têmporas, enviando sangue para seus ouvidos — um som vibrante e ampliado, como se estivesse embaixo d'água. Provavelmente os trabalhadores do vinhedo. Tinha visto os homens mais cedo, empilhando estacas de madeira junto à encosta. Estacas para novas vinhas. Deviam ter feito barulho a manhã inteira. Ela apenas não ouvira.

*

Eles caminharam do fórum ao escritório de Abe em fila indiana — Abe na frente, depois Young, empurrando a cadeira de rodas de Pak, e Mary atrás. Aquela fila, conduzida por um homem grandalhão, os transeuntes se afastando para abrir passagem, como se repelidos, fizeram Young se sentir uma criminosa a caminho da execução, sendo avaliada e sentenciada pelo povo.

Abe marchou com eles até um prédio amarelo, percorreu um corredor escuro até uma sala de reunião e pediu que esperassem enquanto ele conversava com sua equipe. Quando a porta se fechou, Young aproximou-se de Pak. Ela havia passado vinte anos tendo que olhar para cima para falar com ele; agora era estranho estar mais alta, vendo o redemoinho de cabelo no topo de sua cabeça. Ela se sentia mais corajosa. Como se o ato de inclinar a cabeça para baixo tivesse aberto algum bloqueio que costumava lhe tirar a voz.

— Eu sabia que isso ia acontecer — disse ela. — A gente devia ter dito a verdade desde o início. Eu te falei que a gente não devia mentir.

Pak franziu a testa e inclinou a cabeça na direção de Mary, que olhava a janela.

Young o ignorou. Que importava se Mary ouvisse? Ela já sabia da mentira. Eles tiveram que contar: ela fazia parte da história que ele havia inventado.

— O sr. Spinum viu você — continuou Young. — Todo mundo sabe que a gente mentiu.

— Ninguém sabe de nada — sussurrou Pak, mesmo sabendo que ninguém ali por perto compreendia coreano. — É nossa palavra contra a dele. Você, eu e a Mary contra um velho racista de óculos fundo de garrafa.

Young quis agarrá-lo pelos ombros e sacudir com força, para que as palavras penetrassem o crânio do marido e lhe chacoalhassem o cérebro feito uma bolinha de pinball. Em vez disso, ela cravou as unhas nas palmas das mãos e forçou as palavras a saírem bem baixas, pois sabia bem que uma fala calma atraía muito mais a atenção de seu marido do que uma gritaria.

— Nós não podemos continuar mentindo. Não fizemos nada de errado. Você só saiu para procurar as manifestantes, para nos proteger, e me deixou no comando. O Abe vai entender isso.

— E a parte que não tinha ninguém lá? Que os pacientes estavam presos em uma câmara em chamas, à própria sorte? Acha que ele vai entender *isso*?

Young desabou na cadeira ao lado de Pak. Quantas vezes havia desejado voltar no tempo e refazer aquele momento?

— A culpa é minha, não sua, e eu não posso viver sabendo que você vai levar a culpa para me proteger. Me sinto uma criminosa, mentindo para todo mundo. Não consigo mais fazer isso.

Pak tocou a mão de Young. As veias esverdeadas que percorriam o dorso da mão dele pareciam continuar pela dela.

— Nós não somos os culpados nessa história. Nós não provocamos o incêndio. Não importa onde estávamos... não podíamos fazer nada para impedir a explosão. O Henry e a Kitt teriam morrido mesmo que nós dois estivéssemos lá.

— Mas se eu tivesse desligado o oxigênio a tempo...

Pak balançou a cabeça.

— Eu já falei, sempre fica um resíduo de oxigênio nos tubos.

— Mas as chamas não teriam sido tão intensas, e se você tivesse aberto a escotilha na hora certa, poderíamos ter salvado todos eles.

— Você não tem como saber isso — disse Pak, num tom tranquilo e gentil. Tocou a base do queixo de Young e ergueu seu rosto, para encará-la nos olhos. — O fato é que, se eu estivesse lá, também não teria desligado o oxigênio às 20h20. Não esqueça... o TJ tinha tirado o capacete. Toda vez que ele fazia isso, eu acrescentava mais tempo, para compensar o oxigênio perdido...

— Mas...

— ... o que significa — prosseguiu Pak — que o oxigênio estaria ligado, e o incêndio e a explosão teriam acontecido da mesma forma, mesmo se eu estivesse lá.

Young fechou os olhos e suspirou. Quantas vezes eles tiveram aquela mesma conversa? Quantas hipóteses e justificativas os dois poderiam lançar um para o outro?

— Se nós não fizemos nada errado, por que não contar a verdade?

Pak apertou a mão dela, com força. Doeu.

— A gente precisa sustentar nossa história. Eu saí do galpão. Você não tem licença. A política é clara: a violação dessa regra é automaticamente considerada negligência. E negligência significa nada de pagamento.

— Dane-se o seguro! — disse Young, esquecendo-se de manter a voz baixa. — Quem se importa com isso?

— Nós precisamos desse dinheiro. Sem ele, não temos nada. Todo o nosso sacrifício, o futuro da Mary... vamos perder tudo.

— Escuta — disse Young, ajoelhando-se à frente dele. Talvez o ato de olhar para baixo o ajudasse a absorver suas palavras. — Estão achando que você mentiu para acobertar um homicídio. Aquela advogada está tentando te mandar para a prisão no lugar de Elizabeth. Será que você não vê quanto isso é pior? Você pode ser executado!

Mary olhou para os pais, assustada. Young tinha pensado que a filha estava absorta em seu próprio mundo, como fazia com frequência. Pak cravou os olhos em Young.

— Você tem que parar de ser tão melodramática. Agora assustou nossa filha sem motivo nenhum.

Young abraçou Mary. Esperou que ela fosse tentar se soltar, mas a garota permaneceu parada.

— Nós estamos preocupadas com você — disse Young a Pak. — Eu estou sendo realista, e você não está levando a coisa tão sério quanto deveria.

— Estou levando a sério, sim. Só estou mantendo a calma. E você, toda histérica, se descontrolando na sala de audiências... viu como todo mundo virou a cabeça para olhar? É *esse* tipo de coisa que me faz parecer culpado. Mudar nossa história agora é a pior coisa que podemos fazer.

A porta se abriu. Pak olhou para Abe.

— Ninguém abre a boca — prosseguiu Pak, em coreano, mas num tom relaxado, como se comentasse sobre o tempo. — Deixem que eu falo.

Abe parecia tenso. Seu rosto, em geral cor de mogno, estava num tom meio estranho, um marrom desbotado por uma camada de suor seco. Ao cruzar olhares com Young, em vez do costumeiro sorriso arreganhado, ele desviou os olhos, depressa, como se constrangido.

— Young e Mary, preciso falar com o Pak a sós. Vocês podem esperar no corredor? Tem almoço lá.

— Eu quero ficar com o meu marido — disse Young, tocando o ombro de Pak e esperando um sinal de gratidão por seu apoio. Um sorriso, um meneio de cabeça, talvez um toque, como na noite da véspera.

— Apenas obedeça — disse Pak, de testa franzida. As palavras saíram baixas, quase um sussurro, mas em tom de comando.

Young baixou a mão. Que burra havia sido por pensar que um momento de ternura na noite da véspera faria Pak deixar de ser o que sempre fora: um coreano tradicional, que não esperava nada além de submissão e obediência da esposa em público. Ela saiu com Mary.

As duas estavam no meio do corredor quando a porta se fechou. Mary parou, olhou em volta e retornou à sala de reuniões, pé ante pé.

— O que você está fazendo? — perguntou Young, baixinho.

Mary levou o indicador aos lábios, num *shhh* silencioso, e encostou a orelha na porta.

Young olhou o corredor. Não havia ninguém por perto. Ela juntou-se a Mary e escutou.

Não havia som, o que surpreendeu Young. Abe era uma dessas pessoas que não gostava de silêncio. Ela não se lembrava de uma reunião em que Abe não desfiara uma torrente de palavras, num único e contínuo som, sem pausas. O que significava esse silêncio, então? Será que Abe estava sendo ponderado e cauteloso, considerando cada palavra, visto que agora Pak era suspeito de assassinato?

— Muitas coisas foram reveladas hoje — disse Abe, por fim. — Coisas perturbadoras.

Suas palavras tinham o peso e a serenidade forçada de um réquiem.

— Sou um suspeito? — disse Pak, no mesmo instante, como se estivesse aguardando para falar.

Young esperou que Abe protestasse. *Não! Claro que não!* Mas não ouviu nada, somente o leve mastigar de Mary, que abocanhava uma grossa mecha de cabelo, um mau hábito que adquirira durante o primeiro ano nos Estados Unidos.

— Você não é mais suspeito que ninguém — disse Abe, depois de um instante.

O que isso significava? Abe dizia muitas coisas desse tipo, supostamente reconfortantes, mas na verdade, pensando bem, eram de um duplo sentido gigantesco. Como depois que a polícia investigou Pak por negligência, e Abe disse que ele estava praticamente absolvido. Ou a pessoa estava absolvida, ou não estava, então que história era aquela de "praticamente" absolvido?

— Há algumas... inconsistências — prosseguiu Abe. — A ligação para a seguradora, por exemplo. Foi você?

— Não — respondeu Pak.

Young quis gritar, mandar que Pak elaborasse, dissesse que não tinha motivo para ligar, porque já sabia a resposta. Antes de ele assinar a apólice, ela o ajudara a traduzir, e os dois riram da idiotice que eram os contratos norte-americanos, como gastavam vários parágrafos para dizer coisas óbvias, que até uma criança conseguia entender. Ela comentara especificamente sobre a seção sobre incêndios criminosos. ("Duas páginas para dizer que não vão pagar se você tacar fogo na própria propriedade ou mandar alguém fazer isso!")

— É bom você saber — disse Abe — que vão recuperar a gravação dessa chamada.

— Ótimo, isso vai provar que não fui eu que liguei — respondeu Pak, soando indignado.

— Alguém mais teve acesso ao celular do Matt durante o mergulho matinal?

— Não. A Mary saiu de casa às 8h30 para o cursinho pré-vestibular. A Young estava tirando a mesa do café da manhã. Eu sempre ficava sozinho no primeiro mergulho do dia, todos os dias. Mas... — A voz de Pak foi morrendo.

— Mas o quê?

— Um dia, Matt disse que estava com o telefone da Janine, e a Janine estava com o telefone dele. Tinham trocado por engano.

Young se lembrava. Matt estivera incomodado; quase desistira do mergulho, para poder destrocar os telefones com a esposa.

— Foi no dia da chamada? Na semana anterior à explosão?

— Não tenho certeza.

Fez-se um longo silêncio.

— A Janine sabia qual era sua seguradora? — perguntou Abe.

— Sim — disse Pak. Ela recomendou a empresa. É a mesma que atende o consultório dela.

— Interessante. — Algo pareceu dissolver a cautela de Abe; sua cadência costumeira, cheia de altos e baixos, o equivalente vocal ao sobe e desce dos cavalos num carrossel, retornou. — Agora, essa história do vizinho. Afinal, você saiu do galpão naquele último mergulho?

— Não — respondeu Pak.

A negativa inequívoca fez Young se encolher, imaginando com quem teria se casado, esse homem que mentia com tanta facilidade, de forma tão absoluta, sem qualquer hesitação.

— Seu vizinho falou que viu você fora do galpão dez minutos antes da explosão.

— Ele está mentindo, ou está com a memória ruim. Eu fui conferir a rede elétrica aquele dia, várias vezes, para ver se a empresa de energia tinha ido consertar. Mas sempre nos intervalos. Nunca durante os mergulhos.

Pak soava confiante, quase arrogante.

— Escuta, Pak — disse Abe, já desprovido de qualquer rigidez. — Se você estiver escondendo alguma coisa, agora é a hora de contar. Você sofreu um trauma gravíssimo, capaz de deixar qualquer um abalado. É natural se confundir em relação a certas coisas. Você não faz ideia de quantas testemunhas juram que se lembram perfeitamente de uma coisa, me dizem X, daí eu digo outra coisa que alguém falou e, *bingo*, elas acabam lembrando um troço completamente diferente. O importante é você abrir o jogo antes de depor. Revele ao júri tudo logo de cara e vai ficar tudo bem. Por outro lado, se esperar para falar depois, não vai colar. Porque aí o júri começa a especular: *O que ele está escondendo? Por que foi que mudou a história?* E daí, *bingo*, a Shannon vai alegar dúvida razoável, e tudo vai por água abaixo.

— Isso não vai acontecer. Estou dizendo a verdade — respondeu Pak, erguendo a voz.

— Você tem que entender — disse Abe — que seu vizinho foi muito convincente. Ele estava no celular com o filho, falou de você levando uma surra da fiação elétrica, coisa e tal. O filho confirmou. Os registros telefônicos condizem. Se uma história for verdade, a outra não pode ser.

— Eles estão errados — disse Pak.

— Pois bem, o que não consigo entender — prosseguiu Abe, como se Pak não tivesse aberto a boca — é por que você fica enfrentando isso. É um álibi de ouro, uma testemunha neutra confirmando que você não estava perto do fogo quando ele começou. A Shannon pode gritar o dia inteiro que você não abriu a escotilha, mas nada disso muda o fato de que foi a

Elizabeth quem provocou o incêndio. Então, para o meu objetivo, que é botar aquela mulher na prisão, o Spinum pode dizer o que for. O que não pode é você mentir a respeito disso. Porque você mentir sobre *qualquer coisa* me faz imaginar o que você está encobrindo, entende?

Mary recomeçou a mascar o cabelo, e o barulho foi crescendo em meio ao silêncio, avolumando-se, no mesmo ritmo das batidas do coração de Young, que latejavam nas orelhas.

— Eu estava no galpão — disse Pak.

Mary balançou a cabeça. Tinha a testa muito franzida, o que aumentava a cicatriz em seu rosto, inchada e branca.

— A gente precisa fazer alguma coisa. Ele precisa de ajuda — disse Mary, em inglês.

— O seu pai mandou a gente não fazer nada. Vamos obedecer — respondeu Young, em coreano.

Mary olhou para ela, de boca aberta, como se quisesse dizer algo, mas fosse incapaz de produzir um som. Young reconheceu aquele olhar. Logo depois de Pak chegar aos Estados Unidos, quando contou a elas que a família se mudaria para Miracle Creek, Mary gritara com ele, dizendo que não queria se mudar para o meio do nada, onde não conhecia ninguém. Quando Pak a repreendeu por desrespeitar sua autoridade, ela se virou para Young.

"Fala para ele", dissera ela. "Eu sei que você concorda comigo. Você tem voz. Por que não a usa?"

Young desejara usar. Desejara gritar que eles agora estavam nos Estados Unidos, onde ela havia passado quatro anos sozinha, fazendo papel de mãe, gerente de loja e organizadora de finanças, e Pak já quase não a conhecia, nem à filha, e certamente não conhecia os Estados Unidos como ela, então quem era ele para determinar o que ela faria? Em seu olhar, porém — o rosto meio aturdido e desnorteado ao mesmo tempo, como um garoto numa escola nova, imaginando onde se encaixaria —, ela via quanto os anos de separação haviam tirado dele, seu desespero para restabelecer o papel de chefe da família. Sentia a dor dele.

"Confio em você para decidir o que é melhor para nossa família", dissera ela a Pak, e vira no rosto de Mary o mesmo olhar de agora: um misto de decepção, desprezo e, pior de tudo, pena. Sentira-se diminuída, como se fosse a criança, e Mary, a adulta.

Young queria explicar tudo isso à filha. Estendeu o braço para tocar a mão de Mary, para tirá-la dali, ir para um lugar onde as duas pudessem conversar. No entanto, antes que ela dissesse ou fizesse qualquer coisa, Mary abriu a porta e disse, num tom alto e claro:

— Fui eu.

*

A raiva pela atitude infantil de Mary — sem pensar, sem considerar as consequências — viria depois. No momento, porém, o que subiu à tona foi inveja. Inveja, pois sua filha, uma *adolescente*, tivera coragem de agir.

— O que foi você? — perguntou Abe.

— A pessoa que o sr. Spinum viu — disse Mary. — Eu estava lá fora antes da explosão. Meu cabelo estava preso num boné de beisebol, que nem o meu pai usa, e acho que, daquela distância, ele pensou que eu fosse o meu pai.

— Mas você estava no galpão — disse Abe, franzindo mais a testa. — Foi isso o que você afirmou o tempo todo, que estava com o seu pai até pouco antes da explosão.

Mary empalideceu. Ela claramente não havia pensado em como adequar a história antiga à nova. Mary olhou Young e Pak em pânico, pedindo ajuda.

— Mary — disse Pak, em inglês, indo ao seu resgate —, os médicos disseram que a sua memória vai retornar devagar. Você lembra alguma coisa nova? Você foi lá fora ajudar sua mãe a encontrar as pilhas. Mais alguma coisa aconteceu?

Mary mordeu o lábio, como se estivesse segurando o choro, e assentiu lentamente.

Quando enfim falou, as palavras saíram inseguras e hesitantes.

— Eu tinha brigado com a minha mãe mais cedo... aquela coisa de ajudar mais, cozinhar, limpar... e pensei... pensei que, se eu ficasse sozinha, ela acabaria gritando ainda mais comigo, então eu... não entrei em casa. Eu lembrei... — Mary franziu a testa, concentrada, como se tentasse resgatar uma lembrança nebulosa. — Eu sabia da questão da fiação elétrica, então... fui para lá, em vez disso. Pensei que talvez... eu conseguisse soltar os balões, mas... não consegui alcançar as cordas. Daí eu voltei. — Ela olhou para Abe. — Foi quando eu vi a fumaça. Daí eu fui para lá, para trás do galpão, e então...

A voz de Mary foi morrendo, e ela fechou os olhos. Uma lágrima escorreu por sua bochecha, como se seguisse uma ordem, acentuando o calombo enrugado de sua cicatriz.

Young sabia que devia desempenhar o papel de mãe sofrendo pela filha que até então não havia falado sobre aquela noite. Devia abraçá-la, acariciar seu cabelo, fazer tudo o que as mães fazem para confortar seus filhos. No entanto, ela só conseguia ficar parada, nauseada, tomada de preocupação, certa de que Abe estava percebendo os buracos na história de Mary.

Mas ele não estava. Embarcou em tudo — ou pelo menos agiu como se estivesse — e disse que isso explicava muita coisa, que era compreensível, claro, que as lembranças viessem lentamente à tona, a conta-gotas, como diriam os médicos. Parecia muitíssimo aliviado em ouvir uma explicação plausível para a história do sr. Spinum e se Abe tinha qualquer dúvida em relação à história de Mary — como alguém poderia, mesmo à distância, confundir uma garota com um homem de meia-idade, ou como explicar os poucos instantes que Mary passara junto à fiação elétrica se tornarem os mais de dez minutos mencionados pelo sr. Spinum —, disfarçou com comentários sobre visão prejudicada, sobre os velhos brancos acharem que todos os asiáticos têm a mesma cara e sobre as adolescentes perderem a noção do tempo.

— Eu não sei por que a Shannon resolveu pegar no seu pé — disse Abe a Pak. — Não tem motivo. Mesmo que você quisesse o dinheiro do seguro, por que não esperou a câmara esvaziar? Por que arriscar os pacientes? As crianças? Não faz sentido. Se não fosse essa confusão de você estar lá fora, ela não teria nada contra você.

Mary soltou um grunhido que era meio gargalhada, meio soluço.

— A culpa foi minha. Se pelo menos eu tivesse me lembrado disso antes... — Ela olhou para Abe, o rosto contorcido de dor. — Sinto muito. Isso não vai prejudicar meu pai, não é? Ele não fez nada de errado. Não pode ser preso.

Mary ajoelhou-se ao lado de Pak e botou a mão em seu ombro. Pak acariciou-lhe a cabeça, como se para confirmar que estava tudo bem, tudo perdoado, e Mary estendeu a mão para Young, chamando-a para perto dos dois. Young se aproximou e apoiou uma mão sobre a de Mary, a outra sobre a de Pak, formando um círculo, mas mesmo assim continuou com a sensação de não pertencer àquela cena, de estar excluída do laço entre seu marido e sua filha. Pak perdoara Mary por desobedecê-lo; teria sido igualmente compreensivo com Young? E Mary... ela quebrara tantos meses de silêncio em defesa de Pak; teria feito o mesmo por Young?

— Não se preocupe — disse Abe. — Nós vamos dar um jeito. Pak, amanhã eu faço você explicar isso, durante o seu depoimento. Mary, talvez você também tenha que depor. — Abe se levantou. — Mas eu só posso ajudar se estivermos todos na mesma sintonia, e eu não quero ter que passar por outro dia como este. Então, preciso perguntar: tem alguma coisa, *qualquer coisa*, que vocês não tenham me contado?

— Não — respondeu Pak.

— Não, nada — disse Mary.

Abe olhou para Young. Ela abriu a boca, mas nenhuma palavra saiu. Ela percebeu que havia permanecido em silêncio o tempo todo, desde que Mary abrira a porta.

— Young? Tem mais alguma coisa? — perguntou Abe.

Young pensou em Mary naquela noite, ajudando Pak a ficar de olho nas manifestantes enquanto ela estava sozinha, vasculhando a casa atrás das pilhas. Pensou no telefonema com Pak, no qual ela reclamou da filha e ele, como sempre, a defendeu.

— Qualquer coisa mesmo? Agora é a hora — insistiu Abe.

Pak e Mary apertaram sua mão com força, encorajando-a a juntar-se aos dois.

Young olhou o rosto do marido e da filha.

— Você já sabe de tudo — disse a Abe.

Então se levantou, com a família, enquanto Abe dizia aos três que depois da testemunha seguinte, ninguém, absolutamente *ninguém*, teria a menor dúvida de que Elizabeth queria ver o próprio filho morto.

TERESA

Ela não conseguia parar de pensar em sexo. Durante todo o recesso para o almoço, mastigando a comida, observando as vitrines das lojas, olhando o vinhedo: sexo, sexo, sexo.

Tudo começara num dos cafés fofinhos espalhados pela rua principal.

As paredes eram lilás com desenhos de uvas pintados à mão, claramente um lugar para um almoço entre amigas. O rapaz do caixa, porém, era um *homem*, praticamente saído do elenco de um filme pornô, os músculos esculpidos acentuados pelo contraste com o cenário delicado. Ao se aproximar para pagar pela salada, Teresa farejou algo familiar, que conhecera no passado. Um aroma picante — talvez Polo, a colônia de seu namoradinho de escola — misturado a suor seco. O cheiro almiscarado e pungente do orgasmo — não aquele ao qual ela estava acostumada, sozinha, debaixo das cobertas, dedilhando com o indicador em pequenos círculos, mas do tipo que não tinha havia 11 anos, nos braços de um homem, os corpos reluzentes de suor.

— Está quente lá fora. Tem certeza de que quer a salada para a viagem? — disse o rapaz.

— Tudo bem. Eu gosto de coisas quentes — respondeu ela, num tom que achou ser vagamente sexual.

Com um sorriso sugestivo, ela saiu rebolando, apreciando o balanço da própria saia, o roçar da seda em sua pele. No quarteirão seguinte, avistou Matt, que a chamava de Madre Teresa, e precisou se esforçar para não rir alto frente ao ridículo daquele momento.

Devia ser a saia. Fazia anos que ela não usava saia. Com a quantidade de vezes que tinha que se abaixar para operar a cadeira de rodas e os tubos de Rosa, usar saia não era uma opção. Ou talvez fosse a solidão. A beleza vertiginosa da completa *solidão*, sem ter ninguém de quem cuidar. Liberada dos papéis de mãe-enfermeira de Rosa, 24 horas por dia, 7 dias por semana, e mãe-de-meio-período de Carlos (também conhecido como "o outro filho", como ele próprio se intitulava), pela primeira vez em 11 anos.

Não era como se ela nunca tivesse um tempinho livre; toda semana, por algumas horas, voluntárias da igreja se revezavam como babá. Mas eram saídas apressadas, a agenda cheia de tarefas. Na véspera, pela primeira vez em uma década, ela passara um dia inteiro longe de Rosa — a primeira vez que não organizara todas as refeições e trocas de fralda, não a levara à terapia no carro adaptado para deficientes, não a acordara da soneca nem lhe dera um beijo de boa noite. Havia sido enlouquecedor, e as voluntárias precisaram empurrá-la porta afora, dizendo que ela não se preocupasse, que se concentrasse no julgamento. Ela ligou para casa assim que chegou ao fórum, e mais duas vezes durante o primeiro intervalo.

Durante o recesso, na véspera, Teresa ligou para casa, comeu o sanduíche que havia preparado e olhou o relógio. Ainda faltavam cinquenta minutos e ela não tinha nada para fazer. Então, Teresa caminhou. Sem rumo. Não havia Target, nem Costco. Apenas lojas coloridíssimas, vendendo futilidades, exibindo sua deliberada rejeição à praticidade. Ela entrou num sebo com uma seção inteira de mapas antigos, mas nenhum livro sobre crianças com necessidades especiais, numa loja de roupas com 15 variedades de braceletes magnéticos, mas nenhuma cueca, nem meia. A cada minuto que passava apenas circulando, sem a função de cuidadora, Teresa sentia que se despia desse papel, célula por célula, feito uma cobra trocando a pele, revelando o que estava por baixo. Não Teresa, a madre, ou Teresa, a enfermeira, mas apenas Teresa, a mulher. O mundo de Rosa, Carlos, cadeiras de rodas e tubos foi ficando distante e surreal. A intensidade de seu amor e preocupação por eles foi arrefecendo mais e mais, feito estrelas ao amanhecer — ainda presente, mas não tão visível.

Ao fim do primeiro dia de julgamento, Teresa voltou para casa no carro alugado, entoando canções de rock. Ao chegar em casa, dez minutos antes da hora de Rosa dormir, passou por sua casa, estacionou o carro em um trecho encoberto pela mata e passou 15 minutos lendo um livro que havia comprado durante o recesso por 99 centavos, um romance de mistério de Mary Higgins Clark, saboreando os minutos a mais de liberdade.

Ela se sentia uma atriz estudando O Método, entrando cada vez mais no personagem, a cada instante que passava fingindo ser outra pessoa. No dia seguinte, Teresa saiu de casa mais cedo que o necessário. Representou uma mulher solteira — maquiou-se no carro, circulou de cabelos soltos, paquerou os trabalhadores do vinhedo. Então, por um brevíssimo instante com o rapaz do caixa, de fato *sentiu-se* uma mulher livre, uma mulher sem uma filha deficiente e um filho malcriado, combinação repelente a qualquer homem.

Ela esperou até o último minuto para retornar ao fórum. Diante da porta, duas mulheres que ela havia visto algumas vezes — mães de pacientes do Miracle Submarine, com quem ela cruzava durante os mergulhos matinais — a cumprimentaram.

— Eu estava comentando sobre como é difícil para mim estar aqui — comentou uma delas. — O meu marido não está acostumado a cuidar das crianças.

— Comigo também — disse a outra. — Tomara que esse julgamento acabe logo.

Teresa assentiu e contraiu os lábios, tentando moldar um sorriso compreensivo. Ficou pensando se aquilo a tornava uma má pessoa, aquele deleite autoindulgente durante esse hiato de sua vida. Seria ela uma mãe ruim por não sentir saudade da boca torta de Rosa se esgarçando para dizer "mamãe"? Uma amiga ruim para as voluntárias, por rezar para que o julgamento levasse um mês? Ela abriu a boca para dizer "entendo, me sinto super culpada" quando viu o rosto das duas — repletos não de culpa, mas de empolgação, os olhos disparando para todos os lados, imersos no drama que ocorria naquele fórum. Então, ocorreu-lhe que talvez aquelas mulheres, como ela própria, estivessem interpretando o papel de boas mães, tentando fingir que não apreciavam as férias forçadas que obrigavam seus maridos a viverem o caos mundano de suas vidas cotidianas.

— Eu entendo totalmente — disse Teresa, por fim, olhando as duas com um sorriso.

*

Estava úmido e quente na sala de audiências. Ela esperava uma trégua do calor — quase 38 graus, alguém dissera —, mas o ar estava igualmente denso do lado de dentro. Talvez por conta de todos os presentes terem circulado debaixo de sol quente, absorvendo a umidade feito esponjas, e agora entrarem na sala emanando aquele calor úmido. Os aparelhos de ar-condicionado estavam ligados, mas pareciam fracos, soltando uma ou outra soprada, como se exauridos. O ar não resfriava o ambiente, apenas fazia as partículas de suor circularem.

Abe anunciou a testemunha seguinte: Steve Pierson, especialista em incêndios criminosos e detetive de polícia. Enquanto ele caminhava até o púlpito, a cabeça careca, viscosa e rosada de sol, Teresa quase via o vapor subindo. Ela tinha um 1,50 metro de altura, por isso achava quase todo mundo alto, mas o detetive Pierson era um gigante, mais alto até que Abe. Ele subiu no púlpito, fazendo o piso ranger; perto dele, a cadeira de madeira parecia um brinquedinho. Quando se sentou, o sol que adentrava iluminou sua careca feito um holofote, formando um halo em torno de sua cabeça. Teresa recordou a primeira vez em que o vira, na noite da explosão: ele parado contra o fogaréu ao fundo, a careca reluzente refletindo as chamas bruxuleantes.

Fora uma cena digna de pesadelos. Sirenes nos mais variados tons, de carros de bombeiro, ambulâncias e viaturas de polícia, berrando por sobre os estalidos do fogo que lambia o galpão. As luzes dos veículos contra o céu escuro criavam uma visão psicodélica, um clima de boate, e a espuma dos esguichos das mangueiras entrecortavam o céu, como fitas. E as macas. Macas com lençóis branquíssimos, por toda parte.

Tanto Teresa quanto Rosa estavam bem, por um milagre; só haviam inalado fumaça, para a qual haviam recebido — que ironia — oxigênio puro. Enquanto ela respirava, vira Matt enfrentando os paramédicos, que tentavam segurá-lo. "Me soltem! Ela ainda não sabe. Preciso contar a ela."

Teresa parou de respirar. Elizabeth. Ela não sabia que seu filho estava morto.

Foi quando Steve Pierson surgiu, com seus ombros monstruosamente largos e a cabeça sem cabelos, feito a caricatura de um vilão de cinema. "Senhor, nós vamos encontrar a mãe do menino", disse ele, num tom agudo e anasalado, ainda mais esquisito em contraste com a voz retumbante que ela esperava vir de tamanho corpanzil. Parecia errado, como se a voz verdadeira tivesse sido dublada por um pré-adolescente. "Nós vamos transmitir a notícia."

Transmitir a notícia. *Senhora, eu tenho uma notícia*, Teresa imaginou aquele homem dizendo, como se a morte de Henry fosse uma interessante matéria internacional da CNN. *O seu filho morreu.*

Não. Ela não deixaria um estranho com cara de lutador de sumô escandinavo e voz de *Alvin e os esquilos* contar aquilo a Elizabeth, não o deixaria contaminar aquele momento que ela reviveria incessantes vezes. A própria Teresa havia passado por isso. Ouvira, de um médico metido a besta, a frase: "Estou ligando para informar que sua filha está em coma." Quando ela retrucou, dizendo "O quê? Isso é uma brincadeira?", ele a cortou com um "Sugiro que a senhora venha o mais rápido possível; ela provavelmente não vai sobreviver por muito tempo". Teresa queria que Elizabeth recebesse a notícia com carinho, de uma amiga, alguém que chorasse com ela e a abraçasse como ela própria gostaria que seu ex-marido tivesse feito, em vez de delegar a função a um estranho.

Teresa deixou Rosa com os paramédicos e foi atrás de Elizabeth. Eram 20h45, então o mergulho já deveria ter terminado havia um tempo. Onde ela estava? Não estava no carro. Será que tinha ido dar um passeio? Matt certa vez dissera que havia uma bela trilha à beira do córrego.

Ela levou cinco minutos para encontrar a amiga, deitada num cobertor, às margens do rio.

"Elizabeth?", disse Teresa, mas a amiga não respondeu. Ao se aproximar, viu que ela estava com um fone de ouvido branco. O eco metálico de uma música ensurdecedora vazava das bolotinhas em sua orelha, misturado ao córrego gorgolejante e ao canto dos grilos.

O céu escuro lançava uma sombra arroxeada no rosto de Elizabeth. Ela estava de olhos fechados, com um sorrisinho no rosto. Serena. Um maço de cigarros e fósforos jazia sobre o cobertor, junto a uma guimba de cigarro, um papel amassado e uma garrafa térmica.

"Elizabeth", repetiu Teresa. Nada. Ela se agachou e arrancou os fones de ouvido. Elizabeth se assustou, despertando com um tranco. A garrafa térmica desabou e um líquido claro saiu de dentro. Vinho?

"Ai, meu Deus, não acredito que dormi. Que horas são?", perguntou Elizabeth.

"Elizabeth", disse Teresa, e uniu as mãos em concha. As luzes da ambulância reluziam no céu em explosões, feito distantes fogos de artifício. "Aconteceu uma coisa horrível. Houve um incêndio, uma explosão. Foi tudo muito rápido." Ela agarrou as mãos de Elizabeth. "O Henry... ele acabou sendo atingido e... ele..."

Elizabeth não disse nada. Não perguntou *ele o quê*, não prendeu a respiração, não gritou. Apenas piscou os olhos para Teresa, de um jeito tranquilo, como se contasse os segundos até que Teresa proferisse a última palavra da frase. *Cinco, quatro, três, dois, um.* Ferido, Teresa quis dizer. Ou até mesmo quase morreu. Qualquer coisa que desse um mínimo de esperança.

"O Henry morreu", disse Teresa, por fim. "Eu sinto tanto por não poder te dizer..."

Elizabeth fechou os olhos e ergueu a mão, mandando que Teresa parasse. Balançou o corpo de leve, para a frente e para trás, como uma camisa em um cabide sob a brisa de verão, e quando Teresa se inclinou para contê-la, ela escancarou a boca em um uivo silencioso. Jogou a cabeça para trás, e Teresa percebeu: Elizabeth estava rindo. Em voz alta, um cacarejo agudo e maníaco, enquanto repetia como um mantra, "ele morreu, ele morreu, ele *morreu!*"

*

Teresa escutou o testemunho do detetive Pierson sobre o restante daquela noite. Como Elizabeth havia examinado a cena com uma calma assustadora. Como ele a levara até a maca de Henry, e, antes que pudesse impedi-la, ela puxou para trás o lençol branco que cobria o rosto do menino. Como não gritara, nem se agarrara ao corpo, como outros pais em desespero, e ele disse a si mesmo que devia ser o choque, mas, rapaz, tinha sido mesmo bem horripilante.

Durante toda a declamação dos fatos que ela já conhecia, que presenciara, Teresa olhou para baixo, alisando as mãos, e pensou em Elizabeth gritando "Ele está morto!" Sua gargalhada naquele momento — aquilo deixara claro que Elizabeth não havia matado Henry, ou que, se havia, não tinha sido de propósito, não tinha sido assassinato. Aos oito anos, Teresa havia caído no gelo, num laguinho. A água estava tão fria, que parecia escaldante. A risada de Elizabeth fora parecida, como se ela estivesse sentindo tanta dor, que pulara a parte do choro, indo direto para uma gargalhada de pesar, muito mais sofrida do que qualquer grito ou lamúria. Mas como era possível botar isso em palavras, explicar que a risada de Elizabeth não tinha sido uma risada? O cigarro, a bebida — coisas inapropriadas a uma mãe — já eram ruins o suficiente. Gargalhar ao receber a notícia da morte do filho a faria parecer, na melhor das hipóteses, louca, e na pior, psicopata. Então Teresa jamais contara a ninguém.

Abe acomodou algo no suporte. A ampliação da folhinha de um bloco de anotações, com frases rabiscadas por toda parte. Em sua maioria, listas de tarefas e compras, números de telefone, endereços eletrônicos. Cinco frases, espalhadas pela folha, estavam marcadas em amarelo. *Não aguento mais isso; Preciso da minha vida de volta; Isso tem que acabar HOJE!; Henry = vítima? Como?*; e CHEGA DE OHB, essa última fora circulada várias vezes, feito um tornado desenhado por uma criança. O papel estava todo entrecortado por linhas desniveladas; tinha sido rasgado e reunido, como um quebra-cabeças.

— Detetive Pierson — disse Abe —, conte-nos o que é isso.

— É uma cópia ampliada e assinalada de um bilhete encontrado na cozinha da ré. Foi rasgado em nove pedaços e descartado na lata de lixo. Uma análise caligráfica confirmou que a letra pertence à ré.

— Então a ré escreveu, rasgou e depois jogou fora. Por que isso é significativo?

— Parece ser uma espécie de planejamento. A ré estava cansada de cuidar do filho com necessidades especiais. Planejava "acabar" com tudo aquela noite — disse o detetive, fazendo aspas com os dedos. — "Chega de OHB", ela escreveu. Ao cruzar os endereços eletrônicos e números escritos no papel ao histórico de ligações e navegação na internet da ré, determinamos que ela escreveu isso no dia da explosão. Então, horas depois, a câmara de OHB explodiu, matando seu filho. Enquanto isso acontece, ela está comemorando, fumando e bebendo vinho, o que pode ser visto como o símbolo derradeiro de libertação de suas responsabilidades parentais.

Pierson fez uma careta para Elizabeth, como se tivesse abocanhado uma comida estragada, e Teresa ficou pensando se ele a encararia do mesmo jeito se a tivesse visto ontem à noite, escondida no próprio carro para desfrutar de mais alguns minutos longe da filha deficiente.

— Talvez a ré estivesse escrevendo sobre seu cansaço, pensando em desistir da OHB. Isso não é possível, detetive?

Pierson balançou a cabeça.

— Nesse mesmo dia, ela mandou e-mails para cancelar todas as terapias do Henry... fono, fisio, ocupacional, socialização... todas, menos a OHB. Por que não desmarcar a OHB também, se "chega de OHB" significasse um desejo de desistir, a não ser, é claro, que não houvesse necessidade, porque ela sabia que tudo aquilo acabaria?

— Hum, muito peculiar — retrucou Abe, fazendo-se de desentendido.

— Sim, muita coincidência a ré ter desistido da OHB no mesmíssimo dia em que a câmara explodiu e todas as suas anotações viraram realidade, *e* por conveniência, Henry já não precisar dos serviços que ela havia acabado de cancelar.

— Mas coincidências acontecem — disse Abe, com a voz animada, claramente ensaiando o teatrinho de "policial bom, policial mau" para os jurados.

— É verdade, mas, se ela resolveu desistir, por que foi para o mergulho seguinte? Por que dirigiu até tão longe, depois mentiu que estava passando mal? Por que fez isso *depois* de passar a tarde pesquisando sobre incêndios em câmaras de OHB, como confirmou a análise forense de seu computador?

— Detetive Pierson — disse Abe —, que conclusão o senhor tira, como especialista em investigações sobre incêndios criminosos, das buscas ao computador e às anotações da ré?

— As pesquisas foram concentradas na mecânica dos incêndios em câmaras de OHB: onde começam, como se espalham. Isso indica o planejamento de um incêndio criminoso, tentativas de descobrir a melhor forma de iniciar o fogo para garantir a morte de alguém dentro da câmara. Sua anotação *Henry = vítima? Como?* demonstra o foco em assegurar que Henry fosse, de fato, a vítima fatal. Mais tarde, ela mudou toda a organização dos assentos, para garantir que Henry estaria no ponto mais perigoso, o que confirma isso.

— Protesto! — exclamou a advogada de Elizabeth, e pediu uma conferência.

Enquanto os advogados conversavam com o juiz, Teresa olhou o suporte. Cada rabisco era algo que a própria Teresa poderia ter escrito. Quantas vezes ela havia pensado *Eu não aguento mais isso. Preciso da minha vida de volta*? Que diabo, essas palavras constavam de suas orações noturnas: "Amado Deus, por favor, ajude Rosa, por favor, nos traga uma nova cura, ou medicamento, ou *qualquer coisa*, meu Deus, porque eu preciso da minha vida de volta. Carlos precisa da vida dele de volta. Rosa, mais do que tudo, precisa da vida dela de volta. Por favor, Deus." E, no verão anterior, indo e voltando daquela longa viagem duas vezes por dia, ela não vivia contando os dias? Não tinha dito a Rosa: "Mais nove dias, meu amor, então CHEGA DE OHB!"?

E a outra parte: *Henry = vítima? Como?* A explicação de Pierson fazia sentido, em termos lógicos, mas algo naquela frase suscitava outra coisa. *Henry igual a vítima, como. Henry é uma vítima, Henry como vítima? Como?*, repetiu ela, perdendo-se num ritmo que parecia familiar, feito uma antiga canção de ninar.

Então, de repente, a ficha caiu. As manifestantes, aquela manhã. "Vocês estão machucando seus filhos", dissera a mulher de cabelo curto. "Vocês os transformaram em vítimas do seu desejo deturpado de ter filhos perfeitos." Elizabeth ficara abalada — ela empalidecera, como se tivesse entrado numa sauna quente. "Para com isso", dissera Teresa, "o Henry, vítima? Isso é ridículo. Você compra cuecas orgânicas para o Henry, pelo amor de Deus." Mais tarde, no entanto, chegara a refletir. *Será que Rosa é uma vítima da minha incapacidade de aceitá-la? Mas só quero vê-la saudável. O que tem de errado nisso?* Se ela tivesse um papel, talvez tivesse rabiscado *Rosa = vítima? Como?*.

Os advogados retornaram a suas mesas, e Abe exibiu outro pôster.

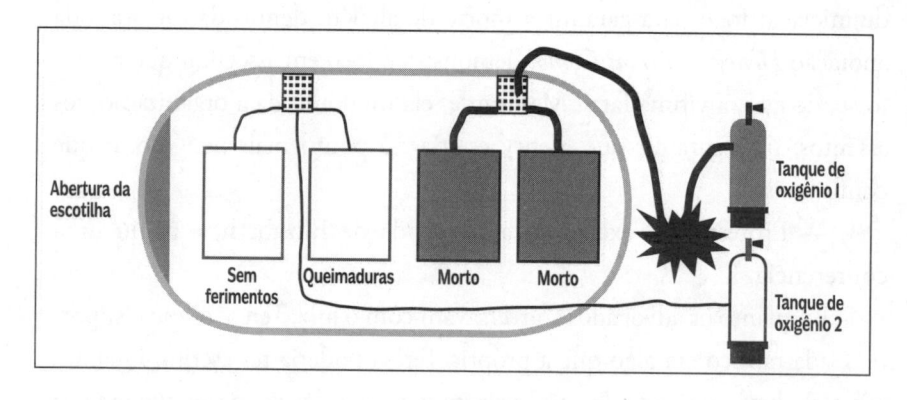

— Detetive — disse Abe. — Diga-nos o que é isso.

— É uma ilustração do último site que a ré acessou antes da explosão. Ela pesquisou por "incêndio em OHB iniciado fora da câmara", decerto em busca do caso mencionado no folheto das manifestantes, e encontrou isto: uma câmara similar à do Miracle Submarine, onde o fogo havia começado do lado de fora. O fogo ocasionou uma explosão na tubulação, permitindo que o oxigênio escapasse e entrasse em contato com as chamas. Um dos tanques explodiu e matou os dois pacientes conectados a ele.

— Então a ré viu essa imagem algumas horas antes de botar o filho no terceiro lugar, com a marcação *"morto"*. Não é isso o que o senhor está nos dizendo?

— Exato. É importante lembrar — disse Pierson, olhando o júri — que o Miracle Submarine explodiu exatamente do mesmo jeito. O fogo começou no mesmo ponto, na parte mais baixa do U formado pelo tubo de oxigênio. As mortes também foram exatamente as mesmas, no exato ponto onde ela *insistiu* que seu filho se sentasse.

Teresa olhou o retângulo da esquerda, com os dizeres *"sem ferimentos"*, onde Rosa estava sentada. Em todos os outros mergulhos, ela se sentara no retângulo vermelho com a marcação *"morto"*. Se Elizabeth não tivesse insistido em alterar os lugares, a cabeça de Rosa é que teria sido engolfada pelas chamas, queimada até os ossos. Teresa estremeceu e balançou a cabeça para afastar o pensamento, mandá-lo para longe. Sentiu um alívio tão intenso, que seus joelhos fraquejaram, e veio-lhe uma onda de vergonha por estar, verdade fosse dita, agradecendo a Deus pelo filho de outra pessoa ter sofrido uma morte tão excruciante. Ocorreu a Teresa, então: seria possível que sua torcida por Elizabeth não fosse por considerá-la inocente, e sim por gratidão, por ela ter planejado a explosão de modo a poupar Rosa? Estaria seu egoísmo dando outro colorido à risada de Elizabeth, às suas anotações?

— O senhor conversou com a ré sobre o ponto de origem do fogo?

— Sim, logo após a ré identificar o corpo do filho. Eu disse a ela que descobriríamos o responsável e como aquilo havia acontecido. Ela falou que tinham sido as manifestantes. Disse que o fogo tinha sido iniciado do lado de fora, sob a tubulação de oxigênio. Lembrem-se, naquele momento não sabíamos onde nem como o fogo tinha começado. Mais tarde, quando nossa análise confirmou aquele exato ponto como o local de origem do fogo, nós ficamos surpresos, para dizer o mínimo.

— Será que ela sabia disso devido a suas alegações de que o folheto das manifestantes deixava bem claro a forma como o incêndio aconteceria?

— perguntou Abe, tal e qual um inocente garotinho perguntando sobre o coelhinho da Páscoa.

— Não. — Pierson balançou a cabeça — Nós investigamos com diligência as manifestantes e descartamos seu envolvimento, por diversas razões. Em primeiro lugar, todas as seis foram liberadas do interrogatório às 20h. Todas afirmaram ter retornado a Washington, D.C. de imediato, sem fazer nenhuma parada, e os registros do GPS do celular corroboram isso. Em segundo lugar, todas as seis têm um histórico impecável como cidadãs pacíficas, com o objetivo primário de proteger seus filhos de quaisquer males.

Ao ouvir isso, Teresa balançou a cabeça com força, desejando dizer ao júri que não se enganasse com essa suposta postura "pacífica". Eles não tinham visto as mulheres aquela manhã, de mandíbula cerrada, cheias de ódio. Pareciam prontas para fazer *qualquer coisa* necessária para impedir a OHB, como os fanáticos que atiram, em prol da vida, nos médicos que realizam abortos.

Teresa respirou fundo para se acalmar.

— Mesmo que se acredite — disse Pierson, no púlpito — que elas fariam alguma coisa drástica, como provocar um incêndio criminoso para impedir a OHB, não tem sentido que fizessem isso com o oxigênio no máximo e as crianças lá dentro.

Com o oxigênio no máximo. A frase desencadeou um pensamento que lhe fez sentir um arrepio. E se elas não soubessem que o oxigênio estava ligado? "Nós não vamos a lugar nenhum. Te vejo hoje à noite, às 18h45", dissera a manifestante grisalha, dos cabelos curtos, aquela manhã, quando Teresa passou depressa pelas mulheres, depois do primeiro mergulho. Ela não dera muita bola para aquilo, tinha ficado só incomodada, mas agora percebia: as manifestantes sabiam direitinho os horários das sessões.

Ou seja, às 20h05, elas esperavam que o oxigênio já estivesse desligado. Segundo Pierson, a pessoa que provocou o incêndio acendera o cigarro entre 20h10 e 20h15. Era o momento perfeito: as manifestantes esperavam que o mergulho estivesse acabando, mas que o oxigênio já tivesse sido desligado, o que significaria um alastramento bem lento do fogo, permitindo que os pacientes vissem o incêndio na hora da saída, momento em que ficariam apavorados, sairiam correndo e avisariam a Pak. E chega de OHB. Fazia sentido.

— Eu compreendo por que o senhor descartou as manifestantes como suspeitas — disse Abe. — Mas, se elas não estavam envolvidas, como a ré poderia saber o exato ponto de origem das chamas? — Mais uma vez aquele tom confuso e curioso, como se o advogado genuinamente não fizesse ideia.

— Duas possibilidades — respondeu Pierson. — A primeira é que ela mesma incendiou o local, para envolver as manifestantes. Armar um assassinato para que outro leve a culpa é um clássico. E um plano inteligente, que poderia ter funcionado, se não fossem as provas incriminatórias que encontramos contra ela.

— E a segunda possibilidade?

— Uma coincidência inacreditável.

Diversos jurados soltaram risadinhas, e Teresa sentiu uma pressão nos pulmões. Elizabeth odiava as manifestantes; aquilo era muito óbvio. Teria esse ódio bastado para que ela arriscasse atear fogo ao galpão? Não para matar ninguém, mas para arrumar um problema para as manifestantes? Naquele último mergulho, TJ sentira dor de ouvido, então Pak levou o dobro do tempo costumeiro para subir a pressão e começar o tratamento com oxigênio. Sem saber disso, Elizabeth imaginava que o oxigênio já estivesse desligado às 20h15. Ela poderia ter iniciado o incêndio nesse momento, esperando que todos já estivessem se preparando para sair e percebessem o fogo antes que ele se alastrasse. Isso explicaria sua reação de desconsolo, porém não de surpresa, ao ficar sabendo do incêndio e da morte de Henry. A percepção de que havia causado a morte do próprio filho — a ironia, a insustentável consciência de que ele havia pagado por sua arrogância, seu ódio, seu pecado — sem dúvida a deixaria transtornadíssima, a ponto de soltar aquela gargalhada de agonia que Teresa era incapaz de esquecer.

— Detetive — disse Abe —, como foi exatamente que o fogo começou?

Pierson assentiu.

— A nossa equipe de investigação detectou que o incêndio foi provocado por uma guimba de cigarro e um fósforo posicionados no meio de uma pilha de gravetos, debaixo de um dos tubos de oxigênio. Uma rachadura foi aberta no tubo, o que levou ao contato do oxigênio com o fogo. Por mais que o oxigênio puro em si não seja inflamável, a mistura com materiais contaminantes dentro e ao redor do equipamento resultou na explosão, com tamanha força que mandou longe a bituca de cigarro e a caixa de fósforos antes que eles fossem totalmente incinerados. Nós recuperamos vários fragmentos intactos e conduzimos uma bateria de testes, para avaliar os componentes químicos e padrões de cor. Identificamos que o cigarro era da marca Camel e que a caixa de fósforos era uma das distribuídas gratuitamente pelas lojas 7-Eleven da área.

Abe comprimiu os lábios, como se tentasse conter uma risadinha.

— E de que marcas eram os cigarros e os fósforos encontrados na área do *piquenique* da ré? — indagou ele, fazendo *piquenique* parecer um palavrão.

— Cigarros Camel e caixa de fósforos do 7-Eleven.

A sala de audiências inteira pareceu se elevar e vibrar, todos empertigados em suas cadeiras, inclinados para olhar a reação de Elizabeth.

Abe esperou os sussurros e os rangidos das cadeiras se aquietarem.

— Detetive, a ré chegou a tentar explicar essa correlação?

— Sim. Depois da prisão, a ré disse que encontrou um maço de cigarros aberto e uma caixa de fósforos na mata, aquela noite. — A voz de Pierson assumiu um tom monocórdio, como uma babá lendo historinhas para crianças. — Ela falou que parecia ter sido descartado, então pegou um deles e fumou. Afirmou também que encontrou um bilhete com o logotipo do H-Mart, onde estava escrito: "Isso tem que acabar. Nos encontramos hoje, às 20h15." Ela disse que não percebeu na hora, mas que tudo aquilo devia ter sido jogado fora pelos criminosos.

— O que o senhor achou dessa explicação?

— Não achei plausível. Um adolescente fumar um cigarro encontrado no chão, eu até aceito. Mas uma mulher de quarenta anos, de classe média? Bom, seja lá como for, nós levamos a "explicação" dela a sério

— disse ele, fazendo aspas com os dedos. — Procuramos digitais no maço de cigarros e na caixa de fósforos.

— E o que encontraram?

— Curiosamente, encontramos apenas as digitais da ré. Ela explicou *isso* dizendo que havia usado... — Pierson contorceu o rosto, como se tentasse não rir. — Lencinhos antibacterianos para limpar os cigarros, antes de fumar. Porque, sabe como é, estavam no chão.

Risadinhas baixas ecoaram pelo recinto. Alguém gargalhou alto. Abe franziu a testa, enrugando o rosto de maneira forçada.

— Desculpe, o senhor disse *lencinhos antibacterianos*? — indagou ele.

Os jurados sorriram, parecendo achar graça, mas Teresa se viu odiando aquele teatrinho, aquela surpresa fingida.

— Então ela se dispôs a fumar os tais cigarros aleatórios, vindos de sabe lá Deus onde, desde que passasse os *lencinhos antibacterianos*?

A repetição de Abe de "lencinhos antibacterianos" parecia juvenil, uma forma de *bullying*, e Teresa quis gritar para que ele se calasse, porque Elizabeth realmente tinha mania de passar aqueles lencinhos em tudo e os levava para todo lado. E daí?

— Isso — respondeu Pierson —, e no processo acabou convenientemente "apagando" qualquer evidência que pudesse corroborar *ou* contradizer sua versão.

Teresa quis se levantar e estapear os dedos gordos daquele homem, que não paravam de fazer aspas no ar.

— E as digitais no bilhete do H-Mart? Certamente a ré não usou *lencinhos antibacterianos* no papel.

— Não encontramos bilhete nenhum.

— Será que pode ter passado despercebido?

— Na noite da explosão, nós isolamos um amplo perímetro ao redor do local e passamos pente-fino em tudo na manhã seguinte. Não havia nenhum bilhete do H-Mart nos arredores.

Uma dor aguda atingiu o cocuruto de Teresa e irradiou até os ombros, quente e espessa, feito um xale. Havia um bilhete aquela noite. Fechando os olhos, ela podia ver a bolinha de papel amassada sobre o cobertor. Não conseguia distinguir as palavras, mas via os pontilhados vermelhos e pretos, bem vívidos, como o logo do H-Mart ficaria se fosse amassado.

Teresa se imaginou contando isso a Abe. Será que ele acreditaria? Ele perguntaria por que ela não tinha contado antes. A verdade era que, para evitar comentar sobre a risada de Elizabeth ao receber a notícia da morte de Henry, ela disse que não recordava muita coisa a respeito daquela conversa, nem dos objetos que havia visto por perto. "Eu estava tão concentrada em contar a ela que o Henry tinha morrido, que acho que bloqueei todo o resto", dissera. Talvez pudesse dizer que o testemunho de Pierson lhe reavivara a memória, mas Abe não acreditaria; ficaria em cima dela, igual a um abutre, até que a história se desarranjasse. Ou seja: nesse caso ela talvez fosse forçada a abrir o jogo, a explicar sobre a gargalhada de Elizabeth. O que poderia ser muito mais prejudicial a Elizabeth do que Teresa ter visto algo que vagamente, talvez, pudesse ser um bilhete com o logotipo do H-Mart.

Portanto, levar uma conversa a sós com Abe não era a melhor opção. Mas ficar calada também não era; o júri precisava saber que Elizabeth não estava mentindo em relação ao bilhete.

Quando Teresa abriu os olhos, Pierson dizia que não havia nada que corroborasse a versão de Elizabeth dos eventos. Teresa se levantou. Pigarreou.

— Isso não é verdade — disse ela. — Eu vi. Eu vi o bilhete do H-Mart.

O juiz bateu o martelo, pedindo ordem, e Abe mandou que ela se sentasse, mas Teresa permaneceu de pé, olhando para Elizabeth. Shannon disse baixinho alguma coisa para Elizabeth, que olhou para o outro lado e encarou Teresa. Seu lábio inferior tremia, espichado em um meio sorriso. Elizabeth pestanejou, e as lágrimas que se formaram em seus olhos rolaram pelas bochechas. Depressa, como se irrompessem de uma represa.

ELIZABETH

Na semana anterior ao início do julgamento, Shannon dissera a Elizabeth que as duas precisariam do máximo de gente possível sentada atrás dela na sala de audiências. Para entregar lencinhos, encarar as testemunhas de Abe, esse tipo de coisa. A família estava fora de cogitação — Elizabeth era filha única e seus pais haviam morrido no terremoto de 1989 em São Francisco —, então só restavam os amigos. O problema: ela não tinha amigos. "Não estamos falando de amigões de infância, só de gente disposta a se sentar perto de você. Sentar... só isso. Cabeleireira, dentista, a caixa do mercado. Qualquer pessoa", dissera Shannon. "Por que a gente não contrata uns atores?", perguntara Elizabeth.

Não era como se ela nunca tivesse tido amigos. Verdade fosse dita, ela sempre fora do grupo dos tímidos, mas tinha amigos íntimos na faculdade e na firma de contabilidade; tinha tido três madrinhas de casamento e fora madrinha duas vezes. No entanto, desde o diagnóstico de autismo de Henry, seis anos antes, ela vivia ocupada demais para tudo o que não fosse centrado em Henry. Durante o dia, levava Henry a sete tipos de terapias diferentes — fono, fisio, ocupacional, processamento auditivo (Tomatis), integração sensorial (IDR), processamento visual, neuromodulação autorregulatória — e, além de tudo isso, circulava os mercados orgânicos e holísticos atrás de alimentos livres de amendoim, glúten, caseína, laticínios, peixes e ovos. À noite, preparava a comida e os suplementos de Henry e participava de grupos de tratamento de autismo, como o *OHBKids* e o *MãesMédicasdeAutistas*. Depois de uns anos sem contato, os amigos pararam de procurá-la. O que ela podia fazer agora? Ligar e dizer: "Oi, há quanto tempo! Estava aqui pensando se você teria interesse em comparecer ao meu julgamento por assassinato, para a gente botar o papo em dia antes de eu ser executada. Ah, a propósito, sinto muito por passar seis anos sem retornar suas ligações, mas eu andava ocupadíssima com o meu filho… É, aquele que estou sendo acusada de matar."

Então, sim, Elizabeth sabia que ninguém a apoiaria (além de Shannon, que não contava, já que cobrava 600 dólares a hora). Entretanto, ao entrar no fórum, na véspera, e ver a fileira vazia atrás de si — os únicos assentos vazios em toda a sala de audiências —, sentiu uma pontada no estômago, como o soco de um boxeador invisível. Por dois dias seguidos, a fileira atrás de Elizabeth permanecera vazia, transmitindo ao mundo sua total falta de apoio, expondo sua solidão.

Quando Teresa revelou que tinha visto o bilhete do H-Mart, o juiz tentou desfazer a história. Bateu o martelo, disse a Teresa que ela não podia simplesmente sair gritando alegações e instruiu o júri a desconsiderar aquilo. Teresa pediu desculpas, mas quando o juiz mandou que ela se sentasse — um momento que Elizabeth repassaria mentalmente mais tarde, incessantes vezes, deitada na cama —, Teresa passou pelos Yoo, percorreu o corredor, adentrou a fileira vazia e se sentou, bem atrás de Elizabeth. Um dos jurados abriu a boca de surpresa. Todos pareciam considerar Elizabeth uma leprosa — talvez não contagiosa, mas mesmo assim alguém de quem fosse melhor manter distância.

Elizabeth olhou para trás e encarou Teresa. Receber o apoio de alguém, ver alguém declarar que estava ao seu lado, sentar-se atrás dela sem sentir vergonha — tudo isso ela já havia descartado, havia se convencido de que não era importante, agora que já não via motivo para continuar vivendo. Mas era doloroso ver que as pessoas com quem ela passara várias horas por dia na câmara hiperbárica não se davam ao trabalho de ir vê-la, nem que fosse para perguntar pessoalmente se ela tinha feito mesmo aquilo. A presunção automática de sua culpa.

Agora, porém, lá estava uma delas, querendo ser sua amiga. A gratidão explodiu dentro dela feito um balão, ameaçando irromper numa torrente de agradecimentos que ela não podia verbalizar. Ela olhou para Teresa, tentando transmitir sua gratidão no olhar.

No mesmo instante, vislumbrou um brilho prateado entre os presentes. A líder das manifestantes, a mulher da hipócrita alcunha de "OrgulhosaMãeDeAutista". Ela esperava que Shannon expusesse, no julgamento, o suposto álibi daquela mulher como uma farsa e a mandasse para a prisão, mas o telefonema sobre o incêndio criminoso mudou o foco de Shannon para Pak, permitindo que a maldita se sentasse confortavelmente e assistisse ao julgamento como uma inocente cidadã. Elizabeth sentiu bile subindo à garganta, num golpe familiar de fúria, ódio e culpa. Se não fosse aquela mulher, seu filho ainda estaria vivo. Estaria com nove anos, prestes a começar o quarto ano. Ruth Weiss, com suas ameaças e tentativas de destruir a vida de Elizabeth, fatos que ela descobriu durante o fatídico telefonema de Kitt, uma conversa que, em retrospecto, desejava jamais ter tido na vida. Elizabeth ficara tonta feito um pião, desprovida de pensamento racional, e a levara ao momento do qual ela se arrependeria por todos os dias de sua vida. A série de atos idiotas e incompreensíveis que acabaria por definir sua vida — e a de Henry, também, como no fim veio a ser.

Elizabeth se virou de volta para Teresa e pensou na amiga presa no horror do incêndio, enquanto ela bebia vinho, brindando ao fim da OHB e saboreando o cigarro entre seus dedos. Imaginou o que Teresa pensaria se soubesse tudo em relação àquele dia, se soubesse que Elizabeth — e seu ódio por Ruth Weiss — havia causado a morte de Henry.

*

Shannon odiava o detetive Pierson. "Que filho da puta presunçoso e condescendente", dissera ela, depois da primeira reunião, então outra vez, após seu testemunho. "Não aguento aquela vozinha esganiçada dele. Tenho urticária, literalmente."

Elizabeth achou que seria doloroso revê-lo — o homem que a levara até o corpo de Henry, seu filho, totalmente inanimado. Mas ela não se lembrava dele. Não recordava seu rosto, nem sequer aquela voz terrível e incongruente. Não recordava nenhuma das coisas que ele estava dizendo e, em vez de apontar inconsistências, como Shannon queria, ela observou tudo com a passividade de uma espectadora de novela.

"Sente-se e desfrute o show; vou acabar com esse cara", Shannon dissera a Elizabeth quando o juiz pediu que ela iniciasse a acareação. Ao se levantar, no entanto, Shannon olhou Pierson de soslaio (seria possível? Estaria fingindo um ar sedutor?) e sorriu, exibindo as covinhas.

— Boa tarde, detetive — disse ela, com a voz artificialmente grave (se para tentar ser sensual ou acentuar o tom agudo da voz dele, Elizabeth não soube dizer), então aproximou-se a passos curtos, requebrando os quadris, como se estivesse numa passarela. — Detetive — prosseguiu, no tom gutural que fazia Elizabeth querer pigarrear —, vamos falar um pouquinho sobre o *senhor*. Como ouvimos, o senhor é *especialista* em investigações criminais, com vinte anos de experiência, e o *líder* da investigação deste caso. A bem da verdade, ouvi dizer que o senhor dá aulas de recolhimento de provas. — Ela virou-se para os jurados, estufando o peito feito uma mãe orgulhosa. — Um curso necessário para todos os detetives iniciantes, ao que parece — concluiu, virando-se para ele. — Estou certa?

— Há, é, sim. — Claramente, ele foi pego de surpresa.

— É verdade que o seminário se chama "Investigação Criminal para Idiotas"? — perguntou Shannon, com... será mesmo verdade?... com uma risadinha. Shannon, a advogada séria, um pouco acima do peso, que usava terninhos xadrez largos e meia-calça bege, *rindo* feito uma criancinha de quatro anos.

— Não é o nome oficial, mas sim, algumas pessoas chamam assim.

— E eu ouvi dizer que o senhor criou um slide tão bom, que é a única coisa que usa para dar essas aulas? Uma única página, é isso mesmo?

Pierson parecia aturdido. Olhou para Abe como um estudante pedindo cola. Abe deu de ombros, de leve.

— Sim, as aulas são baseadas em um único slide.

— Tenho certeza de que o senhor fez de tudo para que esse slide refletisse a sua experiência, não só o blá-blá-blá dos livros, mas todo o seu conhecimento em relação à confiabilidade e relevância de cada evidência. Estou certa?

— Sim.

— Maravilha.

Shannon acomodou um pôster no suporte.

INVESTIGAÇÃO CRIMINAL PARA LEIGOS

EVIDÊNCIAS DIRETAS	EVIDÊNCIAS CIRCUNSTANCIAIS
** MELHOR, CONFIÁVEL!!!!	(Não tão confiável, precisa de mais de I categoria)
• Testemunha ocular	• Cano fumegante: prova de uso da arma pelo suspeito (digitais, DNA)
• Gravações em áudio/vídeo do crime	• Posse de arma do suspeito
• Fotos do suspeito cometendo o crime	• Oportunidade de cometer o crime – álibi?
• Documentação do crime pelo suspeito, testemunha ou cúmplice	• Motivo para cometer o crime – ameaças, incidentes pregressos
• Santo Graal: confissão (necessário verificar!!!!!)	• Conhecimentos e interesses específicos (especialista em bombas ou exemplos de pesquisa)

— Detetive, este é o seu slide? — indagou Shannon. A doçura de sua voz era exagerada, com uma pitada de zombaria.

— Como foi que a senhora conseguiu isso? — soltou Pierson, ao mesmo tempo.

— Protesto! — soltou Abe. — Isso é deturpação. A sra. Haug sabe muito bem que a lei da Virgínia não faz distinção entre evidências diretas e circunstanciais.

— Excelência — disse Shannon —, podemos discutir os detalhes técnicos no debate acerca das instruções do júri. Neste momento, estou questionando ao investigador líder sobre seus métodos de investigação. O documento não é confidencial e são as palavras dele, não minhas.

— Indeferido — disse o juiz.

Abe abriu a boca, incrédulo. Balançou a cabeça e voltou a se sentar.

— Detetive, vou perguntar mais uma vez — disse Shannon, agora de volta ao tom sério, a camada de doçura removida como uma casca de banana. — Este *é* o seu slide, aquele que o senhor usa para instruir outros investigadores, incluindo os que estão cuidando deste caso?

O detetive cravou os olhos em Shannon.

— Isso — murmurou ele.

— E este slide nos informa que, na sua experiência, as provas diretas são melhores e mais confiáveis do que as circunstanciais. Correto?

Pierson olhou para Abe, que franziu a testa e ergueu as sobrancelhas, como se dissesse: "Pois é, mas o que eu posso fazer se o juiz está embarcando nessa maluquice?"

— Isso — respondeu Pierson.

— Qual é a diferença entre esses dois tipos de evidências? O senhor usa o exemplo do corredor nas suas aulas, correto?

A expressão de Pierson se transformou em um misto de surpresa, espanto e irritação. Sem sombra de dúvida, estava imaginando quem teria sido o dedo-duro, pensando no que faria com o traidor. Balançou a cabeça, como se para clarear as ideias.

— A evidência direta de uma pessoa correndo é alguém de fato ver essa pessoa correndo — respondeu ele. — A circunstancial é alguém ver a pessoa de roupa e tênis de corrida, perto de uma pista de corrida, com o rosto vermelho e suado.

— Então uma evidência circunstancial pode estar equivocada. A pessoa suada poderia estar planejando correr mais tarde e poderia simplesmente estar dentro de um carro quente, por exemplo. Correto?

— Sim.

— Voltemos ao nosso caso. Primeiro as evidências diretas, ou seja, as mais importantes, segundo sua própria experiência. O primeiro tipo de evidência direta listada pelo senhor no slide é a testemunha ocular. Alguém testemunhou Elizabeth provocando um incêndio?

— Não.

— Alguém a testemunhou fumando ou acendendo um fósforo próximo ao galpão?
— Não.

Shannon pegou um marcador preto e riscou as palavras *Testemunha ocular*, o primeiro item abaixo de "EVIDÊNCIAS DIRETAS".

— Em seguida, existe alguma gravação ou imagem de Elizabeth provocando o incêndio?
— *Não.*

Ela riscou Gravações em áudio/vídeo do crime e Fotos do suspeito cometendo o crime.

— Mais abaixo, temos "Documentação do crime pelo suspeito, testemunha ou cúmplice". Alguma coisa?
— Não.

Outro risco.

— Com isso, resta apenas o seu Santo Graal: uma confissão. Elizabeth jamais confessou ter provocado o incêndio, correto?

Ele cerrou os lábios, que viraram um risco rosado.
— Correto.

Risco.

— Então não há nenhuma prova direta de que Elizabeth cometeu o crime, nenhuma das evidências que o senhor considera, abre aspas, "melhores, mais confiáveis" contra ela, correto?

Pierson respirou fundo, inflando as narinas feito um cavalo.
— Sim, mas...
— Obrigada, detetive. Nenhuma evidência direta.

Shannon traçou um risco grosso sobre as palavras "EVIDÊNCIAS DIRETAS".

> **INVESTIGAÇÃO CRIMINAL PARA LEIGOS**
>
> ~~EVIDÊNCIAS DIRETAS~~
> ~~***MELHOR, CONFIÁVEL!!!!~~
>
> - ~~Testemunha ocular~~
> - ~~Gravações em áudio/vídeo do crime~~
> - ~~Fotos do suspeito cometendo o crime~~
> - ~~Documentação do crime pelo suspeito, testemunha ou cúmplice~~
> - ~~Santo Graal: confissão (necessário verificar!!!!!)~~
>
> EVIDÊNCIAS CIRCUNSTANCIAIS
> (Não tão confiável, precisa de mais de 1 categoria)
>
> - Cano fumegante: prova de uso da arma pelo suspeito (digitais, DNA)
> - Posse de arma do suspeito
> - Oportunidade de cometer o crime – álibi?
> - Motivo para cometer o crime – ameaças, incidentes pregressos
> - Conhecimentos e interesses específicos (especialista em bombas ou exemplos de pesquisa)

Shannon deu um passo para trás e abriu um sorriso enorme, o triunfo da vitória refletido em cada milímetro de seu rosto — olhos, bochechas, lábios, maxilar, até as orelhas se iluminaram. Era engraçado ver seu grau de investimento, por mais que o resultado daquele julgamento não fosse afetar sua vida, pelo menos não de forma direta. Quer ganhasse ou perdesse, ela ainda receberia a mesma quantia, teria a mesma casa, a mesma família, enquanto para Elizabeth o resultado do julgamento significava a diferença entre o subúrbio e o corredor da morte. Por que ela não sentia a mesma empolgação de Shannon?

— Pois bem — prosseguiu a advogada —, agora temos as evidências circunstanciais, que não são, nas suas próprias palavras, abre aspas, "tão confiáveis". A primeira delas é o "cano fumegante", ou, no nosso caso, o cigarro fumegante. — Vários jurados riram. — Por acaso encontraram o DNA de Elizabeth, suas digitais ou quaisquer outras evidências forenses no cigarro ou no fósforo presentes no local da explosão?

— O incêndio causou danos demais para que recuperássemos qualquer identificação — respondeu Pierson.

— Isso é um não, detetive?

Ele cerrou os lábios.

— Correto.

Shannon riscou *Cano fumegante*, abaixo de "EVIDÊNCIAS CIRCUNSTANCIAIS".

— Em seguida, vamos pular para a oportunidade de cometer o crime. O fogo começou do lado de fora, atrás do galpão, correto?

— Isso.

— Qualquer pessoa poderia ter ido até lá e provocado o incêndio, correto? Não há cerca ou tranca na propriedade.

— Claro, mas não nos referimos a uma oportunidade *teórica*. Estamos procurando uma oportunidade *realista* de cometer o crime, alguém nos arredores e sem álibi, como a ré.

— Nos arredores e sem álibi. Entendi. Bom, e quanto a Pak Yoo? Ele estava nos arredores. A bem da verdade, estava muito mais perto do que Elizabeth, não é mesmo?

— Sim, mas ele tem um álibi. Estava dentro do galpão, como verificado por sua esposa, filha e pacientes.

— Ah, sim, o álibi. Detetive, o senhor está ciente de que um vizinho se pronunciou para informar que Pak Yoo estava fora do galpão antes da explosão?

— Estou — respondeu Pierson, num tom confiante, escancarando o deleitoso sorriso de alguém que sabe algo que mais ninguém sabe. — E a *senhora* está ciente, sra. Haug, que desde então Mary Yoo já esclareceu que era *ela* quem estava fora do galpão aquela noite, e que o vizinho, ao saber disso, admitiu que a pessoa vista de longe poderia muito bem ser Mary? — Ele balançou a cabeça e soltou uma risadinha. — Ao que parece, Mary estava usando um boné de beisebol, com os cabelos presos dentro, então o vizinho a confundiu com um homem. Um equívoco inocente.

— Protesto! — disse Shannon. — Por favor, desconsidere a resposta...

— A sra. Haug abriu essa porta, Excelência — disse Abe, levantando-se.

— Indeferido — respondeu o juiz.

Shannon virou as costas para o júri e olhou para baixo, como se lesse suas anotações, mas Elizabeth a viu fechar os olhos com força, formando ruguinhas na testa. Depois de um instante, tornou a abri-los.

— Pois bem, vamos repassar o que aconteceu. — Ela se virou para Pierson. — Os Yoo estavam todos dentro do galpão. Então Young Yoo saiu para pegar as pilhas e Mary Yoo também foi lá fora, onde o vizinho a viu. Certo?

Pierson piscou os olhos repetidas vezes, feito um androide futurista processando a informação.

— É o que compreendo — disse ele, com a voz meio hesitante.

— Ou seja, Pak Yoo estava sozinho no galpão pouco antes da explosão... nos arredores *e* sem um álibi, segundo seu critério de "oportunidade de cometer o crime", correto?

Pierson parou de piscar. Parecia prender a respiração; seu rosto e corpo não se moviam. Depois de um instante, engoliu em seco, deslocando o pomo de adão.

— Sim.

Um sorriso iluminou o rosto de Shannon, e ela escreveu P. YOO, em letras vermelhas, junto a *Oportunidade de cometer o crime*.

— Em seguida, o motivo. Diga, detetive: qual é o motivo mais comum pelo qual se provoca um incêndio criminoso?

— Este não é um caso típico de incêndio criminoso — retrucou ele.

— Detetive, não perguntei se este é um caso típico de incêndio criminoso. Por favor, responda minha pergunta: qual é o motivo mais comum pelo qual se provoca um incêndio criminoso?

Ele mordeu o lábio, como um garoto que se recusa a responder à mãe.

— Dinheiro — disse, por fim. — Fraude.

— Neste caso, Pak Yoo tem o direito de receber um pagamento na quantia de 1,3 milhão de dólares, correto?

Ele deu de ombros.

— Talvez, acho que sim. Mas repito: este não é um caso típico. Na maioria dos casos de fraude, o incêndio é cometido quando a propriedade está vazia, e ninguém sai ferido.

— Sério? Que engraçado, porque eu tenho aqui umas anotações suas, relativas ao último caso de incêndio criminoso que o senhor acompanhou. — Shannon olhou o documento que tinha em mãos. — Vejamos... em

Winchester, no último mês de novembro. O senhor escreveu: "O criminoso provocou o incêndio e permaneceu no local, acreditando que a seguradora pudesse suspeitar de fraude, caso o imóvel estivesse vazio. O criminoso acreditou que, se apresentasse ferimentos, haveria mais chances de a seguradora acreditar no incêndio como um acidente e efetuar o pagamento. — Ela entregou o documento a Pierson. — Este relatório é *seu*, correto?

Pierson cerrou a mandíbula e espremeu os olhos, quase sem olhar o papel.

— Correto.

— Então, com base na sua experiência, o senhor diria que uma apólice com ressarcimento de 1,3 milhão de dólares *poderia* fornecer motivo para que um proprietário como Pak Yoo ateasse fogo ao próprio imóvel, ainda que o local estivesse ocupado?

O detetive Pierson encarou Pak, então desviou o olhar.

— Sim — respondeu, por fim.

Shannon escreveu *P. YOO*, em letras vermelhas, junto a *Motivo para cometer o crime*, e apontou para o tópico seguinte.

— Detetive, em relação aos conhecimentos e interesses específicos, o senhor escreveu "especialista em bombas ou exemplos de pesquisa" em parênteses. O que isso significa?

— Eu me refiro a crimes especializados. Em um bombardeio, por exemplo, se o sujeito sabia preparar aquele tipo de bomba em particular ou pesquisou a respeito, eu consideraria isso uma forte evidência. Muito similar às provas encontradas no computador da ré.

— Detetive, é verdade que Pak Yoo possuía conhecimento especializado em incêndios de OHB? E que, na verdade, estudou sobre incêndios anteriores, iguaizinhos ao que está em questão?

— Eu não sei o que ele sabe. A senhora teria que perguntar a *ele*.

— Não teria, não, já que seus assistentes fizeram isso por mim. — Shannon ergueu outro documento. — Um memorando endereçado ao senhor, recomendando a absolvição de Pak Yoo da acusação de negligência. — Ela entregou o papel a Pierson. — Por favor, leia o trecho em destaque.

Ele pigarreou.

— Pak Yoo — começou ele — estava ciente dos riscos de incêndio. Estudou a respeito de incêndios anteriores, incluindo o caso no qual o fogo teve início no exterior da câmara, na tubulação de oxigênio.

— Então, vou perguntar outra vez: é verdade que Pak Yoo possuía conhecimento especializado e interesse em incêndios em câmaras hiperbáricas similares ao ocorrido neste caso?

— Sim, mas...

— Obrigada, detetive. — Shannon escreveu *P. YOO* ao lado de *Conhecimentos e interesses específicos* e deu um passo para trás. — Então aqui temos Pak Yoo, dono do Miracle Submarine, que tinha motivo, oportunidade e conhecimentos específicos para cometer o crime. Vamos falar sobre o último item do seu slide: posse de arma. Pois bem, estamos presumindo que a arma, neste caso o cigarro e os fósforos usados para provocar o incêndio, pertenciam a Elizabeth, correto?

— Não estou *presumindo* nada, sra. Haug. O fato é que o incêndio foi iniciado com cigarros Camel e fósforos da loja 7-Eleven, e a ré estava a curta distância do local portando cigarros Camel e fósforos da loja 7-Eleven.

— Mas Elizabeth afirmou que não eram dela, que ela os tinha encontrado na mata. Outra pessoa pode muito bem usado esses itens para provocar o incêndio, depois descartado, para se livrar de qualquer prova. O senhor investigou a possibilidade de que alguém, além de Elizabeth, tenha comprado esses itens?

— Sim, nós investigamos. Minha equipe percorreu todas as lojas 7-Eleven perto de Miracle Creek e na vizinhança da ré, numa extensa busca por recibos e similares.

— Nossa, que alívio. Então o senhor deve ter perguntado aos funcionários dessas lojas se eles reconheciam algum dos outros envolvidos, incluindo Pak Yoo, que já sabemos ter tido motivo, oportunidade e conhecimento especializado para provocar esse incêndio. — Shannon apontou para os três pontos onde havia escrito *P. YOO*, em letras vermelhas.

Pierson cravou os olhos em Shannon. Manteve a boca bem fechada.

— Detetive, o senhor perguntou a algum funcionário do 7-Eleven se Pak Yoo já havia comprado cigarros Camel em sua loja?

— Não. — A palavra guardava um toque de desacato.

— O senhor conferiu o extrato do cartão de crédito de Pak, em busca de cobranças de compras feitas no 7-Eleven?

— Não.

— Vasculhou o lixo dele atrás de notas fiscais do 7-Eleven?

— Não.

— Entendi. Então essa extensa busca que o senhor realizou foi apenas em relação à minha cliente. Bom, vamos lá: quantos funcionários do 7-Eleven reconheceram Elizabeth?

— Nenhum.

— Nenhum? Bom, e em relação às notas? O senhor deve ter revirado o lixo da minha cliente, o carro, bolsa e bolsos, atrás de notas fiscais do 7-Eleven, correto?

— Correto. E não, não encontramos nada.

— Faturas de cartão de crédito de Elizabeth?

— Não. Mas as impressões digitais são conclusivas...

— Ah, as digitais. Vamos lá. O senhor não acredita que Elizabeth encontrou os cigarros e fósforos na mata. Segundo o senhor, eles eram dela, apesar do fato de que não há nenhuma evidência de que ela os tenha comprado. Por isso não há outras digitais nesses itens... porque ela foi a única que tocou neles, correto?

— Exatamente.

— Detetive, esta é a parte que me confunde: se os cigarros e fósforos eram de Elizabeth, ela deve ter comprado em algum lugar. Será que esses itens não deveriam conter as digitais de funcionários da loja?

— Não se ela tiver comprado um pacote inteiro de cigarros.

— Um pacote, dez maços. Duzentos cigarros. O senhor encontrou algum pacote aberto de cigarros Camel ou de qualquer outro cigarro em algum lugar da casa dela, ou no lixo?

— Não.

— Na bolsa?

— Não.

— No carro?

— Não.

— Alguma guimba de cigarro em seu carro ou nas lixeiras da casa? Qualquer indício de que ela fumava regularmente, a ponto de comprar um pacote inteiro de cigarros?

Pierson piscou algumas vezes.

— Não.

— E os fósforos: mesmo quando alguém compra um pacote inteiro de cigarros, recebe uma única caixa de fósforos, certo?

— Sim, mas ao longo do tempo, com muito manuseio, as digitais da ré desordenariam as do funcionário, tanto nos fósforos, quanto no pacote de cigarros. Então, não me surpreende que esses itens já não contivessem as digitais do funcionário.

— Detetive, em um objeto usado com frequência suficiente para desordenar digitais mais antigas, o senhor esperaria encontrar muitíssimas digitais do proprietário, umas sobre as outras, correto?

— Creio que sim.

Shannon foi até sua mesa, folheou uns arquivos e pegou um documento, com um sorriso triunfante estampado no rosto. Ela o entregou a ele.

— Conte a nós o que é isto.

— É a análise datiloscópica dos itens encontrados na área do piquenique.

— Por favor, leia para nós os trechos em destaque.

Enquanto olhava o documento, o rosto dele começou a desabar feito uma estátua de cera num dia quente.

— Caixa de fósforos, exterior: uma marca digital completa e quatro marcas parciais. Cigarros, exterior: quatro marcas digitais completas e seis marcas parciais. Identificação da análise de dez pontos. Elizabeth Ward.

— Detetive, seu escritório tem o costume de informar a presença de digitais sobrepostas, caso haja, de fato, alguma?

— Sim.

— Quantas marcas digitais sobrepostas o seu escritório encontrou em cada item?

Ele inflou as narinas. Engoliu em seco e esgarçou os lábios, como se fingisse sorrir.

— Nenhuma.

— Somente cinco digitais nos fósforos e dez nos cigarros, todas pertencentes a Elizabeth, nenhuma digital sobreposta e nem sequer uma marquinha de qualquer outra pessoa. Bem limpinho, não é?

Ele desviou o olhar. Depois de um instante, lambeu os lábios.

— Creio que sim — respondeu.

— E, já que pelo menos uma outra pessoa, o funcionário de uma loja, teria manipulado esses itens, a falta de outras digitais deve significar que elas foram removidas em algum momento, não é?

— Creio que sim, mas...

— E que qualquer outra pessoa, incluindo Pak Yoo, poderia ter manipulado esses objetos antes de as digitais serem removidas, e não haveria meio de sabermos, não é?

— Não, não tem como saber — disse ele, espremendo bem os olhos. — Mas não esqueça — completou, enquanto Shannon escrevia *Qualquer pessoa (incluindo P. YOO)* no diagrama, ao lado de *Posse de arma do suspeito* — que foi a *ré* quem limpou os traços todos, para início de conversa.

— Ora, detetive — disse Shannon, arregalando os olhos. — Achei que o senhor não acreditasse que ela havia limpado os objetos. Que bom que o senhor finalmente mudou de ideia.

Ela sorriu — não, se iluminou — para ele, feito uma mãe orgulhosa de seu filhinho por enfim ter aprendido a colorir dentro das linhas, e deu um passo para trás, revelando o diagrama finalizado.

> **INVESTIGAÇÃO CRIMINAL PARA LEIGOS**
>
> | ~~EVIDÊNCIAS DIRETAS~~ | EVIDÊNCIAS CIRCUNSTANCIAIS |
> |---|---|
> | ~~** MELHOR, CONFIÁVEL!!!!~~ | (Não tão confiável, precisa de mais de I categoria) |
>
> - ~~Testemunha ocular~~
> - ~~Gravações em áudio/vídeo do crime~~ *Qualquer quantidade de pessoas (incl. P. YOO)*
> - ~~Fotos do suspeito cometendo o crime~~ P. YOO
> - ~~Documentação do crime pelo suspeito, testemunha ou cúmplice~~ P. YOO
> - ~~Santo Graal: confissão (necessário verificar!!!!!)~~
>
> - ~~Cano fumegante: prova de uso da arma pelo suspeito (digitais, DNA)~~
> - Posse de arma do suspeito
> - Oportunidade de cometer o crime – álibi?
> - Motivo para cometer o crime – ameaças, incidentes pregressos
> - Conhecimentos e interesses específicos (especialista em bombas ou exemplos de pesquisa)

— Obrigada por seu testemunho tão elucidativo, detetive — disse Shannon. — Não tenho mais nenhuma pergunta.

MATT

Ele dirigiu até o 7-Eleven pensando em digitais — os arcos, curvas e reentrâncias produzidos pelas linhas e rugas, suor e sebo empapuçados nos traços sinuosos, deixando rastros quase invisíveis em canecas, colheres, descargas e volantes de carros, maculando e encobrindo outras digitais deixadas segundos, dias ou anos antes, as impressões únicas de cada pessoa, os *dedos* únicos de cada pessoa, o número assustadoramente alto — bilhões? trilhões? — de impressões individuais, imutáveis durante toda a vida de um ser humano, de feto de seis meses a adulto formado, estendendo-se até a mais enrugada velhice.

Ele já tivera dez, como todo mundo. Os mesmos dez padrões, durante 33 anos, desde a época em que nadava no ventre de sua mãe e tinha os dedinhos do tamanho de ervilhas. Agora, não tinha digital nenhuma. Queimadas, destruídas. O dedo indicador e o médio da mão direita haviam sido amputados sob a luz forte do centro cirúrgico, depois descartados, com digital e tudo, no incinerador de dejetos médicos, que concluíra a transformação de carne em pó, iniciada pelo incêndio. A digital dos oito dedos restantes se dissolveu em cicatrizes rosadas, sem nenhum sulco. Quase como se o plástico liso do capacete de Henry ainda estivesse colado a seus dedos, recusando-se a soltá-lo.

Até onde se lembrava, jamais tirara suas impressões digitais, sem contar o projeto do dia de Ação de Graças do jardim de infância, em que a marca da mão na cartolina foi decorada como um peru. Ou seja: não havia registro de suas digitais. Elas já não existiam, e não havia meio de saber qual das zilhões de últimas impressões em paredes, maçanetas e filmes de raio X do mundo pertenciam a ele.

"Veja pelo lado bom", dissera sua enfermeira favorita da ala de queimados do hospital, logo depois da amputação, quando Matt estava deprimido e sem ânimo. "Tem gente que até *deseja* não ter digitais." "É, os mafiosos e traficantes", respondera ele, o que a fez rir. "Só estou dizendo que você conseguiu uma coisa que várias pessoas sonham em ter, e ainda por cima foi *ressarcido* por isso!" Ele riu com ela. Não em voz alta, na verdade fora mais um sorriso, mas mesmo assim era a primeira vez desde a amputação que ele exibia algo além de uma carranca. "Pois é", concluíra Matt, "nunca mais vou precisar me preocupar com policiais usando minhas digitais para me culpar de algum crime."

Matt pensava nisso com frequência. Sua declaração — a piada aleatória que ele fizera a uma enfermeira cansada — havia passado, em uma semana, de uma bobagem a totalmente *presciente*, quando o detetive Pierson lhe revelou a descoberta de que o incêndio havia sido provocado por um cigarro e que a mata estava sendo vasculhada em busca de guimbas e maços descartados. Matt pensou no toco de árvore oco junto ao córrego, que ele costumava usar como lixeira, e entrou em pânico — era óbvio que ele jamais seria implicado no incêndio, mas mesmo assim ele acabaria arrumando problemas com Janine, sem mencionar a humilhação pública se toda a história com Mary viesse à tona —, mas quando Pierson disse que ele não precisava se preocupar, que o culpado seria encontrado, que as impressões digitais nunca mentiam, Matt recordou a piada e precisou dar uma tossidela para disfarçar o alívio. Suas digitais poderiam estar em todos os cigarros da mata e ninguém saberia. Zero problema.

O 7-Eleven, por outro lado, *poderia* ser um problema que ele não antecipara. Aquela manhã, no julgamento, foi a primeira vez que ele soube que tanto os cigarros que provocaram o incêndio *quanto* os do piquenique de Elizabeth eram da marca Camel do 7-Eleven — a mesma marca que Matt passara o verão inteiro consumindo, comprada na mesma loja. Não lhe havia ocorrido antes, mas seria possível que tivessem sido os dele? Teria ele largado aquele maço em algum lugar, e Elizabeth, ou Pak, ou sabe-se lá Deus quem o encontrou e usou para atear fogo ao local, passando Matt a ser o fornecedor inconsciente da arma do crime? E agora, depois da forma como Shannon extenuara Pierson pela bosta de "investigação" que ele havia feito, será que os policiais não começariam a ir a todos os 7-Eleven das cercanias, mostrando fotografias de Pak e, pior ainda, dos outros, talvez até do próprio Matt?

E o bilhete... o que isso significava? Elizabeth alegava ter encontrado o que era, sem sombra de dúvida, o bilhete dele junto aos cigarros. *Isso tem que acabar. Nos encontramos hoje, às 20h15. Perto do córrego*, ele escrevera no papel do H-Mart e deixara para Mary, no para-brisa dela, na manhã da explosão.

Mary acrescentara *Sim*, então deixara o bilhete no para-brisa *dele*. Matt pegou a resposta depois do mergulho matinal, amassou o papel e o enfiou no bolso, mas será que tinha deixado cair? Será que o papel tinha voado e, numa enorme coincidência, ido parar junto aos cigarros?

Matt entrou no estacionamento do 7-Eleven, estacionou bem longe da entrada e olhou a própria imagem no espelho retrovisor. A loja não havia mudado desde sua última vez ali, quase um ano antes. Uma aura de negligência permeava o lugar — o letreiro da frente ainda estava rachado e meio caído para o lado, como se fosse muito antigo, a sinalização de deficientes havia desaparecido do poste enferrujado, as linhas brancas que demarcavam as vagas estavam reduzidas borrões desbotados. Do outro lado da rua havia um chamativo posto Exxon, lotado de carros e caminhões em fila, gente entrando e saindo, as portas num constante abre-e-fecha. No primeiro dia em que ele comprou cigarros, no último verão, quase entrara ali. Ele estava na pista da esquerda, que levava à entrada do Exxon, atrás de dois semirreboques que aguardavam para retornar; depois de uns minutos, desistiu e rumou para o 7-Eleven, do outro lado da estrada. Meio acabado, sem dúvida, mas pelo menos seria mais rápido.

Agora, sentado ali, de olhos espremidos, tentando distinguir o funcionário do caixa pelo vidro imundo, ocorreu a Matt: e se ele tivesse tido mais trinta segundos de paciência para esperar os caminhões virarem, então seguido para o Exxon? Sem dúvida, não estaria preocupado em ser reconhecido pelo funcionário; claro, já que o pessoal da loja da frente vivia ocupado, não saberia distinguir ninguém de ninguém. Totalmente diferente do caixa do 7-Eleven, o sujeito parecido com Papai Noel que fizera uma brincadeira com Matt, preocupado com sua tosse enquanto ele comprava *cigarros*, entre todas as coisas, e começara a chamá-lo de "Dr. Fumante". Que diabo, ele não teria nem comprado cigarros, para começo de conversa, se tivesse ido ao Exxon. Só queria um lanche rápido — uma rosquinha e um café, talvez, ou um salgado e uma coca. Alguma combinação da lista de Janine de comidas inimigas da fertilidade. Quando cruzou os fumantes do lado de fora do 7-Eleven, ele concluiu que cigarros — decerto ainda piores que *junk food* para a motilidade espermática — eram exatamente o que ele precisava. Se não fosse isso, ele não teria ido até o córrego fumar, não teria topado com Mary, não teria comprado outro maço de cigarros, nem o seguinte, e sabe lá Deus quantos mais, e um desses não teria ido parar nas mãos de um assassino. Seria possível que, ao virar à direita em vez de à esquerda, certo dia, um ano antes — um *impulso*, uma decisão tão insignificante quanto escolher uma gravata —, ele tivesse mudado tudo? Se tivesse virado à esquerda, será que Henry ainda estaria vivo, a cabeça intacta, e Matt estaria em casa agora, as mãos imaculadas, tirando fotografias de um recém-nascido, em vez de naquele lugar decrépito, à espreita, tentando descobrir se o homem que o poderia ligar à arma de um crime ainda trabalhava ali?

Matt balançou a cabeça para expulsar aqueles pensamentos. Precisava parar com esse masoquismo mental, parar de fazer perguntas hipotéticas e sem respostas que só lhe doíam o cérebro, e concentrar-se na tarefa. Ele levou cinco minutos: um para ver que o caixa era uma garota, quatro para fazer uma ligação do orelhão do lado de fora e dizer à moça que estava procurando um funcionário da loja, um sujeito mais velho, de cabelo branco. A garota disse que não, nenhum cara assim trabalhava ali, nem trabalhara nos dez meses em que ela estava lá, e Matt desligou e respirou fundo. Esperava sentir um alívio na camada de pavor que passara o dia sentindo, na pressão que lhe comprimia os pulmões; esperava que o ato de respirar fosse refrescante, em vez de exaustivo. Nada disso, no entanto, aconteceu; quando muito, o desconforto aumentou, como se a preocupação com o caixa do 7-Eleven encobrisse outra coisa, feito uma atadura, e agora que ela havia sido removida ele teria que enfrentar a preocupação maior, a verdadeira, o que ele temera desde que sussurrara "18h30, mesmo local, hoje à noite", passando por ela no fórum: seu encontro com Mary.

*

O primeiro encontro de Matt e Mary, no último verão, havia sido num Dia de Ovulação, também conhecido como Dia do Máximo de Sexo Possível. Outra manifestação da do traço obsessivo de Janine, que (como roncar, queimar a comida e a pinta embaixo de sua bunda) ele achara charmosa no início, mas que agora era extremamente irritante. Como isso havia acontecido? Ele não recordava o momento da mudança; teria sido como a queda de um penhasco? Um dia, ele ainda amava essas singularidades, e no seguinte acordara odiando todas? Ou será que o charme fora morrendo pouco a pouco, como o cheiro de um carro novo, decaindo linearmente a cada hora de casamento, até que linha fora cruzada sem ele sequer perceber? Uma hora, minimamente agradável, neutra na hora seguinte, minimamente irritante na outra, e dali a dez anos a coisa afundava ao nível da repulsa, e dali a mais trinta se tornava detestável, ao ponto "dou-com-um-machado-na-sua-cabeça-se-não-calar-a-boca"?

Era difícil acreditar agora, mas a incrível capacidade de Janine de se concentrar em metas futuras fora uma das razões pelas quais ele se apaixonara por ela, quando os dois se conheceram. Não que fosse incomum. Quase todos os estudantes de medicina tinham essa patética necessidade de conquista, que entre os asiáticos que ele conhecia alcançava níveis estratosféricos. O que era incomum em relação Janine eram seus motivos.

Ao contrário de suas amigas de descendência asiática, que contavam histórias tristes sobre serem forçadas a estudar 24 horas por dia e discorriam incessantemente sobre as melhores escolas, a orientação de Janine foi nascida da rebelião, pois ela *nunca* fora forçada pelos pais. No primeiro encontro dos dois, ela contara como amava a própria liberdade, em relação ao irmão mais novo — os pais o forçavam (mas não a ela) a ir à escola mesmo quando estava doente, por exemplo, e o puniam (mas não a ela) por tirar nota nove —, até que ela percebeu: eles esperavam mais porque ele era *homem*, o primogênito, mais importante. Então enfiou na cabeça que conseguiria tudo que os pais esperavam dele (ir para Harvard, formar-se em medicina), apenas para irritá-los.

Era uma história interessante, sem dúvida, mas o que atraía Matt era o jeito de Janine contar. Ela protestava fortemente contra o sexismo antiquado e descarado inerente na cultura coreana, e acreditava que por conta disso às vezes odiava coreanos, odiava *ser* coreana, então ria de tamanha ironia: ao tentar escapar do estereótipo de *gênero* asiático, ela caíra no estereótipo *racial* da "América branca", tornando-se o clichê da asiática inteligente e muito bem-sucedida. Era forte e engraçada, mas também vulnerável, meio perdida e triste, o que o fazia querer, ao mesmo tempo, exaltá-la e protegê-la. Matt queria juntar-se a ela em sua cruzada para provar que seus pais estavam errados, ainda mais depois de ouvir da mãe dela, quando a conhecera, que os pais preferiam que ela se casasse com um homem coreano, mas pelo menos ele era médico. [E sim, ocorreu a ele que namorá-lo talvez fosse parte da rebelião de Janine (mas não, ele não se deixava incomodar (muito) por isso).]

Sendo assim, durante toda a faculdade, Matt apoiou a concentração total de Janine nas notas e bolsas de estudos, o estabelecimento de cada meta e seu cumprimento com tranquilidade metódica. Era impressionante assistir àquilo. Excitante, até. Requeria sacrifícios no presente, claro — jantares cancelados, nada de cinema —, mas ele não se incomodava. Não esperava nada diferente da faculdade de medicina; afinal de contas, o que era a graduação além da institucionalização de uma mentalidade orientada para o futuro? No presente, era virar noites, comer porcaria e contrair dívidas, mas tudo valeria a pena na linha de *chegada* — quando a pessoa se forma, arruma um emprego e começa a viver de verdade. A questão, no entanto, era que com Janine não havia chegada. Apenas prolongamentos.

Qualquer objetivo conquistado suscitava um novo, maior, mais difícil. Matt achou que ela fosse parar e declarar vitória quando seu irmão largou a faculdade para virar ator, mas talvez, àquela altura, o estabelecimento de metas infinitas tivesse se tornado um hábito, de modo que ela não conseguiu parar. Seguiu em frente, porém esvaziada do frescor da rebelião; tudo o que fazia parecia fútil, feito Sísifo, que rolava uma pedra até o topo de uma montanha todos os dias, com a diferença de que, em vez de o pedregulho rolar de volta toda noite, como na história, era a montanha que dobrava de tamanho a cada noite que passava.

O sexo era a única coisa na vida deles imune a esse foco no futuro. Mesmo a decisão de tentar ter filhos, ao contrário de todas as outras tomadas a dois — de Janine assumir o nome dele (não) ao tipo de lâmpada que usariam em casa (LED) —, não fora resultado de horas de discussão. Apenas um instante de espontaneidade durante as preliminares, certa vez, quando ele foi procurar uma camisinha. "A gente precisa mesmo?", dissera ela, então rolara por cima dele, posicionando a vulva bem sobre a cabeça de seu pênis. Enquanto ele fazia que não com a cabeça, ela baixou a pélvis lentamente, e a deliciosa novidade do ato impulsivo, de sua presença naquele momento, misturada à sensibilidade daquela pele quente e escorregadia sobre a dele, foi engolindo Matt, milímetro a milímetro. Na manhã seguinte, na noite seguinte e no restante do mês, eles seguiram com o sexo sem camisinha. Nenhum dos dois mencionou ciclos menstruais ou bebês.

Quando a menstruação de Janine veio, não houve anúncio, apenas uma menção corriqueira. Mas fora casual demais, intencionalmente, com um toque de ansiedade. No mês seguinte, sua entrega foi ansiosa, com um toque desespero, e no outro, desesperada, com um toque de histeria. Livros sobre concepção brotaram na mesinha de cabeceira.

Quando Janine anunciou a Semana da Ovulação — ela marcaria o ciclo e, próximo à ovulação, eles fariam o máximo de sexo possível —, Matt percebeu que o estabelecimento da meta, a exaustiva conexão de todo e qualquer ato a um objetivo futuro, acabara de infectar o sexo. Ela não dissera nada sobre *não* fazer sexo nas outras três semanas, mas era assim que a coisa acontecia. Então, sem mais nem menos, o sexo se tornou algo feito por nenhuma razão além da concepção. Clínico e programado. Em algum ponto entre a viabilidade espermática e os testes de motilidade, a Semana da Ovulação se transformou em Dia da Ovulação, um período de 24 horas no qual eles fariam o máximo de sexo possível, seguido de 27 dias de "descanso".

Então vieram a OHB e as crianças com necessidades especiais — não apenas Rosa, TJ e Henry, mas também as que frequentavam as outras sessões —, e, ainda mais perturbador, as histórias das mães, que ele era forçado a ouvir todos os dias, durante duas horas. Como radiologista, ele via crianças doentes e feridas o tempo todo, mas testemunhar os desafios diários de criar, de fato, aquelas crianças... isso o deixava borrado de medo, e era difícil não pensar que entre sua infertilidade e os pacientes da OHB, algum poder maior deveria estar dizendo (não, gritando) para que ele parasse, ou que pelo menos esperasse e pensasse um pouco melhor.

Cerca de uma semana após o início da OHB, depois de um mergulho matinal onde Kitt lhe contara sobre o novo "comportamento" de TJ, esfregação fecal ("*Fecal*, tipo de cocô?", perguntara ele. "Isso", dissera ela, "e *esfregação*, tipo de esfregar nas paredes, cortinas, livros, tudo!"), Matt recebeu uma mensagem de Janine dizendo que, segundo o exame de urina, era Dia de Ovulação, será que ele podia vir para casa imediatamente? Ele ignorou, foi para o hospital e desligou o telefone; ignorava as mensagens da esposa com cada vez mais frequência. Pensava ter se livrado, quando sua sogra adentrou o consultório. "Janine quer você em casa neste minuto. Falou que é o dia de... qual é a palavra?", indagou ela. Matt correu para fechar a porta antes que ela dissesse "ovulação", mas antes que conseguisse, ela soltou, em alto e bom som: "Orgasmo. É o dia do orgasmo."

Quando Matt chegou em casa, Janine já estava nua, na cama — provavelmente estava daquele jeito havia seis horas, desde a primeira mensagem. Ele começou a pedir desculpas, a dizer que a bateria do telefone tinha descarregado. "Dane-se. Só venha logo para cá. O tempo está acabando. Anda!"

Ele se despiu, desabotoando a camisa e abrindo o cinto, lenta e metodicamente. Deitou-se na cama, levou os lábios aos dela, tentou manter o foco em seus mamilos, nos dedos tocando seu pênis, mas nada aconteceu. "Vamos lá", disse ela, e bombeou seu pênis com força exagerada. Ele viu o palitinho da ovulação sobre um lenço de papel, na mesinha de cabeceira, simplesmente ali; parecia lançar uma ordem silenciosa. *Ande logo! Coma sua esposa agora mesmo!* Ele teve que rir daquele absurdo, de como aquele pauzinho de farmácia de 99 centavos chegara ao ponto de sequestrar o que ainda restava de sua vida sexual.

"Qual é o problema?", perguntara Janine.

Matt inclinou o corpo. O que poderia dizer? "Desculpe, amor, mas conversar sobre orgasmo com a sua mãe me tirou um pouco do clima, e além do mais acho que Deus não quer que a gente tenha filhos, e, ainda por cima, você já ouviu falar em 'esfregação fecal'?" Então, ele disse que talvez fosse a OHB. "Eu não ando conseguindo dormir. Vamos pular este mês."

Ela não respondeu. Os dois permaneceram deitados, um ao lado do outro, os corpos próximos, porém sem se tocar, olhando para o teto. Depois de um minuto, ela se sentou. "Tem razão... vamos deixar quieto. Você precisa de um descanso", disse, e desceu o corpo. Parou diante de seu pênis — um pedaço de carne mole, cheio de dobras — e o abocanhou. A ideia de não ter o foco em uma criança, no futuro, mexeu com ele, ativou algum neurônio adormecido. Ele segurou a cabeça dela, sem querer deixar a cavidade quente daquela boca e garganta. Gozou em sua boca.

Em seguida, ficou pensando em como não havia previsto aquilo, como pôde ter se iludido, achado que ela desistiria com tanta facilidade daquele dia — do mês inteiro! Entretanto, em meio à doce sonolência do nevoeiro pós-orgasmo, não lhe ocorreu imaginar por que Janine deu um pinote e simplesmente *disparou* para o banheiro. Ele ficou ali parado, feito um idiota, quentinho e feliz, cogitando, porém não exatamente preocupado com o que, em nome de Deus, ela estaria fazendo, com tamanha barulheira — batendo portas de armário, rasgando plástico, vertendo e batendo líquidos e, por fim, cuspindo. Quando Janine voltou para a cama, Matt virou o corpo, querendo abraçá-la e puxá-la para perto.

"Preciso de uma ajudinha aqui. Você pode pegar esses travesseiros e botar debaixo da minha bunda?" Janine abriu bem as pernas e elevou o quadril. Segurava uma seringa sem agulha. Lá dentro, glóbulos mucosos jaziam suspensos num líquido transparente. Claro... seu esperma. O método do injetor de temperos, do qual ela tanto fizera piada ("Estou falando, tem umas mulheres que realmente usam um injetor de temperos. É sério!"). Ela inseriu a seringa na vagina, ergueu o quadril e empurrou lentamente o líquido para dentro do corpo. "Preciso dos travesseiros *agora*. É sério."

Matt posicionou os travesseiros entre suas coxas, onde, instantes antes, achara que sua língua estaria. Enquanto se levantava e tornava a se vestir, devagar, pensou em como Janine conseguira dar objetivo a um orgasmo de sexo oral, a coisa mais baseada no presente que Matt poderia pensar, como ela transformara aquele momento de puro prazer ("Você precisa de um descanso", ela dissera!) num ato de concepção artificial.

Ele saiu mais cedo para o mergulho noturno, reclamando do trânsito. Ao fechar a porta do quarto, deu uma olhada em Janine, ali deitada com as pernas para cima, como a versão soft-porn de um anúncio do Cirque du Soleil. Passou o resto da tarde — no caminho até Miracle Creek, na parada no 7-Eleven para comprar cigarros (Camel, em promoção), na caminhada até o córrego — pensando em seu esperma cruzando o canal vaginal de Janine em direção ao colo do útero, empurrados não por força de sua própria motilidade, mas pela gravidade. À medida que acendia o cigarro e tragava, imaginou seus espermatozoides, o rabinho agitado feito um açoite a empurrá-los em direção ao óvulo, mas lentos demais, fracos demais, para penetrar a casca.

Matt estava no terceiro cigarro quando Mary chegou. Os dois só haviam se visto uma vez, no jantar na casa dos sogros de Matt, mas ela se deitou ao lado dele, sem nada do papo furado de quase estranhos, oi, o que você está fazendo aqui.

— E aí — disse ela, apenas, com a displicente familiaridade de crianças que se encontram depois da escola.

— E aí — respondeu ele, olhando o livro grosso em sua mão. — Vocabulário de vestibular. Quer que eu faça uma arguição?

Mais tarde, ao se perguntar que diabo, em nome de Deus, poderia tê-lo feito cometer a idiotice de começar aquilo — o que era aquilo? —, fosse lá o que fosse seu *lance* com Mary, aquela cena sempre lhe vinha à mente: o jeito como ela jogou aquele livrão de um lado a outro, feito um frisbee, e lançou aquele olhar — ligeiro, quase um revirar de olhos, mas não exatamente, combinado a uma carranca antipática. Era o olhar de Janine, aquele olhar de "sério que a gente está discutindo isso?", sua marca registrada, que Matt vira pela primeira vez na faculdade, quando sugeriu que eles dessem uma parada nos estudos para ir ao cinema, e pela última vez aquele dia mesmo, quando disse que talvez, só uma ideia, não querendo desistir nem nada, mas talvez eles pudessem entrar na fila de espera de adoção. Algo no olhar de Mary, tal e qual uma jovem Janine, largando os estudos de lado — aquilo o fez recordar seu primeiro encontro, Janine dizendo que na verdade não ligava para escola e que às vezes desejava jogar os livros para fora da janela da república.

— Camel. O meu preferido. Posso? — Mary estendeu a mão para os cigarros.

Matt abriu a boca para dizer não, claro que não pode, você é uma criança e eu não vou dar cigarro a uma menor de idade, mas aquela estranha sensação de estar outra vez com a Janine "verdadeira" e despreocupada, sua desesperada saudade da Janine da vida pré-real, pré-infertilidade, formou um nó em sua garganta, bloqueando as palavras. Mary tomou o silêncio como permissão e pegou um.

Ela segurou o cigarro entre os dedos e o acendeu, encarando-o com desejo, quase reverência (o olhar — sim, ele sabia que ela era uma adolescente e tentou não ficar pensando, mas *não* pensar o fazia pensar muito mais — que ele viu Janine lançando a seu pênis antes de deslizá-lo para a boca), então enfiou-o entre os lábios. Tragou (ele estava ativamente *não* pensando em nada), soprou, com os lábios em O, e reclinou o corpo para trás, os longos cabelos negros voejando por sobre o chão de pedrinhas. Isso também o fez recordar Janine, o jeito como seus cabelos — também compridos e pretos, um preto intenso que parecia quase azul — se esparramavam pelo travesseiro.

Matt desviou o olhar.

— Você não devia fumar. Quantos anos você tem mesmo? — indagou.

— Daqui a pouco faço 17. — Mary deu outra tragada no cigarro. — E *você*, quantos anos você tem? Tipo uns trinta?

— Você faz muito isso? Fuma muito?

Ela deu de ombros, como se dissesse "nada de mais".

— Eu roubei uns cigarros do meu pai. Toneladas de Camel. Posso trazer uns da próxima vez.

— O Pak fuma?

— Ele diz que largou, mas...

Ela deu de ombros outra vez e fechou os olhos com um sorrisinho torto. Levou o cigarro à boca e tragou devagar, subindo o peito, descendo de novo. Para dentro, pelo corpo, para fora. Dentro, fora. Matt ajustou a respiração à dela, e algo na sincronia das respirações, no silêncio entre os dois — um silêncio confortável, que envolve um instante de intimidade — o fez sentir vontade de beijá-la. Ou talvez fosse aquele rosto, tão suave que parecia refletir o azul do céu. Ele se inclinou mais para perto dela.

— Então, como está o trat... — começou Mary, então abriu os olhos e viu a cabeça de Matt acima dela. Parou de falar, ergueu as sobrancelhas, surpresa, e fechou uma carranca de irritação (por sua perversão ao tentar beijá-la, ou por sua covardia ao parar?).

Matt quis explicar. Mas como a faria entender que ela parecia tão pacífica — não, ia para além da paz, era uma felicidade pura —, que ele queria, precisava partilhar daquilo, beber a bela translucidez de sua pele, tomar posse dela?

— Desculpa, eu vi um inseto, um mosquito, quer dizer, na sua bochecha, e quis, é, afastar — disse Matt, desejando que os capilares de seu rosto *não* dilatassem e enviassem sangue direto para suas bochechas.

Mary reclinou um pouco o corpo, apoiada nos cotovelos.

Matt deu uma tragada.

— O que você estava dizendo? Como vai o quê? — disse ele, tentando soar casual.

— Eu estava perguntando como vai o tratamento. Você sabe, a OHB. O seu esperma já está legal?

Talvez tenha sido o olhar que ele vislumbrou quando ela se deitou outra vez: o orgulho secreto de uma mulher satisfeita com o interesse de um homem. Ou talvez o tom da pergunta: direta, leve, sem deboche ou pena, como se a infertilidade dele não fosse a Enorme Tragédia que Janine, os médicos e os malditos pais dela faziam parecer, o *convenceram* de que era. Fosse o que fosse, naquele momento, o fracasso de seus espermatozoides em dar conta do recado, do que era *esperado* deles, já não era causa de tristeza e penitência, mas de alívio e esperança. De liberdade, porra, sem preocupações nem metas para o futuro.

*

Os mosquitos eram um porre. Engraçado como haviam passado o verão inteiro sem incomodá-lo, naquele mesmo local, com Mary, mas agora, sem a fumaça que os repelia, Matt era rodeado por um enxame, todos zunindo, empolgados com a chegada de sangue fresco, marinado o dia todo no suor, o sangue quente que corria em veias dilatadas pelo calor. Matt estapeou os corpos pretos que se refestelavam em seus punhos e pescoço. Queria ter um cigarro.

Ao ver Mary se aproximando, ele parou. Que se danassem os mosquitos — era mais importante parecer, realmente estar composto, e além do mais aquele estapeamento não estava ajudando em nada.

— Obrigado por vir. Eu estava em dúvida se você viria — disse Matt, quando ela parou de caminhar, bem longe, a uma distância apenas suficiente para que os dois ouvissem um ao outro.

— O que é que você quer? — indagou ela. Seu tom era monocórdio, mais grave do que antes da explosão, como se ela tivesse envelhecido vinte anos.

— Ouvi dizer que você vai testemunhar amanhã.

Ela não respondeu. Apenas lhe lançou o mesmo olhar de Janine — de "sério que a gente está discutindo isso?" —, deu meia-volta e saiu andando.

— Mary, espera. — Ele pensou ver uma pausa, mas piscou e ela ainda caminhava. Correu na direção dela. — Mary — disse outra vez, agora mais suave, e tocou-lhe o braço.

Era estranho ver os dedos em contato com a pele dela, mas não conseguir sentir sua suavidade, por conta das cicatrizes fibrosas; era como um cabo de guerra sensorial entre visão e tato.

Ela parou e olhou a mão dele, e o vislumbre de algo — nojo, pena? — invadiu seu rosto antes que ela puxasse o braço. Devagar, com cautela, como se a mão dele fosse uma bomba-relógio.

Ele quis tocar na cicatriz na dela, mas deu um passo para trás.

— Desculpe.

— Por quê?

Ele abriu a boca, mas foi como se todas as desculpas que quisesse pedir — pelos bilhetes, por sua esposa, seu testemunho, e, sobretudo, pelo aniversário dela, no último verão — tivessem desatado a correr rumo a suas cordas vocais, causando um engarrafamento verbal. Ele pigarreou.

— Eu preciso saber se você contou a alguém.

Mary enrolou o rabo de cavalo com o dedo indicador. Soltou e fez outra vez.

Matt sorveu o ar denso e embolorado para dentro dos pulmões. Quase parecia fumar.

— Os seus pais sabem?

— Sabem o quê?

— Você sabe... — disse ele. Começava a sentir uma câimbra no dedo invisível, o que era péssimo, já que não dava para esfregar.

Mary apertou os olhos, como se tentasse ler letrinhas miúdas no rosto dele.

— Não. Não falei para ninguém.

Ele percebeu que estava prendendo a respiração. Sentiu uma tontura, ouviu o zumbido dos mosquitos, mais alto, depois mais baixo, feito sirenes passando ao longe.

— E a Janine? — perguntou Mary. — Ela está na lista de testemunhas. Vai falar alguma coisa?

Matt balançou a cabeça.

— Ela não sabe.

— Como assim, ela não sabe? — retrucou Mary, franzindo a testa. — Do que é que a gente está falando?

— Da gente — respondeu Matt. — Os nossos bilhetes, o cigarro, ela não sabe de nada disso. Eu não contei para ela.

Mary contorceu o rosto, amarga e incrédula, então deu um passo à frente e o empurrou com força.

— Seu mentiroso desgraçado! — gritou ela, elevando a voz ao tom agudo de antes da explosão. — Você acha que o coma me fez esquecer? Eu me lembro de tudo. Foi o momento mais humilhante da minha vida. Ela me tratou como se eu fosse uma louca que não deixava o marido dela em paz. Sabe, eu até entendi você nunca mais conseguir olhar na minha cara. Mas mandar a sua *esposa*?

Matt cambaleou. Foi como se o empurrão de Mary tivesse disparado cem bolinhas de pinball em seu peito, batendo umas nas outras, nas costelas, na espinha, e ele não conseguisse se manter de pé.

— Ela... ela o quê?

Mary deu um passo para trás, o rosto ainda tomado de desconfiança, mas já mais suave frente à óbvia confusão de Matt.

— Você não sabia? Mas... — Ela fechou os olhos e esfregou o rosto. Sua cicatriz se avermelhou contra a pele pálida, feito lava descendo por uma montanha sinuosa. — Ela disse que sabia. Falou que você contou tudo para ela na véspera da explosão.

Ao piscar os olhos, ele visualizou: os dois no quarto, na véspera da explosão, Janine entendendo o braço por trás dele, segurando o último bilhete de Mary. *Não sei pra que conversar a respeito. Vamos só esquecer que isso um dia aconteceu?* A voz de Janine se aproximando... "Isso estava no armário. Do que se trata? De quem é?" A mentira que ele contara, a certeza de que ela havia acreditado. Será que ele estava errado?

— E aí? Você contou para ela ou não? — indagou Mary.

Matt cravou os olhos em Mary.

— Ela encontrou um dos seus bilhetes, mas eu falei que era de uma estagiária que tinha me passado uma cantada, depois ficou constrangida.

A Janine acreditou, eu sei disso. Nunca mais mencionou o assunto. Quando foi que ela falou com você? Onde?

Mary levou o rabo de cavalo aos lábios, então soltou, deixando-o cair.

— Na noite da explosão, lá para as oito. Bem aqui.

— Oito? Aqui? Mas eu falei com ela. Eu liguei para avisar que o mergulho estava atrasado, que eu me atrasaria. Ela não comentou nada que viria até aqui, nem falou de você, nem...

— Ela sabia do atraso? Mas ela falou... — A voz de Mary foi morrendo, a boca ainda aberta, mas sem entoar uma palavra.

— O quê? O que foi que ela falou?

Mary balançou a cabeça, como se para organizar os pensamentos.

— Eu estava aqui, te esperando. Daí ela veio e disse que você tinha contado tudo para ela. Eu respondi que não sabia do que ela estava falando, e ela disse que você era bonzinho demais para vir me falar, mas que eu estava perseguindo você e era melhor parar. E disse que você não ia vir me encontrar coisa nenhuma, que não era para eu te incomodar mais, e que você já tinha ido embora e pedido a ela para vir falar comigo e me mandar te deixar em paz.

Matt fechou os olhos.

— Ai, meu Deus — disse ele. Ou talvez tivesse apenas pensado. Era difícil saber. Sua cabeça estava girando.

— Eu insisti que não fazia ideia do que ela estava falando, mas ela estava com uma bolsa, daí... — Mary hesitou. — Ela tirou um maço de cigarro da bolsa e jogou em mim. E fósforos, e um bilhete também, e começou a gritar que era tudo meu.

Matt se perguntou se estava sonhando, se acordaria e tudo voltaria a fazer sentido. Mas não... os sonhos pareciam lógicos a quem sonhava. A sensação surreal que o asfixiava naquele momento costumava vir depois, não durante.

— E daí?

— Eu só falei que nada daquilo era meu e saí andando.

Matt visualizou sua mulher ali parada, enfurecida, com cigarros e fósforos a seus pés, e ele trancado em uma câmara de oxigênio, a curtíssima distância. Uma onda de sangue lhe invadiu os ouvidos.

— Você acha que os cigarros que ela jogou em mim foram os mesmos que a Elizabeth encontrou? — perguntou Mary.

Matt assentiu. Claro que eram. A única questão era o que Janine havia feito com eles, se é que havia feito algo, antes que Elizabeth encontrasse tudo.

— Você planejava vir me encontrar aquela noite? — perguntou Mary, depois de um minuto.

Matt abriu os olhos e assentiu outra vez. Sentia a cabeça oca, e o movimento parecia bater cérebro contra crânio.

— Estava — ele se forçou a dizer em voz alta, num tom rouco, como se não falasse havia dias. — Pensei em te ver mais tarde, depois do mergulho.

Mary o encarou, sem dizer nada, e ele tentou compreender o que via em seu rosto. Seria saudade? Arrependimento?

Mary balançou a cabeça.

— Eu tenho que ir. Está ficando tarde. — Ela se afastou. Depois de uns passos, parou e virou-se para ele. — Você já sentiu alguma culpa? Tipo, será que talvez a gente devesse contar tudo o que sabe, e deixar rolar o que tiver que rolar?

Matt sentiu suas artérias se contraírem, acionando o botão de pânico em todos os órgãos, forçando o coração a acelerar, o sangue a correr mais depressa, os pulmões a intumescerem. Sim, ele se preocupava com a descoberta de suas peripécias com uma adolescente. Mas aquilo era uma piada, brincadeira de criança, em comparação ao que o júri pensaria — e, verdade fosse dita, ao que ele próprio estava pensando — se descobrisse que Janine estava no local antes da explosão e havia mentido a respeito.

— Eu já pensei nisso. — Matt forçou as palavras a saírem lentas e calmas, como se considerasse o ponto de vista interessante de uma palestra. — Mas não acho que tenhamos nada de relevante para oferecer. O que eu, você e a Janine estávamos fazendo não tem nada a ver com o incêndio. O bilhete, os cigarros... vale especular de onde eles vieram, claro, mas no fim das contas não tem nada a ver com o verdadeiro causador do incêndio. Fico achando que a gente só vai confundir ainda mais essa história toda. Você está vendo como esses advogados distorcem tudo o que todo mundo fala.

— É — disse ela. — Tem razão. Boa noite.

— Mary. — Ele deu um passo em direção a ela. — Se você disser alguma coisa, tipo, *qualquer coisa*, as nossas famílias, todo o nosso futuro...

Mary ergueu a mão para que ele parasse e o encarou por um longo instante. Bem devagar, baixou a mão outra vez, deu meia-volta e saiu andando.

Quando ela saiu do campo de visão de Matt, ele soltou um suspiro profundo. Suas artérias pareceram dilatar, enviando rapidamente o sangue de volta a seus órgãos, que começaram a formigar, como se estivessem, um a um, sendo liberados. Matt sentiu uma coceira. Olhou para baixo. Havia um mosquito na dobra de seu braço, feliz e contente, sugando seu sangue. Ele deu um tapa forte e ligeiro e removeu a mão. O mosquito jazia esmagado na palma, um borrão preto grudado num pingo de sangue vermelho, que ele havia sorvido instantes antes da própria morte.

MARY

Ela caminhou até seu trecho preferido da mata. Um esconderijo secreto, onde o córrego de Miracle Creek corria por um denso bosque de salgueiros-chorões. Era para ali que ela ia para pensar sempre que estava aborrecida, aonde fora no último ano, depois da tenebrosa noite de aniversário com Matt, e pouco antes da explosão, depois que Janine jogou cigarros nela. Sentada ali, na pedra lisa e plana, ouvindo a água gorgolejante, escondida do mundo pela cortina verde de salgueiros... Mary se sentia serena e segura, em unidade com a natureza, como se sua pele se fundisse com o ar, e o ar penetrasse sua pele, e essa troca entre a pele e o ar lhe embaçasse as extremidades, feito uma pintura impressionista, as entranhas saindo pelos poros e se dissipando no céu, deixando-a mais leve, menos concreta.

Mary se agachou e botou as mãos na água. A corrente era mais forte ali, e a água ia revirando as pedrinhas, roçando seus dedos. Ela apanhou um punhado e esfregou o braço, onde Matt havia tocado. Seu estômago se acalmou, mas o cérebro ainda estava preso naquele bizarro estado de ligeira paralisia; os pensamentos vinham tão depressa, que ela não conseguia pensar. Mary se levantou e respirou fundo, balançando-se como os galhos de salgueiro ali perto, o véu verde ondeando de um lado a outro sob o vento, feito a saia de uma dançarina de Hula. Ela precisava desemaranhar os pensamentos, pensar racionalmente, por partes.

O cigarro e os fósforos que provocaram o incêndio eram os mesmos que Janine jogara em cima dela. Disso não havia dúvidas. A única questão era quem: quem os havia levado da mata até o galpão, preparado um montinho de gravetos, acendido o cigarro, colocado em cima e ido embora? Janine ou Elizabeth? As manifestantes, talvez?

Janine havia sido sua primeira suspeita. Depois de sair do coma, deitada na cama do hospital, sendo cutucada e espetada pelos médicos, ela recordou a fúria de Janine e imaginou que ela tivesse feito aquilo em um acesso de raiva incontrolável, no desejo de destruir tudo o que se relacionasse a Mary.

No entanto, enquanto ela agonizava de dúvida em relação à polícia — teria coragem suficiente para contar tudo, e será que teria que revelar os detalhes humilhantes da noite de seu aniversário com Matt? —, sua mãe lhe contara a respeito de Elizabeth, sobre o cigarro, o abuso infantil, as buscas no computador e assim por diante, e Mary se convenceu. Tudo se encaixava: Elizabeth decerto encontrara os cigarros de Janine e resolvera usá-los para provocar o incêndio, de modo a matar o filho *e* incriminar as manifestantes. Quanta eficiência, e que assustador. Tudo isso, além da certeza de Abe quanto à culpa de Elizabeth — era a isso que Mary se agarrava a cada crise de consciência, quando sentia vontade de quebrar o silêncio em relação ao que aconteceu naquela noite.

Hoje, no entanto, tudo havia mudado. Não somente as reperguntas (a argumentação de Abe contra Elizabeth estivera longe de ser a "sopinha no mel" que ele prometera), mas as revelações de Matt, pouco tempo antes. Segundo Matt, ele nunca chegara a falar com Janine a respeito de Mary, nem pedira a ela que a confrontasse. Mas o que isso significava? Será que as mentiras e os segredos de Janine eram parte de uma trama de incêndio criminoso? Será que ela havia ficado ainda mais furiosa do que Mary tinha suspeitado — será que havia, de alguma forma, descoberto sobre a noite do aniversário? — e largara o cigarro junto ao galpão, sabendo que seu marido estava lá dentro, para tentar matá-lo?

Não. Isso não era possível. Somente um monstro jogaria um cigarro aceso perto de um tanque de oxigênio, sabendo que havia crianças e mães inocentes do outro lado. E Janine — uma médica, dedicada a salvar vidas, que havia trabalhado duro para ajudar a construir o Miracle Submarine — não era um monstro. Ou era?

Ainda por cima, uma coisa estranha tinha surgido hoje em relação às manifestantes. O detetive Pierson disse que descartara sua participação porque elas haviam rumado direto para Washington aquela noite, depois de sair da delegacia. Mas não era verdade; o pai de Mary tinha visto as mulheres rondando a propriedade apenas dez minutos antes da explosão. Por que as manifestantes estavam mentindo, então? O que haviam feito que precisasse ser encoberto?

Mary caminhou até o salgueiro mais próximo e tocou os galhos, que se estendiam quase até o chão. Correu os dedos pela folhagem, separando os ramos, como sua mãe fazia com seus cabelos. Adentrou o véu das árvores, sentindo o leve afago de suas suaves folhas, roçando e fazendo coçar a área sensível em torno da cicatriz.

Sua cicatriz. As pernas inúteis de seu pai, preso a uma cadeira de rodas. A morte de uma mulher e um menino. A mãe do menino, julgada por assassinato; se ela não tivesse nada a ver com o incêndio, estava vivendo injustamente um inferno. O pai de Mary, agora suspeito de assassinato. Tanta dor e destruição, que ela permitia, com seu silêncio. Considerando tudo o que agora sabia, dadas suas suspeitas em relação a Janine e às manifestantes e a crescente dúvida quanto ao papel de Elizabeth no incêndio, será que Mary não tinha o dever de se pronunciar, a despeito de qualquer consequência?

Abe disse que ela talvez testemunhasse em breve. Talvez fosse exatamente o que ela precisava. Uma oportunidade — não, uma autorização — para dizer a verdade. Ela esperaria mais um dia. Abe tinha dito que no dia seguinte apresentaria a prova mais chocante e incontroversa da culpa de Elizabeth. Mary esperaria, para ver o que era. Se ainda restasse alguma dúvida, se houvesse a menor possibilidade de que Elizabeth não fosse a culpada, ela se pronunciaria ali mesmo e contaria tudo o que havia acontecido no último verão.

JANINE CHO

Ela foi direto até o armário da cozinha onde guardava a panela wok. Presente de chá de panela de uma das primas de Matt. "Sei que não estava na lista", dissera ela, "mas achei tão apropriado..." Ela não explicou por que achara "apropriado", mas Janine sabia: porque ela era asiática. Quis informar à mulher que as panelas wok eram um utensílio chinês, não coreano, mas se conteve e agradeceu o presente tão atencioso. Pretendia doar ou repassar a panela, mas a havia guardado junto de todas as outras tralhas que jamais tinham sido usadas.

Ela abriu a caixa com a wok — pela segunda vez — e pegou o manual de instruções e receitas. Folheou o livreto até encontrar o infame bilhete do H-Mart, que havia escondido e tentado esquecer durante o ano anterior.

Hoje, no tribunal, ela ficara sabendo que alguém além de Matt, Mary e ela própria sabia a respeito daquilo, e ainda por cima que a existência daquele papel era um ponto de disputa. E pensar que ela se distraíra e quase perdera o surgimento do assunto no fórum. Quando Pierson afirmou que as manifestantes eram inocentes, ela foi invadida por preocupações, e pensava naquela noite — na visão das manifestantes passando de carro perto do Miracle Submarine, na hora exata (20h10? 20h15?), na confiabilidade dos rastreamentos de celulares, caso eles corroborassem a mentira deles, e, Deus do céu, será que havia registro da localização dela em alguma torre? — quando Teresa se levantou e falou que tinha visto o bilhete do H-Mart.

O coração de Janine foi parar na boca, e ela teve que ajeitar o cabelo para encobrir o rosto vermelho.

Por que ela havia guardado o bilhete? Não podia pensar em nenhum motivo, nenhuma razão além de sua suprema idiotice. No hospital, depois da explosão, quando entreouviu os detetives conversando sobre os cigarros que encontraram e que passariam um pente-fino em toda a mata durante a manhã, Janine entrara em pânico e fora até a área do córrego, no meio da noite, para recuperar os itens que estupidamente havia deixado para trás. Não encontrou os cigarros, nem os fósforos; achou apenas o bilhete, atrás de um arbusto, perto de um trecho contornado pela fita amarela (a área do piquenique de Elizabeth, segundo ela ficou sabendo depois). Ela pegou o bilhete e, por alguma bizarra e inexplicável razão, decidiu guardá-lo.

Naturalmente, tudo o que ela fez naquela época parecia inexplicável agora, um ano depois. Aquele dia, porém, com o enlouquecedor misto de vergonha e raiva correndo por suas veias, todas as suas ações faziam total sentido. Até o bilhete guardado no manual da wok — parecera estranhamente apropriado manter a prova do caso de seu marido com uma coreana dentro do presente ganho da mulher que o acusara de ter um "fetiche por orientais".

A situação acontecera no dia de Ação de Graças seguinte ao noivado, na casa dos avós de Matt. Depois das apresentações, Janine saía do banheiro quando ouviu um grupo de vozes femininas — primas de Matt, todas loiras, com sotaques do sul nos mais variados graus de intensidade — aos sussurros, como se compartilhassem confissões vergonhosas. "Eu não sabia que ela era oriental!", "Já é o quê, a terceira?", "Acho que uma era paquistanesa, será que conta?", "Eu vivo dizendo, ele tem fetiche por orientais, tem uns homens que são assim mesmo."

Ao ouvir a última frase (dita pela mesma prima que daria a wok de presente), Janine deu um passo para trás. Trancou a porta do banheiro, ligou a torneira da pia e se olhou no espelho. Fetiche por orientais. Era isso o que ela representava? Um brinquedinho exótico para satisfazer alguma profunda aberração psicossexual? *Fetiche* implicava algo errado. Obsceno, até. E a palavra *oriental*... evocava imagens de países estranhos do terceiro mundo, vilarejos muito distantes e antiquados. Gueixas e casamento infantil. Submissão e perversão. Ela foi invadida por uma onda de vergonha, da cabeça aos pés, de um lado a outro, feito uma torrente. E raiva, e uma profunda sensação de injustiça: ela tivera namorados brancos, mas ninguém a acusara de ter fetiche por caucasianos. Tinha amigos e amigas que só namoravam mulheres loiras, ou judias, ou homens republicanos (se propositalmente ou por coincidência, ninguém sabia, e ninguém ligava), mas nenhum era acusado de fetiche por loiras, ou judias, ou republicanos. No entanto, qualquer homem não asiático que tivesse namorado pelo menos duas mulheres asiáticas... ora, isso era um fetiche, sem dúvida a satisfação de uma alguma necessidade perversa e anormal por orientais. Mas por quê? Quem havia concluído que era normal se sentir atraído por loiras, judias e republicanos, mas não por asiáticas? Por que o "fetiche", com essa conotação de desvio sexual, era reservado aos pés e às asiáticas? Era ofensivo, era uma babaquice, e ela queria gritar *eu não sou "oriental", e não sou um pé para ser chamada de fetiche!*

No jantar, Janine se sentou ao lado de Matt (mas não muito perto), sentindo-se suja e errada, imaginando quem mais a considerava um *fetiche oriental*. A aguda percepção da própria estrangeirice revirava em seu estômago toda vez que alguém falava sobre asiáticos, mesmo comentários estereotipados, porém benignos ou teoricamente elogiosos, dos quais ela costumava rir: a avó boazinha de Matt, por exemplo, comentando sobre como os filhos dos dois seriam lindos. "Eu vi um programa sobre crianças mestiças nascidas durante a guerra do Vietnã, e não estou de brincadeira, elas eram *lindas*", dizia ela. Ou o solícito tio de Matt, comentando sobre ela ser a melhor aluna da turma. "O Matt me contou isso, e não me surpreende. Eu tinha uns colegas asiáticos na faculdade, japoneses, acho... rapaz, como eram inteligentes." ("Metade de Berkeley é asiática agora", comentara a esposa dele. "Não que tenha algo errado com isso", explicara-se, então, para Janine.)

Depois disso, Janine tentou esquecer, lembrar a si mesma que tinha sido um comentário ignorante feito por uma pessoa ignorante, e além disso Matt tivera várias ex-namoradas não asiáticas (seis brancas, especificamente, contra duas de descendência asiática — ela havia conferido no dia seguinte). No entanto, de tempos em tempos — quando ela viu Matt contando uma piada para uma enfermeira asiática no refeitório, por exemplo, ou quando uma mulher de quem ela nunca gostara disse que eles deveriam sair com o novo podólogo e a esposa dele, já que ela também era asiática —, Janine pensava na prima da wok e sentia um calor inundar seus olhos e as bochechas.

Nesses momentos, porém, Janine sabia que ele não tinha feito nada de errado, que ela estava sendo irracional e reacionária. Os bilhetes eram diferentes. O primeiro — encontrado na véspera da explosão, no bolso da calça de Matt, enquanto Janine lavava roupa — ela chegara a mostrar a Matt, que afirmou ser de uma estagiária do hospital, cujas cantadas ele havia recusado. Ela tentara acreditar, quisera acreditar, mas não conseguiu evitar e começou a revirar a casa na manhã seguinte — olhou nas roupas dele, no carro, até no lixo. Encontrou outros com a mesma caligrafia. Frases curtas, em sua maioria, variações de *Te vejo hoje à noite?* ou *Senti sua falta ontem*, mas então encontrou um que dizia *Odeio vocabulário de vestibular! PRECISO fumar hoje à noite!*, e percebeu: Matt havia mentido.

Quando encontrou o último bilhete — no agora célebre papel do H-Mart que ela havia guardado na wok durante um ano — e leu a caligrafia de garrancho do marido (*Isso tem que acabar. Nos encontramos hoje, às 20h15. Perto do córrego*) e o *Sim* logo abaixo, numa caligrafia feminina, Janine percebeu: pela hora proposta (logo depois do mergulho) e a localização (ele só mencionara um "córrego"), a garota que ele andava encontrando, para fumar e sabia-se lá Deus mais o quê, só podia ser Mary Yoo.

Aquilo a enlouquecera. Ela agora percebia claramente. Ter encontrado o bilhete, perceber que Matt estava envolvido com uma coreana, não saber qual humilhação era maior — ser uma adolescente ou uma coreana? — e ficar pensando se a prima da wok tinha razão. Ela foi invadida por uma onda de calor, quente e ligeira, que a fez sentir-se febril e fraca; ela queria socar Matt, gritar, perguntar qual era o problema com ele e esse fetiche, e ao mesmo tempo odiava a si mesma por ter acreditado naquela babaquice de fetiche, e desejava jamais dizer a ele em voz alta, pois era vergonha demais.

Agora, parada na cozinha, Janine ergueu o bilhete, aquele pedaço de papel que havia sido o início e o fim de tudo o que ela queria poder desfazer aquela noite: a ida ao córrego com o bilhete na mão para confrontar Mary, o retorno mais tarde para recuperar o papel no meio da noite, além de todas as coisas que aconteceram entre uma coisa e outra. Ela levou o bilhete à pia e o enfiou debaixo d'água. Rasgou-o em pedacinhos, repetidas vezes, e soltou os pedaços na água corrente, deixando-os caírem. Ligou o triturador de alimentos, concentrada nos estalidos agudos da lâmina giratória de metal, que reduziam o papel a uma polpa. Depois de se acalmar, quando já não ouvia o sangue pulsando nos ouvidos, ela desligou o triturador, fechou a torneira, guardou o manual da wok e fechou a caixa. Devolveu a caixa ao armário, junto de todas as outras coisas que não usava, fechou a porta e trancou.

O JULGAMENTO: DIA TRÊS

Quarta-feira, 19 de agosto de 2009

PAK

Pak Yoo era uma pessoa em inglês e outra em coreano. De certa forma, supunha ele, era inevitável que os imigrantes se tornassem versões infantis de si mesmos, demovidos de sua fluência verbal e, com ela, de uma camada de competência e maturidade. Antes da mudança para os Estados Unidos, Pak se preparara para as dificuldades que sabia que teria: a estranheza logística de traduzir os próprios pensamentos antes de falar, a cobrança intelectual de descobrir o significado das palavras pelo contexto, o desafio físico de moldar a língua em posições pouco familiares, de modo a produzir sons inexistentes em coreano. O que ele não sabia, porém, o que não esperava, era que essa incerteza linguística fosse se estender para além da fala, e, como um vírus, infectar outras áreas: o pensamento, o comportamento, sua própria personalidade. Em coreano, ele era um homem impositivo, educado e digno de respeito. Em inglês, era um idiota, surdo, mudo, inseguro, nervoso e incapaz. Um bobão.

Pak aceitara isso havia muito tempo, no primeiro dia em que se juntou a Young na mercearia de Baltimore. Os pré-adolescentes delinquentes falando num sotaque forçado, fingindo que não compreendiam quando ele perguntava se podia ajudar e soltando risinhos abafados enquanto repetiam, num cantarolar maldito, "Pó-suu a-dju-dáá?" — isso ele até relevava, como molecagens de crianças flertando com a crueldade como se trocassem de camiseta. Mas a mulher que pediu um sanduíche de mortadela…

sua luta para entender a frase "a senhora quer um refrigerante para acompanhar?" — que ele decorara aquela manhã — havia sido genuína. "Não entendi. O senhor pode repetir?", pedira ela. "Repita mais uma vez", dissera, depois da repetição mais alta e lenta. "Desculpe, tem algo errado com a minha orelha hoje", soltara ela, e por fim apenas abriu um sorriso constrangido — constrangimento por *ele*, Pak percebeu — e balançou a cabeça. A cada uma das quatro repetições, ele sentira um calor irradiando por suas bochechas e testa, como se alguém empurrasse sua cabeça, centímetro a centímetro, por sobre brasas. Ele acabou apontando para uma Coca-Cola e fazendo uma mímica de beber. Ela riu, aliviada. "Sim, adoraria", disse, e pegou o dinheiro. Ele pensou nos pedintes do lado de fora, recolhendo troco de gente como aquela mulher, que entregava as moedas com um olhar bondoso, porém tomado de pena e aversão.

Pak se tornou um homem quieto. Encontrou alívio na relativa dignidade do silêncio e abraçou a invisibilidade. O problema era que os norte-americanos não gostavam de silêncio. Sentiam-se desconfortáveis. Para os coreanos, ser comedido nas palavras era sinal de decoro, mas para os americanos a verbosidade era uma virtude inerente, similar à bondade e à coragem. Eles amavam palavras — quanto maiores em número, tamanho e ligeireza, mais inteligentes e impressionantes. Já o silêncio, para os norte-americanos, parecia simbolizar uma mente vazia: nada a dizer, nenhum pensamento que valesse a pena ser ouvido —, ou talvez tristeza. Falsidade, até. Por isso Abe temia pelo testemunho de Pak. "O júri precisa pensar que você *quer* revelar informações", dissera ele, durante a preparação. "Se fizer essas pausas compridas, vão ficar imaginando o que é que você está escondendo, se você não estará pensando na melhor mentira."

Agora, sentado ali, com o júri também sentado e uma pausa nos cochichos, Pak fechou os olhos e apreciou esse último instante de silêncio, antes que começasse o arremesso de palavras. Talvez ele pudesse absorver o silêncio, guardar uma reserva, feito um camelo no deserto, e usá-lo para ir se refrescando, pouco a pouco, enquanto estivesse no púlpito.

*

Ser testemunha era como atuar. Estar sobre um palco, com todos os olhares voltados para si, tentando recordar um roteiro escrito por outra pessoa. Pelo menos Abe começou com perguntas básicas, com respostas fáceis de decorar: "Tenho 41 anos", "Fui nascido e criado na Coreia do Sul", "Me mudei para os Estados Unidos no ano passado", "No início, trabalhei em uma mercearia". O tipo de perguntas e respostas listadas nos antigos livros de inglês de Pak, que ele usara para ensinar Mary na Coreia. Ele praticava com ela, fazendo-a repetir as respostas inúmeras vezes até se tornarem automáticas; da mesma forma que ela treinara com ele na noite da véspera, corrigindo sua pronúncia e o forçando a repetir "só mais uma vez". Agora, Mary estava sentada na ponta da cadeira, encarando-o intensamente, sem piscar, como se para transmitir seus pensamentos por telepatia, do jeitinho que ele fazia nas competições mensais de matemática na Coreia.

Era isso o que ele mais lamentava em relação à mudança para os Estados Unidos: a vergonha por ter perdido suas habilidades, por ter se tornado menos adulto que sua própria filha. Isso era esperado, já que pais e filhos sempre trocam de lugar à medida que os pais envelhecem, quando seu corpo e sua mente retornam à segunda infância, depois à primeira, até que deixam de existir. Mas Pak não esperava isso em tão pouco tempo, e certamente não agora, que a própria Mary ainda tinha um pé na infância. Na Coreia, *ele* era o professor. Logo depois da mudança, no entanto, fora visitar a escola de Mary. "Bem-vindo! E aí, está gostando de Baltimore?", perguntara a diretora. Pak sorriu e assentiu, ainda decidindo como responder — talvez o sorriso bastasse? "Ele está adorando", soltou Mary, "está cuidando de uma loja perto do Inner Harbor. Não é, papai?" Durante o resto do encontro, Mary continuou falando por ele, respondendo às perguntas endereçadas a ele, como uma mãe faria com um bebê de dois anos.

A ironia era que esse fora o exato motivo da mudança para os Estados Unidos: dar a Mary uma vida melhor, um futuro melhor que o deles. (Não era isso que os pais esperavam, que seus filhos fossem mais altos/inteligentes/ricos que eles?) Pak se orgulhava da filha, pela rapidez com que ela adquirira fluência naquela língua estrangeira que o enganava, pela ligeireza no caminho da *americanização*. E sua incapacidade de manter o mesmo ritmo... isso já era *esperado*. Não apenas porque já fazia quatro anos que Mary estava lá, mas porque as crianças tinham facilidade para aprender idiomas; quanto mais jovem, melhor, todo mundo sabia disso. Na puberdade, a língua assentava, perdia a habilidade de replicar novos sons sem sotaque. No entanto, uma coisa era ele saber disso, e outra totalmente diferente era ver sua filha testemunhar aquela luta, era passar de semideus a uma criatura diminuta diante de seus olhos.

— Pak, por que você inaugurou o Miracle Submarine? Coreanos gerentes de loja, eu até já vi. Mas OHB parece meio incomum — comentou Abe, na primeira pergunta mais desafiadora, que requeria uma resposta mais elaborada.

Pak olhou os jurados e tentou, como Abe aconselhara, imaginá-los como um novo grupo de amigos que ele estava tentando conhecer.

— Eu trabalhei... num centro de bem-estar... em Seul... — respondeu ele. — Era meu sonho... começar um negócio similar... para ajudar as pessoas. — As palavras que ele havia memorizado não pareciam corretas em sua boca, grudada feito cola. Ele teria que se esforçar mais.

— Conte para nós por que você possuía um seguro contra incêndio.

— O seguro contra incêndio é recomendado pela regulamentação hiperbárica. — Pak praticara essa frase mais de cem vezes na noite da véspera; os seis *erres* em sequência travavam sua língua, fazendo-o gaguejar. Graças a Deus, o júri pareceu compreender.

— Por que 1,3 milhão?

— É a seguradora que determina a quantia que consta na apólice.

Na época, ele ficara ultrajado por ter que pagar tanto — e todo mês! — por algo que provavelmente jamais viria a se materializar. Mas não havia escolha. Janine insistira na apólice, condicionara a ela sua entrada no negócio. Atrás de Abe, Janine encarava o chão, o rosto pálido, e Pak imaginou se ela andava passando as noites em claro, arrependida de seu acordo secreto, dos pagamentos em dinheiro, perguntando a si mesma como planos tão empolgantes haviam chegado àquela situação.

— Ontem, a sra. Haug o acusou de ter ligado para a seguradora e perguntado sobre o pagamento em casos de incêndio criminoso, usando o telefone de Matt Thompson. Pak — disse Abe, aproximando-se —, você fez essa ligação?

— Não. Eu nunca usei o telefone do Matt. Nunca liguei para a seguradora. Não há necessidade. Eu já sabia a resposta. Está escrita na apólice.

Abe ergueu um documento, como se para mostrar a espessura — dois centímetros, no mínimo —, então entregou-o a Pak.

— É essa a apólice ao qual você se refere?

— Sim. Eu li antes de assinar.

— Sério? — retrucou Abe, com um sorriso surpreso. — É um documento muito extenso. A maioria das pessoas não lê as letrinhas miúdas. Eu não leio, e olha que sou advogado.

Os jurados assentiram. Pak imaginou que eles estivessem dentro da categoria de pessoas — como a maioria dos norte-americanos, dizia Abe — que simplesmente assinavam qualquer coisa, o que parecia ser de uma inocência absurda, ou simplesmente preguiça. Talvez os dois.

— Eu não conheço muito bem os negócios norte-americanos. Então preciso ler. Traduzi para o coreano usando um dicionário.

Pak folheou o documento, abriu na página sobre incêndios criminosos e o ergueu. Os jurados estavam muito longe para distinguir as palavras, mas sem dúvida podiam ver as anotações nas margens.

— E a resposta à pergunta sobre incêndios criminosos está neste documento?

— Está. — Pak leu a cláusula, um exemplo da verborragia norte-americana: uma frase de 18 linhas, cheia de pontos, vírgulas e palavras compridas. Apontou para sua anotação em coreano. — Esta é a minha tradução: *Você ganha dinheiro se alguém botar fogo, mas não se estiver envolvido.*

Abe assentiu.

— Agora, outra coisa que a defesa tentou atribuir a você foi o bilhete do H-Mart que a ré *alega* ter encontrado. — Abe cerrou a mandíbula, e Pak imaginou que ele ainda estivesse aborrecido com a "deserção" de Teresa, como havia chamado. — Pak, você escreveu ou recebeu esse bilhete?

— Não. Nunca — respondeu Pak.

— Sabe alguma coisa a respeito?

— Não.

— Mas você *tem* um bloco de anotações do H-Mart?

— Tenho. Ficava no galpão. Muita gente usava. Elizabeth usava. Ela gostava do tamanho. Eu dei um bloquinho a ela. Para guardar na bolsa.

— Espere aí... então a ré tinha um bloquinho inteiro do H-Mart dentro da bolsa? — Abe parecia chocado, como se não soubesse, como se não tivesse redigido a resposta de Pak.

— Sim. — Pak conteve o ímpeto de sorrir ao ver o teatrinho de Abe.

— Então ela poderia facilmente amassar um papelzinho do H-Mart e largar à vista de qualquer pessoa?

— Protesto, configura especulação — disse Shannon, levantando-se.

— Retiro a pergunta. — Um sorriso cruzou o rosto de Abe, feito uma nuvem ligeira, enquanto ele acomodava um pôster no suporte. — Esta é uma cópia do diagrama apresentado e alterado ontem pela sra. Haug.

INVESTIGAÇÃO CRIMINAL PARA LEIGOS

~~EVIDÊNCIAS DIRETAS~~	EVIDÊNCIAS CIRCUNSTANCIAIS
~~**MELHOR, CONFIÁVEL!!!!~~	(Não tão confiável, precisa de mais de I categoria)
• ~~Testemunha ocular~~	• ~~Cano fumegante: prova de uso da arma pelo suspeito (digitais, DNA)~~
• ~~Gravações em áudio/vídeo do crime~~ *Qualquer quantidade de pessoas (incl. P. YOO)*	• Posse de arma do suspeito
• ~~Fotos do suspeito cometendo o crime~~ P. YOO	• Oportunidade de cometer o crime – álibi?
• ~~Documentação do crime pelo suspeito, testemunha ou cúmplice~~ P. YOO	• Motivo para cometer o crime – ameaças, incidentes pregressos
• ~~Santo Graal: confissão (necessário verificar!!!!!)~~	• Conhecimentos e interesses específicos (especialista em bombas ou exemplos de pesquisa)

Pak olhou as letras vermelhas, que o culpavam pela morte de seus pacientes, pela cicatriz no rosto de sua filha, pelas próprias pernas inúteis.

— Pak, o seu nome está em todo lugar. Vamos explorar isso. Para começar, a posse da arma. Neste caso, os cigarros Camel. Você consumiu cigarros no verão passado?

— Não. É proibido fumar lá. É muito perigoso, por conta do tanque de oxigênio.

— E antes do verão passado? Você já chegou a fumar?

Pak pedira a Abe que não fizesse essa pergunta, mas Abe argumentou que Shannon certamente teria alguma prova de que ele havia sido fumante, e que admitir primeiro enfraqueceria seu plano de ataque.

— Sim, em Baltimore. Mas não na Virgínia.

— Você já comprou cigarros ou qualquer outra coisa em uma loja 7-Eleven, em algum lugar?

— Não. Eu já vi uns 7-Eleven em Baltimore, mas nunca entrei. Nunca vi 7-Eleven perto de Miracle Creek.

Abe se aproximou.

— Você comprou ou sequer tocou em algum cigarro no verão passado?

Pak engoliu em seco. Não havia vergonha em pequenas mentiras, respostas que eram tecnicamente inverdades, mas que, no fim das contas, serviam a um bem maior.

— Não.

Abe pegou um marcador vermelho, caminhou até o suporte e riscou os dizeres *P. YOO* ao lado de *Posse de arma do suspeito*. Então fechou o marcador com um estalido, que fez as vezes de ponto de exclamação para o risco do nome de Pak.

— Em seguida, a "Oportunidade de cometer o crime". Houve bastante confusão nessa parte, com o seu vizinho, a sua voz, tudo isso. Então diga, de uma vez por todas: onde você estava durante o último mergulho, antes da explosão?

— Eu estava no galpão. Fiquei lá dentro o tempo todo — respondeu Pak, lenta e deliberadamente, alongando cada sílaba. Isso não era mentira. De verdade, não. Porque não tinha qualquer impacto sobre a pergunta derradeira: quem iniciou o incêndio?

— Você abriu a escotilha de imediato?

— Não.

E era verdade, ele não teria feito isso. Pak explicou o protocolo que seguiria, se estivesse lá: desligar o oxigênio nas válvulas de emergência, para o caso de dano aos controles, depois conduzir uma despressurização muito lenta, para garantir que a mudança de pressão não suscitasse outra detonação, resultando em um atraso de mais de um minuto na abertura da escotilha.

— Faz sentido. Obrigado — disse Abe. — Agora, Pak, você tem outra prova de que não esteve perto dos tanques de oxigênio antes da explosão?

— Sim, o registro de ligações do meu celular — respondeu Pak, enquanto Abe distribuía cópias. — Das 20h05 às 20h22, eu estava ao telefone. Tinha ligado para a companhia elétrica, para perguntar quando reestabeleceriam a energia, e também para a minha esposa, para saber quando ela retornaria com as pilhas. Dezessete minutos de telefonemas em sequência.

— Certo, entendi, mas e daí? Você poderia estar falando ao telefone do lado de fora, enquanto tacava fogo no tanque de oxigênio.

Pak balançou a cabeça, incapaz de evitar um sorrisinho.

— Não. Isso é impossível.

Abe franziu a testa, fingindo confusão.

— Por quê?

— Não tem sinal de celular perto dos tanques de oxigênio. Tem na frente do galpão. Mas não nos fundos. Nem do lado de dentro, nem do lado de fora. Todos os meus pacientes sabiam disso. Se quisessem ligar, tinham que ir até a frente.

— Entendi. Então você não poderia estar em nenhum lugar próximo ao início do fogo, das 20h05 até a explosão. Fora dos arredores, sem oportunidade. — Abe abriu o marcador e riscou o nome de Pak junto a *Oportunidade de cometer o crime*. — Passemos aos conhecimentos e interesses específicos, onde a sra. Haug também escreveu "P. YOO".

Ao ouvir uns risinhos contidos, Pak pensou na explicação de Abe sobre o duplo sentido infantil da abreviação de seu nome na língua inglesa, que evocava urina. "Foi intencional, tenho certeza. Eu odeio essa mulher", dissera Abe.

— Pak, como operador licenciado de OHB, você *chegou* a pesquisar sobre incêndios em câmaras de OHB, correto?

— Sim. Eu pesquisei para aprender a evitar os incêndios. Melhorar a segurança.

— Obrigado. — Abaixo do *P. YOO* escrito ao lado de *Conhecimentos e interesses específicos*, Abe escreveu *(bom motivo — segurança)*. — Chegamos ao último item. O motivo. Vou perguntar diretamente: você ateou fogo ao seu próprio negócio, com os pacientes dentro e sua família por perto, para ser ressarcido em 1,3 milhão de dólares?

Pak não precisou fingir a risada de incredulidade que deu ao ouvir a hipótese.

— Não. — Ele olhou os jurados, concentrando-se nos rostos mais velhos. — Se os senhores têm filhos, sabem muito bem. Eu nunca, *jamais*, poria a vida da minha filha em risco por dinheiro. Nós viemos para os Estados Unidos pela nossa filha. Pelo futuro dela. Tudo o que eu faço é para a minha família. — Os jurados assentiram. — Eu estava empolgado com o meu negócio. O Miracle Submarine! Muitos pais de crianças deficientes ligaram, tínhamos uma lista de espera de pacientes. Estávamos felizes. Não tem motivo para destruir isso. Por quê?

— Imagino que alguns possam responder "por 1,3 milhão de dólares". É muito dinheiro.

Pak olhou para as pernas inúteis na cadeira de rodas, tocou o aço; estava frio, mesmo naquela sala de audiências quente.

— As contas do hospital... custaram 1,5 milhão de dólares. Minha filha ficou em coma. Os médicos dizem que talvez eu nunca mais volte a andar. — Pak olhou para Mary, que tinha o rosto cheio de lágrimas. — Não. Não acho que 1,3 milhão de dólares seja muito dinheiro.

Abe encarou os jurados; todos os 12 olhavam Pak com compaixão, inclinados em seus lugares, como se quisessem estender o braço e tocá-lo, confortá-lo. Abe encostou a ponta do marcador vermelho no *P* de *P. YOO*, ao lado de *Motivo para cometer o crime*. Encarou as palavras, balançou a cabeça. E fez um risco lento e definitivo sobre o nome de Pak.

> **INVESTIGAÇÃO CRIMINAL PARA LEIGOS**
>
> ~~EVIDÊNCIAS DIRETAS~~
>
> ~~***MELHOR, CONFIÁVEL!!!!~~
>
> - ~~Testemunha ocular~~
> - ~~Gravações em áudio/vídeo do crime~~
> - ~~Fotos do suspeito cometendo o crime~~
> - ~~Documentação do crime pelo suspeito, testemunha ou cúmplice~~
> - ~~Santo Graal: confissão (necessário verificar!!!!!)~~
>
> EVIDÊNCIAS CIRCUNSTANCIAIS
>
> (Não tão confiável, precisa de mais de I categoria)
>
> - ~~Cano fumegante: prova de uso da arma pelo suspeito (digitais, DNA)~~
> - Posse de arma do suspeito
> - Oportunidade de cometer o crime – álibi?
> - Motivo para cometer o crime – ameaças, incidentes pregressos
> - Conhecimentos e interesses específicos (especialista em bombas ou exemplos de pesquisa)
>
> *Anotações manuscritas:* Qualquer quantidade de pessoas (incl. P. YOO); P. YOO; P. YOO; P. YOO (bom motivo – segurança)

— Pak — disse Abe —, Matt Thompson disse que você correu para o meio do fogo e entrou na câmara em chamas repetidas vezes, mesmo já estando ferido. Por quê?

Isso não estava no roteiro, mas Pak não entrou em pânico por ter que dar uma resposta não ensaiada. Encarou a tribuna, Matt e Teresa, os outros pacientes atrás de si. Pensou nas crianças, em Rosa na cadeira de rodas, em TJ batendo os braços feito um pássaro, mas principalmente em Henry. O tímido Henry, sempre com os olhos voltados para o alto, como se preso ao céu.

— Esse é o meu dever. Meus pacientes. Eu preciso protegê-los. Os *meus* ferimentos não são importantes. — Pak virou-se para Elizabeth. — Eu tentei salvar Henry, mas o fogo...

Elizabeth olhou para baixo, como se envergonhada, e apanhou seu copo d'água.

— Obrigado, Pak — disse Abe. — Eu sei que é difícil. Uma última pergunta. De uma vez por todas, você teve algo a ver com o cigarro, os fósforos, *qualquer coisa* remotamente relacionada ao incêndio que matou dois dos seus pacientes e quase matou você mesmo e sua filha?

Pak começou a abrir a boca para responder, quando viu a mão de Elizabeth tremer, de leve, levando a água à boca. Então lhe veio a familiar imagem, uma que com frequência saía, rastejante, dos recônditos de sua mente para invadir seus sonhos: um cigarro entre dois dedos enluvados, levemente trêmulos, aproximando-se de uma caixa de fósforos, junto ao tubo de oxigênio.

Pak piscou. Respirou fundo algumas vezes, para acalmar o coração acelerado. Lembrou a si mesmo que deixasse de lado aquele momento, apenas o abafasse. Olhou para Abe e balançou a cabeça.

— Não — disse. — Nada. Absolutamente nada.

YOUNG

Quando a advogada de Elizabeth disse "Boa tarde, sr. Yoo", a lembrança que veio à mente de Young foi, por mais estranho que fosse, o nascimento de Mary. Talvez tivesse sido o rosto de Pak: cada músculo de seu rosto se paralisou, formando a máscara impassível de um homem tentando com esforço disfarçar o medo. O mesmo olhar que ele exibira havia quase 18 anos (não, havia exatamente 18; Mary faria aniversário no dia seguinte, mas já era o dia seguinte em Seul, onde ela nascera), quando o médico chegou com a expressão séria e cruzou a unidade pós-cirúrgica onde Young estava sem dizer uma palavra. "Vai ser necessária uma histerectomia de emergência", dissera o doutor. "Pelo menos o bebê está bem." Era uma menina. Eles sentiam muito. (Ou será que era Sentimos muito, é uma menina?)

Como a maioria dos homens coreanos, Pak desejava um menino, esperava por um menino. Tentara esconder a decepção. "Ela vale tanto quanto dez meninos", dissera, quando a família lamentou o azar de seu único filho ser uma menina. Com um pouco de firmeza demais, porém, como se tentasse convencê-los de algo que ele próprio não acreditava muito. Young ouvira a tensão em sua voz, a falsa alegria que ele tentava injetar, trazendo uma agudeza fora do normal.

Exatamente o mesmo tom que ele exibia agora, dando boa tarde à advogada de Elizabeth.

A mulher não perdeu tempo tentando amaciá-lo, como tinha feito com os outros.

— O senhor disse que nunca esteve em nenhum 7-Eleven nas redondezas, correto?

— Isso. Nunca vi. Não sei onde ficam as lojas — disse Pak, e Young sorriu.

Abe lhe dissera para não responder simplesmente "sim", pois era daí que vinham as armadilhas. *Elabore, explique*, dissera ele, e era exatamente o que Pak estava fazendo.

Shannon baixou a cabeça, sorriu e aproximou-se de Pak, como um predador rodeando a caça.

— O senhor tem algum cartão de banco?

— Tenho. — Pak franziu a testa, decerto aturdido pela súbita mudança de assunto.

— E sua esposa usa esse cartão?

A carranca de Pak aumentou.

— Não. Ela tem um cartão separado.

Shannon entregou-lhe um documento.

— Reconhece isso?

Pak deu uma olhada.

— É meu extrato bancário.

— Por favor, leia para nós as linhas marcadas abaixo de "saques em caixa eletrônico".

— Vinte e dois de junho de 2008, dez dólares. Seis de julho de 2008, dez dólares. Vinte e quatro de julho de 2008, dez dólares. Dez de agosto de 2008, dez dólares.

— Em que localidade foram realizados esses quatro saques?

— Rua Prince, número 108, Pine Edge, Virgínia.

— Sr. Yoo, o senhor se lembra do que existe nessa localidade, na rua Prince, número 108, em Pine Edge?

Pak ergueu o olhar, o rosto contorcido de concentração, e balançou a cabeça.

— Não.

— Vamos ver se refrescamos a sua memória.

Shannon acomodou um pôster no suporte: a imagem de uma loja 7-Eleven, com um caixa eletrônico logo abaixo do toldo listrado de verde, vermelho e laranja. Claramente visível na vidraça estava o endereço: rua Prince, 108, Pine Edge, VA. Young sentiu um buraco se formar em seu estômago, as entranhas dando um nó.

Pak ficou parado, mas seu rosto empalideceu feito uma múmia.

— Sr. Yoo, o que está ao lado do caixa eletrônico, nesta localidade?

— Uma loja 7-Eleven.

— O senhor afirmou nunca ter frequentado ou sequer visto um 7-Eleven nas redondezas, mas veja só, aí está uma loja, ao lado do caixa eletrônico que o senhor usou quatro vezes no verão passado. Eu entendi direito?

— Eu não me recordo desse caixa eletrônico. Nunca vou lá — disse Pak.

Sua expressão era resoluta, mas havia dúvida na voz. Estaria o júri percebendo também?

— Existe alguma razão para pensarmos que o seu extrato bancário pode estar errado? Por acaso o senhor perdeu o cartão ou foi roubado no último verão?

Então, algo ocorreu a Pak. Um pensamento que o empolgou e o fez abrir a boca. No mesmo instante, porém, ele a fechou e baixou os olhos.

— Não. Não fui roubado.

— Então o senhor admite que os registros bancários *provam* suas diversas visitas a essa loja 7-Eleven, mas o senhor alega não se lembrar de ter estado lá, correto?

— Eu não me lembro — respondeu Pak, ainda olhando para baixo.

— E muito provavelmente o senhor não *se lembra* de ter comprado cigarros no último verão?

— Protesto, está assediando a testemunha — rugiu Abe.

— Retiro a pergunta — disse Shannon, e prosseguiu: — O senhor esteve no 7-Eleven no dia 26 de agosto, poucas horas antes da explosão?

— Não! — A voz de Pak estava tomada de horror, e trouxe de volta a cor a seu rosto. — Eu nunca vou ao 7-Eleven. Nunca, nem fui no dia da explosão. Fico no trabalho o dia inteiro.

Shannon ergueu as sobrancelhas.

— Então o senhor não saiu da propriedade nenhuma vez aquele dia?

Pak abriu a boca, ansioso; Young esperou que ele dissesse "Não!", mas em vez disso ele fechou a boca e arqueou o corpo, feito um boneco inflável furado murchando rapidamente.

— Sr. Yoo? — chamou Shannon, e Pak ergueu o olhar.

— Estou lembrando, eu fui fazer compras. Precisávamos de talco. — Ele olhou os jurados. — Nós usamos no fecho do capacete de oxigênio. Para o suor. Para manter tudo seco.

Young recordou Pak dizendo que eles precisavam de mais talco, mas ele não podia sair, com as manifestantes montando guarda lá fora. Mais tarde, antes do último mergulho, ele pegou um pouco de maisena como alternativa ao talco. Então, por que estava mentindo?

— Aonde o senhor foi? — perguntou Shannon.

— No mercado, comprar talco. Depois no caixa eletrônico ali perto.

— Sr. Yoo, por favor leia a linha do seu extrato bancário datada de 26 de agosto de 2008.

Pak assentiu.

— Saque em caixa eletrônico. Cem dólares. 12h48, Creekside Plaza, Miracle Creek, Virgínia.

— É esse o caixa eletrônico ao qual o senhor foi, depois do mercado?

— Isso.

Young refletiu. Às 12h48, durante o intervalo de almoço. Ele pediu que ela preparasse o almoço, enquanto ia tentar falar mais uma vez com as manifestantes. Retornou dali a vinte minutos, dizendo que tinha tentado, mas elas não queriam escutar. Será que havia ido à cidade, em vez disso? Mas por quê?

— Esse é o caixa eletrônico do Creekside Plaza? — perguntou Shannon, acomodando outra imagem no suporte.

— Sim.

A imagem mostrava toda a "plaza", que parecia grande, mas na verdade constava de apenas três lojas e quatro vitrines vazias com placas indicando disponibilidade para aluguel. O caixa eletrônico ficava no meio, perto da loja Party Central.

— O que eu acho interessante é esse 7-Eleven logo atrás do shopping. Você está vendo, não está? — Shannon apontou para as inconfundíveis listras no canto.

Pak não olhou a figura.

— Sim — respondeu ele, apenas.

— Eu também acho interessante que o senhor tenha ido a *esse* caixa eletrônico específico, a vários quilômetros do Walgreens, sendo que tem um caixa eletrônico dentro da própria farmácia, que o senhor parece usar regularmente com base no seu extrato bancário. Eu entendi certo?

— Eu só lembrei que precisava de dinheiro depois de passar no Walgreens.

— É estranho que o senhor não tenha percebido que precisava de dinheiro enquanto pagava o talco, ao abrir a carteira no Walgreens, não acha? — disse Shannon, então sorriu e começou a rumar de volta para a mesa.

— O Walgreens vende cigarro.

Shannon deu meia-volta.

— Como?

— A senhora está achando que eu usei o caixa eletrônico do shopping porque vou ao 7-Eleven comprar cigarro. Mas, se eu quisesse cigarro, por que não compraria no Walgreens?

É claro.

O argumento de Shannon não se sustentava. Young sentiu uma onda de triunfo pela lógica de Pak, por seu olhar de orgulho, pelos jurados que o encaravam e assentiam.

— Porque eu não acho que o senhor foi ao Walgreens nesse dia — respondeu Shannon. — Eu acho que o senhor foi ao 7-Eleven comprar cigarros Camel e rumou para o caixa eletrônico ali perto, e o Walgreens é uma história que o senhor inventou hoje para explicar por que saiu de casa.

Se Shannon tivesse falado aquilo aos berros, como quem diz *"Te peguei!"*, Young teria desprezado o comentário, imaginando ser o descontrole de um inimigo tendencioso. Shannon, no entanto, disse a frase num tom delicado, feito a professora pesarosa que aponta o erro de um aluno do jardim de infância — forçada a fazer isso, por dever, mesmo sem querer —, e a própria Young se viu concordando, *sabendo* que Shannon estava certa. Pak não tinha ido ao Walgreens. Claro que não. Mas, aonde ele havia ido, fazer o quê, que havia escondido dela, sua esposa?

Abe protestou, e o juiz pediu ao júri que desconsiderasse a última afirmação da advogada.

— Sr. Yoo — disse Shannon —, é verdade que o senhor foi fumante inveterado por vinte anos, até o verão passado?

Young quase ouviu as engrenagens na cabeça do marido tentando evitar o resignado "sim" que ele, por fim, murmurou.

— Como foi que o senhor parou de fumar? — perguntou Shannon.

Pak franziu a testa, meio intrigado.

— Eu só... parei.

— Sério? O senhor deve ter usado chicletes ou adesivos, com certeza.

Havia uma incredulidade na voz de Shannon, mas não era hostil. Era gentil — admirada, até —, e mais uma vez Young se viu simpatizando com Shannon, imaginando *como* ele conseguira largar tão facilmente um hábito de vinte anos? Ela podia ver a mesma pergunta no rosto dos jurados.

— Não. Eu só parei.

— O senhor só parou.

— Isso.

Shannon encarou Pak por um longo instante, os dois sem piscar, como numa competição. Foi Shannon quem piscou, quebrando a brincadeira.

— Muito bem. Então o senhor só parou. — Ela abriu um sorriso, como uma mãe que faz um carinho no filho de três anos. *Você viu um elefante roxo dançando no quarto? Muito bem. Claro que viu, meu amor.* — Agora, antes de o senhor... — Shannon fez uma pausa. — Antes de o senhor *parar* de fumar, o Camel era o seu preferido?

Pak balançou a cabeça.

— Na Coreia, eu fumava a marca Esse, mas não vendem ela aqui. Em Baltimore, fumava várias marcas.

Shannon sorriu.

— Se eu perguntasse aos rapazes da entrega com quem o senhor passava os intervalos do trabalho, digamos, ao sr. Frank Fishel, por exemplo, eles diriam que o senhor não tem marca favorita entre as norte-americanas?

Frank Fishel, o nome que eles não tinham reconhecido na lista de testemunhas de defesa mostrada por Abe. Eles conheciam o rapaz da entrega como Frankie, jamais souberam seu nome completo.

Abe se levantou.

— Protesto. Se a sra. Haug deseja saber sobre outras pessoas, deve perguntar a *elas*, não a Pak.

— Ah, mas esse é o meu plano. Frank Fishel está vindo de Baltimore. Mas o senhor tem razão, retiro a pergunta. — Shannon virou-se para Pak. — Sr. Yoo, que marca norte-americana de cigarros o senhor afirmava ser a sua preferida?

Pak fechou a boca e arregalou os olhos, parecendo um garoto recalcitrante, avesso a aceitar a responsabilidade por uma travessura apesar das evidências óbvias.

— Excelência — disse Shannon —, por favor, direcione a testemunha à resposta...

— Camel — soltou Pak.

— Camel. — Shannon parecia satisfeita. — Obrigada.

Young observou os jurados. Eles olhavam Pak de testa franzida, balançando a cabeça. Se Pak tivesse admitido de primeira, poderiam ter considerado coincidência, mas a quase recusa em responder dera um novo significado à coisa, tanto aos olhos deles, quanto aos dela. Seria de Pak o cigarro encontrado sob o tubo de oxigênio, de algum maço comprado mais cedo naquele mesmo dia? Mas... por quê?

— O senhor estava irritado com as manifestantes, não estava? — indagou Shannon, como se em resposta.

— *Irritado*, não. Mas não gostava quando elas assediavam os meus pacientes — respondeu Pak.

Shannon pegou um documento sobre a mesa.

— Segundo um relatório policial, no dia seguinte à explosão, o senhor acusou as manifestantes de provocarem o incêndio e declarou, abre aspas, que "elas ameaçaram fazer o que fosse possível para fechar a OHB". — Shannon ergueu o olhar. — O relatório está correto?

Pak desviou o olhar por um instante.

— Está.

— E o senhor acreditou nas ameaças delas, correto? Afinal de contas, elas provocaram a queda de energia, atrapalhando o andamento do seu negócio, e, quando a polícia levou todas embora, elas prometeram retornar e continuar insistindo até que a câmara fosse fechada de vez, certo?

Pak deu de ombros.

— Isso não importa. Os meus pacientes acreditam na OHB.

— Sr. Yoo, a crença dos seus pacientes no senhor não tem como base sua experiência de mais de *quatro anos* trabalhando em uma câmara de OHB em Seul?

Pak balançou a cabeça.

— Os meus pacientes veem os resultados. As crianças melhoram.

— É verdade — prosseguiu Shannon — que as manifestantes ameaçaram investigar tudo o que pudessem a respeito do senhor e entrar em contato com o centro onde o senhor trabalhou, em Seul?

Pak não respondeu. Apenas cerrou a mandíbula.

— Sr. Yoo, se a explosão não tivesse ocorrido e as manifestantes tivessem, de fato, contatado o dono do centro, o que o sr. Byeong-ryoon Kim teria informado a elas?

Abe protestou, e o juiz acatou o protesto. Pak não moveu um músculo, não piscou.

— O fato é — disse Shannon — que o senhor foi *demitido* por *incompetência* com menos de um ano de serviço, mais de três anos antes de vir para os Estados Unidos, não foi? E, se as manifestantes descobrissem isso e expusessem essas mentiras aos pacientes, o seu negócio iria para o buraco, e o senhor ficaria sem nada. E o senhor não podia deixar isso acontecer, não é mesmo?

Não, não podia ser. Young viu o rosto de Pak, roxo de fúria — não, de vergonha, os olhos baixos, incapaz de encará-la —, e recordou o marido pedindo que ela não usasse mais seu e-mail de trabalho, por conta de uma nova regra que proibia a troca de mensagens pessoais. Ao ver Abe protestando, Pak gritando que jamais fizera mal aos pacientes e o juiz batendo o martelo, Young precisou desviar o olhar. Correu os olhos pela sala de audiências e parou na imagem apoiada no suporte. O brilho do sol refletia algo cintilante, próximo à janela da Party Central. Ela tinha passado por lá na véspera, a caminho do fórum; se fechasse os olhos, quase podia fingir que ainda era ontem, quando não sabia nada dos segredos e das mentiras de seu marido e andava imaginando quanto custaria comprar fitas e balões para o aniversário de Mary.

Balões. Diante do pensamento, Young arregalou os olhos e disparou o olhar para o suporte. Na imagem, não dava para distinguir o que exibia tamanho brilho. No dia anterior, porém, dirigindo, Young tinha visto, flutuando lentamente lá dentro, perto do caixa eletrônico: balões de gás hélio brilhantes e metálicos, com desenhos de estrelas e arco-íris. Iguaizinhos aos que haviam estourado a rede elétrica no dia da explosão.

*

Quando Mary (então Meh-hee) tinha um ano, Young contara a Pak sobre o brilho nos olhos da filha ao ver balões pela primeira vez, então ele, certo dia, trouxera uns de um evento do trabalho, transportando-os pelo metrô e pelo ônibus cheio. Chegou em casa atrasado — contou que tinha esperado mais de meia hora para que os trens esvaziassem e os balões não estourassem —, mas ao vê-lo Meh-hee soltou gritinhos de alegria e disparou pela sala, com as perninhas gorduchas e trôpegas, para abraçar os balões. Pak achou graça e imitou um palhaço, jogando os balões na cabeça e fazendo barulhos, enquanto Young se perguntava quem seria aquele homem, tão diferente do que ela presumira até então (e que continuava sendo, exceto ao lado da filha): um homem prático e sério, que tentava transparecer um ar de quietude e dignidade, que raramente contava piadas ou se perdia em gargalhadas.

Era a mesma sensação que ela tinha agora, olhando para Pak e tentando se convencer de que aquele homem — que encarava Shannon com veias salientes na testa e o cabelo empapado de suor — era o mesmo que levara para casa balões maiores que a cabeça de sua filha. A diferença era que, naquela época, a percepção de ver um homem distinto do que havia em sua imaginação tinha sido figurativa — a bem-vinda descoberta de um lado ainda desconhecido de seu marido —, ao passo que agora era literal: Pak não tinha sido, a bem da verdade, o que fingia ser e o que ela pensava que ele fosse: gerente do centro de bem-estar e especialista em OHB.

No recesso, enquanto Pak descia do palanque das testemunhas, Young tentou encará-lo, mas ele evitou seu olhar. Pareceu quase aliviado quando Abe chegou, dizendo que precisava prepará-lo para as reperguntas, e o levou sem sequer olhar para ela.

Reperguntas. Mais perguntas para Pak, mais mentiras para explicar as mentiras que ele já tinha contado. Young sentiu o estômago revirar, e um bolo ácido lhe subiu pelo esôfago até a garganta. Ela se inclinou para a frente, tentando segurar o estômago, e engoliu em seco. Precisava sair dali; não conseguia respirar.

Young agarrou a bolsa e disse a Mary que não estava se sentindo bem. Devia ser alguma coisa que ela tinha comido, comentou, e saiu correndo, tentando não tropeçar. Sabia que devia dizer a Mary aonde estava indo, mas ela mesma não sabia. Só sabia que precisava sair dali. Naquele mesmo instante.

*

Ela estava dirigindo muito depressa. A via de saída de Pineburg era um trecho de terra batida, que em dias de chuva como aquele ficava enlameada e escorregadia. Mas foi apaziguante cruzar as curvas sinuosas em alta velocidade, girar o volante com as duas mãos e descer o pé no freio, sentir o regozijo de seu corpo colado à porta do carro. Se Pak estivesse ali, gritaria para que ela parasse, que dirigisse feito uma *mãe*, mas ele estava longe e Young estava sozinha. Sozinha, concentrada em sentir os pneus triturando as pedrinhas do pavimento, a chuva desabando no teto do carro, as árvores robustas formando um túnel bem no alto de sua cabeça. A náusea melhorou e ela conseguiu respirar outra vez.

Quando o córrego que ladeava a estrada estava cheio, como naquele dia, parecia a cidade natal de Pak, nos arredores de Busan. Certa vez ela fizera esse comentário, mas Pak a chamou de ridícula, disse que não se parecia em nada com a cidade dele e acusou-a de ser uma pessoa urbana, para quem tudo o que fosse remotamente rural parecia idêntico. A bem da verdade, ali havia vinhedos, em vez de arrozais; cervos, em vez de cabras. Mas a água que cobria os arrozais... tinha exatamente o mesmo tom que o córrego de Miracle Creek assumia durante as tempestades: marrom-claro, feito um chocolate velho esfarelado. Essa era a questão em nunca ter estado em um lugar como aquele; nada havia que fornecesse orientação no tempo e no espaço, o que possibilitava o transporte ao outro lado do mundo, a uma época muitíssimo antiga.

Foi no vilarejo de Pak que eles tiveram a primeira briga. Logo após o noivado, os dois foram visitar os pais dele. Pak estava nervoso; havia se convencido de que ela, que sempre vivera em arranha-céus, com encanamento e aquecimento central, odiaria a casa dele. O que Pak não entendia era que ela realmente *gostava* daquele vilarejo, do sossego de escapar da poluição química e da barulheira das obras por todos os cantos de Seul, que se preparava para as Olimpíadas. Ao sair do carro, ela sentiu o aroma doce de adubo — feito uma lata de *kimchi* aberta depois de dias de fermentação. Observou as colinas, as crianças correndo junto ao leito do córrego, onde suas mães lavavam roupas em tábuas de madeira. "É difícil acreditar que você vem de um lugar assim", dissera Young. Pak achou o comentário pejorativo, uma confirmação da crença já instalada de que a família de Young (e, por extensão, ela própria) o enxergava como alguém inferior, quando na verdade Young pretendia elogiá-lo por ter saído do nada e estar cursando a universidade. A briga terminara com Pak dizendo que recusaria a oferta de dote do pai dela, bem como o emprego na loja de eletrônicos de seu tio. "Eu não preciso de caridade", concluíra ele.

Agora, ao recordar tudo aquilo, Young agarrou o volante. Algo cruzou a estrada — um guaxinim? —, e ela desviou, adentrando o acostamento e fazendo o carro rodopiar em direção a um carvalho gigante. Ela afundou o pé no freio e girou o volante, mas o carro seguiu deslizando, derrapando, demorando demais para parar. Ela puxou o freio de mão. O carro parou com um tranco, e sua cabeça tombou para trás.

Bem diante do carro, a centímetros do para-choque, estava o tronco, e — sim, ela sabia que era inapropriado, mas não pôde evitar — Young começou a gargalhar. Talvez fossem o pânico e o alívio, misturados a uma bizarra sensação de triunfo. Invencibilidade. Ela respirou fundo para se acalmar, olhando a água da chuva serpear por entre os sulcos e nós da madeira, e pensou em Pak, seu marido orgulhoso, demitido menos de um ano após sua esposa e filha se mudarem para outro país. Durante os quatro anos de vidas separadas, eles se falavam com pouca frequência — as ligações internacionais eram caras, e os dois tinham horários de trabalho incompatíveis —, e a própria Young evitava as más notícias durante as conversas. Era uma surpresa ele não ter querido expor sua vergonha por telefone ou e-mail? Ali sentada, longe da urgência do choque e da decepção, a raiva de Young começou a arrefecer, aos poucos substituída pela compaixão. Sim, ela via como era fácil justificar o silêncio a respeito de um fato ocorrido literalmente do outro lado do mundo, um fato sobre o qual ela não poderia fazer absolutamente nada. Talvez conseguisse até perdoar.

Para além de tudo isso, porém, ainda havia a questão dos balões. O problema era que Pak sabia que esses balões de mylar ocasionavam curto-circuito. Todos os pais coreanos sabiam, provavelmente. Acidentes elétricos provocados por objetos caseiros eram um tema muito popular nas feiras de ciências na Coreia — um colega de Mary havia vencido a competição do quinto ano com um trabalho sobre incêndios provocados por balões de mylar, secadores de cabelo na banheira e fios desencapados —, e Young ficara surpresa ao saber que a maioria dos norte-americanos não fazia ideia daquilo. (Por outro lado, os Estados Unidos costumavam ocupar posições bem baixas nos rankings de educação científica internacional.) E Pak *estivera* em uma loja que vendia balões poucas horas antes da queda de energia. Mas será que isso era a prova de que ele era o causador? Não fazia sentido. E a coisa de Pak fumar? Algumas vezes, no verão anterior, ela pensara ter sentido cheiro de cigarro nele, mas era tão fraco que talvez fossem os vizinhos levando o cachorro para passear e fumando ali perto. E, se ele realmente *tinha* perdido o emprego na Coreia, como conseguira juntar tanto dinheiro antes de vir para os Estados Unidos?

Ela fechou os olhos e balançou a cabeça com força, esperando afastar aqueles pensamentos, mas as perguntas todas sacolejavam em seu cérebro, multiplicando-se a cada impacto, estourando seus miolos, trazendo uma tontura. Um esquilo pulou no capô do carro e encarou o para-brisa, a cabeça inclinada para o lado, feito uma criança examinando um peixinho num aquário e perguntando "o que é que você está fazendo aí?".

Ela precisava de respostas. Soltou o freio de mão, afastou-se da árvore e olhou a estrada. Se virasse à esquerda, poderia retornar ao fórum antes do fim do recesso, para acompanhar seu marido. Lá, porém, não haveria respostas. Apenas mais mentiras, que levavam a mais perguntas.

Agora, longe de Mary e Pak, era a oportunidade perfeita, a única oportunidade para fazer o que era preciso. Ela estava cansada de esperar as respostas vagas e absurdas dos outros. Cansada de observar e confiar.

Ela virou à direita. Precisava buscar as respostas. Sozinha.

*

O galpão ficava à beira da propriedade, a curta distância do poste de luz onde os balões tinham ficado presos aquele dia. Quando Young entrou, foi assomada por odores que não sabia nem começar a identificar, cheiros úmidos, azedos e pungentes. A chuva açoitava o teto de alumínio em batidinhas ligeiras, como o som de baquetas em uma caixa, e a água penetrava as frestas e pingava nas tábuas apodrecidas do chão, feito o ribombo de um bumbo. O chão estava repleto de ferramentas e folhas mortas, camufladas por uma mortalha de terra, ferrugem e bolor, cristalizada nos cantos em um lodo verde-escuro.

Ela imaginou por quanto tempo poderia ficar ali parada sem ter o corpo invadido por aranhas. Um ano de negligência — um outono chuvoso, seguido de um furacão e quatro nevascas, e um verão com níveis de umidade assustadores — fora o suficiente para transformar todos os anos em Seul e Baltimore naquela pilha de objetos esquecidos, nos mais variados estados de decomposição. Na casinha deles não havia sótão, nem armário. Se Pak estava escondendo alguma coisa, só podia ser ali.

Ela foi até um canto com três caixas de mudança e pegou o saco de lixo que havia em cima, outrora transparente, agora coberto de teias de aranha secas.

Uma poeira cinzenta se ergueu, mas o ar úmido logo tornou a baixá-la, e Young farejou algo embolorado, feito uma terra funda subindo à superfície pela primeira vez.

Na terceira caixa — a de baixo, a menos acessível —, ela os encontrou. As duas de cima estavam quase vazias, mas a terceira estava cheia de livros antigos de filosofia, que ela nem lembrava que ainda tinha. Se tivesse olhado mais depressa, teria deixado passar o objeto bem embaladinho em um saco de papel, aninhado entre dois livros de tamanho similar: a latinha da mercearia onde eles guardavam os cigarros soltos dos maços avariados, que ela tivera a ideia de vender a cinquenta centavos cada. Depois de informar aos clientes que não dava para comprar cigarros com vale-alimentação, mas que não podia impedi-los de usar o *troco* para comprar a unidade, as vendas dispararam, e ela começou a abrir maços sem nenhuma avaria para atender à demanda.

A última vez que ela vira aquela latinha foi durante a mudança. Estava sobre os casacos, à espera de ser embalada; ao abrir, ela vira um monte de cigarros soltos. Perguntara a Pak por que ele queria levá-la — não dizia que estava parando de fumar? —, e ele havia respondido que não queria jogar fora cigarros em perfeito estado, que devia haver uns cem lá dentro. "Como assim, você está guardando *cigarros* para dar de herança aos seus netos?" Ela riu. Ele sorriu, sem olhá-la nos olhos, e ela disse que os cigarros na verdade eram do estoque da loja, que pertenciam aos donos. E pediu que ele colocasse com os objetos separados para devolução. Aquela fora a última vez que ela vira a caixinha — em Baltimore, na mão de Pak, quando ele a pegou para devolver aos Kang. Agora, lá estava ela, em outro estado, deliberadamente escondida.

Young tirou a latinha de metal do saco de papel e abriu a tampa. Como da última vez, os cilindros finos de cigarro se enfileiravam, feito soldados, mas em cima havia dois pacotinhos de chicletes Doublemint (o preferido de Pak) e uma lata pequena de um eliminador de odores.

Young fechou a tampa e olhou a caixa da mudança. O que mais haveria escondido ali?

Ela pegou a caixa inteira. Era pesada, com o fundo pegajoso e tomado de bolor, mas Young se esforçou para erguê-la e virá-la de cabeça para baixo. O conteúdo se espalhou no chão, fazendo subir uma nuvem de fumaça e largando teias de aranha secas por todo canto. Ela jogou a caixa vazia na parede — a sensação foi boa, ouvir o baque, embora não tão gostosa quanto o ribombo surdo dos livros pesados desabando no chão, um a um — e olhou os itens, procurando... o quê? Recibos de balões? Fósforos do 7-Eleven? Bilhetes do H-Mart? *Alguma coisa.* Mas não havia nada. Apenas livros coreanos por todos os lados, alguns rasgados pelo impacto da queda, e um trio que parecia ter desabado juntinho, como se estivessem colados, caindo um sobre o outro.

Young se aproximou dos três livros unidos. De perto, pôde ver: o do meio não estava reto. Havia algo no meio das páginas. Ela cutucou o livro de cima com a ponta da sandália — com cuidado, como se fossem cobras venenosas se fingindo de mortas — e chutou, com força suficiente para fazer desabar a torre. Agachou-se e pegou o segundo livro, agora no topo. *Uma teoria da justiça*, de John Rawls, seu livro preferido na época da faculdade. Ou seja, o volume dentro do livro deviam ser... sim, ao abri-lo ela viu os papéis familiares, dobrados do lado de dentro. Suas anotações para a dissertação de mestrado, uma comparação entre Rawls, Kant e Locke quando aplicados a Raskolnikov, de *Crime e castigo*. Ela nunca chegara a concluir; havia desistido do mestrado por insistência de sua mãe

("Nenhum marido deseja uma mulher com mais estudo que ele; que coisa mais humilhante!") e nem lembrava que aquilo ainda estava guardado. Largou as anotações de lado e foi olhar o último livro. Nada.

Apenas depois de conferir os três livros, Young percebeu que estava prendendo a respiração. Fechou os olhos e expirou, aliviada por expulsar o ar dos pulmões, sentido nos dedos a comichão trazida pelo retorno do oxigênio ao corpo. Esperava encontrar alguma outra coisa, ficar atemorizada de tanta certeza. Mas, na verdade, o que havia encontrado? Provas de que Pak não tinha parado de fumar e afanara (se era possível chamar assim) cinquenta dólares em cigarros avulsos? E daí? Sim, ele guardava um e outro segredo. Que marido não fazia isso? Vinha fumando, e depois da explosão decidira esconder o hábito, por medo de sofrer julgamentos injustos. Isso era tão errado?

Ela conferiu o relógio. 14h19. Hora de voltar ao fórum. Young levaria a latinha e encontraria uma hora tranquila para confrontar Pak. Confrontar, não — era uma palavra muito dura. Perguntar. Discutir. Sim, ela a mostraria a ele e esperaria sua explicação.

Ao pegar a lata de metal, suas mãos tremeram de leve, e ela riu de si mesma, do nível de pânico a que havia chegado, de tão certa que estava de que descobriria evidências incontestáveis das mentiras do marido. Não, era mais que isso. Agora que o instante havia passado, ela podia admitir: de fato esperava encontrar provas de que seu marido, o homem gentil que a amava, que amava sua filha, o homem que se enfiara *no fogo* por seus pacientes, era um assassino.

— Sahr-een. Bang-hwa — disse Young, em voz alta. *Assassinato. Incêndio criminoso.* Ela se sentiu pequena por ter tido esse pensamento, por ter permitido que aquilo sequer tocasse seu inconsciente. Que péssima esposa.

Ela pegou a lata e o saco de papel. Abriu o saco para devolver a caixa, quando percebeu uma coisa. Enfiou a mão lá dentro. Era um folheto, em coreano: *Requerimentos para reingresso na Coreia do Sul*, grampeado ao cartão de visitas de uma corretora de imóveis de Annandale e um bilhete escrito à mão, também em coreano. *Que bom saber que o senhor está voltando.*

Espero que o folheto seja útil. Em anexo seguem algumas listas que se encaixam em suas condições. Ligue-me se precisar de qualquer coisa.

Atrás do folheto havia um documento grampeado. Listas de apartamentos em Seul, todos com disponibilidade imediata. Ela voltou à primeira página. Próximo a *Data da pesquisa* havia a datação de *08/08/19*. O formato de data coreano para 19 de agosto de 2008.

Exatamente uma semana antes da explosão, Pak planejava retornar com a família à Coreia.

TERESA

Dois dias depois da explosão, ela entreouvira uma conversa sobre "A Tragédia", como era chamado o incidente naqueles primeiros dias. Estava na lanchonete do hospital, tomando um café — ou melhor, fingindo.

"É um milagre que duas crianças tenham sobrevivido", disse uma voz feminina, baixa e rascante, que Teresa teve certeza de ser proposital — uma mulher tentando parecer sensual ou masculina.

"É, é verdade", respondeu um homem.

"Mas pensando bem... Deus tem mesmo um senso de humor bem estranho."

"Como assim?"

"Ora, o garoto mais normalzinho foi o que acabou morrendo, enquanto o autista ficou ferido, mas está vivo, e a garota com paralisia cerebral grave não sofreu nadinha. É uma ironia do destino, não é?"

Teresa se concentrou em remexer o café, girando a colher cada vez mais depressa e formando uma torrente de pedacinhos de creme gelado. Ela quase ouvia o líquido correndo pela espiral. Um zumbido alto lhe invadiu os ouvidos por sobre a cacofonia da lanchonete. Ela girou a colherzinha mais depressa, com mais força, ignorando o café que transbordava e molhava suas mãos, e desejou que o ciclone atingisse o fundo da caneca.

Alguma coisa fez a colher escapar de sua mão. Ela piscou, sem entender como a caneca havia ido parar lá junto à colher, com café por todo lado. O zumbido cessou, e no silêncio ela ouviu um ruído estridente em contraste com a acústica barulhenta anterior. Ergueu o olhar. Todos a encaravam, ninguém e nada se movia exceto pelo café derramado, escorrendo pela borda da mesa.

"Aqui, senhora. Está tudo bem?", perguntou a mulher de voz grave, acomodando guardanapos para formar uma barreirinha entre o café e a borda da mesa. A mulher entregou um a ela.

"Desculpe. Quer dizer, obrigada", disse Teresa.

"Não foi nada", respondeu a mulher, com a mão no ombro dela. "Não foi nada, sério", repetiu, baixando o olhar, com as bochechas coradas, e Teresa soube que tinha sido reconhecida como a mãe da garotinha que, por uma ironia do destino, estava bem.

A mulher de voz grave, no fim das contas, era a detetive Morgan Heights, que Teresa viu retornando ao fórum agora, depois do almoço. Por alguma razão incompreensível, ela sentia uma onda de vergonha cada vez que recordava as palavras da detetive naquela lanchonete, que decerto reverberava o pensamento de todos: que Rosa, em virtude de ser a mais deficiente, deveria ter sido a criança a morrer. Que grande justiça teria sido. Muito lógico. Limpo. Livrar-se da criança defeituosa, de cérebro estragado, que não falava nem andava, que já estava praticamente morta, mesmo.

Teresa usou seu guarda-chuva para se esconder da detetive.

— Pode ser que tenham de botar o menino numa instituição — alguém soltou, na fila de entrada do fórum. — Ouvi dizer que a esfregação fecal piorou bastante. E a escola anda tendo que usar uma camisa de força, porque as batidas na cabeça estão muito piores também.

— Coitadinho — disse outra voz. — Ele perdeu a mãe. É natural estar agindo assim, mas...

Três adolescentes entraram na fila, abafando a conversa.

TJ. Esfregação fecal. Kitt certa vez falara a respeito daquilo durante um mergulho. Elizabeth falava sobre o "novo comportamento autista" de Henry, que andava com mania de pedras. "Sabe o que eu passei quatro horas fazendo ontem?", soltou Kitt. "Limpando merda. Literalmente. A nova onda do TJ é esfregação fecal. Ele arranca a fralda e esfrega merda em tudo. Nas paredes, nas cortinas, no tapete, em tudo. Você não faz ideia do que é isso. Você fica dizendo que o TJ e o Henry têm autismo, que são iguais... Isso me ofende. Você reclama que o Henry não mantém contato visual, que não sabe interpretar expressões, que não tem amigos? Você acha isso triste, e talvez seja, mesmo. Maternidade é uma tristeza diária. As crianças sofrem com a implicância dos outros, quebram o braço, são excluídas das festinhas e, quando isso acontece com as minhas meninas, eu fico desconsolada e choro junto com elas. Mas isso são coisas normais e não chegam nem perto do que eu tenho que lidar com o TJ, estão a anos-luz de distância."

As duas faziam isso com frequência, viviam comparando as dificuldades dos filhos — a corriqueira guerra de vaidades entre pais, na versão "necessidades especiais" —, e Teresa sempre jogava uma de *suas* preocupações, como a possibilidade de Rosa morrer engasgada com a própria saliva ou de sepse, por conta das escaras, o que em geral calava a boca das duas rapidinho. No entanto, ao ouvir aquela história de Kitt e imaginar o fedor, a imundície e a desgraça da limpeza, Teresa foi derrotada. Esfregação fecal talvez fosse a única coisa para a qual não houvesse argumento que levasse Kitt a pensar que talvez sua vida não fosse assim tão ruim.

Agora Kitt estava morta, e seu fardo tinha sido transferido para o marido, que se livraria de TJ. Teresa pensou em Rosa numa instituição, em um quarto esterilizado, tomado de camas enfileiradas, e quis voltar correndo para casa e beijar as covinhas de sua filha. Ela olhou o relógio. 14h24. Dava tempo de ligar para casa. De dizer a Rosa que a amava e ouvi-la dizer "Ma", de novo e de novo.

*

Teresa tentou prestar atenção. As reperguntas de Pak foram importantes; Shannon trouxera à tona perguntas perturbadoras que, com base nos fragmentos de conversa ouvidos durante o recesso, tinham deixado as pessoas hesitantes pela primeira vez desde o início do julgamento.

No início, porém, todos se viraram para o assento vazio ao lado de Mary e cochicharam, imaginando onde estaria Young e o que significava sua ausência. ("Arrumando um advogado especialista em divórcio, aposto", dissera um homem atrás dela.) Durante toda a inquirição de Pak — mais negativas enfáticas a respeito do 7-Eleven e dos cigarros, bem como uma explicação sobre sua demissão, que teria sido por ele fazer bico em outro lugar, não por incompetência, sendo que logo depois ele arrumara outro emprego em um centro de OHB —, Teresa olhava Mary, sentada, sozinha, entre dois assentos vazios antes ocupados por seus pais. Dezessete anos, como Rosa, mas com um semblante tão sério, tão concentrado, que a cicatriz parecia a única parte lisa de seu rosto.

A primeira vez que Teresa viu a cicatriz de Mary foi logo depois do incidente do café na lanchonete. Ela tinha dito a si mesma que devia uma visita a Young, para prestar solidariedade, mas o fato era que Teresa desejava ver Mary em coma. Ao olhar a menina pelas frestas da persiana, com a cara toda enfaixada e tubos saindo do corpo, Teresa pensou no equívoco da mulher da voz grossa: o incidente havia envolvido quatro crianças, não três. Qual teria sido o comentário, considerando Mary na equação? Sim, Henry era o "mais normalzinho", comparado a Rosa e TJ, mas Mary era simplesmente perfeita: bonita, boas notas, rumo à faculdade. Qual teria sido a maior ironia, a maior tragédia para aquela mulher? Um menino quase normal ter sido queimado vivo, ou uma garota realmente normal estar em coma, cheia de cicatrizes no rosto de beleza acima da média, provavelmente com sequelas no seu cérebro de inteligência acima da média?

Teresa foi abraçar Young — um abraço longo, apertado, como os dos funerais, compartilhando sua dor. "Eu não paro de pensar", dissera Young, "que ela estava saudável na semana passada."

Teresa assentiu. Ela odiava quando os outros se condoíam de algo relatando as próprias histórias, então ficou quieta, mas compreendia, Quando Rosa adoecera, aos cinco anos, Teresa se sentara na cama do hospital e acariciara o braço da filha, como Young fazia com Mary, pensando, sem cessar, que dois dias antes a menina estava ótima. Ela estava em uma viagem de trabalho quando Rosa adoeceu. Na noite da véspera da viagem, quando Rosa desceu para dar boa-noite, ela estava cortando as unhas de Carlos, à época um bebezinho todo molengo em seu colo, então dissera "boa noite, querida, eu te amo" sem nem erguer os olhos — essa era a parte que a corroía, não ter olhado a filha em seu último momento de normalidade —, e inclinara a cabeça para receber um beijinho de Rosa. O clique do cortador nas unhas de Carlos, o cheirinho doce da pasta de dentes de Rosa, o beijinho molhado em sua bochecha, um rápido "boa noite, mamãe, boa noite, Carlos"... Essa era a última lembrança da Rosa de antes da doença. Quando ela a viu outra vez, a menina capaz de pular e cantar e dizer "boa noite, mamãe" já não existia.

Então, sim, Teresa conhecia a total incompreensão que Young sem dúvida estava sentindo. E, quando Young contou que os médicos tinham informado que poderia haver sequelas, que talvez Mary nunca mais acordasse, Teresa tomou sua mão e chorou com ela. Sob a onda de dor e empatia (e ela estava *mesmo* sofrendo por Young, de verdade), porém, havia uma parte — uma parte pequenina, diminuta, um décimo de uma célula dentro de seu cérebro — que estava contente, feliz, até, por Mary estar em coma e talvez terminar como Rosa. Era inegável: Teresa era uma pessoa ruim. Não entendia quando os outros diziam "não desejo isso nem a meu pior inimigo"; a despeito de quanto tentasse se convencer de que não deveria, não poderia desejar sua vida para ninguém, havia momentos em que ela queria ver cada pai e mãe sobre a face da Terra passando o que ela passava. Enojada com os próprios pensamentos, ela tentava justificá-los: se o vírus que carcomia o cérebro de Rosa virasse uma epidemia, certamente seriam gastos bilhões de dólares em busca de uma cura, e todas as crianças seriam curadas dentro de pouco tempo. No entanto, ela sabia: não era pelo benefício de *Rosa* esse desejo da disseminação de sua tragédia. Era inveja, pura e simplesmente. Ela se ressentia por ter sido escolhida para sofrer sozinha, invejava as amigas que iam visitá-la por uma hora, levando caçarolas de comida, e choravam com ela, depois partiam para levar os filhos para o futebol e o balé. Já que ela não podia retomar uma vida normal, então, por

Deus, queria estapear o mundo inteiro, derrubar todos de seus pedestais de normalidade, para que pudessem compartilhar seu fardo e colaborar para abrandar sua solidão.

Ela tentou não pensar isso em relação a Young. Durante os dois meses que Mary passara em coma, Teresa visitava as duas toda semana. Às vezes levava Rosa para ficar com Mary, enquanto ela conversava com Young. Era estranho ver as duas meninas juntas — Mary envolta em ataduras, deitada, de olhos fechados, e Rosa na cadeira de rodas, um pouco acima —, pela primeira vez como iguais, quase duas amiguinhas.

No dia em que Mary saiu do coma, Teresa estava só. Ao abrir a porta do quarto do hospital, viu médicos rodeando a cama; em meio a eles, Mary estava sentada, de olhos abertos. Young disparou na direção de Teresa e a abraçou com tanta força que a empurrou contra a parede. "Ela acordou! Mary está bem. Seu cérebro está bem." Teresa tentou retribuir o abraço, dizer a Young que aquilo era maravilhoso, um milagre, mas sentia os braços atados por cordas invisíveis, um nó sufocante no pescoço, mandando fisgadas da garganta até o nariz e inundando seus olhos de lágrimas.

Young não percebeu. "Obrigada, Teresa", disse, antes de retornar para Mary. "Você esteve aqui comigo o tempo todo. É uma boa amiga." Teresa assentiu e saiu do quarto, devagar. Foi até o banheiro, entrou numa cabine e fechou o trinco. Pensou nas palavras de Young — "boa amiga". Levou a mão à barriga, tentando engolir a inveja, a fúria e o ódio que sentia pela mulher que a abraçara com tanta força que chegara a doer. Tentou se lembrar de que havia pedido aquilo em suas orações. Então, tirou o casaco, embolou-o, enfiou a cara nele e gritou e chorou, dando descarga repetidas vezes, para que ninguém ouvisse.

*

Young adentrou a sala de audiências no instante em que a detetive Morgan Heights começava a testemunhar. Young parecia doente. Sua pele, em geral lisa e viçosa como um pêssego, estava cinzenta, feito a de um paciente de longa data de um hospital. Ela cruzou o corredor, as pálpebras caídas devido à exaustão, e Teresa sentiu uma pontada de culpa. Nunca mais fora visitá-la depois de Mary acordar do coma. Isso havia coincidido com o início da terapia com sangue de cordão umbilical, então Teresa tinha uma justificativa. Mesmo assim, sabia que o súbito afastamento havia desnorteado Young e sentia profunda vergonha em ter abandonado uma amiga por conta da melhora de sua filha. Teria sido por isso que ela decidiu apoiar Elizabeth quando Young mais precisava? Para puni-la pelo fato de Mary ter ficado saudável?

Um burburinho irrompeu na tribuna. Shannon estava de pé.

— Eu renovo meu protesto a toda essa linha de perguntas, Excelência. É inverídica, irrelevante e altamente prejudicial.

— Protesto anotado e negado — respondeu o juiz. — Detetive, a senhora pode responder.

— Na semana anterior à explosão, no dia 20 de agosto de 2008, às 21h33 — disse a detetive Heights —, uma pessoa ligou para o Serviço de Proteção à Criança e informou que uma mulher chamada Elizabeth estava submetendo o filho, Henry, a tratamentos médicos ilegais e perigosos, incluindo um denominado terapia de quelação intravenosa, que recentemente havia matado várias crianças. A pessoa afirmou que Elizabeth também estava começando um tratamento que envolvia a ingestão de água sanitária, o que a preocupava demais. Ela desconhecia o sobrenome e o endereço de Elizabeth. Eu sou psicóloga com registro ativo e o nosso consultório tem conexão investigativa com o Serviço de Proteção à Criança, então eu fui designada para investigar o caso.

— Quem foi que fez a ligação? — perguntou Abe.

— O telefonema foi anônimo, mas desde então descobrimos que foi efetuado por Ruth Weiss, uma das manifestantes.

Ruth. A grisalha do cabelo curto. Teresa olhou para ela, sentada nos fundos da sala, com o rosto vermelho, e sentiu vontade de estapeá-la. Covarde. Acusações anônimas, sem repercussões, sem responsabilidade. Ela tornou a pensar nas mulheres à espreita atrás do galpão, esperando o momento perfeito para iniciar um incêndio, quando achavam que o oxigênio já estaria desligado. Precisava contar a Shannon sua teoria, dizer que elas conheciam os horários exatos da OHB.

— Como foi que a senhora encontrou Elizabeth e Henry? — perguntou Abe.

— A pessoa sabia qual colônia de atividades Henry frequentava por conta de conversas na internet. No dia seguinte eu estava lá, na hora da saída, mas Elizabeth não apareceu. Uma amiga tinha ido buscar Henry. Eu expliquei por que estava lá e perguntei se ela sabia desses tratamentos médicos.

— E o que a amiga respondeu?

— De início não disse nada, mas eu pressionei, e ela admitiu estar preocupada, falou que Elizabeth parecia obcecada com tratamentos desnecessários. Foi a palavra que ela usou, *obcecada*. Ela disse que Henry era um "menino esquisito", também nas palavras dela, e que havia tido algumas questões no passado, mas que agora estava bem, e ainda assim Elizabeth vivia tentando todos os tratamentos para autismo que surgiam. A amiga falou que era formada em psicologia e ficava imaginando se Elizabeth não teria a síndrome de Munchausen por procuração.

— O que é Munchausen por procuração?

— É um transtorno psicológico por vezes descrito como "abuso médico". Acontece quando um cuidador exagera, fabrica ou até provoca sintomas médicos em uma criança para atrair atenção.

— Era essa a extensão da preocupação da amiga?

— Não. Quando a pressionei, ela disse, mais uma vez de forma muito relutante, que a professora da colônia de atividades havia falado que os arranhões de gato nos braços de Henry estavam doendo muito, então ela tinha passado pomada e feito um curativo. A amiga ficou confusa, porque Elizabeth não tem gatos, mas não disse nada.

Teresa recordou também ter visto esses arranhões. No braço esquerdo de Henry, uns pontinhos vermelhos, onde alguns vasinhos estouraram. Elizabeth, ao perceber que Teresa tinha notado, dissera que Henry tinha sido mordido por algum inseto e que não parava de se coçar. Não mencionou nada sobre gatos.

— A amiga também estava preocupada com a autoestima de Henry — prosseguiu Heights. — Disse que havia elogiado o menino, um dia, ao que ele respondeu que era um chato e que todo mundo o odiava. Ela perguntou por que ele achava isso, e o menino respondeu: "Minha mãe que falou."

Teresa engoliu em seco. *Eu sou um chato. Todo mundo me odeia.* Ela recordou Elizabeth mandando que Henry parasse de tagarelar sobre pedras. Estava agachada, no mesmo nível dele, frente a frente. "Eu sei que você está empolgado", sussurrou ela, "mas você não para de falar alto, sozinho. Isso é extremamente irritante para a maioria das pessoas, e, se você continuar fazendo isso, todo mundo vai acabar te odiando. Você precisa tentar parar com isso, de verdade. Está bem?"

— O que aconteceu então? — perguntou Abe.

— A amiga se recusou a fornecer o próprio nome, mas deu o sobrenome e o endereço de Henry. Isso foi na quinta-feira, dia 21 de agosto. Na segunda-feira seguinte, entrevistamos Henry na colônia de atividades. A legislação da Virgínia nos permite entrevistar uma criança sem notificação ou necessidade de consentimento dos pais, longe da presença deles. Escolhemos fazer isso lá para minimizar a intervenção da mãe.

— A ré chegou a descobrir sobre a investigação de abuso infantil?

— Sim, na segunda-feira, dia 25 de agosto, na véspera da explosão. Eu fui até a residência deles e a informei a respeito das acusações.

Teresa pensou na polícia batendo à porta de Elizabeth, revelando as acusações de abuso infantil. Não admirava Elizabeth ter estado tão distante no dia da explosão. Qual seria a sensação de saber que alguém — alguém conhecido, talvez até um amigo — a havia acusado de abuso?

— A ré negou as acusações? — perguntou Abe.

— Não. Só disse que queria saber quem havia feito a queixa, e eu informei que tinha sido uma denúncia anônima. Eu mesma não sabia. Mas, na manhã seguinte, recebi uma ligação da amiga, a que tinha ido buscar Henry na colônia de atividades.

— É mesmo? O que foi que ela disse?

— Estava aborrecida porque tinha acabado de ter uma grande briga com a ré.

— Isso foi na manhã da explosão? — indagou Abe, aproximando-se.

— Foi. Ela disse que Elizabeth a tinha acusado de prestar a queixa ao Serviço de Proteção à Criança e estava furiosa. Pediu que eu, por favor, dissesse à Elizabeth *quem* havia prestado a queixa, para que ela soubesse que não foi ela.

— Como foi que a senhora respondeu?

— Falei que não podia, que tinha sido uma denúncia anônima — disse Heights. — Ela ficou ainda mais aborrecida e falou que tinha certeza de que uma das manifestantes era a responsável. E repetiu que Elizabeth estava muito irritada e que não devia ter falado comigo. Ela disse, abre aspas: "De tão irritada, parece estar a ponto de me matar."

— Detetive Heights — disse Abe —, a senhora desde então chegou a descobrir a identidade dessa amiga, a que ligou na manhã da explosão e disse que a ré, abre aspas, "de tão irritada, parece estar a ponto de me matar"?

— Sim. Eu a reconheci pelas fotos do necrotério.

— E quem era?

A detetive Heights olhou para Elizabeth.

— Kitt Kozlowski.

ELIZABETH

Kitt e Elizabeth eram mais irmãs que amigas. Não tanto "somos mais próximas que quaisquer amigas!"; estava mais para "eu não seria sua amiga, mas estamos juntas nessa, então vamos tentar nos entender". As duas se conheceram porque seus filhos foram diagnosticados com autismo no mesmo dia, no mesmo lugar, seis anos antes, no Hospital de Georgetown. "É tipo aguardar a guilhotina, não é?", dissera uma mulher, enquanto Elizabeth esperava o resultado da avaliação de Henry. Elizabeth não respondeu, mas a mulher continuou: "Não entendo como os homens conseguem se concentrar no trabalho numa hora dessas", disse, olhando Victor e outro homem — seu marido, provavelmente — trabalhando em seus laptops. Elizabeth abriu o sorriso mais sucinto que pôde e pegou uma revista. A mulher, no entanto, continuou tagarelando sobre o filho — quase quatro anos, o aniversário estava chegando, ela pensava em fazer um bolo do Barney, ele adorava o Barney, era totalmente obcecado — e sobre o fato de que ele não falava (seria porque não tinha a chance de abrir a boca?), mas talvez fosse só porque ele era o mais novo, ela tinha mais quatro filhas, todas meninas que tagarelavam sem parar (aparentemente um traço genético), e sabe como as meninas eram etc. A mulher — Kitt, igual a *Kit-Kat*, só que com dois *T*s, como se apresentou no meio do monólogo — não estava puxando conversa, e sim cuspindo as palavras em uma enorme torrente, alheia ao silêncio de Elizabeth. Só parou quando o enfermeiro chamou os pais de Henry Ward.

"Vamos ver...", disse o doutor. "Ah, sim, Henry. Sei que vocês estão ansiosos, então vou direto ao ponto. Foi descoberto que o Henry é autista." Ele disse isso em um tom displicente, entre goladas de café, como se fosse uma coisa normal, uma coisa rotineira anunciar aos pais que seus filhos eram autistas. Para ele, claro, neurologista de uma clínica especializada em autismo, *era* uma coisa cotidiana, que decerto acontecia a cada hora. Mas, para ela, a mãe, era um instante — *o* instante — que dividiria seu mundo em Antes e Depois, a derradeira cena que ela reviveria incessantes vezes, então será que as goladas indiferentes na merda do Frappuccino eram mesmo necessárias? E a escolha das palavras: "Foi descoberto que o Henry é autista", como se ele próprio não tivesse feito o diagnóstico, mas sim encontrado Henry deitado em algum lugar, o selo de AUTISTA carimbado na testa por alguma força da natureza. E *autista*... Foi mesmo uma palavra? Aquilo a ofendia, ele transformar um distúrbio em adjetivo, o simples efeito da declaração de que Henry passaria a ser definido pelo autismo, que aquele seria o somatório de toda a sua identidade.

Essas questões semânticas — por que as pessoas eram "diabéticas", mas não "cancerígenas", por exemplo, e a diferença entre "moderadamente severa" (a posição de Henry no espectro autista) e "severamente moderada" — ocupavam sua mente quando ela passou por Kitt. Elizabeth não estava chorando. Na verdade, não havia chorado em nenhum momento, mas seu rosto talvez gritasse de desespero, pois Kitt a abraçou, um abraço longo e apertado, reservado para os amigos mais íntimos. Ela não fazia ideia da razão pela qual aquele abraço inapropriado, oferecido por aquela desconhecida inapropriada, deveria lhe trazer qualquer sensação além de estranheza, mas foi reconfortante, familiar, e ela retribuiu o abraço e chorou.

Elizabeth pensou que jamais encontraria Kitt novamente; elas não trocaram telefone, e-mail nem sequer sabiam o sobrenome uma da outra. Na semana seguinte, porém, as duas se esbarraram. Primeiro, na orientação da escola do bairro que acolhia crianças autistas; depois, numa fonoaudióloga; e uma terceira vez, em uma sessão informativa de análise comportamental aplicada — nada surpreendente, já que o hospital recomendava tudo isso, mas mesmo assim aquilo parecia predestinado, coincidências demais para ser apenas coincidência. Quando Henry e TJ acabaram na mesma turma da mesma escola, as duas passaram a fazer tudo juntas. "Campo de treinamento de autismo", elas chamavam. Trocavam caronas para a escola e as terapias, assistiam a palestras sobre como lidar com o luto de um diagnóstico de autismo e se uniram ao grupo local de mães de crianças autistas. Dessa forma, como que por acidente, as duas se aproximaram. Não exatamente por gostarem uma da outra, mas por hábito, porque estavam juntas todos os dias, quer gostassem ou não. A frequente proximidade transformou-se em intimidade; certa vez, depois que Victor jogou a bomba sobre seu novo amor na Califórnia, as duas até saíram para uma noitada de bebedeira.

Elizabeth era filha única, então nunca tinha vivenciado aquilo, mas a questão de tanta união e tantos compartilhamentos — em relação a tudo, da pontuação na avaliação semestral para autismo aos relatos das professoras sobre "comportamentos perseverantes" (pedras para Henry, pancadas na cabeça para TJ) — era que suscitavam uma intensa rivalidade. Aquilo contaminava todas as atividades, embrenhando-se pelas frestas do relacionamento e azedando de leve a coisa toda. Elizabeth sabia que rolava uma competição desenfreada no mundo das mães de crianças "típicas", já tinha ouvido mulheres compararem os feitos e as notas de seus filhos na fila do mercado. No entanto, como tudo o mais, a inveja alçava níveis estratosféricos no mundo das mães de autistas, ao mesmo tempo o mais cooperativo e mais competitivo que ela já vira, só que os assuntos eram *importantes* — não em qual universidade seus filhos entrariam, mas como sobreviveriam na sociedade: se aprenderiam a falar, se um dia chegariam a sair de casa, como passariam a viver depois que suas mães morressem. Ao contrário de como acontecia no mundo "típico", em que o sucesso de outra criança significava que a sua estava ficando para trás, o compartilhamento, o auxílio e as celebrações do sucesso dos outros eram muito mais intensos e complexos, pois a melhora de outra criança representava uma esperança para a sua, mas também trazia mais pressão às outras mães pelas conquistas dos próprios filhos. No caso de Henry e TJ, todos esses fatores eram ampliados, já que os dois tinham a mesma idade e eram da mesma turma. Era impossível resistir às comparações.

Quando os tratamentos biomédicos começaram, e Henry melhorou, mas TJ, não, a relação de Elizabeth e Kitt se transformou: por fora, parecia amizade — ainda com as caronas e o café toda quinta-feira —, mas por dentro era algo diferente. O mais engraçado era que fora Kitt quem comentara com ela sobre o "Derrote o Autismo Já!", um grupo de médicos (em sua maioria, pais de crianças com autismo) que defendia tratamentos para a "cura" do autismo — coisa que Elizabeth não fazia ideia de que era possível. O conceito era estranho, com certeza, em grande parte porque o mundo não acreditava que o autismo fosse algo "curável". Ossos quebrados, sim. Pneumonia, com certeza. Talvez até câncer, se a pessoa tivesse sorte. Mas autismo? Era algo para a vida toda. Além do mais, "cura" significava uma referência de normalidade que havia sido perdida, enquanto o autismo supostamente era um traço inato, o que significava, claro, que não havia nada a ser recuperado. Elizabeth estava descrente, mas tentar os tratamentos era o mesmo que batizar Henry, apesar de seu ateísmo: se ela estivesse certa, seria apenas uma aguinha na cabeça de Henry (nada de mais), mas, se Victor estivesse certo, o menino estaria sendo salvo da eterna danação no inferno (grande vantagem). Do mesmo modo, dietas especiais e vitaminas não fariam mal, mas se houvesse a menor possibilidade de "recuperação", a potencial vantagem seria transformadora. Risco, nulo. Recompensa, provavelmente nula, mas possivelmente enorme. Pura matemática.

Então, ela começou. Cortou corantes, glúten e caseína da dieta de Henry, resistindo aos olhares das professoras ("ai-que-mãe-louca-neurótica") ao pedir que trocassem os biscoitinhos do lanche por uvas orgânicas. Convenceu o pediatra de Henry a fazer alguns exames, apesar de sua resistência ("Não vou tirar sangue de um menininho desnecessariamente, sem falar no gasto para o plano de saúde"), e, quando os resultados acusaram anormalidade, como previsto pelos médicos do grupo DAJ! (cobre alto, zinco baixo, carga viral alta), o pediatra, levemente humilhado, concordou que sim, talvez não fizesse *mal* suplementar Henry com vitamina B12, zinco, probióticos etc.

Nada daquilo a fez diferente; dezenas de outras mulheres do grupo de mães de crianças com autismo seguiam, havia anos, o "caminho biomédico". A diferença era Henry. Ele era o Santo Graal dos tratamentos biomédicos, o tal "Super-responsivo". Uma semana (uma!) depois que Elizabeth cortou os corantes, os episódios de movimentos repetitivos de Henry, em média 25 por dia, caíram para apenas seis. Duas semanas após o início da reposição de zinco, ele começou a fazer contato visual — fugaz e esporádico, mas, em comparação à ausência total, era um marco. No mês em que ela acrescentou as injeções de vitamina B12, os valores de EME (extensão média do enunciado) dobraram, passando de 1,6 a 3,3 palavras.

Nas conversas com Kitt, Elizabeth tomava o cuidado de não se alegrar demais, sensível ao fato de que TJ não exibia mudanças. A questão era que as duas abordavam as terapias de formas distintas — Elizabeth era obsessiva-compulsiva, e Kitt, relaxada —, e era difícil não pensar que seu elevadíssimo nível de exigência — torradeira e panelas separadas para a comida de Henry, por exemplo, para uma dieta 100% eficaz — decerto desempenhara *algum* papel na surpreendente resposta do filho. Kitt, ao contrário, deixava TJ "burlar" a dieta em ocasiões especiais, o que acontecia uma vez por semana, visto que ele tinha quatro irmãs, quatro avós, nove primos e 32 coleguinhas de turma, e Kitt sempre se esquecia dos suplementos. Elizabeth dizia a si mesma que TJ não era seu filho, que cada um fazia as coisas de um jeito, mas sofria pelo menino, odiava vê-lo estagnado enquanto Henry decolava, e ansiava por tomar o controle e restaurar a paridade entre eles e, assim, — sim, ela admitia, queria isso de volta mais do que tudo — a proximidade com Kitt. Elizabeth ofereceu ajuda — ofereceu-se para organizar os suplementos de TJ em potinhos com divisão semanal e preparar para os aniversários da escola bolinhos que respeitassem a dieta. "E deixar a Nazista do Autismo dominar a minha vida?", retrucara Kitt. "Não, obrigada." A frase saíra em tom de brincadeira, com uma piscadela e uma risada, mas, sob a superfície, havia veneno nas palavras.

No dia em que o diretor da escola anunciou que Henry migraria da turma de autismo para outra, de crianças com questões "mais brandas", como articulação e TDAH — chamada, num irônico paradoxo, de turma de "educação especial geral" —, Kitt a abraçou. "Que notícia incrível", dissera ela. "Estou muito feliz por você." Mas piscou os olhos um pouco depressa demais, por um tempo um pouco longo demais, abriu um sorriso um pouco largo demais, e dez minutos depois, passando pelo carro de Kitt no estacionamento, ela a viu debruçada sobre o volante, o corpo inteiro tremendo de tanto chorar.

Agora, ao recordar isso, Elizabeth desejou poder retornar àquele momento, abrir a porta do carro e dizer a Kitt que não chorasse, que nada daquilo importava. Pois que diferença fazia se Henry era "altamente funcional" ou quantas palavras a mais ele era capaz de falar, se agora estava em um caixão, e TJ não estava? Se TJ iria comer, correr e gargalhar, enquanto Henry jamais voltaria a fazer essas coisas? O que Kitt teria dito se soubesse que dali a uns anos Elizabeth daria tudo para trocar de lugar com ela, para ser a mãe morta do filho vivo, em vez de a mãe viva do filho morto, para ter morrido protegendo seu filho e jamais passar pela tortura de imaginar a dor do próprio filho e viver a culpa de saber que ela mesma havia sido a responsável?

Nenhuma das duas, claro, soubera o que estava por vir. Ao passar por Kitt aquele dia, no estacionamento, ela relembrou o primeiro encontro das duas, Kitt parando para abraçá-la com força, e desejou parar o carro, sair correndo, abraçar a amiga e chorar com ela. Desejou pedir desculpa por seu julgamento, por todas as críticas disfarçadas de "ajuda", dizer que ia parar e apenas ouvi-la e apoiá-la. Mas como Kitt se sentiria sendo Elizabeth — a mãe da criança que lhe causara dor — a consolá-la e a fingir compreensão? Será que ela realmente estava pensando em Kitt ou só sendo egoísta, odiando a sensação de que estava perdendo sua única amiga?

Elizabeth seguiu dirigindo até chegar em casa. Mais tarde, naquele mesmo dia, Kitt mandou um e-mail dizendo que não fazia mais sentido as duas trocarem caronas, já que Henry passaria a estudar em uma escola a oito quilômetros de distância, e, ah, a propósito, ela não poderia tomar café naquela quinta, pois tinha que acompanhar uma das meninas numa excursão. Elizabeth disse que tudo bem, as duas se encontrariam em breve. Na semana seguinte, não chegou nenhum e-mail, mas na quinta-feira Elizabeth rumou para o Starbucks e lá esperou Kitt, para o costumeiro café. Kitt não apareceu. Elizabeth não ligou nem escreveu. Apenas continuou indo ao Starbucks toda quinta-feira e sentando-se junto à janela, à espera da amiga.

*

Na sala de audiências, Elizabeth recordou a quinta-feira anterior à explosão, quando a detetive Heights conhecera Kitt na colônia de atividades de Henry. Como de costume, ela estava no Starbucks, pensando em Kitt. Não a vira muito desde que Henry mudara de escola, só na reunião mensal de mães de autistas, mas, com a OHB, esperava que as duas se reaproximassem. E, de certa forma, isso aconteceu; as duas conversavam todos os dias na câmara fechada e foram botando os assuntos em dia. Havia, contudo, uma estranheza, uma sensação de que elas estavam (ou melhor, ela estava) se esforçando demais para reviver uma antiga amizade já azedada. Então, claro, veio a briga do YoFun, depois de um mergulho particularmente estranho no qual ela tentara falar com Kitt sobre novas terapias e colônias de atividades, mas Kitt só assentia, de maneira educada, sem prestar atenção. A frustração de Elizabeth só aumentara, e em dado momento a coisa toda explodiu, tornando-a — doía admitir — autoritária, abrasiva, hipócrita, uma verdadeira escrota. Ela sabia disso e queria parar, mas era como se toda a dor acumulada tivesse estourado, irrompendo em fragmentos impossíveis de segurar.

Ela largara o café e decidira: precisava pedir desculpa a Kitt, da forma adequada, pessoalmente. Não na OHB (elas nunca ficavam sozinhas), e também não dava para aparecer na casa da amiga (muito desespero, beirando a obsessão), mas ela poderia ligar para Kitt, dizer que estava atrasada e pedir que ela pegasse Henry na colônia de atividades (a uma quadra de distância da colônia que TJ frequentava). Então, quando fosse à casa de Kitt para buscar Henry, Elizabeth conversaria com ela. Pediria desculpa, diria que estava com saudade, e talvez, depois da amargura dissipada, pudesse emergir uma proximidade sem rancor. E foi isso o que ela fizera. Ou seja — Deus, quanta ironia! —, a própria Elizabeth fora a responsável pelo encontro de Kitt com a detetive Heights e pela confirmação da queixa de abuso infantil. Ela nunca chegara a pedir desculpa; quando foi buscar Henry, Kitt parecia aborrecida e mencionou arranhões de gato, deixando Elizabeth em pânico, desesperada para ir embora, transformando o esperado momento de sinceridade em uma interação brevíssima diante da porta.

Agora, Kitt estava morta, e o púlpito da sala de audiências abrigava uma psicóloga-detetive, que revelava ao mundo as exatas palavras e pensamentos dela a respeito de Elizabeth, a ex-amiga louca.

— Quando Kitt ligou, no dia da explosão — perguntou Abe — e disse que a ré, abre aspas, "de tão irritada, parece estar a ponto de me matar", ela falou mais alguma coisa?

— Sim — respondeu Heights. — Contou que tinha descoberto que Henry estava prestes a começar a quelação intravenosa. — Ela olhou o júri. — Quelação é a administração intravenosa de drogas fortíssimas, com o objetivo de limpar o corpo de metais tóxicos. É aprovada pela vigilância sanitária norte-americana em casos de intoxicação por metais pesados.

— Henry havia sofrido intoxicação por metais pesados? — perguntou Abe, com o familiar semblante de surpresa fingida.

— Não, mas algumas pessoas acreditam que os metais e os pesticidas presentes no ar e na água provocam autismo e que, então, a desintoxicação do corpo possibilita a cura.

— Parece pouco ortodoxo, sem dúvida, mas não é uma questão de opinião médica?

— Não. Algumas crianças *morreram* por conta disso, e a ré tinha ciência. Fez uma postagem numa rede social, mas não contou ao pediatra do Henry. Procurou em outro estado um naturopata, prática alternativa não reconhecida pela Virgínia, e pediu os medicamentos pela internet. Na minha opinião, submeter o próprio filho a um tratamento experimental *secreto* e potencialmente fatal é expor uma criança ao perigo.

— Kitt chegou a comentar qual aspecto desse tratamento a preocupava?

— Sim. Ela disse que Elizabeth estava planejando combinar a quelação com um tratamento ainda mais extremo, chamado MMS, que é a sigla em inglês para "suplemento mineral milagroso".

Abe ergueu um saco plástico com fecho hermético, contendo um livro e duas garrafas plásticas.

— A senhora reconhece isso, detetive?

— Sim, foi o que eu encontrei debaixo da pia da cozinha da ré. O livro se chama *MMS: a solução mineral milagrosa*, um guia sobre o novo tratamento da moda contra o autismo, que consiste em misturar clorito de sódio com ácido cítrico, essas duas garrafas aí, para formar dióxido de cloro. — Ela olhou para o júri. — É água sanitária. A orientação é administrar a solução por via oral, ou seja, fazer a criança beber água sanitária oito vezes ao dia.

— A ré fez isso com o próprio filho? — indagou Abe, com uma expressão de ultraje.

— Sim, uma semana antes da morte de Henry. Ela anotou em uma planilha que ele chorou, teve dor de estômago e febre de 39 graus e vomitou quatro vezes.

— A ré registrou esses detalhes como se conduzisse experimentos em um rato?

Shannon protestou, e o juiz acatou, mandando que Abe se ativesse aos fatos, mas Elizabeth viu o rosto dos jurados. Nojo e terror, a imagem mental dos sádicos nazistas torturando prisioneiros, o extremo oposto do que havia em sua lembrança: ela segurando Henry com força, dizendo que ficaria tudo bem, com dificuldade para enxergar o termômetro, com as mãos trêmulas e os olhos cheios de lágrimas.

— Isso condizia com o relato de Kitt — continuou Heights. — Ao que parece, Elizabeth disse que precisava parar com o MMS porque estava deixando Henry muito mal, e ela não queria que o filho perdesse a colônia de atividades, mas retomaria a prática, associada à quelação, quando a colônia terminasse. Assim, mesmo que ele ficasse bastante mal, não teria problema.

— "Mesmo que ele ficasse bastante mal, não teria problema" — repetiu Abe, com os olhos bem abertos e fixos, como se vendo o sofrimento de Henry, então balançou a cabeça.

Kitt havia feito a mesma coisa — repetira a frase de Elizabeth, balançando a cabeça, só que num tom horrorizado. "Bastante mal, mas não teria problema? Escute o que você está dizendo. Henry está ótimo. Por que continua fazendo essas merdas?", dissera ela, antes de soltar o habitual comentário dos bombons — as palavras que deixaram Elizabeth louca e suscitaram a enorme briga, dez horas antes da morte de Kitt.

A primeira vez que Kitt soltou o comentário dos bombons foi na reunião do grupo de mães de autistas, logo após o neurologista do Hospital de Georgetown fazer um novo teste em Henry e anunciar que ele "já não se encontrava dentro do espectro autista". Foi servido champanhe em copinhos de festa decorados com "UAU!" em letrinhas coloridas. As mães brindavam, algumas até choravam — não necessariamente de alegria, Elizabeth sabia, tomando por base seu próprio choro incontrolável toda vez que lia relatos de que "meu filho foi milagrosamente curado do autismo", as lágrimas representando um misto de desespero ("outra criança melhorou, e não foi a minha") e esperança ("outra criança melhorou, então a minha pode melhorar também").

Alguém mencionou uma despedida e a falta que ela faria nas reuniões. Quando Elizabeth disse que não, que planejava continuar com tudo — reuniões, tratamentos biomédicos, terapia da fala —, Kitt soltou o comentário. Balançou a cabeça, como se Elizabeth fosse louca, e disse, com uma risadinha: "Se eu tivesse um filho que nem o seu, ia ficar sentada no sofá comendo bombons o dia inteiro."

Elizabeth sentiu uma pontada, mas tentou sorrir. Tentou relevar a leveza forçada na voz de Kitt e o desprezo em sua risadinha, equivalente tonal ao revirar de olhos de uma adolescente frente à mãe autoritária. Disse a si mesma que Kitt era insolente, sarcástica, sem filtros e que o comentário sobre os bombons era seu jeito — tentando fazer graça, sem a menor ideia da acidez de suas palavras — de parabenizar Elizabeth pela conclusão da maratona que as duas haviam iniciado juntas e legitimar seu direito de relaxar. De aproveitar a vida.

O problema era que Elizabeth não estava convencida de que ela (ou Henry, melhor dizendo) *realmente* tinha alcançado a linha de chegada. Não ser autista não era a mesma coisa que ser normal. Inclusive, as palavras usadas pelos médicos — "a fala é praticamente indistinguível da dos pares típicos" — deixavam muito claro: Henry não era uma criança típica, mas havia aprendido a mimetizar, feito um macaquinho de laboratório. Com algum cuidado, poderia se passar por uma criança normal, mas era um tipo bem precário de normalidade, equilibrado numa corda bamba.

Dessa maneira, ter um filho recuperado do autismo era o mesmo que ter um filho com câncer em remissão ou com o alcoolismo controlado. Era preciso ter atenção a qualquer anormalidade, a qualquer indício de recidiva, mas tentar não descambar para a paranoia. Forçar um sorriso ao ser parabenizada por ter vencido as dificuldades, mas sentir o estômago revirado e se perguntar quanto tempo duraria o alívio.

Mas ela não podia dizer isso a Kitt ou à mãe de nenhum autista. Seria como um paciente em remissão reclamar da possibilidade de morrer pela recidiva com alguém que de fato estava morrendo de câncer — sem demonstrar suficiente gratidão pela própria sorte, sem enxergar como seus problemas perdiam a força, se comparados aos do outro. Então, quando Kitt fez o comentário dos bombons, Elizabeth não argumentou que Henry poderia retroceder. Não comentou quanto ainda estava preocupada — porque Henry não tinha amigos na escola nova, porque sempre que estava doente ou nervoso ele retornava ao antigo hábito de encarar o teto e repetir a mesma frase, em uma monotonia robótica. Não, sempre que Kitt repetia o comentário (que parecia achar mais engraçado a cada vez), Elizabeth apenas ria junto.

Exceto por aquele último dia. Na manhã da explosão, no trajeto até o carro, ela comentava sobre o MMS. "Por que continua fazendo essas merdas?", interrompeu Kitt. "Eu acho que as manifestantes podem ter uma certa razão a seu respeito. É como eu sempre digo" — e soltou o comentário dos bombons. Só que, dessa vez, sem a risada.

Elizabeth não abriu a boca. Botou Henry no carro, deu-lhe umas fatias de maçã e esperou Kitt ajeitar TJ e bater a porta do carro. "Não ia ficar, nada", retrucou Elizabeth.

"Não ia ficar o quê?"

"Você não ia ficar sentada no sofá comendo bombons o dia inteiro se o TJ fosse igual ao Henry. Não é assim que funciona a maternidade, e você sabe disso. Você acha que todas as mães de crianças típicas pensam *Ah, meu filho não tem necessidades especiais, então não tenho nada para fazer, acho que vou encomendar uns bombons de Paris*? Pode acreditar, eu *adoraria* poder ficar sentada no sofá comendo bombons o dia inteiro em vez de ter que cuidar do Henry... Que mãe não gostaria? Mas sempre tem alguma preocupação, alguma demanda. Quando não é a saúde, é a escola, são os amigos, *alguma coisa*. Não acaba nunca. Você sabe muito bem disso."

Kitt revirou os olhos. "É só uma piada, Elizabeth. Estou te dizendo para relaxar um pouco com essa merda de não conseguir descansar até o seu filho estar totalmente perfeito."

"Você não tem o direito de me mandar parar. Seria o mesmo que a Teresa vir te dizer para parar tudo que faz pelo TJ, porque ele consegue andar."

"Isso é ridículo."

Kitt deu meia-volta.

Elizabeth entrou na frente dela. "Pense nisso. Se a Rosa pudesse acordar amanhã e ficar como o TJ, seria um milagre... E é por isso que a Teresa opta por tantas terapias. Isso dá a ela o direito de dizer que você não deve fazer o melhor para que o seu filho saia do estado em que se encontra hoje?"

Kitt balançou a cabeça. "Você *tem* que relaxar um pouco. Foi uma piada, cacete."

"Não, não acho que tenha sido uma piada. Acho que você está puta. Ou com inveja, porque os meninos começaram no mesmo ponto, mas o Henry melhorou e o TJ não, e você está tentando me botar para baixo e me fazer sentir culpa por você ter ficado para trás. E olha, quer saber? Eu sinto culpa, *sim*." Com a confissão, Elizabeth sentiu o corpo livre de uma torrente de ressentimentos, restando apenas um formigamento quente, como um pé dormente ao qual o sangue retorna. Ali, enfim, estava a chance de soltar tudo: toda a culpa que ela sentia, a saudade que tinha de Kitt, o arrependimento por todas as críticas e alfinetadas.

Elizabeth abriu a boca para dizer tudo isso, para pedir perdão, quando Kitt se sentou no capô do carro, as duas mãos no rosto. Achou que ela estivesse chorando e começou a se aproximar, mas então Kitt baixou as mãos. Não havia lágrimas. Seu rosto exibia um misto de cansaço e divertimento, um olhar de quem não acreditava estar conversando com uma mulher tão louca.

Kitt encarou Elizabeth e balançou a cabeça. "Mas que babaquice. Você não existe, vou te contar. É simplesmente inacreditável."

Elizabeth não disse nada, não conseguiu.

Kitt soltou um suspiro longo, alto e exaurido. "Você acha que estou te dizendo para parar por quê? Porque quero que o Henry volte a ser autista? Que espécie de escrota você acha que eu sou? Não estou com inveja de você nem com raiva. Eu gostaria que o TJ falasse e fosse mais como o Henry? Claro que sim. Eu sou humana. Mas estou feliz por você. É só que…" Kitt respirou outra vez, agora com os lábios franzidos, feito uma respiração de ioga, como se preparasse o corpo para as palavras seguintes. Fitou Elizabeth. "Olha, falando sério. Acho que você deu muito duro para o Henry chegar aonde chegou. É só que você foi tão longe que não consegue mais voltar. Acho que talvez…"

Kitt mordeu o lábio.

"Talvez o quê?"

"Eu acho que você deu duro para reverter o autismo, e agora o que sobrou foi o Henry, o menino que ele realmente é. E talvez você não goste desse menino. Ele é meio esquisitinho, gosta de falar de pedras e tal. Não é popular nem nunca vai ser. E eu acho que você nutre a esperança de que ele seja o filho que você deseja, em vez do filho que você tem. Mas nenhuma criança é perfeita, e não é com mais tratamentos que você vai fazer o Henry *ser* perfeito. Esses tratamentos são perigosos, o Henry não precisa deles. É como se a químio continuasse mesmo depois da remissão de um câncer. Você está fazendo isso por quem? Por ele ou por você?"

Químio depois da remissão do câncer. A detetive dissera a mesma coisa na véspera, para explicar a queixa de abuso. Elizabeth olhou para Kitt. "Foi você."

"O quê? Fui eu o quê?"

"Foi você que ligou para o Serviço de Proteção à Criança e me denunciou por abuso."

"O quê? Não. Não sei do que você está falando", disse Kitt, mas Elizabeth percebeu — pelo rubor que no mesmo instante invadiu o rosto e o pescoço de Kitt, pela agudeza de suas palavras, pela tensão em seus olhos, que encaravam tudo, menos o rosto de Elizabeth — que ela sabia de tudo.

Traição, vergonha, confusão... Tudo se embolou na garganta de Elizabeth, sufocando-a, fazendo sua visão embotar. Ela não podia ficar ali nem mais um segundo. Correu até o carro. Bateu a porta e saiu em disparada, levantando poeira feito um tornado.

YOUNG

Ela não conseguia encontrar o carro. Não estava em nenhuma das vagas de deficientes do fórum nem na rua da frente. Pak não disse nada, apenas balançou a cabeça, como se estivesse cansado demais para ralhar com uma criança esquecida.

— Como é que você esqueceu onde está? Só faz umas horas que estacionou — disse Mary.

Young se conteve e permaneceu calada. Perguntas e acusações rodopiavam em sua mente, feito as bolinhas de um sorteio de loteria, e aquele momento — numa via pública, na frente da filha deles — não era o melhor para essas palavras.

Ela encontrou o carro a duas quadras de distância, em uma vaga com parquímetro. Quando sinalizou para o marido e a filha, avistou um papel sob o limpador de para-brisa. Uma multa? Ela não se lembrava de ter botado as moedas no parquímetro. A bem da verdade, não se lembrava sequer de ter estacionado ali. Young cruzou o beco, que abrigava uma caçamba de lixo fedida, ajeitou o guarda-chuva para bloquear a visão de Pak e pegou a multa: 35 dólares.

No intervalo de três horas desde que havia encontrado a lista de apartamentos em Seul — no trajeto de volta a Pineburg, na entrada no fórum, durante o testemunho da detetive Heights —, ela se sentia num sonho. Não um sonho bom, leve, com aquele toque de "tudo é possível", tampouco um pesadelo, apenas um daqueles sonhos iguaizinhos à vida real, com uns detalhezinhos estranhos, suficientes para trazer desorientação. *Que bom saber que o senhor está voltando*, dizia o bilhete da corretora de imóveis. Uma mudança internacional, sem uma palavra sequer à esposa. Estaria planejando se separar, talvez por conta de outra mulher? Ou será que a advogada de Elizabeth estava certa, e ele havia perpetrado um plano de enriquecimento rápido e fuga? O que era melhor? Ter um marido adúltero ou assassino?

Ela tinha que falar com Pak. *Precisava* falar com ele, refrear as imagens que rodopiavam em sua mente. Durante um breve recesso da corte, Pak chegara a pedir desculpa por não ter contado sobre a demissão. Disse não querer que ela soubesse que ele estava em dois empregos nem se preocupasse, mas que mesmo assim deveria ter contado. A sinceridade de Pak a fez lembrar que ele havia cometido erros, sem dúvida, mas era um homem bom. Ela mostraria ao marido o que tinha encontrado — de maneira direta, sem julgamentos nem acusações — e esperaria sua explicação.

Yuh-bo, diria ela, usando o título de "esposo" em coreano, como uma boa esposa, por que você estava guardando cigarros no galpão?

Yuh-bo, o que você estava fazendo na Party Central no dia da explosão?

Yuh-bo, o que você foi fazer depois que me deixou sozinha no galpão?

Quanto mais ela pensava a respeito, mais percebia que a culpa era de si própria por não saber as respostas. Mesmo para a última pergunta, a mais importante — o que exatamente ele havia feito antes da explosão? —, ela jamais obteve uma resposta clara. Estivera concentrada demais no que a história deles *deveria* ser e não pressionou Pak em relação ao que ele *realmente* havia feito e que ações específicas englobavam, de fato, o ato de "montar guarda" junto às manifestantes.

Young enfiou a multa no fundo da bolsa e fechou o zíper. Ajudou Pak a entrar no carro, guardou a cadeira de rodas e começou a rumar para casa, onde, à noite, enfim, faria a pergunta que, por excesso de medo e burrice, nunca fez durante o último ano.

Yuh-bo, você teve alguma coisa a ver com a explosão?

*

Quando Young e Pak enfim ficaram sozinhos, já eram oito da noite. Mary costumava sair para uma caminhada na mata depois do jantar, mas a chuva não deixou, então Young lhe deu trinta dólares, disse que era sua última noite com 17 anos e sugeriu que ela pegasse o carro da família e fosse encontrar uns amigos.

Dar essa quantia à filha significava ter que apertar ainda mais o orçamento daquele mês, mas valeria a pena, para não adiar ainda mais a espera. Além do mais, 18 anos realmente era um marco. Eles não podiam se dar ao luxo de comemorar nem comprar um presente, então isso teria que bastar.

Quando Young chegou com o saco do galpão, Pak estava sentado à mesa, lendo o jornal recolhido na bandeja de reciclagem do fórum.

— Você está molhada — disse Pak, erguendo o olhar.

Ainda devia estar chovendo, mas ela não tinha percebido, nem sequer sentira a chuva caindo e molhando sua pele enquanto caminhava até o abrigo e conferia o saco, para ver se a lista de apartamentos ainda estava lá, se não tinha sido uma alucinação causada por seu estado de náusea. Engraçado, ela nem havia percebido, mas, quando Pak comentou, as roupas ensopadas começaram a deixá-la extremamente agitada. O saco incriminador estava a seus pés, as acusações, presas na garganta, e ela só conseguia pensar no náilon áspero da blusa colado ao corpo, pinicando sua pele.

— Tem alguma coisa para me mostrar? — indagou Pak, baixando o jornal.

Young sentiu um instante de confusão, imaginando como ele sabia da descoberta dela, então viu a própria bolsa aberta, com a multa para fora.

Ela encarou o marido, que a olhava feito um pai olharia uma filha rebelde. Um calor lhe subiu pelo pescoço, uma raiva que crescia a cada segundo em razão da ausência do menor traço de arrependimento dele por ter vasculhado seus pertences.

Young avançou até a mesa e pegou a bolsa.

— Você mexeu na minha bolsa?

— Eu vi você escondendo isso, lá no carro. Trinta e cinco dólares é muito dinheiro. Como fez uma idiotice dessas? — O tom de Pak era delicado, porém nada gentil. Não, sua voz guardava o tom condescendente de uma bronca com uma camada de brandura por cima, para mascarar a raiva.

E ele *estava* com raiva. Young agora enxergava. Depois de tudo o que aconteceu naquele dia — a descoberta, em meio a estranhos em um tribunal, de que seu marido passara anos mentindo —, *ele* estava com raiva *dela*. Subitamente, todo aquele papo parecia ridículo, e a ansiedade de Young em relação à conversa sobre a latinha, absurda. Ela não sabia se dava um tapa nele ou começava a rir bem alto.

— Você quer saber no que eu estava pensando? — perguntou ela. — Vejamos, o que eu poderia ter na cabeça além de estacionar? — Ao pegar o saco, ela foi invadida por uma assoberbante sensação de poder, suscitando um estado de calma anestesiante. — Acho que eu estava pensando nisto *aqui*. — Ela largou a latinha na mesa com um estalido. — Em todas as coisas que você anda escondendo de mim.

Pak encarou a lata, então estendeu a mão para tocá-la. Ao encostar o indicador no metal, ele piscou e recolheu a mão, depressa, como se tivesse tocado um fantasma e percebido sua concretude.

— Onde você encontrou isso? Como?

— Eu descobri onde você estava escondendo, no galpão.

— No galpão? Mas eu dei para...

Pak encarou a latinha, então desviou o olhar, remexendo os olhos de um lado a outro, como num esforço para recordar alguma coisa, o rosto contorcido de tanta perplexidade que Young se perguntou se ele de fato acreditava ter entregado os cigarros aos Kang.

Pak balançou a cabeça.

— Eu devo ter me esquecido de entregar, e acabou aqui. E daí? Nós tínhamos uns cigarros velhos no armário e não nos demos conta. Não tem problema nenhum.

Ele parecia dizer a verdade. Mas o chiclete, o eliminador de odores, a lista de apartamentos... Isso provava que ele andara usando a lata como esconderijo no último verão. Não, Pak estava mentindo, como fez no escritório de Abe. Ela recordou o arrepio que sentira, vendo como ele sabia ser convincente, insistindo na verdade do que sabia serem mentiras. Seguia com o mesmo engodo, esperando enganá-la.

Pak pareceu tomar seu silêncio como aquiescência. Afastou a latinha.

— Bom, está decidido — disse ele. — Jogamos isso fora e esquecemos esse assunto. — Ele ergueu a multa de trânsito. — Agora, quanto a isso aqui...

Ela agarrou a multa e a rasgou ao meio.

— A multa? A *multa* é uma bobagem. Só dinheiro, é só pagar e pronto. Mas isso aqui? — Ela pegou a latinha e balançou, e o conteúdo sacudiu lá dentro. Young deu um solavanco na lata, que se abriu. — Está vendo esses cigarros? Camel, iguais aos cigarros que *alguém* usou para matar *nossos* pacientes, na *nossa* propriedade. E chiclete, e eliminador de odores, coisas que as pessoas usam para esconder que estão fumando. Tudo escondido no nosso galpão. Você acha que isso é uma bobagem, sendo que passou o dia inteiro afirmando, *sob juramento*, que tinha parado de fumar? Não é uma bobagem. São evidências. — Ela pegou o envelope da corretora de imóveis e o jogou sobre a mesa. — E o que aquela advogada faria com *isso* aqui? O que o júri diria se soubesse que pouco antes da explosão você estava secretamente planejando se mudar para Seul?

Pak pegou o envelope e olhou a primeira folha.

— Eu sou sua esposa — disse Young. — Como pôde esconder isso de mim?

Ele folheou a papelada. Seus olhos percorreram cada página, como se num esforço de processá-las, extrair algum sentido daquilo.

Ao ver o olhar vago e indeciso de Pak, Young sentiu a raiva se transformar em preocupação. Os médicos a haviam alertado de que outros sintomas poderiam emergir mais tarde. Será que ele estava com alguma sequela no cérebro e havia esquecido aquela lista?

— Yuh-bo — disse ela —, o que está acontecendo? Conte para mim.

Pak olhou o rosto de Young, então sua mão, parecendo ter se esquecido de sua presença. Franziu o cenho, então soltou um longo suspiro.

— Desculpe. Era só uma ideia fantasiosa. Por isso não te contei.

— Não me contou o quê?

Uma nova onda de náusea lhe apertou o estômago. Ela achou que ficaria aliviada ao ouvir a verdade, ao saber que não era coisa de sua cabeça, mas agora, frente à real confissão dele, a seu arrependimento, Young desejou poder voltar uns segundos no tempo, antes da confirmação de suas suspeitas, quando a raiva ainda era injustificada.

— Sinto muito — disse ele. — Os cigarros, eu guardei. Eu sabia que precisava parar, e parei, eu não fumava, mas gostava de ficar segurando. Sempre que estava preocupado, só de ficar sentindo o toque, o cheiro... já ajudava. E o cheiro é tão forte, mesmo sem acender, por isso eu comprei os chicletes e o spray. Não queria que você soubesse, porque... eu me sentia um *idiota*. Um fraco.

Ele cravou os olhos nela, tomados de dor e carência.

— E os apartamentos? — perguntou Young.

— Isso... — Ele esfregou os olhos. — Não era para mim. É só... Os negócios estavam indo tão bem, achei que de repente nós pudéssemos ajudar o meu irmão a se mudar para Seul. Você sabe quanto ele quer isso. — Pak balançou a cabeça. — Enfim, você viu os preços. Eu disse a ele que não teríamos condições e o assunto foi encerrado. Eu pretendia jogar a papelada fora, mas esqueci tudo depois da explosão. — Ele soltou outro suspiro. — Deveria ter contado, mas queria saber os preços primeiro. E, depois, já não havia nada para contar.

— Mas a corretora disse que você estava voltando para a Coreia.

— Ora, claro que eu falei isso para ela. Se eu dissesse que era só uma pesquisa, que incentivo ela teria em me ajudar?

— Então quer dizer que você não estava planejando voltar para a Coreia?

— Por que faria isso? Nós demos tanto duro para estar aqui. Mesmo agora, eu ainda quero ficar, ajeitar as coisas. Você não quer?

Ele tinha a cabeça meio inclinada para o lado, os olhos arregalados e indagativos, feito um cachorrinho encarando o dono, e ela se encheu de culpa por questionar os motivos dele.

— E o Creekside Plaza? — perguntou Young. — Eu *sei* que você não foi ao Walgreens comprar talco. Eu lembro... A gente usou maisena.

Ele tocou a mão dela.

— Eu pensei em contar, mas queria te proteger. Não queria que você precisasse contar mais mentiras por minha causa. — Ele baixou os olhos e correu o dedo pelas veias esverdeadas da mão de Young. — Eu comprei uns balões na Party Central. Queria me livrar das manifestantes. Achei que se provocasse uma queda na energia elétrica e botasse a culpa nelas, a polícia levaria todas embora.

O quarto começou a girar. Ela havia imaginado, suspeitado desde o instante em que vira os balões na fotografia, mas ficou chocada com a confirmação saindo da boca dele. Era estranho... Lá estava seu marido, admitindo ter escondido dela um crime; em vez de repulsa, aquilo lhe trouxe a melhor sensação de seu dia. O fato era que ele não *precisava* ter confessado. Ela não tinha provas, apenas suspeitas; ele podia facilmente ter inventado uma história, e mesmo assim foi honesto. Aquilo a encheu de esperança de que talvez, apenas talvez, todo o restante do discurso de Pak fosse verdade.

— Foi por isso que você saiu do galpão aquela noite? — perguntou ela. — Teve a ver com os balões?

Ele assentiu e mordeu o lábio.

— Desculpe. Eu sei que não deveria ter te deixado sozinha. Mas daí a polícia ligou, dizendo que estavam vindo pegar os balões para testar as digitais, para que eu tivesse uma prova da atuação das manifestantes e conseguisse uma ordem de restrição. Daí eu percebi que não tinha limpado os balões, e não queria que encontrassem as *minhas* digitais, então fui lá recolher tudo. Achei que levaria só um minuto, mas não consegui pegar os balões, daí vi as manifestantes. Eu me assustei, pensando no que elas poderiam tentar fazer, e foi nessa hora que te liguei, para dizer que só conseguiria voltar depois do fim do mergulho.

— Por isso a Mary estava com você? Para te ajudar com isso? *Ela* sabia disso tudo?

— Não — respondeu ele, e Young sentiu um peso no peito. Uma coisa era ela desconhecer os segredos do marido, e outra, totalmente diferente, era a filha saber de tudo. — Não — repetiu Pak —, eu só disse que precisava de ajuda para recolher os balões. E a Mary *de fato* me ajudou, porque vasculhou o galpão e encontrou uns gravetos compridos para alcançarmos lá em cima. Eu até tentei colocá-la nos ombros.

Young olhou as mãos dos dois, agora unidas sobre a mesa.

— Yuh-bo — disse Pak —, eu lamento. Deveria ter contado tudo isso antes. Nunca mais vou esconder nada de você.

Ela o encarou, então assentiu. Tudo o que ele tinha dito fazia sentido, e no fim não havia mentiras. Sim, Pak teve atitudes questionáveis — a mentira sobre o emprego em Seul, os cigarros escondidos na latinha, a mentira em relação aos balões. Mas eram errinhos pequenos — tecnicamente erros, mas não erros *de verdade*. Mentirinhas inofensivas. Ele realmente acumulara quatro anos de experiência com OHB em Seul, apesar da mudança de emprego, e isso era o mais importante. E que diferença fazia uma lata de cigarros escondida, sendo que ele só havia olhado para eles, usado como apoio para seus pensamentos? O mais preocupante eram os balões, pois sem a queda na energia ele teria permanecido no galpão, desligado o oxigênio e aberto a escotilha mais depressa. Ainda assim, era Elizabeth a causadora do incêndio, era Elizabeth a responsável pelas perdas resultantes dessa ação.

Young entrelaçou os dedos nos de Pak. Disse a si mesma que era um erro ter duvidado do marido. No entanto, mesmo garantindo a Pak que acreditava nele, que o perdoava, que confiava nele, algo a incomodava... Algo indetectável, a suspeita de que havia alguma coisa errada naquela história, algo diminuto que insistia em espreitar os recônditos de sua mente, feito um gorgulho em um saco de arroz.

Apenas mais tarde, naquela mesma noite, deitada na cama, repassando mentalmente todas as histórias, ela percebeu o que havia de errado.

Se Mary e Pak haviam passado um longo período juntos perto do poste, por que o vizinho informou ter visto apenas uma pessoa?

MATT

A chuva estava desgraçando sua cabeça. Não foi tão ruim mais cedo, quando os dois rumavam para casa debaixo de trovões, com Janine no volante. A violência daquela barulheira — os ribombos quase inaudíveis dos trovões por sobre os pingos pesados, ligeiros e furiosos de chuva no teto do carro — o havia acalmado; Matt levara a mão ao teto solar, imaginando a pressão da água em sua pele, talvez chacoalhando os nervos sob as espessas cicatrizes, provocando alguma sensação. Já em casa, porém, a tempestade havia enfraquecido, e agora caía uma fina garoa, que batia de leve na janela do banheiro — feito arranhões no ar úmido, invadindo-lhe as veias e fazendo coçar seus ombros e seu pescoço.

Ele meteu os dedos sob a camisa e esfregou; era só o que podia fazer, agora que não tinha mais unhas. O curioso era que antes ele pensava nas unhas como meros restos vestigiais, mas que falta elas faziam. Ele precisava de unhas para *coçar*. Esfregou os dedos com mais força, ansiando por um alívio, mas a pele lisa das cicatrizes apenas deslizava, intensificando a coceira — que se embrenhava pelos braços e descia pelas mãos, ainda mais entranhadas na impenetrável camada de tecido cicatricial. No mesmo instante, pinicavam as picadas de mosquito da noite anterior, deixando marcas vermelhas em seus braços feito papoulas no campo.

Ele tirou a roupa e ligou o chuveiro no modo massagem. Ao entrar, foi atingido pelo jato concentrado de água, que obliterou a coceira feito uma bomba. Ele deixou a água esquentar um pouco, enfiou a cabeça sob o jato e tentou organizar o emaranhado de pensamentos numa lista. Janine gostava de listas e costumava aplicá-las durante as brigas ("discussões", dizia ela) para comprovar que era justa e racional. "Não estou te acusando de nada, estou só listando os fatos. Eis o que eu sei. Fato um: *blá-blá-blá*. Fato dois: *blá-blá-blá*." Enumerar os fatos era importante para ela, e Matt agora precisava avançar com cautela, seguir esse formato. Ele fechou os olhos e respirou fundo, tentando se concentrar no que sabia — não em perguntas ou conjecturas, apenas nos pontos concretos e passíveis de enumeração.

FATO 1: Antes da explosão, Janine de alguma forma descobriu que era Mary, e não uma estagiária do hospital, que estava enviando os bilhetes.

FATO 2: Janine estava no Miracle Submarine meia hora antes da explosão.

FATO 3: Janine estava irritada, confrontou Mary e mentiu para ela (dizendo que ele havia reclamado de estar sendo importunado por Mary).

FATO 4: Janine jogou cigarros Camel, fósforos do 7-Eleven e um papel do H-Mart amassado em Mary. (FATO RELACIONADO 4A: Elizabeth alegou ter encontrado cigarros Camel, fósforos do 7-Eleven e um papelzinho do H-Mart amassado naquela mesma noite, no mesmo lugar.)

FATO 5: Janine não falou nada sobre isso na época. Afirmou a Matt, à polícia e a Abe que havia passado toda a noite da explosão em casa.

Esse último fato — os segredos e as mentiras — era o que mais o intrigava. A porra de um ano inteiro e nenhuma palavra sobre os cigarros que ela resgatara dos confins do carro dele, ou dos bolsos, ou fosse lá de onde fosse, e praticamente largara na mão do criminoso. Todo aquele tempo deixando Matt sustentar que a história dos cigarros não tinha nada a ver com ele, fingindo que *ela própria* desconhecia as mentiras dele. Deus do céu.

À merda com a lista. À merda com os fatos. Estava na hora de fazer perguntas. O que Janine sabia ou não a respeito dele e de Mary? Como havia descoberto, para começar, e por que não tinha ido falar com ele? Por que havia feito tudo pelas suas costas, confrontado uma adolescente, atirado um bando de merdas nela, pelo amor de Deus? E, depois que Mary saiu correndo, Janine simplesmente largara aquilo tudo no mato para qualquer um encontrar? Ou será que... a versão correta era a de Shannon, e a pessoa que descartara aqueles itens, ou seja, a esposa dele, havia cometido o crime? Mas por quê? Para fazer mal a ele? A Mary? Aos dois?

Matt pegou a bucha. Estava enlouquecido com as picadas de mosquito — a água quente talvez só tivesse piorado tudo —, e cada célula em seu cérebro gritava, pedindo qualquer coisa que penetrasse aquela comichão e coçasse até sangrar. Ele esfregou, forte e ligeiro, aproveitando o alívio da bucha na pele, a ardência do sabão com aroma de menta.

— Amor? Você está aí?

A porta do boxe se abriu.

— Já estou acabando — disse ele.

— É o Abe. Ele está aqui. — Janine estava apavorada, com rugas em diferentes pontos da testa. — Disse que precisa falar com você agora. Parece nervoso. Acho que... — Ela levou a mão à boca e mordeu as unhas. — Talvez ele tenha descoberto.

— Descoberto o quê? — perguntou Matt.

— Você sabe o quê. — Janine o encarou bem nos olhos. — Sobre os cigarros. Sobre você e Mary.

*

Janine tinha razão. Abe estava agitado. Ele tentou disfarçar, abriu um sorriso e apertou a mão de Matt (Matt odiava apertos de mão, odiava o olhar de repulsa e curiosidade dos outros quando tocavam as mãos normais nas suas, deformadas, mas era melhor que o constrangimento de fingir não perceber uma mão estendida), mas estava nervoso e meio sombrio, dizendo que precisava falar com os dois, primeiro com Matt. O que decerto confirmava a suspeita de Janine de que Abe já estava sabendo sobre ele e Mary, os cigarros, tudo. O que mais faria Abe olhá-lo daquele jeito (ou *não* olhar, a bem da verdade) — como se ele fosse um suspeito, em vez de sua principal testemunha?

— Encontramos o funcionário da seguradora que atendeu a ligação sobre incêndio criminoso — disse Abe, quando os dois ficaram a sós.

Matt precisou se conter para não soltar um suspiro alto — não tinha nada a ver com Mary, no fim das contas. A intensidade do alívio fez Matt perceber mais uma vez quanto havia sido burro ao ter atitudes que lhe causariam tanta vergonha se fossem descobertas.

— Então, quem foi? Pak?

Abe uniu os dedos das mãos espalmadas junto ao queixo e encarou Matt, como se decidisse alguma coisa.

— Vamos chegar lá. Quero que você veja uma coisa primeiro. — Ele exibiu um documento. — Esta é a sua conta de telefone sobre a qual você foi questionado, em que consta a tal ligação. Dê uma olhada no número e horário de cada chamada e me diga se vê alguma que você não reconhece.

Matt olhou a lista. A maioria eram ligações para o serviço de mensagens, o hospital, umas para o consultório, outras para Janine. Uma para a clínica de fertilidade, o que era incomum — era Janine quem costumava falar com a clínica —, mas também não tanto, visto que às vezes ele ligava para avisar que chegaria atrasado.

— Não. A única chamada que destoa é a da seguradora.

Abe entregou a ele um segundo documento: outra conta, porém sem a parte de cima, em que constavam a data e o número da linha.

— E nesta aqui? — perguntou. — Percebe algo estranho?

A folha, como a primeira, listava chamadas efetuadas e recebidas pelo hospital, seu consultório e o de Janine, além da caixa de mensagens do celular.

— Não. Nada anormal — respondeu Matt.

— Sem contar o telefonema à seguradora, qual dessas contas lhe parece mais comum, considerando as ligações que você costuma fazer?

Matt olhou outra vez.

— Acho que a segunda, porque eu não costumo ligar para a clínica de fertilidade. Mas por quê? Qual é o ponto disso tudo?

Abe tocou as duas folhas sobre a mesa.

— As duas, na verdade, são do mesmo dia. Esta aqui — disse ele, tocando a segunda — é o registro do telefone de Janine, não do seu.

Matt olhou as folhas. Algo no jeito de Abe dizer "não do seu" — misterioso, no tom de *"te peguei!"* que ele gostava de usar no tribunal — informou a Matt que aquele era um ponto importante, mas estava difícil pensar. O que estava deixando passar?

— Pelo que sei, vocês têm o mesmo modelo de telefone, e, numa data próxima ao dia da ligação para a seguradora, trocaram de celular sem perceber, não foi?

Isso aconteceu mesmo? Esse era o problema em reconstruir o passado: agora, o dia 21 de agosto de 2008 era uma data muito importante, o dia d'A Ligação, mas à época fora apenas mais um dia, preenchido por tarefas e consultas, como qualquer outro. Como recordar se a troca dos celulares — inconveniente, sim, mas nada que precisasse ser guardado para a posteridade — tinha de fato ocorrido naquele dia ou em outro muito similar?

Matt balançou a cabeça.

— Não faço ideia de quando isso aconteceu. Mas por que... Espera, você está dizendo... Você acha que a *Janine* fez a ligação?

Abe não respondeu, apenas o encarou com aquele olhar idiota, como quem diz "não vou revelar nada".

— Foi isso que o funcionário da seguradora disse? — indagou Matt. — Fale. Fale agora.

Abe estreitou os olhos por um instante.

— Não foi o Pak. A pessoa em questão não tinha sotaque. A empresa realiza umas análises de marketing e por isso precisa registrar todas as peculiaridades da chamada, como essa.

Matt fez que não.

— Não. De jeito nenhum foi a Janine. Ela não tinha motivo para fazer isso. Quer dizer, por que ela faria isso?

— Bom, se você fosse a Shannon Haug, poderia afirmar que a Janine estava conluiada com o Pak para levar a quantia de 1,3 milhão de dólares, então ligou para garantir que a seguradora efetuaria o pagamento caso os dois seguissem em frente com o plano de atear fogo ao galpão e culpar outra pessoa.

Matt encarou Abe, que não pestanejou, como se não quisesse perder uma fração de segundo da reação dele.

— E você? — perguntou Matt. — O que *você* diria?

Abe relaxou os lábios — se era um sorrisinho ou um breve esgar de desprezo, Matt não soube dizer.

— Obviamente, isso depende do que você e a Janine têm a dizer. Mas eu espero poder dizer ao júri que a Shannon está fazendo melodrama, como sempre, e que se trata de um simples caso de confusão entre cônjuges, em que os telefones foram trocados e a esposa continuou efetuando ligações normalmente, sendo que uma foi referente à simples conferência da adequação da apólice de seguro da empresa na qual ela atua como conselheira médica.

Matt se assustava um pouco com a habilidade dos advogados para pegar um determinado conjunto de fatos e desmembrá-los em sentidos contrários. Não que isso não acontecesse na medicina — dois médicos poderiam chegar a diagnósticos diametralmente opostos a partir dos mesmos sintomas, acontecia o tempo todo. Mas pelo menos os médicos estavam tentando chegar à verdade. Matt tinha a sensação de que Abe só se interessava pela verdade enquanto ela fosse condizente com sua teoria a respeito do caso; do contrário, não tanto. Qualquer nova evidência que não se encaixasse não era motivo para que ele reconsiderasse sua posição, mas sim algo a ser refutado.

— Então — disse Abe —, deixe eu te perguntar de novo. O dia 21 de agosto de 2008 foi o dia em que vocês trocaram os celulares por acidente? Vale lembrar que você mesmo disse que a conta telefônica da Janine — disse Abe, tocando a segunda folha — é mais condizente com as chamadas que você costuma fazer.

A pergunta confirmava: Abe *não* estava tentando descobrir a verdade, mas induzi-lo a corroborar a versão dos eventos que faria desaparecer a nova e problemática evidência. Ao perceber que era um peão no plano de controle de danos de Abe, Matt ficou irritadíssimo. Recusar-se a dançar conforme a música, por outro lado, significaria mais perguntas para e sobre Janine, o que ele não podia deixar acontecer.

Matt assentiu.

— Acho que foi no dia 21 de agosto que trocamos os celulares.

— E imagino que Janine, como a conselheira mais fluente em inglês, cuidasse de muitos assuntos burocráticos, incluindo questões com a seguradora. É assim que o senhor se recorda?

— Sim — respondeu Matt. — É exatamente assim que eu me recordo.

*

Ele foi até o deque e observou a cortina, as sombras formadas por Abe e Janine, sentados frente a frente como adversários em uma partida de xadrez. A chuva estava fraca e preguiçosa, como ele se sentia — como se as nuvens repousassem, agora cansadas de tantos trovões, vez ou outra gotejando sua saliva quente. Matt odiava as garoas de verão pós-tempestade, como aquela, odiava o inchaço e a viscosidade que elas traziam à sua pele. Naquela noite, porém, essa aflição parecia apropriada. O ar úmido e quente pesava em seus pulmões, puxando-o para baixo.

Já havia se sentido bem mal antes, com o que ele ficara sabendo então: pouco antes da explosão, Janine estava no local do crime, portando a arma do crime, completamente enfurecida. Somava-se a isso o FATO 6, cortesia de Abe: na semana anterior ao incêndio criminoso, ela telefonou para a seguradora do Miracle Submarine e perguntou sobre a abrangência da cobertura em caso de incêndio criminoso. Merda!

Quando ele viu as silhuetas se levantando e saindo, depois a porta da frente se fechando, pensou por um instante em sair dali, em como as horas seguintes seriam mais fáceis e agradáveis se ele simplesmente entrasse no carro e saísse dirigindo pela rodovia, ouvindo um rock pesado no volume máximo. Em vez disso, foi até a cozinha, sem se dar ao trabalho de tirar os sapatos, como Janine gostava, pegou o Tanqueray no congelador e bebeu direto da garrafa. À merda com os sapatos, à merda com a taça.

O líquido gelado desceu, queimando sua garganta e indo parar no estômago feito uma poça quente. Quase no mesmo instante, o calor irradiou por seus braços e suas pernas, célula a célula — como as milhares de peças de um dominó, num desenho longo e complexo, desabando, uma por uma, a tal velocidade que apenas segundos se passavam entre a primeira e a última.

Matt levava a garrafa de volta à boca quando Janine entrou.

— Não acredito que você fez isso — disse ela.

Ele virou a garrafa. Sua língua formigava, à beira da dormência.

Janine tomou a garrafa de sua mão e a atirou longe; o estouro do vidro na bancada de granito o fez estremecer.

— O Abe me contou... Você falou que eu efetuei a chamada. Por que você foi falar uma merda dessas para um *promotor*, logo para um promotor? De onde tirou isso?

Matt pensou em protestar, dizer que não tinha falado exatamente aquilo, que só dissera ser *provável*, mas, a bem da verdade, de que adiantaria? Por que ficar comendo pelas beiradas, se ele podia ir direto ao ponto? Ele olhou para Janine e soltou um suspiro.

— Eu sei sobre a noite da explosão — disse ele. — Você encontrou a Mary.

A sensação era de virar as páginas do livro de identificações faciais que Elizabeth usava com Henry, mostrando uma imagem para cada emoção. Choque. Pânico. Medo. Curiosidade. Alívio. Janine exibiu todas elas, em rápida sucessão, e por fim o leque de emoções se fundiu em uma só: resignação. Ela desviou o olhar.

— Por que nunca me contou? — perguntou Matt. — *Um ano* inteiro e nenhuma palavra? O que você estava pensando?

O rosto de Janine, então, mudou. Em um instante, a postura defensiva deu lugar a um olhar totalmente diferente, que parecia transformá-la em outra pessoa. Feito um touro raivoso, com o maxilar cerrado e as pupilas contraídas, concentrando naqueles dois pontinhos toda a indignação reprimida em seu corpo.

— Você está *me* passando um sermão? Sério? E os cigarros, os fósforos, a merda do bilhete que você escreveu para uma *adolescente*? Eu não vi *você* vindo abrir o coração para mim. Quem é que anda escondendo segredos incriminadores por aqui?

As palavras de Janine eram blocos de gelo perfurando o calor do álcool que envolvia Matt. Ela tinha razão, claro. Quem era ele para julgar? Fora ele quem dera início àquilo tudo: mentiras, segredos, fingimentos. Ele sentiu todos os músculos murchando, desinflando, da testa às panturrilhas.

— Tem razão — disse Matt. — Deveria ter te contado. Há muito tempo.

Aquele quase pedido de desculpa pareceu drenar a raiva de Janine, e os vincos em seu rosto foram se suavizando.

— Então, conte. Quero saber de tudo.

Era engraçado: ele temera tanto aquele momento, a hora de revelar tudo a respeito de Mary, mas agora, chegada a hora, sentia alívio mais do que tudo. Começou com a verdade, confessando o estresse que sentira com toda a história da fertilidade e falando da compra impulsiva de cigarros, decerto num esforço de sabotagem. Essa admissão prejudicava sua posição no debate — no casamento inteiro, verdade fosse dita —, mas eis o segredo da mentira: era preciso salpicar aqui e ali uns bocadinhos de verdades desonrosas, que serviam de disfarce para as partes que *de fato* não podiam ser reveladas. Como era fácil ancorar as mentiras nesses fragmentos de franqueza e vulnerabilidade, então distorcer os detalhes e fabricar uma história verossímil. Ele contou que Mary o encontrara fumando perto do córrego e, apesar de sua idade, ele a deixara pegar uns cigarros (verdade); tinha se sentido culpado (verdade, embora não por conta dos cigarros) e resolvera não fazer mais aquilo (mentira), mas então Mary pediu que ele comprasse cigarros para ela e as amigas (mentira) e começou a mandar bilhetinhos para ele, querendo encontrá-lo (verdade) para pegar cigarros (mentira); ele ignorou todos os bilhetes (mentira), que deviam ter sido uns dez, no mínimo (verdade), até enfim resolver acabar com toda aquela história (verdade, embora, mais uma vez, não por causa dos cigarros) e redigir o último bilhete, dizendo que aquilo tinha que acabar e marcando o encontro às 20h15 (verdade).

Quando Janine perguntou se os cigarros que ela encontrara eram os mesmos que ele tinha comprado no primeiro dia, Matt respondeu que sim, claro, havia comprado apenas um maço (mentira) e — a afirmação mais e menos verdadeira de todas —, de todo modo, tinha sido só uma vez. (Era verdade que "aquilo" aconteceu apenas uma vez, uma única, terrível e humilhante vez, no aniversário de Mary, quando ela tropeçou e caiu em cima dele. Em relação ao cigarro, era mentira.)

Ao fim da história, Janine passou um minuto inteiro em silêncio. Sentou-se à mesa, diante dele, e o encarou, sem dizer uma palavra, como se tentasse desvendar algo em seu rosto. Ele sustentou o contato visual, desafiando-a a não acreditar em suas palavras. Por fim, ela desviou o olhar.

— Naquela noite, antes da explosão, quando eu encontrei o bilhete... Por que não me contou naquele momento? — perguntou ela.

— Você conhece a Mary. Nós somos amigos dos pais dela, e você talvez se sentisse na obrigação de contar a eles, mas a coisa não me parecia tão importante assim. Constrangedora, mas... — Ele deu de ombros. — Como foi que você descobriu? Que não tinha sido uma estagiária, digo.

— No dia seguinte — respondeu Janine —, eu estava passando pelo seu carro, no estacionamento do hospital, e avistei um bilhete no banco, mencionando um encontro às 20h15.

Era mentira. Ele jamais teria deixado aquele bilhete à mostra. Matt apostaria qualquer coisa que Janine havia passado a manhã inteira vasculhando os bolsos dele, os e-mails, até o lixo.

— Como a OHB terminava depois das 20h — prosseguiu ela —, não havia muita gente com quem você pudesse se encontrar. Sem dúvida não era uma estagiária do hospital. Então, fui olhar no carro e encontrei mais um, falando qualquer coisa sobre vestibular. Ficou bem claro quem era a pessoa.

Ele se lembrava daquele bilhete. Mary sempre deixava os bilhetinhos sob os limpadores de para-brisa, mas estava chovendo, então ela usara a chave reserva, que ficava presa num ímã debaixo do carro, e afixara o bilhete ao volante. Tinha desenhado uma carinha feliz, e ele rira de sua juventude, de sua inocência.

— Por que você não veio falar comigo? — perguntou Matt, delicadamente, com o cuidado de dar à pergunta um tom de curiosidade, não de acusação.

— Não sei. Acho que não tinha muita certeza a respeito de toda a história, então fui até lá para ver. Mas o mergulho estava atrasado, e ela estava sozinha, daí eu só… — Janine olhou as próprias mãos. Traçou as linhas da palma da mão com a ponta de um dedo, feito uma vidente. — Como foi que você descobriu?

— Fui falar com ela ontem à noite. O Abe disse qualquer coisa sobre ela testemunhar, e fazia um ano que eu não falava com ela, então imaginei que seria bom saber o que a Mary pretendia dizer, sabe?

Janine assentiu devagar, de maneira quase imperceptível, e ele pensou ter visto uma pontinha de alívio ao saber que ele não havia passado aquele tempo todo em contato com Mary.

— Eu achei que ela não se lembrasse de nada — disse Janine. — Foi o que a Young falou.

— Talvez não se lembre da explosão. Mas com certeza não esqueceu a sua… — Matt procurou a palavra certa. — A sua visita, aquela noite. Ela só me contou a respeito porque presumiu que você já tivesse me contado.

Matt engoliu as palavras que lhe vinham subindo à garganta: "Por que não me contou, droga?" Ele já sabia fazia um tempo: as brigas de um casamento eram como gangorras. Era preciso equilibrar a culpa com muito cuidado. Se um jogasse muita culpa em cima do outro, fazendo-o desabar no chão, o outro tenderia a se levantar e ir embora, deixando o parceiro cair de bunda.

Janine mordiscou a pele em torno das unhas.

— Eu não vi necessidade — disse ela, depois de um tempo. — De te contar, digo. Havia gente morta, você estava queimado, ela estava em coma, daí os bilhetes, o meu papo com ela, tudo isso parecia tão idiota. Insignificante. Nada mais parecia ter importância.

Exceto pelo fato de que você estava lá, na cena do crime, na hora do crime, segurando a arma do crime, pensou Matt. *A polícia pode considerar isso muito importante.*

— Quando a polícia começou a falar de cigarros — disse Janine, como se estivesse lendo os pensamentos dele e tivesse plena noção de como soava sua justificativa —, eu pensei em dizer alguma coisa, mas o que poderia ser? Que eu dirigi uma hora só para mandar uma adolescente parar de enviar bilhetes ao meu marido? Ah, sim, e que, a propósito, antes de ir embora entreguei a ela cigarros e fósforos, possivelmente os mesmos usados para provocar a explosão?

Entregou. Mesmo espantado com a habilidade de Janine em fazer o ato de atirar coisas em outra pessoa quase parecer a entrega de um presente, ele percebeu o significado maior da escolha daquela palavra. *Entregou* implicava que o receptor, Mary, havia tomado posse dos itens em questão.

— Espera. Então, depois que você, é... entregou tudo a ela, a Mary largou tudo para trás com *você* ou você deixou *ela* com as coisas? — O álcool deixava seu cérebro viscoso, dificultando os pensamentos, mas isso de alguma forma parecia importante.

— O quê? Sei lá. Que diferença isso faz? Nós duas fomos embora. Eu só sei que mandei ela deixar tudo aquilo longe de você e parar de te mandar bilhetes, essas coisas.

Janine disse outra coisa — algo sobre os cigarros terem sido largados na mata, e seu transtorno em pensar que Elizabeth, uma mulher mentalmente doente, havia topado com eles naquele exato momento e os tinha usado para cometer um crime —, mas Matt cravou a atenção na questão da última pessoa a estar de posse dos cigarros. Quando pensara ter sido Janine, considerara a possibilidade de que *ela* tivesse provocado o incêndio. Se Janine tinha ido embora primeiro, se Mary havia segurado aqueles objetos por último, seria possível que *ela*...

— Abe quer que eu forneça uma amostra de voz amanhã — disse Janine.

— O quê?

— Ele quer que eu grave a minha própria voz, para tocar para o cara do atendimento ao cliente da seguradora. É ridículo. Foi uma conversa de dois minutos, há um ano. Não tem a menor possibilidade de esse cara lembrar uma voz de um ano atrás, não é? Quer dizer, ele nem sabe se era homem ou mulher. Só sabe que a pessoa falava inglês sem sotaque. E pense em quantas pessoas poderiam ter afanado o seu celular por um minuto. Não sei por que o Abe está fazendo isso.

Inglês sem sotaque. Poderiam ter afanado seu celular por um minuto.

Então lhe ocorreu — algo em que ele não havia reparado, pois jamais, até então, cogitara a possibilidade.

Mary sabia onde ele escondia a chave reserva do carro. Poderia ter aberto o veículo e usado o celular quando quisesse. E seu inglês não tinha sotaque.

O JULGAMENTO: DIA QUATRO

Quinta-feira, 20 de agosto de 2009

JANINE

Os artigos da internet sobre polígrafos faziam a coisa parecer tão fácil: relaxe, controle a respiração para desacelerar os batimentos cardíacos, a frequência respiratória e a pressão sanguínea, e você conseguirá mentir sem preocupações! No entanto, não interessava quanto tempo ela permanecia sentada, em pose de ioga, visualizando ondas no oceano e respirando fundo para se purificar. Toda vez que sequer pensava no telefone de Matt (e ainda mais na chamada), seu sangue passava de um córrego tranquilo a uma corredeira classe 5, como se percebesse o perigo que aquilo representava e precisasse escapar no mesmo instante, o coração disparado, em pânico.

Era irônico que, depois de tantas mentiras e pecados, o telefonema à seguradora — nem tanto o telefonema em si, mas a troca de seu celular com o de Matt justo naquele dia — estivesse prestes a fazer seu mundo desmoronar. O mais irônico era que ela não precisava ter ligado. Poderia facilmente ter feito uma busca na internet ou apenas refletido um pouco — que apólice de seguros não cobria incêndios criminosos? —, mas Pak a deixara agitada, primeiro insistindo na questão dos cigarros, depois demonstrando hesitação, dizendo que talvez o arranjo entre os dois tivesse sido um erro, de modo que ela resolvera ligar para a seguradora no calor do momento, para uma conferida rápida.

E aquele dia, entre todos os outros, fora justamente o dia em que ela e Matt trocaram seus celulares! Se isso tivesse acontecido em qualquer outro dia, ou se ela tivesse usado o telefone fixo do escritório (ela estava sentada à mesa, bem do ladinho!), a maldita conta de celular não teria registrado a ligação, e tudo estaria bem.

Ela deveria ter revelado a verdade dois dias antes, na primeira vez que Shannon mencionara a ligação. (Bom, não a verdade toda, só a parte da chamada.) Deveria ter confessado a Abe e apresentado uma explicação plausível, como o desejo de confirmar que o investimento de seus pais no Miracle Submarine estava totalmente protegido. Todos teriam achado graça no excesso de zelo de Shannon, insinuando que Pak fosse um criminoso com base na troca de celulares feita por um marido distraído certa manhã. No entanto, a perseguição daquela advogada a Pak... Isso deixou Janine em pânico, imaginando se a mulher não acabaria voltando sua atenção para ela, investigando as ligações *dela*, questionando os motivos *dela* e vasculhando os registros telefônicos *dela*, inclusive o registro de GPS de seu celular. O que Shannon faria se soubesse que Janine estivera no local do crime minutos antes da explosão, que tivera posse dos cigarros aquela noite e passara um ano contando mentiras? Será que ela não investiria na ligação para a seguradora, para usá-la como prova da motivação de Janine em provocar um incêndio, talvez até cometer assassinatos?

Fora fácil ficar quieta, ficar calada. Depois de passado o momento certo, não dava mais para abrir a boca. O problema da mentira era este: ela exigia comprometimento. Uma vez estabelecida a mentira, era preciso manter a história. Na noite anterior, quando Abe sentou-se com ela e expôs exatamente o que havia acontecido, até a troca dos telefones, ela compreendeu que ele sabia de tudo. Mesmo assim, Janine não podia admitir, não podia ceder à intensa humilhação de ser pega na mentira. Naquele momento, mesmo que estivesse diante de uma gravação em vídeo da chamada telefônica, de alguma prova incontestável, ela teria negado, soltado qualquer bobagem para se defender. "É armação, essa gravação é falsa!" De certa forma, tratava-se de lealdade — com sua história, consigo mesma. Quanto mais fatos ele despejava — o funcionário da seguradora havia sido localizado, em pouco tempo a gravação seria encontrada —, mais impassível Janine ficava: não tinha sido ela.

Na noite anterior, depois da confissão de Matt, de sua súplica por honestidade, ela cogitou contar a ele. No entanto, para explicar por que havia mentido em relação à chamada, teria que contar tudo — o acordo com Pak, a decisão de manter segredo quanto ao combinado, a interceptação dos extratos bancários do casal para encobrir os pagamentos que ela, tão cuidadosamente, salpicara em várias contas, durante vários meses —, e não tinha certeza se o casamento sobreviveria a isso.

Ainda assim, talvez ela confessasse tudo a Matt se a confissão dele a respeito de Mary tivesse sido a história sórdida que ela havia imaginado. O relato, porém, foi tão inofensivo, tão destituído de pecado, que ela se sentira uma idiota (para dizer o mínimo) por ter tido uma reação tão exagerada no dia da explosão e não conseguira confessar.

Lá estava Janine, então, se preparando para ir ao escritório do promotor de uma investigação de assassinato para fornecer uma amostra de voz. Essa parte não a preocupava. Não havia a menor possibilidade de que o funcionário recordasse a voz que escutara numa ligação de dois minutos, realizada um ano antes. Já o detector de mentiras... (Abe soltara a bomba na hora de sair, como quem não quer nada. "Se a amostra de voz for inconclusiva, sempre há a alternativa do polígrafo!") Como seria ficar atrás de um espelho, conectada a uma máquina, respondendo "não" atrás de "não", ciente de que seu próprio corpo — pulmões, coração, sangue — a estava traindo?

Ela teria que enganar o polígrafo. Simples assim. Bingo! Um artigo sobre como burlar polígrafos: espalhar tachinhas dentro do sapato e pressioná-las com os pés durante as perguntas de controle. A teoria era de que a dor provocava os mesmos sintomas fisiológicos da mentira, incapacitando a máquina de diferenciar as respostas falsas das verdadeiras. Fazia sentido. Talvez funcionasse.

Janine fechou o navegador. Abriu a aba de configurações de internet, limpou o histórico e desligou o computador. Entrou no quarto, pé ante pé, com o cuidado de não acordar Matt, e foi até o armário procurar as tachinhas.

MATT

Mary estava usando o que sempre usava nos sonhos dele: o vestidinho vermelho do último encontro dos dois, no verão anterior, quando completara 17 anos. Como em todos os sonhos, Matt a elogiava e lhe dava um beijo. Suave, a princípio, apenas um selinho, então mais forte, sugando os lábios dela por entre os seus. Ele baixava as alças do vestido e tocava os seios de Mary, sentindo o contorno tenro e os mamilos túrgidos. Era quando o Matt do sonho percebia estar sonhando, pois apenas no mundo dos sonhos seus dedos teriam sensibilidade a qualquer coisa.

Na vida real, ele fingira não reparar no vestido. Era a quarta-feira antes da explosão; ao chegar no córrego, na hora costumeira (20h15), encontrou-a sentada em um tronco de árvore, com um cigarro aceso numa mão e um copo de plástico na outra, meio curvada, feito uma velha ao fim de um dia longo e difícil. Aquela solidão o contagiara; ele quis tomá-la nos braços, substituir sua desolação por outra coisa, qualquer coisa. Em vez disso, ele se sentou.

— E aí? — falou, forçando uma leveza que não sentia.

— Fica aqui comigo — pediu Mary, entregando a ele outro copo, cheio de um líquido transparente.

— O que é isso? — perguntou Matt, mas antes mesmo de terminar a frase sentiu o cheiro e riu. — Schnapps de pêssego? Você está de sacanagem. Faz uns dez anos que eu não bebo isso. — Sua namorada dos tempos de faculdade adorava. — Não posso aceitar — disse, devolvendo o copo a ela. — Ainda faltam cinco anos para você ter idade para beber.

— Quatro, na verdade. Hoje é meu aniversário. — Ela empurrou a bebida de volta.

— Uau — soltou ele, sem saber ao certo o que dizer. — Não era para você estar comemorando com os seus amigos?

— Eu chamei um pessoal do cursinho, mas todo mundo estava ocupado. — Talvez ela tivesse visto a pena no olhar de Matt, pois deu de ombros. — Por outro lado — disse, com alegria forçada —, você está aqui, e eu estou aqui. Então, bebe aí, vai. Só desta vez. Eu não posso beber sozinha no meu aniversário. Dá azar, sei lá.

Era uma ideia idiota. Mas aquele jeitinho dela, os lábios esgarçados em um sorriso largo, revelando as duas fileiras de dentes, mas os olhos inchados, com um brilho de choro — igual àqueles joguinhos infantis em que é preciso unir a parte de cima à de baixo, mas as crianças trocam as bolas, acabando por formar rostos de olhos tristes e boca feliz. Ele olhou o sorriso falso, um misto de esperança e súplica nas sobrancelhas erguidas, e encostou o copo no dela.

— Feliz aniversário — disse, e deu uma golada.

Os dois passaram uma hora sentados ali, bebendo e conversando, conversando e bebendo. Mary contou que ainda sonhava em coreano, por mais que já falasse bem o inglês. Matt confessou que aquele córrego o fazia se lembrar de sua cachorrinha de infância, que estava enterrada perto de um riacho igualzinho. Os dois debateram sobre a cor do céu, se estava vermelho-alaranjado (Mary) ou vermelho-arroxeado (Matt), e o que era melhor. Mary contou que costumava odiar a superpopulação de Seul — tudo era lotado, as salas de aula, os ônibus, as ruas —, mas que agora sentia falta e que aquele lugar não lhe trazia paz, mas solidão, às vezes desamparo. Falou do medo que sentira ao começar a frequentar a escola norte-americana, contou que cumprimentara algumas adolescentes da cidade, mas elas não responderam, apenas a encararam como se quisessem mandá-la de volta ao buraco de onde ela havia saído, e mais tarde entreouvira as garotas se referindo ao negócio de sua família como "vodu chinês". Matt falou sobre a recusa de Janine em sequer considerar a adoção e contou que andava organizando os dias de modo que seus horários nunca batessem com os Janine, para não ter que cruzar com ela em casa.

Lá pelas dez, quando os vestígios do sol haviam se dissipado e a escuridão enfim se assentou, Mary se levantou, dizendo que estava tonta e precisava beber água. Matt se levantou também, pronto para dizer que era melhor os dois irem embora, quando ela tropeçou numa pedra e caiu em cima dele. Ele tentou segurá-la, mas cambaleou, e os dois acabaram no chão, às gargalhadas — ela, em cima, ele, embaixo.

Eles tentaram se levantar, mas de tão bêbados acabaram embolados, ela pressionando as coxas na virilha dele, remexendo, e ele teve uma ereção. Tentou reverter, disse a si mesmo que tinha 33 anos, e ela, 17, e que aquilo provavelmente era criminoso, pelo amor de Deus. A questão, no entanto, era que ele não se sentia com mais de trinta anos — mas de um jeito diferente do que acontecia quando ele se aproximava das voluntárias adolescentes do hospital, aquela sensação de não se sentir com a idade que tinha e não entender em que momento começara a ser chamado de "senhor". Talvez tivesse sido o Schnapps de pêssego. Não o álcool em si (embora a bebida fosse alcoólica), mas a ardência quente em seu estômago, a doçura picante que persistia em sua boca e seu nariz. Uma máquina do tempo instantânea o transportou aos dias de faculdade, quando ele se embebedava com alguma garota, passava horas se esfregando e depois ia para casa se masturbar, e estar ali, naquele momento, exagerando naquela merda de bebida, conversando sobre tudo e sobre nada, como não acontecia desde a faculdade... Ele se sentiu *jovem*. Além do mais, Mary sem sombra de dúvida não parecia uma menininha inocente naquele vestido; era uma verdadeira isca de sedução, se isso era possível.

Então, ele a beijou. Ou talvez tivesse partido dela. Sua mente era um borrão, estava difícil pensar. Mais tarde, ele reviveria mentalmente cada instante daquela cena à exaustão, atrás de algum indício de que Mary não demonstrara o entusiasmo que ele recordava. Ela havia tentado se desvencilhar? Murmurara um "não", mesmo que bem baixinho? A verdade era que Matt só conseguia enxergar as partes do corpo dela em contato com as dele, as reações, os sons e os movimentos de Mary — o que não influenciou em nada toda a cena. Ele fechou os olhos e levou cada neurônio à sensação do beijo, à novidade daqueles lábios, língua e dentes, à vivência surreal de ser transportado de volta à juventude. Não queria que o momento acabasse, a pura sensação física, então a envolveu, um braço puxando sua cabeça e sua boca para mais perto, o outro apertando seus quadris, esfregando sua pélvis contra a dele, feito dois adolescentes dando um amasso. A pressão no escroto era profunda, cada vez maior. Ele precisava de alívio. Imediato. Ainda de olhos fechados, abriu a calça, pegou a mão dela e a colocou lá. Acomodou a própria mão por cima, firmando o pênis sob os dedos dela, e foi guiando um movimento de sobe-e-desce. A familiaridade masturbatória, combinada à suavidade invulgar daqueles lábios e daquela mão, provocava um frenesi febril.

Depressa, depressa demais, ele gozou, contraindo-se em espasmos intensos, dolorosos e deliciosos, que lançavam fisgadas elétricas pelas pernas até os dedos dos pés. O zumbido alto do álcool lhe tampava os ouvidos, e lampejos brancos ardiam por detrás de suas pálpebras. Tomado de fraqueza, ele soltou a cabeça e a mão de Mary.

Enquanto recostava o corpo outra vez, deixando o mundo rodopiar, ele sentiu uma pressão no peito — meio fraca, quase hesitante —, que logo se atenuou. Matt abriu os olhos. Sua cabeça ondeava e o mundo girava, mas ele viu uma mãozinha pairando sobre seu peito — a mão *dela*, de Mary. Trêmula. Logo acima, a boca esgarçada, oval, os olhos esbugalhados de tão abertos, encarando a mão pegajosa, então olhando para *ele*, para seu pênis ainda ereto. Medo. Choque. Sobretudo, porém, confusão, como se ela não estivesse entendendo nada, não soubesse o que tinha nos dedos, o que era aquela *coisa* saída da calça dele. Como se fosse uma criança. Uma menina.

Matt saiu correndo. Não sabia como — não se lembrava de ter se levantado, muito menos de ter conseguido dirigir até sua casa com tanto álcool no corpo. Na manhã seguinte, ao acordar, o corpo latejando de ressaca, teve um desolado instante de esperança de que o incidente tivesse sido uma alucinação alcoólica. Mas a mancha de sêmen na calça, a lama nos sapatos... confirmavam a verdade de suas recordações. Ele foi tomado de vergonha, voltando a sentir o zumbido nos ouvidos e o lampejo incandescente nos olhos.

Ele não falara com Mary depois daquela noite. Havia tentado — para se explicar e pedir desculpa (e, honestamente, para saber se ela tinha contado a alguém), mas ela fazia de tudo para evitá-lo. Ele conseguiu deixar uns bilhetes — precisou ir até o cursinho e procurar o carro dela —, e ela escreveu de volta. *Não sei pra que conversar. Vamos só esquecer que isso aconteceu?* Ele, porém, não conseguia esquecer, não podia deixar aquilo de lado tão facilmente. Por isso havia deixado para ela o agora famoso bilhete do H-Mart, que a *esposa* dele acabara atirando na cara de Mary, acusando *Mary* de estar perseguindo *Matt*!

Já fazia um ano daquele suplício, mas a vergonha, a culpa e a humilhação daquela noite... não iam embora nunca. Na maior parte do tempo, tudo permanecia inerte, espremido em um nó em sua barriga. No entanto, sempre que ele pensava em Mary, às vezes quando não pensava, quando estava comendo, ou dirigindo, ou vendo tevê, o nó de vergonha se desfazia.

Aquela fora a última vez que ele tivera um orgasmo. A questão não era só Mary, mas a explosão e a amputação logo em seguida — o golpe triplo — tinham destruído qualquer desejo sexual que ele ainda sentisse. Não que ele nunca mais tivesse tentado fazer sexo. Na primeira vez, porém, ao dar início às preliminares costumeiras — a massagem com os polegares nos mamilos de Janine —, percebeu que não sentia nada. Já não fazia ideia da força ou da suavidade de seu toque, não conseguia medir a umidade dela, sentir se ela estava pronta. Seus terapeutas o haviam ensinado a digitar, comer, até limpar a bunda com umas luvas que pareciam de beisebol. Mas não houvera nenhuma aula sobre "como fazer sua mulher gozar", nenhuma técnica alternativa para carícias. Ao descobrir mais um elemento de sua vida que a explosão havia destruído, ele sentiu vontade de gritar e perdeu completamente a ereção.

Janine tentou sexo oral, o que funcionou por um minuto, mas ele cometeu o erro de abrir os olhos. O brilho tênue do luar deixava entrever a longa e ondulante cabeleira de Janine, que acompanhava o movimento de sua cabeça. Aquilo o fez pensar em Mary, nos seus cabelos enquanto ela se erguia sobre ele. Matt amoleceu imediatamente.

Aquele fora o início da impotência. Janine, coitadinha, continuava tentando, recorrendo ao que antes considerava humilhante para as mulheres — lingerie sensual, vibradores, pornografia —, mas nada compensava a inépcia e a inadequação de Matt na cama, muito menos sua vergonha em relação a Mary, e ele não conseguia fazer nada acontecer, nem sozinho. Na única tentativa (no banheiro, depois de uma sessão fracassada com Janine, invadido pelo pânico de ter ficado impotente para sempre), sua mão parecia desconhecida, e a sensação simultânea de viscosidade e protuberância das cicatrizes ampliando cada movimento em nada se assemelhava à masturbação. Ao perceber que via a própria mão segurando o pênis, mas não a sentia, a estranheza aumentou, como se ele estivesse sendo tocado por outra pessoa, o que despertou a excitação da novidade. Então ele pensou: estava mesmo se excitando com a ideia de ser masturbado por uma mão masculina desconhecida?

Umas poucas vezes, Matt quase tivera poluções noturnas, o que achava quase pior do que simplesmente não ejacular (o passageiro milissegundo de satisfação não valia o patético retorno à puberdade), mas pelas quais começara a torcer, ainda que apenas para se certificar de que seus orgasmos não estavam mortos, e sim adormecidos. O problema era que Mary sempre invadia seus sonhos, e ele era despertado por um arraigado senso de culpa e pedofilia/estupro. Até aquela noite.

Dessa vez, ele continuou. Baixou a calcinha dela. Deixou que ela tirasse sua calça e sua cueca. Ao montar em cima dela e abrir suas pernas, Matt ergueu as mãos mutiladas. "Você acabou comigo", disse, em sonho. "Porque você acabou comigo primeiro", respondeu ela, então ergueu o quadril para empurrar Matt para dentro de si, apertado, úmido e real, como ele não sentia havia anos, como talvez nunca tivesse sentido.

Quando ele gozou, a Mary dos sonhos gritou e se estilhaçou em um milhão de fragmentos de vidro, explodindo em câmera lenta em diminutas partículas, penetrando sua pele e seu corpo, mandando ondas de calor e pura alegria por seus braços e suas pernas.

— Querido, está acordado? — disse Janine, despertando-o.

Ele agarrou o cobertor e se virou, fingindo dormir, enquanto ela dizia que estava saindo mais cedo por conta da amostra de voz. Ficou paradinho até ela sair. Quando ouviu o carro se afastando, foi até o banheiro. Abriu a torneira e tentou limpar a cueca.

YOUNG

A primeira coisa que ela percebeu ao acordar foi a luz do sol. O buraquinho torto que fazia as vezes de janela era pequeno demais e não deixava entrar muita luz. Mas, quando o sol se encaixava na posição *perfeita*, como agora — de manhã, ao escalar pelas árvores até o centro da janela improvisada, emoldurada à perfeição pelo buraco quadrado —, a luz entrava, um feixe tão forte que parecia quase sólido no primeiro metro, espalhava-se em um brilho etéreo e inundava todo o casebre, conferindo-lhe um quê de magia. Partículas de pó brilhante pairavam em meio ao véu de luz solar. Os pássaros gorjeavam.

A mata dos fundos era puro negrume nas noites sem luar, como a anterior — em que a noite escura não era apenas falta de luz, mas uma presença concreta, com massa e forma. Uma escuridão retinta, tão absoluta, que abrir ou fechar os olhos não fazia a menor diferença. Ela passou quase a noite toda acordada, escutando a chuva no telhado e respirando o ar úmido, mas resistiu ao ímpeto de acordar Pak. Young acreditava piamente em deixar os problemas assentarem durante a noite antes de tomar qualquer atitude. Era engraçado como os artigos norte-americanos declamavam as virtudes de se resolver as discussões ao fim de cada dia ("Nunca vá dormir irritado!"), o que era o oposto do bom senso. A noite era o pior momento para brigas — a escuridão intensificava inseguranças e agigantava suspeitas —, ao passo que uma noite de sono era a chance de acordarmos melhor, mais sensatos e generosos — as horas passadas e o brilho do novo dia refrescavam as emoções e as atenuavam.

Bom, nem sempre. Pois lá estava o novo dia — de ar mais leve, sem chuva nem nuvens —, e, em vez de trazer irrelevância às preocupações da noite anterior, suscitou o contrário, como se a passagem do tempo tivesse cimentado a realidade daquele mundo revirado, em que seu marido era um mentiroso, talvez até assassino. Na surreal confusão da noite, havia a possibilidade de que a nova realidade não fosse real; a claridade da manhã levou embora essa hipótese.

Young se levantou. *Dei uma saída para pegar um ar, volto às 8h30*, dizia um bilhete sobre o travesseiro de Pak. Ela olhou o relógio. 8h04. Cedo demais para seus planos de investigação sobre a história do marido — uma visita ao vizinho, o sr. Spinum; um telefonema para a corretora de imóveis que enviara a lista de Seul; uma busca no computador da biblioteca, para tentar encontrar e-mails recebidos e enviados pelo irmão de Pak —, exceto por uma coisa: ela podia perguntar a Mary exatamente o que ela e o pai haviam feito na noite da explosão, minuto a minuto.

Young bateu o pé duas vezes junto ao cantinho de Mary, fechado pela cortina — a falsa batida à porta.

— Mary, acorda — disse Young, em coreano.

Era difícil saber o que mais enervava Mary: falar com ela em inglês ("Ninguém consegue entender o que você diz!") ou em coreano ("Por isso o seu inglês é tão ruim. Você tem que praticar mais!"). Mas Young não queria ter o obstáculo de uma língua estrangeira naquela conversa. Passar do inglês ao coreano duplicava seu QI, dava-lhe eloquência e controle, coisas das quais ela precisaria para arrancar de Mary todos os detalhes.

— Acorda — repetiu ela, mais alto, pisando no chão outra vez.

Nada.

De súbito, ela lembrou: era aniversário de Mary. Na Coreia, eles sempre faziam uma algazarra nos aniversários dela, decoravam tudo de madrugada com faixas e fitas para surpreendê-la de manhã. Young não mantivera esse hábito nos Estados Unidos — as horas de trabalho na loja só deixavam tempo para as necessidades básicas. Mesmo assim Mary talvez esperasse algo especial para seus 18 anos, que simbolizavam um marco.

— Parabéns — disse Young. — Estou animada para ver minha filha com 18 anos. Posso entrar?

Nenhuma resposta. Sem farfalhar de lençóis, sem ronco, sem respiração profunda de sono.

— Mary?

Young abriu a cortina.

Mary não estava. Seu colchãozinho de dormir estava enrolado num canto, tal qual na noite anterior, e o travesseiro e o cobertor haviam desaparecido. Mary não dormiu em casa. Mas havia retornado na noite anterior. Por volta da meia-noite, Young viu o brilho de faróis de carro iluminando a janela e ouviu a porta da frente sendo aberta. Será que Mary tinha saído outra vez, sem fazer barulho?

Ela correu para fora. O carro estava lá, mas Mary, não. Ela foi até o galpão. Vazio. Não havia outro lugar seco onde passar a noite, nenhum lugar aonde fosse possível ir a pé...

Então uma imagem lhe veio à mente. Sua filha, deitada de costas em um tubo de metal escuro.

Ela sabia exatamente onde Mary havia passado a noite.

*

A princípio, Young não entrou. Ficou parada na entrada e abriu a boca para chamar Mary, mas sentiu certo fedor de morte, que lembrava carne queimada, cabelo chamuscado. Disse a si mesma que não fazia sentido — um ano havia se passado desde o incêndio —, então entrou, os olhos baixos para evitar os indícios de fogo, mas foi impossível. Metade das paredes havia desaparecido e poças de lama cobriam o que restava do chão. Uma nesga de sol penetrava por um buraco no teto, iluminando a câmara feito uma exibição de museu. A grossa moldura de aço havia sobrevivido ao fogo, mas a pintura verde-azulada estava cheia de bolhas, e as janelinhas de vidro, estilhaçadas.

Mary passara quase todo o último verão dormindo ali. No início, os três dormiam no casebre, mas Mary reclamava sem parar — as luzes se apagavam muito cedo, o alarme tocava muito cedo, Pak roncava etc. Young argumentara que era temporário e que, além do mais, eles três costumavam dormir juntos na Coreia, por tradição. "É, quando a gente era uma família de verdade", respondera Mary (em inglês). "Além do mais, se vocês querem tanto retomar a tradição coreana, por que a gente não volta para lá? Tipo, como é que *isto aqui*" — Mary estendera os braços, abrangendo o casebre — "é melhor do que o que a gente tinha lá?"

Young quis dizer que compreendia a dificuldade da filha em não ter um espaço particular, desejou confessar quanto ela própria achava difícil não ter privacidade nem para brigar com Pak, muito menos para cumprir outras necessidades maritais. Mas o semblante desdenhoso de Mary, com os olhos revirados — franca, desafiadora, como se não precisasse nem *disfarçar* seu desprezo, tamanha a calhordice da mãe —, despertara em Young uma fúria tóxica, e ela se vira desejando jamais ter parido Mary e gritando os chavões maternos que prometera jamais entoar: que algumas crianças não tinham casa nem comida, e será que ela percebia o tamanho de sua ingratidão e seu egoísmo? (Era essa a habilidade essencial das filhas adolescentes: fazer as mães pensarem e dizerem coisas das quais se arrependiam no exato instante em que as pensavam e diziam.)

No dia seguinte, Mary agira como sempre agia após as brigas das duas: doçura com Pak, acidez com Young. Young ignorara, mas Pak (sempre ingênuo frente às manipulações da filha) havia se deleitado com o afeto de Mary. Young teve que reconhecer a eloquência da garota em mencionar — num tom tímido, descuidado e displicente, quase escusatório — que andava dormindo muito mal, levando Pak a acreditar que a solução proposta, dormir na câmara, era na verdade ideia *dele*. Mary dormira lá todas as noites, até a explosão.

Na noite da alta hospitalar, Mary foi dormir em seu cantinho, dentro de casa. Quando Young acordou, porém, ela havia sumido. Young procurou por toda parte, exceto no galpão; nem sequer lhe ocorreu que Mary tivesse cruzado a fita amarela, que aguentasse chegar perto, muito menos adentrar o tubo de metal onde outras pessoas haviam sido queimadas vivas. No entanto, ao passar por um buraco chamuscado na parede do galpão, Young avistou uma lanterna junto à câmara. Abriu a escotilha e encontrou Mary lá dentro, deitada de barriga para cima. Sem travesseiro, sem colchão, sem cobertor. Sua única filha, completamente imóvel, de olhos fechados, os braços colados ao corpo. Young pensou em corpos em caixões. Em fornos crematórios. E gritou.

As duas jamais conversaram a respeito. Mary não explicou e Young nunca perguntou. Mary voltou para seu cantinho, onde dormia todas as noites, e foi o fim da história.

Até então. Lá estava ela outra vez, abrindo a escotilha. As dobradiças enferrujadas rangeram, e pequenos raios de sol penetraram o recinto. Mary não estava lá. Mas estivera. Seu travesseiro e seu cobertor estavam lá dentro, e dois fios de cabelo preto — compridos como os de Mary — entrecruzavam o travesseiro, formando um X. Sobre o cobertor havia um saco marrom. Na noite da véspera, Pak acomodara o saco junto à porta, para descartar no dia seguinte. Teria Mary encontrado ao voltar para casa?

Young caminhou até o saco. No instante em que se inclinou para olhar lá dentro, ouviu um barulho. O estalido de cascalho, galhos secos estalando. Passos. Ligeiros, feito alguém correndo rumo ao galpão. Um berro. A voz de Pak.

— Meh-hee-yah, pare, me deixe explicar.

Mais passos, um baque — Mary caindo? — e soluços, ali perto, bem do lado de fora.

Young sabia que deveria sair e ver o que estava acontecendo, mas algo naquela situação — Mary fugindo de Pak, obviamente transtornada, Pak indo atrás da filha — a impediu. Young agora podia ver o que havia no saco. Latinha de metal. Papéis. Ela tinha razão; Mary havia encontrado os cigarros e a lista de Seul. Será que havia confrontado Pak, como ela própria?

O ruído da cadeira de rodas de Pak se aproximou. Young fechou a escotilha para se esconder, deixando apenas uma pequena fresta. Tateando na escuridão, ela tocou o travesseiro de Mary. Estava úmido.

O barulho da cadeira de rodas parou.

— Meh-hee-yah — disse Pak, em coreano, a voz agora mais próxima, junto à entrada do galpão —, não posso nem expressar o tamanho do meu arrependimento.

— Eu não... acredito... — disse a voz de Mary, as palavras em inglês espaçadas por soluços sufocados — que você teve algo... a ver com isso. Não faz... nenhum... sentido.

Uma pausa.

— Eu queria que não fosse verdade — disse Pak —, mas é. O cigarro, os fósforos. Foi coisa minha.

Ele estava falando sobre a latinha de metal, só podia ser. Só que lá não havia fósforos.

— Mas como é que isso veio parar aqui? — indagou Mary, em inglês. — Tipo, esse terreno é enorme, como isso veio parar *exatamente* no ponto mais perigoso?

Então Young entendeu onde eles estavam conversando: nos fundos do galpão, onde costumavam ficar os tanques de oxigênio.

Um suspiro. Curto, mas pesado, tomado de medo, um desejo desesperado de manter o silêncio, e Young desejou que aquele suspiro durasse para sempre, de modo que ele não conseguisse abrir a boca para dizer as palavras seguintes.

— Fui eu que deixei aqui — disse Pak. — Eu escolhi o lugar, bem debaixo do tubo de oxigênio. Juntei uns galhos e umas folhas secas. Ajeitei os fósforos e o cigarro.

— Não... — disse Mary.

— Sim, sou o responsável — disse Pak. — Fui eu.

*

FUI EU.

Ao ouvir essas palavras, Young deitou a cabeça no travesseiro de Mary, encostou o rosto em suas lágrimas úmidas. Fechou os olhos e sentiu todo o corpo rodopiar. Ou talvez fosse a câmara, girando cada vez mais depressa, diminuindo até virar um pontinho, comprimindo seu corpo.

Fui eu. Sou o responsável.
Palavras incompreensíveis, que significavam o fim do mundo. Como ele as entoava com tamanho descaso? De onde tirava tanta frieza para admitir ter iniciado o fogo que matou duas pessoas e ainda seguir respirando, falando?

Mary irrompeu em soluços, agora histéricos, e Young percebeu o que deixara passar em meio ao nevoeiro. A filha acabava de descobrir que seu pai havia cometido um crime horrível. Estava em choque, o mesmo choque que atordoava Young. Young abriu os olhos, sentindo o ímpeto de correr, de tomar Mary nos braços e chorar com ela pelo sofrimento de descobrir algo tão terrível a respeito de um ente querido. *Shh, shh*, Young ouviu, o som de um pai confortando sua filha, e quis gritar com Pak, mandar que ele se afastasse de Mary, que deixasse as duas sozinhas e parasse de corrompê-las com seus pecados. Então, ouviu a voz da garota:

— Mas por que aquele ponto? Se tivesse escolhido qualquer outro lugar...

— As manifestantes — respondeu Pak. — A Elizabeth me mostrou o folheto delas, ficou dizendo que elas poderiam provocar um incêndio para nos sabotar, e isso me deu a ideia... Se a polícia descobrisse um cigarro no mesmo ponto em que estava o panfleto, pegaria muito mal para elas.

Claro. Que conveniente: provocar o incêndio, culpar as manifestantes, receber o dinheiro do seguro. Uma clássica conspiração contra as pessoas que o haviam enfurecido.

— Mas a polícia as levou embora por causa dos balões — disse Mary. — Para que tomar outra atitude?

— As manifestantes me chamaram. Disseram que a polícia tinha dado apenas uma advertência e que nada as impediria de retornar todos os dias, até afastarem todos os pacientes. Eu precisava fazer alguma coisa mais drástica, arrumar um problema mais sério para elas e expulsar aquelas mulheres de uma vez por todas. Jamais imaginei que você fosse estar em alguma área próxima, muito menos...

A voz dele foi morrendo, e a imagem inundou a mente de Young: Mary correndo até o galpão, dando meia-volta e, num piscar de olhos, recebendo um banho de fogo alaranjado no rosto e sendo arremessada no ar, capturada pela explosão.

Mary também parecia assombrada por aquele momento.

— Eu fico pensando... — disse ela. — Não havia nenhum som de ventilador vindo da OHB. Estava tudo tão tranquilo.

Young também se lembrava de ouvir o coaxar distante dos sapos, mas sem o costumeiro som do ar-condicionado por cima. A sufocante pureza do silêncio antes do estrondo.

— Fui eu que fiz tudo — disse Pak. — Eu provoquei a queda de energia para botar a culpa nas manifestantes. E isso desencadeou todo o resto: os atrasos, todos os atropelos daquela noite. Eu nunca imaginei que tanta coisa pudesse dar errado. Jamais pensei que alguém fosse se machucar.

Young quis gritar, exigir saber de onde ele havia tirado aquela ideia de provocar um incêndio junto a um tanque de oxigênio. Ainda assim, ela acreditava em Pak, sabia que ele bolara um plano de modo a tirar todo mundo dali a tempo. Por isso havia usado um cigarro, para que ele fosse queimando bem devagar, antes que o fogo se alastrasse, e por isso quisera permanecer do lado de fora enquanto *ela* desligava o oxigênio, para garantir que as chamas não se alastrassem demais antes das 20h20, enquanto o oxigênio ainda estaria ligado. Ele engendrara o plano perfeito para provocar um incêndio bem lento, que assustaria, mas não machucaria ninguém. O problema era que o plano não tinha saído conforme o esperado. Nenhum plano saía.

— Eu fico pensando no Henry e na Kitt — disse Mary, em inglês, com uma vozinha trêmula, baixa e quase inaudível, depois de um longo silêncio.

— Foi um acidente — retrucou Pak. — Você precisa se lembrar disso.

— Mas a culpa foi minha, tudo porque eu fui egoísta e queria voltar para a Coreia. Você falou que as coisas iam melhorar, mas eu insisti na teimosia, nas reclamações, e no fim das contas...

Mary começou a soluçar, mas Young sabia: Pak, enfim, havia decidido dar à filha o que ela queria e fez a única coisa que podia pensar para que isso acontecesse.

Young perdeu o fôlego, como se tivesse levado um soco nos pulmões. O que a transtornava, o que a impedia de ver sentido em tudo aquilo era a questão do motivo. Sim, Pak odiava as manifestantes. Sim, ele queria que elas fossem embora. Mas por que um incêndio? O negócio deles estava prosperando, não havia razão para destruí-lo. Só que havia. Mary tinha ido falar com ele, implorando para que a família retornasse à Coreia. O incêndio criminoso não tinha sido uma ideia passional, nascida da raiva dele pelas manifestantes. Tinha sido algo planejado. Agora tudo fazia sentido, tudo se encaixava. O telefonema para a seguradora, a lista de apartamentos em Seul — tudo estava ligado à trama. E, quando as manifestantes entraram em cena, ele conseguiu a isca perfeita.

Young sentiu uma dor no peito, como as bicadas de pequeninos pássaros em seu coração, ao imaginar Mary confiando aquele segredo a Pak no verão anterior, chorando, desesperada para retornar à sua terra natal. Por que Mary não tinha ido falar com *ela*, sua mãe? Na Coreia, elas brincavam de jogo da bugalha coreano todas as tardes, enquanto Mary contava à mãe sobre a implicância dos garotos e os livros que lia escondido durante as aulas. Que fim levara essa proximidade? Será que tinha evaporado, sem esperança de retorno, ou estaria apenas hibernando profundamente durante os anos da adolescência? Ela sabia que Mary não gostava dos Estados Unidos e queria retornar, mas apenas por conta dos trechos de conversas e dos olhares enviesados; Young não recebia a confiança incondicional que a filha aparentemente reservava a Pak. E Pak, em vez de ir conversar com ela, conduzira um plano perigoso para fazer a vontade de Mary — tomando a decisão sozinho, sem ouvir a opinião de sua esposa com quem estava casado havia vinte anos. Parecia traição. Traição de sua filha e seu marido. Traição de duas pessoas que ela amava, em quem mais confiava.

— Nós deveríamos contar ao Abe — disse Mary. — Agora. Precisamos parar de torturar a Elizabeth.

— Eu já pensei muito a respeito — respondeu Pak. — Mas o julgamento está quase no fim. São boas as chances de que ela não seja condenada. Quando o julgamento terminar, podemos seguir em frente, recomeçar.

— Mas e se ela for considerada culpada? Pode ser executada.

— Se isso acontecer, eu confesso tudo. Espero o dinheiro do seguro entrar e, quando você e a sua mãe estiverem longe, em segurança, falo com o Abe. Não vou deixar que a Elizabeth seja presa por um crime que não cometeu. Não poderia fazer isso. — Ele engoliu em seco. — Eu cometi muitos erros, mas nenhum, *nenhum* foi na intenção de fazer mal a ninguém. Não se esqueça disso.

— Mas ela já está sofrendo — retrucou Mary. — Está sendo julgada por matar o próprio filho. Ela deve estar sofrendo tanto, não consigo nem...

— Escute — interrompeu Pak. — Eu estou me sentindo péssimo com tudo o que aconteceu. Daria tudo para mudar as coisas. Mas não creio que a Elizabeth pense da mesma forma. Ela pode não ter provocado o incêndio, mas acho que queria ver o Henry morto e está feliz por isso ter acontecido.

— Como é que pode dizer uma coisa dessas? — disse Mary. — Eu sei que estão falando que ela machucava o Henry, mas dizer que ela realmente queria que ele morresse...

— Eu ouvi pelo interfone, com meus próprios ouvidos, numa hora que ela achava que estivesse desligado.

— Ouviu o quê?

— Ela dizendo à Teresa que queria que o Henry morresse, que ela chegava a fantasiar a morte dele.

— O quê? Quando? E por que você não disse nada? Você não falou isso nem sob testemunho.

— Foi o Abe que mandou. Ele vai perguntar à Teresa no púlpito, mas quer surpreendê-la, para arrancar dela toda a verdade.

Teria sido por isso que Young jamais ouvira essa história? Porque era amiga de Teresa e Abe tinha medo de que ela falasse alguma coisa? Será que todas aquelas pessoas estavam mentindo para ela?

— A questão é — disse Pak — que a Elizabeth queria ver o Henry morto. Ela havia abusado dele. Já seria acusada por isso, de todo modo, e já está sendo julgada. Vai fazer tanta diferença assim, para ela, passar mais uma semana em julgamento? E não esqueça que eu vou me pronunciar se ela for considerada culpada. Eu prometo.

Será que era mesmo verdade? Ou Pak estava apenas dizendo aquilo para convencer Mary a ficar calada e, se Elizabeth fosse considerada culpada, ele inventaria outra desculpa e a deixaria morrer?

— Agora, antes de entrarmos — prosseguiu Pak —, eu preciso que você me prometa uma coisa. Você *vai* fazer o que eu mandar. Não conte nenhuma palavra disso a ninguém, nem à sua mãe. Young não pode saber disso, está entendendo?

Ao ouvir o próprio nome, o coração de Young disparou.

— Meh-hee-yah, responda — disse Pak. — Você está entendendo?

— Não. A gente tem que contar à Um-ma — respondeu Mary, em inglês, exceto por Um-ma. Quanto tempo fazia que Mary não a chamava de Um-ma, do jeitinho que fazia antes de se revestir de uma armadura de ressentimento? — Você falou que ela está desconfiada. E se ela perguntar sobre aquela noite? O que é que eu vou dizer?

— O que você vem dizendo o tempo todo, que está tudo meio nebuloso.

— Não, a gente tem que contar para ela. — A voz de Mary era trêmula, baixa e insegura, feito a de uma garotinha.

— Não — soltou Pak, com tamanha força que a palavra ecoou nos ouvidos de Young, mas parou e respirou fundo várias vezes, como se tentasse se acalmar. — Por mim, Meh-hee-yah, faça isso por mim. — As palavras saíram em um tom de paciência forçada. — É minha decisão, minha responsabilidade. Se a sua mãe souber...

Ele suspirou.

Fez-se um silêncio, e ela soube que Mary havia aquiescido, pois ele continuaria insistindo se Mary não obedecesse. Depois de um minuto, ela ouviu passos e a cadeira de rodas se movendo. Mais e mais perto, então se afastando, em direção à casa. Young cogitou esperar que eles entrassem, para então sair correndo. Ou ir atrás deles, fingindo não ter ouvido nada, para ver o que eles fariam. Eram atos de covardia, ela sabia, mas estava tão cansada. Como era fácil ficar ali e isolar-se do mundo lá fora, permanecer deitada tumba pelo tempo necessário para que tudo parasse de girar, para que tudo simplesmente se desintegrasse, virasse um nada.

Não. Ela não podia ficar quieta, não podia permitir que Pak simplesmente a largasse de lado e a tornasse ainda mais irrelevante. Ela puxou com força a escotilha, que se abriu com um rangido, um barulho desarmônico que lhe invadiu os ouvidos e a fez querer gritar. Ela tentou se levantar. Bateu a cabeça no teto de aço, e o baque ecoou em seu crânio como um gongo.

Passos lentos e cautelosos adentraram o galpão. Pak disse que não era nada, provavelmente algum bicho.

— Mãe, é você? — indagou Mary, a voz tomada de medo, mas também de outra coisa. Talvez esperança.

Lentamente, Young ergueu o corpo. Engatinhou e se levantou. Estendeu a mão para Mary, num convite para juntar-se a ela, lamentar com ela aquela perda unicamente das duas. Mary a encarou, lágrimas escorrendo pelo rosto, mas não se aproximou. Em vez disso, olhou para Pak, como se pedisse permissão. Ele estendeu a mão. Mary hesitou, mas aproximou-se dele, afastando-se de Young.

Uma lembrança: Mary entre os dois, ainda bebezinha. Young e Pak estendendo os braços diante da filha, e a menina engatinhando para Pak, sempre Pak, Young rindo e batendo palmas, fingido não se magoar, tentando se convencer de como era maravilhoso que seu marido fosse tão próximo da filha, ao contrário de outros homens, de que Meh-hee passava muito tempo com ela — o dia inteiro! —, por isso a menina acabava preferindo o pai, já que raramente o via. Sempre fora assim, um desequilíbrio, até a posição dos três naquele momento, formando um triângulo isósceles, em que Young era o vértice mais distante. Talvez todas as famílias com filhos únicos fossem assim, e o desequilíbrio entre as partes e o ciúme resultante fossem inerentes a todos os trios. Afinal de contas, triângulos equiláteros, com os três lados iguaizinhos, existiam apenas em teoria, não na vida real. Ela acreditou que aquilo fosse mudar quando elas estivessem juntas em outro continente, distante de Pak, mas, por uma ironia do destino, ele ainda via Mary mais do que ela: duas vezes por semana, pelo Skype (que Young não podia acessar, já que na loja não tinha acesso à internet). A balança sempre pendia para Pak-Mary. Fora assim no passado, e permanecia assim agora.

Young olhou para os dois. O homem na cadeira de rodas, perpetrador de um crime monstruoso, que passara um ano escondendo o segredo que acabava de confiar à filha deles, mas não a ela. A seu lado, a garota com uma cicatriz no rosto, que já havia perdoado o pai pelo crime que lhe trouxera aquela mesma cicatriz. A garota que sempre escolhia o pai, que ainda permanecia a seu lado minutos após a esmagadora revelação que deveria tê-la levado de volta a Young. Seu marido e sua filha. Seu Sol e sua Lua, seus ossos e seu tutano, as pessoas sem as quais sua vida não existiria, e que mesmo assim permaneciam afastados e impenetráveis. Ela sentiu uma pontada forte no peito, como se todas as células de seu coração estivessem morrendo, lentamente, sufocadas.

Pak olhou para ela. Young esperava penitência, que ele baixasse a cabeça feito um girassol murcho, que fosse incapaz de olhá-la nos olhos enquanto confessava o próprio crime e implorava por perdão.

— Yuh-bo — disse ele, em vez disso —, não percebi que você estava aí. O que estava fazendo? — A pergunta não saiu num tom ansioso ou acusativo, mas com um toque de indiferença forçada, testando a possibilidade de continuar mentindo sem ser pego.

Ao olhar para ele, ao ver aquele sorriso assustadoramente genuíno, ela cambaleou para trás, e de repente foi como se o chão tivesse desaparecido e ela tivesse desabado no vácuo. Ela precisava sair dali, daquele lugar destruído, tomado de mentiras e morte. Young cambaleou, sentindo sob seus pés as saliências do chão chamuscado, precisando estender os braços para se equilibrar, como se cruzasse o corredor de um avião durante uma turbulência. Passou por Pak e Mary, caminhou até o toco de uma árvore morta e enxugou as lágrimas.

— Entendi... Você ouviu — disse Pak. — Yuh-bo, você precisa entender. Eu não quis jogar esse fardo em cima de você, achei que havia mais chances de tudo terminar bem se...

— Terminar bem? — Ela se virou para encará-lo. — Como é que isso pode terminar bem? Um menininho morreu. Cinco crianças ficaram sem a mãe. Uma mulher inocente está sendo julgada por homicídio. Você está numa cadeira de rodas. E Mary vai ter que passar o resto da vida sabendo que o pai dela é um assassino. Não tem a menor possibilidade de que tudo termine bem.

Ela só percebeu que estava gritando quando parou e ouviu as próprias palavras ecoarem no silêncio. Sentia a garganta áspera, irritada.

— Yuh-bo — disse Pak. — Vamos lá para dentro. Vamos conversar sobre isso. Você vai ver... Tudo vai se ajeitar. Por enquanto, a gente só precisa seguir em frente e não falar nada.

Young deu um passo para trás e pisou num galho. O passo em falso a fez cambalear, quase cair. Mary e Pak estenderam os braços. Young olhou as mãos de sua filha e seu marido, lado a lado, oferecendo apoio, sustento. Encarou os rostos dos dois, tão belos, tão amados, parados ao pé da trilha que ladeava o córrego, as árvores compridas atrás deles formando um teto sobre suas cabeças, os feixes reluzentes de luz do sol penetrando as folhas. Como estava linda aquela manhã, a manhã em que sua vida desmoronou, como se Deus zombasse dela e confirmasse sua irrelevância.

— Um-ma, por favor — disse Mary, olhando para ela, e a forma carinhosa daquele "mamãe" em coreano fez Young querer pegar a filha nos braços e secar suas lágrimas com o polegar, como costumava fazer. Ela pensou em como seria fácil dizer sim, unir as mãos e forjar aquela união, que estaria para sempre atada por um segredo. Então, olhou para a câmara enegrecida, à espreita, incendiada pelas chamas que engolfaram um menino de oito anos e a mulher que tentava salvá-lo.

Young balançou a cabeça. Deu um passo para trás, então outro, e mais outro, até sair do alcance deles.

— Vocês não têm o direito de me pedir nada — disse ela.

Então, deu meia-volta e afastou-se do marido e da filha.

MATT

Ele procurou por Mary no fórum. Queria vê-la. Bom, não exatamente. Precisava, para ser mais exato. Como um tratamento de canal, que em geral a pessoa não *quer* fazer, mas precisa, para resolver o problema e aliviar a dor. A sala de audiências estava mais cheia que o normal — decerto dadas as últimas manchetes ("Julgamento da 'Mamãe Assassina': ré deu água sanitária ao filho") —, mas os Yoo não estavam, o que era estranho.

Janine já estava lá.

— Eu coletei a amostra de voz — sussurrou ela. — Hoje vão tocar para o cara.

Matt sentiu um embrulho no estômago, cheio de ansiedade, pensando no acesso de Mary ao carro dele, no celular do lado de dentro.

Abe se virou.

— Você viu os Yoo?

Ele balançou a cabeça.

— Acho que é o aniversário da Mary — respondeu Janine. — Será que não estão comemorando?

Aniversário de Mary. Algo pareceu errado, ameaçador, a conjunção daqueles dois fatos enervantes — a questão da chave do carro, agora o aniversário dela. Dezoito anos, oficialmente uma adulta. Ou seja, em plenas condições de ser processada. Merda.

A detetive Heights chegou para a inquirição. Shannon não perdeu tempo dando bom-dia nem perguntando como ela estava, não se levantou nem esperou que o burburinho cessasse.

— A senhora considera que Elizabeth Ward é uma abusadora de crianças, correto? — perguntou ela, ainda sentada na cadeira.

O povo olhou em volta, como se tentasse descobrir de onde vinha a pergunta. Heights parecia surpresa, feito um boxeador que espera passar o primeiro minuto de luta circundando o ringue, mas leva um soco na cara no instante após soar o sinal.

— É, eu... — respondeu ela. — Acho que sim. Sim.

— E a senhora disse aos seus colegas — prosseguiu Shannon, ainda sentada — que isso era fundamental neste caso e que, sem as alegações de abuso, não haveria motivação, correto?

Heights franziu o cenho.

— Não me lembro disso.

— Não? A senhora não se lembra de escrever "sem abuso igual a sem motivo" numa lousa, em uma reunião para tratar deste caso, no dia 30 de agosto de 2008?

Heights engoliu em seco. Depois de um instante, pigarreou.

— Sim. Eu me recordo disso, mas...

— Obrigada, detetive. Agora — disse Shannon, levantando-se —, conte para nós como a senhora lida com abuso infantil, de modo geral. — Ela foi avançando a passos lentos e relaxados, como se passeasse num parque. — Quando recebe uma queixa séria, a senhora às vezes afasta a criança dos pais de imediato, antes mesmo da conclusão das investigações, correto?

— Isso. Quando existe a real possibilidade de maus-tratos graves, tentamos obter uma ordem de emergência e conduzir a criança a um abrigo temporário, para aguardar a investigação.

— *Real possibilidade de maus-tratos graves.* — Shannon se aproximou. — Neste caso, quando recebeu a queixa anônima a respeito de Elizabeth, a senhora não retirou Henry de casa, nem sequer tentou. Não é verdade?

Heights olhou para Shannon, com os lábios bem cerrados e os olhos arregalados.

— Verdade — respondeu, depois de um longo momento.

— Ou seja, a senhora acreditou que não havia real possibilidade de maus-tratos a Henry, correto?

Heights olhou para Abe, então de volta para Shannon, e piscou.

— Essa foi a avaliação *preliminar*. Antes da investigação.

— Ah, sim. A investigação durou cinco dias. Se em qualquer momento a senhora tivesse concluído que Henry estava, de fato, sofrendo abuso, poderia e teria tirado o menino de casa, para protegê-lo. Essa é a sua função, não é?

— É, mas...

— Mas a senhora não fez isso. — Shannon deu um passo à frente, feito uma escavadeira partindo para cima de um obstáculo. — Nos cinco dias que se seguiram à queixa, a senhora deixou Henry em casa, correto?

Heights mordeu o lábio.

— Obviamente, a nossa avaliação foi equivocada...

— Detetive — disse Shannon, projetando a voz. — Por favor, responda à minha pergunta, e somente à minha pergunta. Eu não perguntei sobre seu desempenho no trabalho, embora seu supervisor e os advogados interessados no processo em nome de Henry possam estar muito curiosos para ouvir a senhora admitir um erro. A minha pergunta é: depois de cinco dias de investigação, vocês consideraram ou não que Elizabeth era uma abusadora e configurava real ameaça de maus-tratos graves a Henry?

— Não, não consideramos — respondeu Heights, abatida, num tom indiferente.

— Obrigada. Agora voltemos à investigação em si. — Shannon acomodou um quadro branco no suporte. — Ontem, a senhora disse que investigou quatro tipos de abusos neste caso: emocional, físico e médico, além de negligência. Correto?

— Sim.

Shannon escreveu as categorias em uma coluna no quadro.

— A senhora entrevistou Kitt Kozlowski, oito professores, quatro terapeutas e dois médicos, além do pai de Henry, correto?

— Isso.

Shannon alinhou os entrevistados na primeira fileira:

	Pai	8 professores	4 terapeutas	2 médicos	Kitt
Negligência					
Abuso emocional					
Abuso físico					
Abuso médico					

— Alguém expressou preocupação quanto a Elizabeth ter sido negligente com o Henry?

— Não.

Shannon escreveu *NÃO* cinco vezes na linha correspondente a *Negligência*, então fez um traço ao longo de toda a linha.

— Em seguida, alguém além de Kitt expressou preocupação quanto a abusos físicos ou emocionais?

— Não — respondeu Heights.

— A bem da verdade, segundo suas anotações, a professora do Henry no ano passado disse, abre aspas: "Elizabeth é a última mãe que eu vejo causando um trauma físico ou emocional no próprio filho." Correto?

Heights respirou alto, quase um suspiro.

— Correto.

— Obrigada. — Shannon escreveu *NÃO* nas duas fileiras, menos na coluna *Kitt*. — Por fim, abuso médico. A senhora se concentrou nisso, então imagino que tenha feito perguntas detalhadas a todas as pessoas com quem conversou. — Shannon baixou o marcador. — Então, vamos lá. Liste para nós todas as instâncias de abuso médico sobre as quais falaram essas outras 15 pessoas.

Heights permaneceu em silêncio, encarando Shannon com um olhar de intensa antipatia.

— Detetive, a sua resposta?

— O problema é que essas pessoas não tinham ciência de nenhuma das "terapias médicas" às quais a ré submeteu Henry, então...

— Sim, vamos chegar às terapias de Henry em um minuto. Mas, enquanto isso, me parece que a sua resposta é que essas outras 15 pessoas entrevistadas não achavam, na verdade, que Elizabeth havia cometido abuso médico. É isso mesmo, detetive?

Heights inflou as narinas.

— É.

— Obrigada.

Shannon escreveu *NÃO* na última fileira e deu um passo para trás, para que os jurados dessem uma boa olhada no quadro.

	Pai	8 professores	4 terapeutas	2 médicos	Kitt
~~Negligência~~	~~NÃO~~	~~NÃO~~	~~NÃO~~	~~NÃO~~	~~NÃO~~
Abuso emocional	NÃO	NÃO	NÃO	NÃO	
Abuso físico	NÃO	NÃO	NÃO	NÃO	
Abuso médico	NÃO	NÃO	NÃO	NÃO	

Shannon apontou para o pôster.

— Então, as 15 pessoas que mais conheciam Henry e cuidavam de seu bem-estar concordavam que Elizabeth não cometia nenhum tipo de abuso. Vamos falar da única pessoa que expressou preocupação. Será que Kitt realmente acusou Elizabeth de abuso emocional?

Heights franziu o cenho.

— Acho que seria justo dizer que ela questionou se a ré fez mal a Henry dizendo que ele era irritante e que todo mundo o odiava.

— Então ela *questionou* abuso emocional. — Shannon desenhou um ponto de interrogação no quadrado *Abuso emocional/Kitt*. — E qual é a sua opinião sobre isso, detetive? Isso é abuso infantil? Eu tenho uma filha, uma *aborrescente*, se é que a senhora me entende, e muitas vezes me pego chamando a menina de mal-educada, malvada e odiosa e digo que ela vai acabar sozinha, sem amigos, sem marido e sem emprego se não mudar rapidamente de postura. — Alguns jurados riram, em concordância. — Pois bem, eu sei que não vou ganhar nenhum prêmio de mãe do ano, mas esse é o tipo de coisa pela qual os filhos são afastados das mães?

— Não. Como a senhora disse, não é o ideal, mas não chega ao ponto do abuso.

Shannon sorriu e traçou um risco na linha de *Abuso emocional*.

— Agora, abuso físico. Kitt realmente acusou Elizabeth disso?

— Não. Ela só trouxe o questionamento à tona por conta dos arranhões no braço de Henry.

Shannon desenhou um ponto de interrogação no quadrado *Abuso físico/Kitt*.

— Quando a senhora entrevistou Henry, ele disse que tinha sido arranhado pelo gato do vizinho, correto?

— Isso.

— Na verdade, a senhora anotou no relatório de Henry que não havia, abre aspas, "nenhuma evidência sustentando a queixa de abuso físico", correto?

— Correto.

Shannon traçou um risco na linha de *Abuso físico*.

— Com isso, resta o abuso médico. Essa queixa se concentra nas terapias alternativas de Elizabeth, especificamente a quelação intravenosa e o MMS, correto?

— Isso.

Shannon escreveu *Quelação intravenosa* e *MMS ("Água sanitária")* no quadro.

— Agora, admito que não sou especialista nisso, mas me parece que um pré-requisito para o abuso médico é que a mãe apresente atitudes que de fato tragam prejuízo à criança... Ou seja, que façam a criança adoecer, ou adoecer mais, correto?

— Esse costuma ser o caso.

— Pois é essa a minha confusão. De que maneira os tratamentos de Henry podem ser considerados abuso se ele estava melhorando, em termos de saúde?

Heights piscou os olhos algumas vezes.

— Não sei se é esse o caso, exatamente.

— Não? — retrucou Shannon, e Matt viu um olhar jocoso em seu rosto, o traço de expectativa de uma criança que quer mostrar alguma coisa. — A senhora está ciente de que um neurologista da Clínica de Autismo de Georgetown diagnosticou Henry com autismo aos três anos?

— Sim, está na ficha médica dele.

Matt não sabia disso. Sempre presumira, com base nos comentários de Kitt, que o "autismo" de Henry existisse apenas na cabeça de Elizabeth.

— Também consta na ficha médica que, segundo o mesmo neurologista, Henry já não apresentava autismo desde fevereiro do ano passado, não é verdade?

— Isso.

— Bom, passar de autismo para não autismo é melhor, e não pior, correto?

— Na verdade, o neurologista indicou que talvez tivesse havido um erro de diagnóstico...

— Porque a melhora na condição de Henry era meio inexplicável, de tão significativa, já que a maioria das crianças não apresenta os mesmos resultados, certo?

— Bom, seja qual for o caso, ele afirmou que a melhora tinha se dado a partir de uma enorme frequência de terapia social e fonoaudiologia.

— A enorme frequência de terapias nas quais Elizabeth insistia, que organizava e para as quais levava Henry todos os dias, a senhora diz? — perguntou Shannon, mais uma vez pintando Elizabeth como a Mãe do Ano.

Em vez de irritado, Matt ficou pensando: será que estivera errado? Será que a obsessão de Elizabeth não era infundada, e será que essa obsessão havia levado um menino a deixar de ser autista?

Heights franziu ainda mais o cenho.

— Suponho que sim.

— À parte o autismo, Henry também apresentou melhora em outros aspectos, não foi? Ele, que aos três anos era uma criança de baixo peso e com diarreias frequentes, aos oito já apresentava peso dentro da normalidade e nenhum problema intestinal. A senhora lembra que isso consta na ficha médica dele, detetive?

Heights enrubesceu.

— Mas essa não é a questão. A questão é que esses tratamentos são perigosos e desnecessários, o que constitui abuso médico, *sim*, a despeito dos resultados. E não podemos esquecer que *houve* uma consequência danosa para Henry, ou seja, a *morte*, causada pelos riscos amplamente conhecidos de incêndio no tratamento em câmaras hiperbáricas.

— É mesmo? Eu não sabia que OHB em um ambiente com alvará de funcionamento constituía abuso médico. — Shannon virou-se para a tribuna. — O Miracle Submarine tinha uma clientela de cerca de vinte famílias. Imagino que a senhora tenha investigado todas essas famílias por abuso infantil, por embarcarem em um tratamento tão perigoso para seus filhos. É isso o que a senhora está dizendo, detetive?

Pelo cantinho do olho, Matt viu várias mulheres na tribuna se remexerem, meio nervosas, entreolhando-se e encarando Elizabeth, como se não imaginassem poder ser acusadas dos mesmos crimes pelos quais ela estava sendo. Seria essa a razão de tamanha avidez em acreditar que ela era uma assassina cruel? Sob esse viés, se ela não havia provocado o incêndio de caso pensado, seria pura obra do acaso os filhos daquelas mesmas mulheres estarem seguros em casa, e não em um caixão?

— Não, claro que não — respondeu Heights. — Não se pode conduzir uma análise isolada. Não era só a OHB. Ela fez coisas extremas, como quelação intravenosa e administração de água sanitária.

— Ah, sim. Voltemos a isso. A quelação intravenosa é um tratamento aprovado pela vigilância sanitária, correto?

— Sim, mas para tratar contaminação por metais pesados, o que não era o caso de Henry.

— Detetive, a senhora está ciente de um estudo da Universidade Brown no qual ratos que receberam uma injeção de diversos tipos de metais pesados tornaram-se socialmente atípicos, num quadro similar ao do autismo, e retornaram à normalidade ao ser tratados com quelação?

Matt não tinha ouvido falar nisso. Será que era verdade?

— Não, não ouvi falar nesse estudo.

— Sério? Esse estudo foi condensado num artigo do *Wall Street Journal* que eu encontrei nos seus próprios arquivos, junto aos resultados do teste indicando que Henry tinha um nível elevado de mercúrio, chumbo e vários outros metais pesados em seu corpo.

Heights franziu os lábios, parecendo se forçar a permanecer em silêncio.

— E a senhora está ciente — prosseguiu Shannon — de que uma das pesquisadoras desse estudo, a dra. Anjeli Hall, que era médica do Hospital Stanford e professora da faculdade de medicina de Stanford, indica para crianças autistas, entre outros tratamentos, a quelação?

Matt não conhecia esse nome, mas as credenciais... como contestar a legitimidade de um profissional desse nível?

— Não, não conheço essa médica — disse Heights —, mas o que eu *sei* é que crianças autistas morreram recentemente em decorrência da quelação intravenosa.

— Devido à negligência de um médico que teve o registro médico cassado, correto?

— Sim, acredito que sim.

— As pessoas morrem por conta de erros médicos. — Shannon virou-se para o júri. — Eu mesma, mês passado, li sobre uma criança que morreu ao receber de um pediatra uma dosagem errada de paracetamol. Diga, detetive, se amanhã eu der paracetamol ao meu filho, isso será considerado abuso médico, já que o paracetamol obviamente é um medicamento perigoso, capaz de matar crianças?

— Quelação não é paracetamol. A ré ministrou DMPS a Henry, uma substância química perigosa, normalmente usada em hospitais. Recebeu pelo correio, enviada por uma naturopata de fora do estado.

— A senhora está ciente, detetive, de que essa naturopata de fora do estado atende no consultório da dra. Hall e de que essa receita foi originalmente prescrita a Henry pela própria dra. Hall?

Heights ergueu as sobrancelhas, surpresa.

— Não, não sabia disso.

— A senhora considera abuso médico fornecer a alguém medicação prescrita por uma neurologista que por acaso leciona em Stanford?

Ela franziu os lábios e refletiu por um instante. *Pare com isso, não seja idiota*, Matt quis dizer.

— Não — disse a detetive, por fim.

— Ótimo. — Shannon riscou as palavras *Quelação intravenosa* no quadro. — Com isso, resta o chamado tratamento com água sanitária. Detetive, qual é a fórmula química da água sanitária?

— Eu não sei.

— Está nos seus arquivos, mas é NaClO, hipoclorito de sódio. Qual é a fórmula química do MMS, o suplemento mineral que Elizabeth dava a Henry e a senhora está *chamando* de água sanitária?

Ela franziu de leve o cenho.

— Dióxido de cloro.

— Sim, ClO_2. A bem da verdade, umas gotinhas diluídas em água. A senhora tem ciência, detetive, de que a indústria utiliza essa substância para purificar água engarrafada? — Shannon virou-se para o júri. — A água que nós compramos no supermercado contém a mesma substância química que a fórmula do MMS que a detetive está chamando de "água sanitária".

— Quem está testemunhando aqui, Excelência? — disse Abe, levantando-se.

— O dióxido de cloro está presente em inúmeros antifúngicos — prosseguiu Shannon, mais depressa e num tom de voz mais alto. — A senhora vai prender todos os pais que compram isso no mercado?

— Protesto! — disse Abe, mais uma vez. — Estou tentando ter paciência, mas ela está atormentando a testemunha com inúmeras perguntas fora do escopo de sua área de conhecimento, sem mencionar a presunção de fatos que não estão em evidência. A detetive Heights não é médica nem especialista em química ou medicina.

Shannon enrubesceu, vermelha de indignação.

— Esse é exatamente o ponto, Excelência. A detetive Heights *não* é especialista, não conhece nada sobre esses tratamentos que rotulou como perigosos e desnecessários, com base em sabe-se lá o quê, nem se deu ao trabalho de aprender ou pesquisar básico, que por acaso consta de seus próprios arquivos.

— Protesto acatado — disse o juiz. — Sra. Haug, a senhora pode chamar seus especialistas, mas por enquanto atenha-se aos registros e não saia do escopo das atribuições da detetive.

Shannon assentiu.

— Sim, Excelência. — Ela se virou. — Detetive, a senhora tem autorização para iniciar suas próprias investigações? Durante o curso de um caso, se a senhora se deparar com evidências do cometimento de abuso por parte de uma figura parental, por exemplo, poderia abrir uma nova investigação?

— Claro que sim. É indiferente a forma como uma queixa chega até nós.

— Nesse caso — disse Shannon —, a senhora teve provas de que muitos outros pais e mães em sua jurisdição praticavam *tanto* a quelação intravenosa quanto o MMS, a partir de debates pela internet, correto?

A detetive olhou para a tribuna antes de responder que sim.

— Quantos desses pais a senhora investigou por abuso médico?

Ela levou o olhar à tribuna outra vez.

— Nenhum.

— A senhora não investigou nenhum deles porque não considera que o MMS e a quelação constituam abuso infantil, correto?

Matt quase ouviu as palavras não ditas de Shannon: *Porque, se esses tratamentos constituíssem abuso, metade das pessoas aqui também deveria ser jogada na cadeia.*

Heights encarou Shannon, que a encarou de volta. O duelo de olhares durou muitos segundos, passando de desconfortável a doloroso.

— Correto — disse Heights, enfim.

— Obrigada — respondeu Shannon.

A advogada caminhou até o suporte, lenta e deliberadamente, e riscou um traço forte pela última linha, *Abuso médico*.

Matt olhou Elizabeth, de rosto impassível, exibindo a mesma máscara de inexpressividade da véspera, enquanto a detetive Heights pintava o retrato da abusadora sádica que conduzia experimentos dolorosos no filho por puro e simples terror. Agora, porém, ela não parecia impiedosa, mas petrificada. Paralisada de tanta tristeza. Então Matt percebeu o que já sabia desde que acordara: precisava contar a Abe, e provavelmente a Shannon também. Talvez não tudo, mas pelo menos sobre Mary, o telefonema para a seguradora e o bilhete do H-Mart. Em relação aos cigarros, dava para esperar um pouco. Mas ele precisava encontrar Mary e adverti-la. Dar a ela uma chance de confessar.

Ele tocou o ombro de Janine.

— Preciso ir — disse, apenas movendo os lábios, e apontou para o *pager*, como se fosse algo de trabalho.

— Ok — sussurrou ela —, depois eu te atualizo.

Matt se levantou e saiu da sala de audiências. Ao cruzar a porta, viu Shannon apontando para o quadro, agora todo riscado.

— Detetive — disse ela —, eu gostaria de esclarecer uma coisa sobre a qual falamos mais cedo. — Shannon escreveu algo no quadro. — Isso *foi* o que a senhora escreveu na reunião com seus colegas, correto?

Matt parou para olhar. Quando Heights respondeu que sim, isso mesmo, Shannon deu um passo para trás, permitindo que Matt enxergasse o pôster. No alto, acima de todas as categorias de abuso riscadas, Shannon escrevera, em letras garrafais, e circulara: SEM ABUSO = SEM MOTIVO.

SEM ABUSO = SEM MOTIVO

	Pai	8 professores	4 terapeutas	2 médicos	Kitt
Negligência	NÃO	NÃO	NÃO	NÃO	NÃO
Abuso emocional	NÃO	NÃO	NÃO	NÃO	?
Abuso físico	NÃO	NÃO	NÃO	NÃO	?
Abuso médico	NÃO	NÃO	NÃO	NÃO	Quelação intravenosa MMS ("água sanitária")

ELIZABETH

Ela avistou as mulheres durante o recesso, na saída da sala de audiências. Um contingente considerável — vinte, talvez trinta — do grupo de mães de autistas. Ela as vira pela última vez no funeral de Henry, na época em que era apenas uma mãe acometida por uma tragédia, objeto de dor e empatia (e talvez de pena, junto à pontada de superioridade das outras por terem os filhos ainda vivos). Antes da prisão e das notícias que interromperam as visitas com caçarolas de comida. Ela chegara a esperar que algumas comparecessem ao julgamento, mas passara a semana inteira sem ver ninguém.

Agora, porém, cá estavam. Por que justo hoje? Talvez as últimas notícias tivessem aguçado sua curiosidade ao ponto de convocarem as babás. Ou talvez aquele fosse o encontro mensal — sim, era uma quinta-feira —, e elas tivessem decidido partir em excursão. Ou... seria possível? Teriam elas ouvido falar que os tratamentos de Henry — os mesmos aos quais muitas submetiam os próprios filhos — estavam sendo taxados de "abuso médico" e resolvido dar apoio?

As mulheres conversavam em pé, em um círculo irregular, agitadas feito abelhas junto a uma colmeia. Ela foi se aproximando da sala de audiências e do grupinho, quando uma delas, ao telefone — Elaine, a primeira a tentar o tal tratamento com água sanitária, antes mesmo de Elizabeth —, ergueu os olhos e a notou. Elaine ergueu as sobrancelhas e esgarçou os lábios em um sorriso, como se feliz em vê-la. Elizabeth retribuiu o sorriso e começou a rumar em direção ao grupo, o coração acelerado, o corpo inteiro revigorado de esperança.

Elaine fechou o sorriso, virou-se para as outras e sussurrou alguma coisa. Então todas as mulheres a olharam como se ela fosse um cadáver em decomposição, incapazes de conter a curiosidade mas enojadas, encarando-a e desviando o olhar, com o semblante contorcido de quem fareja algo pútrido. No instante em que Elizabeth percebeu que as sobrancelhas erguidas e o sorriso de Elaine eram um sinal de surpresa e constrangimento, as mulheres fecharam o pequeno círculo, dando as costas para ela, formando uma rodinha tão apertada que quase não ocupava espaço.

— Vem, vamos indo — disse Shannon.

Elizabeth assentiu e afastou-se das mulheres, caminhando com dificuldade, sentindo as pernas ocas e pesadas ao mesmo tempo. Durante muitos anos, aquele grupo fora o único lugar em que ela se sentira aceita como mãe, um mundo que não a evitava educadamente, que não a taxava (aos sussurros, sempre aos sussurros) como a "pobre mãe daquele menino com" — pausa — "*autismo*, você sabe, aquele que fica se balançando o dia inteiro". Era o oposto: naquele grupo, pela primeira vez na vida, ela vivenciara algo similar a poder. Não que nunca tivesse experimentado — ela tinha se formado com honras na escola, conquistara bônus no trabalho —, mas esse era o tipo de sucesso das abelhas-operárias, silencioso, reconhecido apenas pelos pais. No mundo das mães de autistas, porém, Elizabeth era uma estrela do rock, uma milagreira, a líder do grupinho popular, pois era o que todas as outras sonhavam ser: a mãe de uma Criança Recuperada, uma criança que começara como não verbal, antissocial, uma completa bagunça, tal qual as outras, mas que ao longo dos anos fora catapultada ao reino das turmas de crianças típicas e da alta das terapias. Henry era o garoto-modelo, a cristalização da esperança de que um dia os filhos de todas as outras passariam pela mesma metamorfose.

Ser objeto de tanta inveja e apreciação era inebriante, mas (por falta de costume) também constrangedor, e ela tentava subestimar seu próprio papel no progresso de Henry. "Pelo que sei", dizia ao grupo, "as conquistas do Henry não vieram dos tratamentos, e o momento foi só uma coincidência. Não existe grupo de controle, então a gente nunca vai saber." (Não que ela realmente acreditasse nisso, mas pensava que a lógica de "correlação não implica causalidade" a fazia parecer racional, o que deixava os descrentes menos propensos a desaboná-la como uma "doida antivacina".)

Mesmo com as advertências de Elizabeth, porém, literalmente todas as integrantes do grupo uniram-se à boiada biomédica e correram para providenciar os mesmos tratamentos a seus filhos. "O protocolo Elizabeth", diziam, apesar de ela argumentar que apenas havia seguido as recomendações de outras pessoas, ajustando aqui e ali com base nos exames laboratoriais de Henry. Quando várias outras crianças começaram a melhorar (embora não tão rápida ou surpreendentemente quanto Henry), ela foi alçada à categoria de abelha-rainha, tornando-se a especialista à qual todas recorriam. Cada uma daquelas mulheres junto à porta da sala de audiências já havia contatado Elizabeth em busca de conselhos, tomado seu tempo durante o café, pedido ajuda para interpretar exames e mandado bolinhos e cartões em agradecimento.

Agora, lá estavam elas, aquelas mulheres que um dia se uniram para admirá-la, de costas, mais unidas do que nunca em sua condenação. E lá estava Elizabeth, outrora quase uma divindade, afastando-se, agora uma pária. E, se a reação do grupo representasse alguma previsão, em poucos dias adentraria de vez o corredor da morte.

*

Já sentada, Elizabeth olhou a palavra feia no gráfico do suporte: *ABUSO*.

Abuso infantil. Era isso o que ela havia cometido? Depois do primeiro beliscão, no porão do vizinho, ela prometera jamais repetir o gesto — era defensora da educação positiva, não acreditava em castigos e ameaças —, mas a frustração só crescia com o tempo. Semanas e meses de paciência, ignorando comportamentos negativos, enaltecendo os positivos, e então a fúria subia, feito uma maré, e a nocauteava com o doce alívio de um grito, de um apertão na carne macia de Henry. Mas ela nunca batia nem estapeava, e certamente não fazia nada que requeresse cuidados médicos. Não era *isso* — atitudes que suscitavam sangue e ossos quebrados — o abuso infantil, ao contrário das condutas invisíveis das quais ela se valia para infligir um instante de dor, só um pouquinho, e desencorajar Henry de qualquer comportamento indesejado? Isso não era diferente de espancar?

Ela olhou para o gráfico, para todos os *NÃO*s que confirmavam a ausência de delito, e sentiu aflição por Henry, por saber que ela e as pessoas listadas no gráfico — cuja função era protegê-lo — haviam falhado. E, quando Shannon disse que Abe redirecionaria Heights e pediu que ela não se preocupasse, pois ninguém acreditava naquela queixa de abuso, Elizabeth sentiu uma pontada de pena por ela também, por ter sido tão completamente ingênua.

Abe rumou direto para o quadro e apontou para a frase SEM ABUSO = SEM MOTIVO.

— Detetive — disse ele —, quando a senhora escreveu essa frase, tencionava dizer que, se a ré não abusava de Henry, não tinha motivo para matá-lo?

— Não, claro que não — respondeu Heights. — Existem muitos casos de pais que ferem e até matam seus filhos sem que haja abuso prévio.

— Então, *qual* foi a sua intenção?

Heights olhou o júri.

— É preciso compreender o contexto. Eu mal havia começado a investigação, e a criança e uma testemunha foram mortas. Eu estava pleiteando um aumento da equipe para a investigação sobre abuso, e talvez... — Ela respirou fundo, como se reunisse coragem para confessar algo constrangedor. — Isso era uma espécie de rascunho para defender meu argumento de que, *naquela época*, quando a investigação ainda estava incipiente, a única motivação que nós tínhamos era a queixa de abuso, então deveríamos dedicar mais recursos a isso.

Abe sorriu, como um professor compreensivo.

— Então a senhora escreveu isso para convencer seus superiores da necessidade de mais poder e recursos. Os outros concordaram?

— Não. Na verdade, o detetive Pierson apagou e disse que a minha visão era limitada, e que a queixa de abuso era *uma* prova de motivação, mas sem dúvida não a *única*. A bem da verdade, desde então nós descobrimos muitas outras provas de motivação. As buscas da ré na internet, as anotações, as brigas com Kitt, por aí vai. Então, definitivamente, não é verdade que a ausência de abuso equivale a ausência de motivo.

Abe pegou um marcador vermelho, riscou um traço forte sobre os dizeres SEM ABUSO = SEM MOTIVO e deu um passo para trás.

— Vamos explorar o resto desse quadro bastante organizado da sra. Haug. Ela afirma que não houve abuso porque as outras pessoas não estavam cientes. Detetive, como psicóloga treinada e detetive especializada em casos de abuso infantil, isso procede?

— Não — respondeu ela. — Os abusadores com frequência conseguem encobrir suas ações e convencem a criança a entrar no jogo.

— A senhora encontrou provas de ocultação neste caso?

— Sim. A ré nunca contou ao pediatra nem ao pai da criança sobre a administração de quelação intravenosa ou de MMS, muito menos informou acerca da morte de outras crianças em decorrência desses tratamentos. Uma clássica ocultação deliberada, uma marca de abuso.

Elizabeth quis gritar que não estava escondendo nada, apenas evitando uma exaustiva discussão com um médico tradicionalista. E Victor nunca pedia detalhes; dizia que confiava nela, que não tinha tempo para consultas e artigos científicos. No entanto, algo na expressão "ocultação deliberada" a calou. As palavras guardavam um tom sinistro, traziam a mesma sensação de culpa que a invadia quando, antes das visitas ao pediatra, ela dizia a Henry: "Não vamos contar a ele sobre os outros médicos. A gente não quer que ele fique com ciúme, não é mesmo?"

Abe aproximou-se de Heights.

— A senhora mencionou isso antes, ocultação deliberada. Pode explicar a importância disso, como psicóloga e investigadora?

— Indica a *intenção* da ação. Um pai ou uma mãe diz a uma criança "se você fizer X, vai levar uma surra". A criança faz X, o pai ou a mãe dá uma surra. É controlado e previsível. O cônjuge sabe a respeito, o filho pode contar aos amigos. Muitos pais e mães fazem isso. O mesmo vale para os tratamentos médicos. O seu filho está doente, você quer testar um tratamento, conversa com médicos, com seu cônjuge, os dois decidem juntos. Tudo certo. Mas você, deliberadamente, oculta atitudes... sejam tratamentos ou punições físicas... que indicam que você reconhece o erro do que está fazendo.

Ela sentiu algo explodir dentro de si, ofuscante e ensurdecedor, feito uma lâmpada que esquenta demais e irrompe em chamas. Refletiu sobre o que diferenciava seus gritos e beliscões — *eram* diferentes, ela sabia — dos gritos, tapas e palmadas na cabeça sobre os quais falavam os outros pais e mães e às vezes até aplicavam em público. Qual era a diferença? Que ela não desejava fazer, que prometia a si mesma não fazer, mas era incapaz de evitar? Era a mesma diferença entre uma pessoa normal e um alcoólatra tomarem um martíni antes do jantar: fisicamente, o ato é idêntico, mas o contexto — a intenção por detrás e as consequências — não guarda qualquer semelhança. A perda de controle, a imprevisibilidade. Ao fim, o disfarce.

— Na sua opinião de especialista, esses *NÃO*s — perguntou Abe, apontando para o diagrama — indicam ausência de abuso?

— De forma alguma, não.

Abe tornou a pegar o marcador vermelho e riscou todo o cabeçalho da tabela.

— E as fileiras? — perguntou ele. — A sra. Haug separou diferentes tipos de abuso e foi riscando todos, um por um. Essa é uma forma válida de análise de casos de abuso infantil?

— Não. Não dá para olhar cada acusação isoladamente. Um incidente isolado pode ser perturbador, mas não suficiente para constituir abuso. Por exemplo, um pai ou uma mãe dizer que uma criança é irritante e que as pessoas a odeiam. Isso, por si só, não configura abuso. Arranhar o braço de uma criança também não pode ser considerado abuso *por si só*. E assim por diante, até a quelação intravenosa e a administração forçada de MMS. No entanto, quando se considera tudo *junto*, um padrão emerge, e atitudes que poderiam parecer inócuas numa análise isolada talvez não sejam, de fato, tão inofensivas.

— Por isso que a senhora não pôde tirar Henry de casa de imediato?

— Sim, exatamente por isso. No caso de ferimentos óbvios, como ossos quebrados, a avaliação fica mais fácil. Mas em situações como essa, em que cada incidente é sutil e questionável, é preciso considerar múltiplas fontes e analisar o cenário como um todo, o que leva tempo. Infelizmente, antes disso acontecer, Henry morreu.

— Em resumo — disse Abe —, delimitar categorias de abuso e não encontrar abuso em nenhuma categoria, isso demonstra que não houve abuso, neste caso?

— Não, de forma alguma.

Abe riscou as categorias no quadro.

— Pois bem, esse diagrama já está bastante destruído, mas, antes de descartá-lo, observemos o abuso médico. Detetive, a sra. Haug agiu corretamente ao listar apenas a quelação intravenosa e o MMS?

— Não. Essas *eram* as terapias mais arriscadas às quais Henry era submetido. Por outro lado, não podemos avaliar cada procedimento de forma isolada. — Ela olhou o júri. — Vou dar um exemplo. Quimioterapia. Para uma criança com câncer, obviamente isso não configura abuso médico. Mas submeter uma criança sem câncer à quimioterapia seria abuso. Não se trata apenas dos riscos, mas da pertinência.

— Mas e uma criança com câncer em remissão? É a analogia apropriada, não é, já que o diagnóstico inicial de autismo de Henry foi refutado posteriormente?

— Verdade. Mas submeter uma criança em remissão à quimioterapia seria um caso clássico da síndrome de Munchausen por procuração, a condição que estamos chamando de "abuso médico". Um caso típico de Munchausen ocorre após a recuperação de um paciente grave. O cuidador perde o contato constante com hospitais e médicos, então tenta recuperá-lo produzindo sintomas para dar a *impressão* de que a criança ainda está doente. Aqui, o diagnóstico de autismo de Henry foi retirado. A ré não aceitou isso e continuou a levar o menino a médicos e submetendo-o a tratamentos arriscados dos quais ele já não precisava, só para continuar recebendo atenção.

Elizabeth pensou no grupo de mãe de autistas. "Por que continua fazendo essas merdas?", Kitt costumava perguntar. "Por que ainda vem às reuniões?" A resposta vinha agora: ela não queria parar porque gostava de frequentar aquele mundo, onde pela primeira vez na vida havia sido a melhor, provocado inveja. Teria Henry frequentado a OHB no último verão e sido queimado vivo por conta de uma *ego trip*?

Ela sentiu náusea. Fechou os olhos e apertou o estômago, para segurar o vômito, então escutou qualquer coisa sobre a importância de se ouvir o relato direto da vítima.

Ela abriu os olhos. Shannon estava de pé, protestando.

— Negado — disse o juiz. — Protesto anotado.

Shannon apertou a mão dela.

— Desculpe por não conseguir impedir — sussurrou ela. — Está pronta?

Ela quis dizer que não, não fazia ideia do que estava acontecendo, estava passando mal e precisava sair dali, mas Abe ligou a tevê junto ao suporte.

— Este é um vídeo de Henry na véspera da explosão — disse Heights —, quando o entrevistamos na colônia de atividades.

Abe apertou um botão do controle remoto. A tela da tevê foi preenchida por uma tomada em close-up da cabeça de Henry. A tevê era imensa, e Elizabeth perdeu o fôlego com a nitidez do vídeo em tamanho real do rosto de Henry, o nariz e as bochechinhas pontilhadas por leves sardas decorrentes do sol de verão. Henry tinha a cabeça baixa. "Oi, Henry", disse a voz fora da tela — era a detetive Heights. Ainda de cabeça baixa, ele ergueu o olhar; seus olhos imensos pareceram ainda maiores, feito os de um boneco. "Oi", respondeu Henry, em um tom agudo, curioso mas cauteloso.

Ao abrir a boca, ele exibiu a janelinha entre os dentes da frente — a sombra do dente perdido aquele fim de semana, que ela recolhera de baixo de seu travesseiro e trocara por uma nota de dólar, recompensa da fada do dente, com o cuidado de não tocar seu rostinho adormecido.

"Quantos anos você tem, Henry?", perguntou a voz sem corpo de Heights.

"Tenho oito anos", disse ele, mecânico e formal, como um robô de respostas programadas. Henry não olhou para a câmera nem para a detetive Heights, que devia estar atrás ou ao lado. Em vez disso, ergueu o olhar, revirando os olhinhos como se examinasse os detalhes de um afresco no teto. Naquele momento, Elizabeth se deu conta de que não recordava uma única conversa entre os dois na qual ela não dissesse, pelo menos uma vez, "Henry, não perca o olhar, olhe para mim, sempre olhe para a pessoa que está falando com você", vomitando as palavras feito veneno. Que importava para onde ele olhava? Por que ela simplesmente não *falava* com o filho, não perguntava sobre o que ele estava pensando, não contava que seu avô, o pai dela, tinha os olhos da mesma cor dos dele? Agora, visto pelo véu de suas lágrimas, Henry mais parecia a pintura renascentista de um anjo contemplando a Madona. Como ela jamais percebera sua inocência, sua beleza?

"Henry, esse arranhão no seu braço", perguntou Heights. "Como você arrumou isso?" Henry balançou a cabeça. "Foi um gato. O gato do vizinho me arranhou."

Elizabeth fechou os olhos com força. Ao ouvir as próprias mentiras emergindo daqueles pequeninos lábios, algo amargo e salgado lhe desceu pela garganta. O fato era que os arranhões nos braços de Henry não tinham sido feitos por um gato, e sim pelas unhas dela, num dia em que os dois chegaram 12 minutos atrasados à terapia ocupacional, o que, considerando os 120 dólares cobrados por hora, somava um desperdício de 24 dólares. Eles estavam prestes a se atrasar também para a fonoaudióloga, então ela mandou que Henry corresse para o carro, mas ele simplesmente ficou ali, parado, olhando para cima, os olhos perdidos, balançando a cabeça. Ela o segurou pelos braços. "Está me ouvindo? Entra na bosta do carro!" Quando ele tentou se soltar, ela não deixou. Suas unhas arranharam a pele do menino, um arranhão fino feito um descascador de laranja.

"Foi um gato que fez isso? Que gato? Onde?", perguntou Heights, no vídeo.

"Foi um gato. O gato do vizinho me arranhou", repetiu Henry.

"Henry, acho que talvez alguém tenha te mandado falar isso, mas não seja verdade. Sei que é difícil, mas você precisa me contar o que aconteceu."

Henry tornou a encarar o teto, os vasinhos vermelhos estampados no branco dos olhos. "Quem me arranhou foi um gato", disse ele. "O gato é um gato malvado. O gato é um gato preto. O gato tem orelhas brancas e unhas compridas. O nome do gato é Pretinho."

A questão era que ela nunca, de fato, pedia que Henry mentisse. Apenas simulava. Depois que a fúria momentânea ia embora e a calma retornava, ela contava a Henry uma versão alternativa. Em vez de dizer "Desculpe por te machucar, está doendo?", ou "Por que você nunca me escuta?", ela dizia "Ah, querido, olha só esse arranhão! Você precisa tomar mais cuidado ao brincar com aquele gato".

Era mágico: se ela apresentasse uma história alternativa de forma corriqueira, conseguia fazê-lo questionar a própria memória. Ele erguia os olhinhos cheios de dúvida e os revirava de um lado a outro, como se assistisse a duas encenações no céu e tentasse decidir qual era a mais convincente. E a mágica ia além: se ela repetisse bastante a mesma versão, de maneira consistente e sem muito drama, a memória de Henry ia se distorcendo, criando uma versão corrigida, com detalhes que ele próprio acrescentava. Aquilo — um gato qualquer inventado por ela tornar-se um gato real na mente de seu filho, com nome, cor e características específicas —, mais do que as dores físicas infligidas nele, a convenceu: ela era uma manipuladora, uma péssima mãe, que destruíra o próprio filho.

"A sua mamãe te mandou dizer isso?", perguntou Heights, no vídeo.

"A mamãe me ama, mas eu sou irritante e dificulto tudo. A vida da mamãe seria melhor sem mim. A mamãe e o papai ainda estariam casados e iam tirar férias e dar a volta ao mundo. Eu não devia ter nascido."

Ah, Deus. Será que ele realmente pensava isso? Será que *ela* incutira em Henry essas ideias? Ela não negava seus pensamentos obscuros (não era coisa de toda mãe?), mas sempre se arrependia, quase no mesmo instante. Nunca dissera nada daquilo a ele, sem dúvida. De onde ele tirara todas aquelas coisas?

"A sua mamãe te disse isso, Henry?", perguntou Heights. "Foi *ela* que te arranhou?"

Henry encarou a câmera, de olhos tão arregalados que a íris mais parecia bolas azuis flutuando numa piscina branca. Ele balançou a cabeça.

"Foi um gato que me arranhou. O gato do vizinho me arranhou. O gato é um gato malvado. O gato me odeia."

Ela quis agarrar o controle remoto e fazer aquilo parar. Desligar a tevê, empurrá-la, fazer qualquer coisa para impedir Henry de proferir aquelas mentiras, tão mais terríveis e insuportáveis que os próprios arranhões.

— Para! — gritou ela, escancarando a boca. — Para... — repetiu, alongando a palavra, sentindo-a rebater e ecoar por toda a sala de audiências.

Ela viu o queixo do juiz cair frente àquela explosão, ouviu o som do martelo, ouviu-o dizer "silêncio, silêncio no tribunal", mas não parou. Levantou-se, fechou os olhos com força e levou as mãos às orelhas.

— Não tem gato nenhum. Não tem gato nenhum! — repetiu ela, inúmeras vezes, cada vez mais alto, até que as palavras lhe arranhassem a garganta, até ficar impossível escutar a voz de Henry.

MATT

Ele estava sentado no carro, tentando descobrir uma forma de se encontrar com Mary sozinho. Young não estava em casa, isso ele sabia; ao chegar, avistou Mary ajudando Pak a entrar, mas o carro não estava na garagem. Encostou em um cantinho, onde passara meia hora esperando *algo* acontecer — Mary sair da casa sozinha, ou Pak sair sozinho, ou ele próprio ser invadido por um misto de coragem e impaciência que o fizesse levantar a bunda do carro.

O que o expulsou foi o calor. Não apenas o desconforto de marinar no próprio suor, mas suas mãos. As palmas não transpiravam. Ficavam vermelhas e ardidas, como se o calor selasse o fino invólucro plástico das cicatrizes e abrasasse a camada interna de pele. Ele tentou se convencer de que a dor não era real, que os nervos estavam mortos, mas a sensação só piorou, ficando insuportável. Ele saiu. Suas coxas estavam grudadas no banco de couro, mas ele não deu a mínima, apenas se levantou depressa e aguentou a ardência da pele ferida, grato pelo deslocamento da dor.

Ele entrelaçou os dedos e estendeu os braços para cima, imaginando o sangue fervente se esvaindo de suas mãos. Passou mais dez minutos ali, andando de um lado a outro, tentando pensar em algo além da espera — será que dava para jogar pedrinhas, para atrair Mary? —, quando sentiu cheiro de fumaça. *É só minha cabeça me pregando mais uma peça*, disse ele a si mesmo. A proximidade do local do incêndio fazia seu coração acelerar e o sangue ferver, despertando a lembrança do odor daquela noite. Ele se forçou a olhar o galpão, ao longe — os resquícios do esqueleto das paredes, o submarino enegrecido lá dentro, com uns vislumbres do antigo tom de azul em meio à fuligem —, e forçou o cérebro a compreender: não havia incêndio. Nem fumaça.

Matt virou-se para o grande aglomerado de pinheiros atrás de si e respirou fundo. Mata verde, fresca e limpa... Era esse o registro cerebral que ele esperava, mas o cheiro de fumaça persistia. E alguma outra coisa. Um chiado fraco distante. Um estalido. Ele deu um giro e viu a fumaça, avultando-se em uma coluna muito visível, então desaparecendo em filetes pelo límpido céu azul.

Ele sentiu uma pontada de alívio — não estava alucinando, não estava enlouquecendo — antes de ser tomado pelo pânico. Fogo. Na casa dos Yoo? Havia árvores no caminho, não dava para saber. *Dê meia-volta, corra até o carro e saia dirigindo, porra*, disse uma voz em sua cabeça. Ele pensou no celular dentro do carro e que o mais inteligente a fazer seria ligar para a polícia.

Mas ele não fez isso. Correu em direção à fumaça, pelo emaranhado de árvores. Ao se aproximar, viu que a fumaça parecia vir da frente da casa, então ele correu por fora, pela lateral. Os estalidos do fogo estavam crescendo, mas havia outro som. Vozes. Pak e Mary. Não gritando de medo ou pedindo ajuda, mas conversando tranquilamente sobre alguma coisa.

Matt tentou parar de correr, mas foi tarde demais. Ao vê-lo contornando a lateral, os dois o encararam. Pak prendeu a respiração. Mary gritou e deu um salto para trás.

O fogo vinha de um recipiente de metal enferrujado bem diante dos dois. O recipiente — uma lata de lixo? — tinha mais ou menos a mesma altura que a cadeira de rodas de Pak, cujo rosto estava envolto no brilho bruxuleante e alaranjado das chamas.

— Matt, o que está fazendo aqui? — indagou Pak.

Ele sabia que deveria responder, mas não conseguia falar, não conseguia se mexer. O que eles estavam queimando? Cigarros? Estavam destruindo provas? Por que àquela altura?

Ele olhou Pak, eclipsado pela cortina translúcida de fogo e labaredas que pareciam lamber seu rosto. Ele pensou no rosto queimado de Henry e sentiu ânsia de vômito, então refletiu: como Pak conseguia ficar tão perto do fogo — ao ponto de sua pele refletir as chamas, de o calor penetrar seus nervos — sem surtar, sem se borrar de medo? Em meio às chamas, o rosto anguloso de Pak era sinistro e assustador, e Matt pôde vislumbrá-lo acendendo um fósforo junto ao tubo de oxigênio. Parecia real. Plausível.

— Matt, o que você está fazendo aqui? — repetiu Pak, pressionando a cadeira de rodas como se fosse se levantar, e ele recordou Young dizendo que os médicos não entendiam por que Pak ainda estava paraplégico, já que os nervos pareciam intactos. No mesmo instante, ele soube: Pak havia forjado a paralisia e estava prestes a se levantar e atacá-lo.

— Matt? — repetiu Pak, ainda apertando a cadeira.

Todos os músculos de Matt se enrijeceram. Ele deu um passo para trás, pronto para sair correndo, mas então Pak — ainda sentado — contornou a lata de lixo. Com seu corpo totalmente visível, Matt entendeu: Pak estava forçando as rodas da cadeira por conta do cascalho do chão.

Matt pigarreou.

— Eu estava voltando do fórum e pensei em vir saber como vocês estavam, já que não foram. Está tudo bem?

— Sim, estamos bem. — Pak olhou a lata de lixo. — É para o aniversário de Mary — disse ele. — Dezoito anos. Na Coreia, é tradição queimarmos objetos infantis. Simboliza a passagem à vida adulta.

— Uau — disse Matt. Ele nunca tinha ouvido falar naquilo, e presenciara uma dezena de festas de 18 anos coreanas.

— Talvez seja só no meu vilarejo — continuou Pak, como se lesse os pensamentos de Matt. — Young não conhecia essa tradição. Você já ouviu falar?

— Não, mas gostei. A sobrinha da Janine vai fazer 18 anos em breve. Vou falar com ela — respondeu Matt, pensando que seus sogros tinham o mesmíssimo hábito de encobrir mentiras invocando babaquices de "tradição ancestral".

Ele espichou o pescoço e olhou Mary, que estava atrás de Pak.

— Feliz aniversário.

— Obrigada. — Ela encarou a lata de lixo, olhou Matt outra vez e balançou a cabeça. — A Janine... está... com você?

Mary tornou a balançar a cabeça, franziu o cenho e arregalou os olhos — se era um apelo ou uma ameaça, ele não soube dizer. Fosse como fosse, a mensagem era clara: *Não conte à Janine que nos viu queimando essas coisas*. Se o que vinha em seguida era *por favor* ou *você vai se arrepender*, não interessava.

— Sim, está esperando no carro — disse ele, percebendo naquela mentira todo o seu nervosismo para sair daquela situação em segurança. — É melhor eu ir, senão ela vai ficar preocupada. Enfim, que bom que você está bem. Te vejo amanhã. — Ele deu meia-volta. — Parabéns mais uma vez, Mary.

Ao se virar, sentiu os olhares dos dois nas suas costas, mas não olhou para trás. Apenas seguiu caminhando, passou pela casa, adentrou o aglomerado de árvores, atravessou o galpão destruído e entrou no carro. Trancou a porta, ligou o motor, engatou a marcha, pisou no acelerador e deu o fora dali.

TERESA

Ela era a única pessoa na sala de audiências. Depois do caos dos últimos dez minutos — Elizabeth berrando, falando de um gato, os assistentes de Shannon correndo para tirá-la da sala, o juiz batendo o martelo e ordenando o recesso para o almoço, todo mundo saindo depressa, fugindo do atropelo dos repórteres que corriam e falavam ao telefone —, Teresa implorava por um sossego. Silêncio. Acima de tudo, um tempo sozinha. Não queria sair e encarar as mulheres que pulavam (sem sombra de dúvida) de café em café, atrás de fofocas. Com muito cuidado, obviamente, revestindo a tagarelice de uma falsa preocupação, como se empreendessem uma busca por justiça para Henry ("abusado por tanto tempo!") e Kitt ("cinco filhos, uma santa, de fato!"), para disfarçar a verdade: sua alegria e empolgação em assistir de camarote ao sofrimento de outra pessoa.

Não, ela não queria abandonar a calmaria da sala de audiências vazia. O único incômodo era a temperatura. Quando o tribunal estava em sessão, o ambiente esquentava, e os aparelhos de ar-condicionado velhos não davam conta de suavizar o vapor que emanava da multidão suada, por isso ela optara por um vestido de mangas curtas, sem meia-calça. No entanto, quando vazia, a sala virava uma geladeira. Ou talvez aquela sensação fossem os calafrios por ter visto Henry — o rostinho infantil, de pele macia e perfeita, ainda imaculado pelas espinhas, rugas e outras marcas que a vida eventualmente traria — afirmando ter sido arranhado pelo "gato" que o odiava, depois testemunhado o colapso de Elizabeth, confessando que não havia gato algum, ou seja... O quê? *Ela* era o "gato"? Teresa estremeceu e esfregou os braços. Tinha as mãos pegajosas, o que a fez estremecer ainda mais.

Um raio de luz branca entrava pelo lado direito da janela frontal. Ela cruzou a sala e foi até o ponto ensolarado, bem atrás da mesa da promotoria, onde costumava ficar. Sentou-se sob a nesga de sol, fechou os olhos e ergueu o rosto para o calor. Uma brancura ofuscante penetrou suas pálpebras fechadas, formando pontinhos fantasmagóricos e tremeluzentes. O zumbido dos aparelhos de ar-condicionado parecia aumentar. Feito ondas em uma concha, o ruído branco rodopiou e adentrou seus canais auditivos, num sussurro etéreo, um espectro auditivo da voz de Elizabeth. *Não tem gato nenhum. Não tem gato nenhum.*

— Teresa? — chamou uma voz por detrás dela. Era Young, espiando pela porta entreaberta, como uma criança com medo de entrar sem permissão.

— Ah, oi — disse Teresa. — Achei que você não viesse hoje.

Young não respondeu, apenas mordeu o lábio. Estava usando uma camiseta e uma calça com elástico, em lugar do habitual conjunto de blusa e saia. Tinha os cabelos presos num coque, como sempre, mas meio bagunçado, com mechas soltas, como se tivesse dormido daquele jeito.

— Young, está tudo bem? Quer entrar?

Teresa sentiu-se ridícula ao convidá-la para entrar. Presunçosa, como se estivesse em casa, mas precisava fazer algo para dissipar o desconforto de Young.

Young assentiu e cruzou o corredor com hesitação, como se descumprisse uma regra. Sob as luzes fluorescentes, sua pele parecia pálida. O elástico na cintura estava frouxo, e a cada poucos passos ela puxava a calça para cima. Ao se aproximar, Young olhou para a esquerda, depois para Teresa, com o semblante confuso, então Teresa percebeu: Young não estava entendendo a mudança de lugar. Claro. Qualquer pessoa que a visse ali presumiria que ela tivesse retornado ao lado da acusação, como se fosse um recado. Merda. Era assim que as fofocas começavam. Ela não se surpreenderia se alguma página da internet já estivesse preparando uma manchete com as últimas notícias ("Amiga volúvel da Mamãe Assassina troca de lado outra vez").

— Eu vim para cá porque estava com frio. Aqui está batendo sol — explicou Teresa, apontando para a janela, com ódio de seu tom defensivo e da sensação real de estar se defendendo.

Young assentiu e se sentou, exibindo uma pontada de decepção. Calçava um par de mocassins velhos, com a parte de trás dobrada debaixo dos pés, feito chinelos, como se a pressa não lhe tivesse permitido enfiar os sapatos direito. Tinha os lábios rachados e remelas nos cantos dos olhos.

— Young, está tudo bem? Cadê o Pak? E a Mary?

Young piscou e voltou a morder o lábio.

— Estão doentes. Dor de barriga.

— Ah, que pena. Espero que melhorem logo.

Young assentiu.

— Eu cheguei atrasada. Vi Elizabeth gritando. O pessoal de lá — disse ela, apontando para os fundos — disse que foi uma confissão, que ela arranhou o Henry.

Teresa engoliu em seco. Confirmou.

— Pois é.

Young parecia aliviada.

— Então você acha que ela é culpada.

— O quê? Não. Arranhar alguém e matar são duas coisas bem diferentes. Quer dizer, o arranhão pode ter sido um acidente.

No mesmo instante, Teresa soube que um acidente não teria deixado Elizabeth tão abalada. Visualizou Abe diante do júri, apontando para Elizabeth. "Esta mulher, uma mulher *violenta*, que machucou o próprio filho, uma mulher *desequilibrada*, à beira de um ataque de nervos... Todos nós vimos isso... Em um dia *traumático*, depois que a polícia avançou com as acusações de abuso infantil, depois de uma briga séria com uma amiga... Seria muito exagero pensar que *esta* mulher, *neste* dia, fosse simplesmente perder o controle?"

— Se ela cometeu abuso, mas não provocou o incêndio — perguntou Young —, você acha que ela merece punição? Não pena de morte, mas prisão?

— Eu não sei. — Teresa suspirou. — Ela perdeu o único filho de uma forma horrível. Está sendo culpada por todo mundo. Perdeu todos os amigos. Não tem mais nada na vida. E se isso tudo aconteceu, mas ela não provocou o incêndio? Eu diria que ela já está sendo bastante punida por qualquer erro que tenha cometido.

Young enrubesceu e piscou rapidamente para evitar as lágrimas que, apesar do esforço, brotavam em seus olhos.

— Mas ela queria que o Henry morresse. Eu vi o vídeo. Que tipo de mãe diz ao filho que queria que ele morresse?

Teresa fechou os olhos. Aquele momento do vídeo a perturbara profundamente, e ela andava lutando para não pensar a respeito.

— Eu não sei por que o Henry falou aquilo, mas não posso acreditar que ela tenha dito tais coisas a ele.

— Mas o Pak me contou que ela falou a mesma coisa a você, que queria que o Henry morresse, que ela fantasiava com isso.

— O Pak? Mas como... — Enquanto as palavras saíam, veio-lhe à mente a recordação que ela tentava afastar. *Às vezes, desejo que o Henry morra. Eu fantasio com isso.* O comentário sussurrado na câmara escurecida, sem ninguém por perto, exceto... — Ai, meu Deus, será que o Henry ouviu e contou para o Pak? Mas como? Ele estava do outro lado da câmara, vendo um vídeo.

— Então é verdade. A Elizabeth disse que queria que o Henry morresse. — Era uma afirmação, não uma pergunta.

— Não, não foi desse jeito. Ela não quis dizer isso. — Era difícil explicar sem revelar toda a história do que acontecera com Mary aquele dia. Mas como ela poderia contar a Young, logo para Young? — Ai, meu Deus, o Abe está sabendo disso?

Young, como se num esforço para ficar calada, apertou os lábios com tanta força que a pele em redor embranqueceu.

— Está — soltou, então, abruptamente. — E vai te perguntar a respeito. No tribunal.

A perspectiva de ter que explicar o contexto, fazer os outros entenderem... Seria possível?

— Não foi... Não é do jeito que está parecendo. Ela não falou sério — disse Teresa. — Estava só tentando me ajudar.

— Que ajuda existe em dizer que queria ver o filho morto?

Teresa balançou a cabeça, sem conseguir dizer nada.

Young se aproximou.

— Teresa... Conte para mim. Quero entender tudo isso. *Preciso*.

Teresa encarou Young, a última pessoa a quem gostaria de contar aquela história. Mas, se ela estivesse certa, Abe a forçaria a revelar tudo na sala de audiências, e dali a uma hora todo o seu relato estaria sendo transmitido a toda pessoa com um computador.

Teresa assentiu. Young ficaria sabendo, cedo ou tarde, e merecia ouvir tudo de sua boca. Ela só esperava que Young não passasse a odiá-la depois disso.

*

Ela estava desolada naquele dia. Saíra de casa na hora habitual para o mergulho noturno, mas como acontecia às vezes, em agosto, não pegara trânsito e chegara à OHB com 45 minutos de antecedência. Precisava fazer xixi, mas não queria pedir para usar o banheiro dos Yoo. Não que eles fossem recusar — ao contrário, encorajavam —, mas Young insistia em se desculpar pelo aglomerado de caixas, repetia que era "temporário", que eles "se mudariam em breve"... Era constrangedor.

Ela seguiu um pouco adiante e encostou em um ponto isolado. Usaria o coletor de urina de vinte quatro horas, que guardava no carro para esses momentos. Era nojento, claro, mas melhor que a alternativa: parar num posto de gasolina, botar Rosa na cadeira de rodas, encontrar uma vovó boazinha para ficar de olho nela (já que os banheiros de posto eram muito pequenos para a cadeira), o que inevitavelmente suscitava perguntas sobre a doença de Rosa, e se havia esperança, e elogios à sua coragem etc. etc., depois devolver a cadeira de rodas ao porta-malas e reacomodar a menina no carro. Era exaustivo e levava uns bons 15 minutos. Quinze minutos para uma paradinha que poderia levar dois! Ela sabia que não deveria resmungar; havia tantas outras coisas "maiores" a enfrentar. No entanto, eram essas indignidades cotidianas, os fragmentos de minutos perdidos que a deixavam mais irritada, pensando em como os pais e mães "normais" não faziam ideia da vida boa que levavam. As mães dos bebezinhos tinham uma noção, era verdade, mas tudo o que é temporário se torna mais suportável; a diferença era ter de reviver as mesmas coisas diariamente, sabendo que nada mudaria até o dia de sua morte, sabendo que aos oitenta anos você estaria agachada em uma merda de coletor de mijo, levando sua filha inválida de cinquenta anos para sabe-se lá quais terapias haveria no futuro, preocupada em saber quem assumiria seu lugar depois que você morresse.

Ela decidiu sair para fazer xixi. Rosa estava dormindo, e ela não podia mijar no recipiente sem deslocá-la, então saiu do carro e foi até um cantinho escondido, atrás de um galpão rodeado de arbustos. No momento em que baixava as calças, ouviu um toque de celular no interior do galpão.

— Oi, espera um segundo — disse uma voz feminina, abafada pela parede.

Parecia Mary, a filha dos Yoo. Teresa ficou imóvel. Definitivamente, não poderia fazer xixi. Um barulho — caixas sendo arrastadas? — irrompeu do galpão.

— Estou aqui. Foi mal — disse a mesma voz.

Uma pausa.

— Só arrumando umas caixas. Meu estoque secreto, sabe?

Uma risada.

Pausa.

— Nossa, se eles soubessem, iam surtar. Mas não vão encontrar nunca. Está num saco, dentro de uma caixa, debaixo de outras caixas.

Outra risada.

Pausa.

— Sim, Schnapps está ótimo. Mas, escuta, posso te pagar na semana que vem?

Pausa.

— Eu *peguei*, mas meu pai descobriu, daí surtou. Acho que eu devolvi para o lugar errado. Tipo, como é que eu vou saber que ele é todo cheio de TOC com a ordem dos cartões na porra da carteira?

Bufada.

Pausa.

— Não, vou catar a da minha mãe e pegar o dinheiro para te pagar. Semana que vem, prometo.

Pausa.

— Beleza, tchau. Ah, espera. Posso te pedir um favor?

Risada.

— Tá, *outro* favor. — Pausa. — Vou receber umas coisas pelo correio, mas não quero que meus pais vejam. Posso dar o seu endereço, e você leva para mim na aula?

Pausa.

— Não, não. São só umas listas de apartamentos. Eu quero fazer uma surpresa para os meus pais. — Pausa. — Ah, valeu. Você está sendo superlegal. E, escuta, já viu sobre a quarta-feira? Sabe, o meu aniversário…? — Pausa. — Ah, tá bem. Claro, eu entendo. Com certeza. Manda um beijo para o David.

Fez-se o estalido do *flip* de um celular.

— Ai, *meu Deus, o David* — soltou Mary, debochando da amiga, num tom exagerado e melodioso —, eu já falei quanto amo o *David*? Não, não posso ir à sua festa de aniversário porque o *David* pode me *ligar*. Vaca — concluiu, em seu tom de voz normal.

Suspiro. Silêncio.

Lentamente, Teresa retornou ao carro. Fechou a porta em silêncio, dirigiu por uns minutos e parou. Olhou para Rosa, que ainda dormia, a cabeça inclinada feito uma bonequinha de pano. Tinha a respiração profunda e compassada, emitindo um leve chiado a cada exalação… Mais baixo que um ronco, mais suave que um sibilo. Inocente. Linda e inocente, como um bebê.

Rosa e Mary tinham a mesma idade. Se Rosa não tivesse contraído o vírus destruidor de cérebros, estaria ela fazendo as mesmas coisas?

Bebendo, conspirando com amigas fingidas, roubando o dinheiro dela, tudo o que as mães rezam para que seus filhos jamais façam? Bom, Rosa jamais faria — preces atendidas, pela vida toda. Então, por que tamanha tristeza?

O que mais a afetava, e era essa a questão, era o inesperado da vida alheia, os aspectos menos invejáveis. Os cartões de Natal retratando a vida perfeita, com colagens cafonas (o filho no uniforme de futebol, segurando um troféu, a filha com um violino e uma medalha, os pais escancarando sorrisos brancos, promovendo sua imensa felicidade) e dizeres cafonas ("Só uma amostra das conquistas mais incríveis de nossos incríveis filhos!"), isso ela sabia que era mentira, então dispensava.

As coisas corriqueiras, porém, até as ruins, que não vinham a público, mas definiam a vida com filhos — olhos revirados, batidas de porta, gritaria, "você acabou com a minha vida!" —, era *essa* perda que ela mais lamentava. E jamais imaginara que seria assim. *Graças a Deus a Rosa não é desse jeito,* Teresa chegou a pensar quando Carlos entrou na adolescência e começou a agir como se fosse bipolar. Aquilo, porém, era similar às inúmeras mamadas noturnas de um recém-nascido: era horrível, sim, e as mães rezavam para que terminasse logo, mas nem tanto. Pois era um sinal de normalidade, e a normalidade, por pior que seja, é a coisa mais linda para quem a perde. Naquele momento, saber que jamais flagraria Rosa roubando uma nota de vinte de sua carteira, bebendo licor escondido, xingando alguém de "vaca" pelas costas... Isso lhe consumia as vísceras, lhe contraía as entranhas. Ela desejava tudo aquilo, e odiava saber que os Yoo tinham, então quis sair dali e nunca mais ver nenhum deles.

Teresa não fez isso, claro. Retornou à OHB, abriu um sorriso para Young e Pak e entrou na câmara. Kitt não estava lá (TJ estava doente) nem Matt (preso no trânsito, ao que parecia, o que era estranho, já que ela não tinha pegado trânsito algum), então eram só ela e Elizabeth.

— Está tudo bem? — perguntou Elizabeth, assim que a porta da escotilha se fechou. — Aconteceu alguma coisa?

— Claro — respondeu Teresa. — Quer dizer, não, não aconteceu nada. Só estou cansada.

Ela esgarçou os lábios, tentando aproximar os cantos das orelhas. Era difícil recordar os movimentos musculares que resultavam em um sorriso natural quando ela tentava não chorar, quando engolia as lágrimas e piscava os olhos e pensava *Ah, por favor, pense em qualquer outra coisa além de que a vida é uma merda e que essa sensação vai te acompanhar pelo resto dos seus dias.*

— Ok — disse Elizabeth. — Ok.

O jeito como ela repetiu o "ok" — tentando não soar magoada, feito uma menina rejeitada em todas as mesinhas do refeitório — fez Teresa querer lhe contar um segredo. Ou talvez tivesse sido a câmara. A escuridão vazia sob a luz intermitente do DVD e a voz tranquila do narrador... parecia um confessionário. Teresa parou de engolir e pestanejar, afastou-se das crianças e começou a falar.

Contou a Elizabeth sobre aquele dia, as sessões de terapia uma atrás da outra, e Rosa caindo no sono, e a jarra de mijo. Voltou 12 anos no tempo e contou que tinha dado boa-noite a uma menininha normal de cinco anos, passara dois dias viajando e na volta encontrara a filha em coma. Contou que havia culpado o (agora ex-) marido por ter levado Rosa ao shopping, por não ter lavado suas mãos e por ter dado frango meio cru para ela, entre tantas outras coisas. Contou que os médicos disseram que Rosa provavelmente morreria e que, se não morresse, teria sequelas cerebrais graves e irreversíveis.

Morte *versus* paralisia cerebral e retardo mental. *Morte, não, por favor, não a morte, nada mais importa*, rezara ela. Por um ínfimo e diminuto segundo, no entanto, ela visualizara uma vida inteira com danos cerebrais. Sua menininha totalmente ausente, exibindo a carcaça física como lembrança de sua ausência. Teresa dispensando cuidados em tempo integral, sua vida normal destruída feito um graveto. Sem trabalho, sem amigos, sem descanso.

— Não é que eu tivesse desejado a morte dela. Claro que não. Só de pensar nisso, não consigo nem... — Teresa fechou os olhos para expulsar o terrível pensamento. — Eu rezei para que ela vivesse, e ela viveu. Eu fiquei tão grata... e *ainda sou*. Mas...

— Mas você fica pensando se esse foi o pedido certo — disse Elizabeth.

Teresa assentiu. A morte de Rosa a teria dilacerado, destruído sua vida. Mas ela teria tido o luxo de um desfecho, de baixar o caixão e se despedir. Por fim, se reergueria e recomeçaria a própria vida. Do jeito que era, ela permanecia de pé, mas em um constante purgatório, destroçada pouco a pouco, dia após dia. O que era melhor?

— Que tipo de mãe pensa desse jeito? — indagou Teresa.

— Ah, Teresa, você é uma boa mãe. Só está num dia ruim.

— Não, eu sou uma pessoa ruim. Talvez as crianças estivessem melhores com o Tomas.

— Para com isso, deixa de ser ridícula — disse Elizabeth. — Olha, é difícil. É difícil ser mãe de crianças como as nossas. Quer dizer, sei que a Kitt diz que para mim é fácil, mas eu não *sinto* isso, sabe? Vivo preocupada, dirijo para todo lado, fico tentando uma coisa atrás da outra, e esse mergulho duplo... — Ela balançou a cabeça e abafou um risinho amargo. — Meu Deus, como eu odeio. Estou exausta. Se *eu* me sinto assim, não consigo nem imaginar como *você* deve se sentir, tendo que lidar com tantas outras coisas. Estou falando sério, não sei como você consegue. Eu te admiro demais, e a Kitt também. Você é uma mãe incrível, tão carinhosa e paciente com a Rosa, sacrificou a vida inteira por ela. Por isso todo mundo te chama de Madre Teresa.

— Pois bem, agora você sabe. É só teatrinho. — Teresa pestanejou e sentiu as lágrimas quentes descendo por seu rosto, a familiar vergonha. Madre Teresa... Que piada. — Meu Deus, qual é o meu problema? Não acredito que te contei tudo isso. Desculpe, eu...

— O quê? Não. Eu fico feliz por você ter compartilhado. — Elizabeth tocou o braço de Teresa. — Queria que essa fosse uma conversa mais comum entre mães. A gente precisa compartilhar as partes feias, as coisas que nos deixam envergonhadas.

Teresa balançou a cabeça.

— Nem imagino o que o grupo de apoio à paralisia cerebral faria se ouvisse tudo isso. Provavelmente me expulsariam. As outras mães simplesmente não pensam esse tipo de coisa.

— Está de brincadeira? — retrucou Elizabeth, encarando-a. — Vem aqui. — Ela caminhou até o outro extremo da câmara, junto à escotilha e ao interfone, o mais longe possível das crianças. — Lembra o que a Kitt falou sobre as febres do TJ? — perguntou, sussurrando.

Teresa assentiu. Kitt andara comentando sobre o fenômeno de algumas crianças com autismo apresentarem redução dos sintomas diante de uma febre alta, e dissera que TJ parava de bater a cabeça e até entoava palavrinhas de uma sílaba, e era desolador quando a febre baixava e ele voltava ao normal. ("É maravilhoso e terrível ao mesmo tempo ter esse vislumbre, por um único dia, de quem ele *poderia* ser.")

— Com o Henry, é ao contrário — prosseguiu Elizabeth. — Quando ele adoece, fica totalmente desorientado. Da última vez, não conseguia falar nenhuma palavra, até começou a se balançar, o que não fazia havia um ano. Eu fiquei com tanto medo de que não passasse. Tive um surto e gritei com ele, achando que talvez pudesse tirá-lo daquela crise. Eu até... — Elizabeth olhou para baixo e balançou a cabeça, como um "não" para si mesma. — Enfim, teve uma hora que eu pensei: *Por que é que eu tive ele?* Se Henry não tivesse nascido, a minha vida seria tão melhor. Eu ainda teria um companheiro, Victor e eu ainda estaríamos casados, tirando férias e viajando pelo mundo. Eu parei de pesquisar sobre retrocessos e comecei a olhar as ilhas de Fiji.

— Isso não é nada — disse Teresa. — É tipo fantasiar com um ator.

Elizabeth balançou a cabeça.

— Desde então, quando a frustração vem com força, *às vezes, desejo que o Henry morra. Eu fantasio com isso.* De alguma forma indolor, talvez até dormindo. Como é que seria a minha vida? Será que seria assim tão ruim?

— Mamãe — chamou Henry. — O DVD acabou. Você pode botar outro?

— Claro, amor. — Ela interfonou para Pak, pediu outro DVD e aguardou. — Enfim — sussurrou ela, para Teresa —, são só momentos, e são passageiros. No fim das contas, você ama a Rosa, eu amo o Henry, e nós duas sacrificamos tudo e faríamos qualquer coisa por eles. Então, se uma ínfima parte de nós acaba tendo esses pensamentos, durante uma ínfima fração de tempo, pensamentos que a gente manda embora quase na mesma hora, será que isso é assim tão ruim? Será que não é apenas humano?

    Teresa olhou Elizabeth, cujo sorriso gentil a fez imaginar se a mulher não havia inventado toda aquela história para que ela se sentisse melhor, menos sozinha. Pensou em como a vida poderia ter se desenrolado: o corpo de Rosa, destruído pelos vermes durante um bom tempo, agora uma pilha de ossos, sete palmos abaixo da terra. Olhou Henry e Rosa, sentados lado a lado, cada um com seu capacete de mergulhador, os rostos banhados pelo brilho da tela. Pensou que Rosa jamais seria igual a Mary, que àquela altura decerto estava bebendo e xingando a amiga por causa de *David* e mil outras coisas. Talvez não houvesse problema em Rosa estar sentada ali, gorgolejando e rindo do barulho dos dinossauros.

*

    Naquele dia, e muitas vezes desde então (sobretudo logo depois que Mary acordou do coma sem sequelas cerebrais), ela cogitou contar a Young sobre a má conduta de Mary, pensou na satisfação que sentiria ao ver Young perceber que sua filha não era o primor imaculado de orgulho que ela pintava. Aquela, enfim, era a oportunidade perfeita para soltar tudo, não por pura mesquinharia, mas para dar um contexto à conversa sobre Elizabeth querer ver o filho morto. Por outro lado, ela não podia fazer isso. Olhou o rosto de Young, tão cansado e confuso, e substituiu o nome de Mary por "uma adolescente no McDonald's".

    — O Pak tinha razão — disse Young, depois de ouvir a história de Teresa. — A Elizabeth falou que queria o Henry morto. Como é que uma mãe diz uma coisa dessas?

    Teresa havia contado a história sem emoção, mas agora um nó se formava em sua garganta. Ela engoliu em seco.

    — Eu falei isso também, sobre a Rosa. Falei primeiro.

    Young balançou a cabeça.

— Não, você... A sua situação é bem diferente.

Diferente como?, ela quis perguntar. Mas não foi preciso. Ela sabia o que Young pensava, o que todo mundo pensava: era melhor que Rosa estivesse morta. Ao contrário de Henry, cuja vida era *valiosa*, cuja morte sua mãe não deveria desejar. Era o que a detetive Heights tinha dito na lanchonete do hospital.

— É difícil ter um filho deficiente, seja do tipo que for — disse Teresa. — Acho que você não entende, já que nunca vivenciou isso.

— A Mary passou dois meses em coma. Eu jamais desejei a morte dela. Mesmo que ela tivesse sequelas, não ia querer que ela morresse.

Teresa quis argumentar que Mary estava num hospital, recebendo cuidados dos enfermeiros. Young não compreendia que tudo mudava quando os meses viravam anos, que era diferente ter que dar conta de tudo sozinha. Ela queria machucar Young, sucumbir ao ímpeto de empurrá-la daquele pedestal de santidade.

— Young — disse Teresa —, sabe aquela menina que eu mencionei, que estava fazendo bobagens? Era a Mary.

No instante em que concluiu a frase, Teresa se arrependeu, antes mesmo que Young franzisse o cenho, magoada e confusa.

— Mary? — disse Young. — Você viu a Mary no McDonald's?

— Não. Na verdade, foi no galpão.

— No galpão de armazenamento? O que ela estava fazendo?

Ela se sentiu uma idiota. O que queria com aquilo? Arrumar problemas para uma garota por ter atitudes normais a qualquer adolescente?

— Nada. Estava só remexendo numas caixas. Você sabe como são as crianças, adoram arrumar esconderijos. O Carlos faz igualzinho...

— Esconderijos? Qual caixa?

— Não sei. Eu estava do lado de fora e ouvi ela falando com alguém no telefone, dizendo que tinha um estoque secreto em alguma das caixas.

— Estoque? Tipo, drogas? — retrucou Young, arregalando os olhos.

— Não, nada desse tipo. Provavelmente era só dinheiro. Ela comentou que o Pak tinha flagrado ela pegando uns cartões da carteira dele, então...

— Cartão da carteira? O Pak flagrou?

Young ficou pálida, feito uma fotografia desbotando. Era óbvio. Pak jamais contara a Young que Mary havia roubado dinheiro. Ao perceber essa prova adicional da imperfeição da vida de Young, Teresa sentiu uma pontada espontânea de satisfação. E de vergonha, também.

— Young — disse ela —, não se preocupe. A garotada vive fazendo esse tipo de coisa. O Carlos pega dinheiro da minha carteira toda hora.

Young parecia perplexa, perturbada demais para dizer qualquer coisa.

— Young, sinto muito. Eu não devia ter contado nada disso. Não é nada de mais. Por favor, esqueça essa história. A Mary é uma boa menina. Eu não sei se ela já te contou, mas no verão passado ela esteve em contato com algum corretor de imóveis para fazer uma surpresa para vocês, encontrar um apartamento, eu achei um gesto tão carinhoso, e...

Young agarrou o braço de Teresa com força, cravando as unhas.

— Apartamento? Em Seul?

— O quê? Não sei, quer dizer, por que em Seul? Imaginei que fosse por aqui.

— Mas você não sabe? Você não viu?

— Não, ela só falou sobre listas de apartamentos, não disse onde.

Young fechou os olhos. Meio cambaleante, apertou com mais força o braço de Teresa.

— Young? Tudo bem?

— Eu acho... — Young abriu os olhos e piscou algumas vezes. Tentou sorrir. — Acho que também estou doente. Preciso ir para casa. Por favor, peça desculpa ao Abe pela nossa ausência hoje.

— Ah, nossa. Quer que eu te leve em casa? Estou com tempo.

Young balançou a cabeça.

— Não, Teresa. Você ajudou bastante. É uma boa amiga.

Young apertou a mão de Teresa, que sentiu uma onda de vergonha, um desespero para dar um jeito de aliviar a dor de Young.

— Eu quase esqueci de te contar — disse ela, quando Young estava no meio do corredor. Ela se virou. — Mais cedo, eu ouvi o Abe dizer que a pessoa que ligou do celular do Matt para a seguradora falava inglês sem sotaque. Dessa o Pak está livre.

Young abriu a boca, franziu o rosto inteiro e olhou de um lado a outro.

— Sem sotaque? — disse ela, como se desconhecesse as palavras e perguntasse seu significado às mesas à frente, mas então seu rosto voltou ao normal e os olhos pararam de vagar. Young fechou os olhos e contorceu a boca, como se prestes a sorrir ou chorar, Teresa não soube distinguir.

— Young? Está tudo bem?

Teresa se levantou, mas Young abriu os olhos e balançou a cabeça, como se implorasse para que ela mantivesse distância.

Sem dizer mais nada, Young deu meia-volta e saiu pela porta.

ELIZABETH

Ela se viu em uma sala desconhecida, sentada em uma cadeira dura. Onde estava? Não pensava estar dormindo ou inconsciente, mas não se lembrava de ter chegado ali. Parecia a sensação de estar dirigindo para casa e de repente se perceber já na garagem, sem recordar o trajeto.

Ela olhou em volta. A sala era diminuta. Quatro cadeiras dobráveis e uma mesinha da largura de uma TV ocupavam metade do espaço. Paredes lisas, cinza. Porta fechada. Sem janela, basculante ou ventilador. Será que ela estava presa numa cela? Numa ala de doentes mentais? Por que estava tão quente e abafado? Ela sentiu uma tontura, perdeu o ar. De repente, uma lembrança da vozinha de Henry. "Henry muito quente. Henry não respira." Quando fora isso? Ele devia ter uns cinco anos, quando ainda confundia os pronomes e não sabia dizer "eu". Assim havia sido desde a sua morte: tudo o que ela via ou ouvia, mesmo que nada tivesse a ver com Henry, exumava alguma lembrança desestabilizadora.

Ela tentou afastar, mas a imagem persistia: Henry vestido em seu calção de banho do Elmo, numa sauna infravermelha portátil. Fechada naquela sala — o calor, a sufocante austeridade, a sensação de estar presa num cubículo —, ela recordou a sauna no porão de sua casa. "Henry muito quente", dissera ele ao adentrar a sauna pela primeira vez. "Henry não respira." Ela tentara ter paciência, explicar sobre a desintoxicação pelo suor, mas, quando ele abriu a porta com um chute — a porta novinha da estrutura de dez mil dólares que Elizabeth suara para convencer Victor de que era necessária —, ela perdeu as estribeiras. "Mas que bosta! Olha aí, você quebrou", gritou ela, mesmo sabendo que a porta não estava quebrada. Henry começou a chorar. Ao ver o garoto envolto em lágrimas e meleca, feito uma máscara, ela sentiu o mais puro ódio. Durou apenas um instante, do qual ela se arrependeria depois e choraria, mas naquele momento odiou seu filho de cinco anos. Por ser autista. Por dificultar tanto as coisas. Por fazê-la sentir tamanho ódio. "Para de ser chorão, caralho. Para!", dissera ela, e fechara a porta da sauna. Ele não sabia o que significava *caralho*, e ela nunca tinha usado aquela palavra, mas a satisfação daquele desabafo havia sido tão grande, o ribombo agressivo do *c* e do *r* combinado à batida da porta... foi suficiente, e ela descarregou a raiva e se acalmou. Quis correr de volta, dizer que mamãe sentia muito e aninhá-lo nos braços, mas como poderia encará-lo? Era melhor fingir que nada havia acontecido, esperar a meia hora do cronômetro e parabenizá-lo por ter sido tão corajoso, sem mencionar os gritos e o choro. Vaporizar toda aquela feiura.

Depois disso, ela passou a sempre entrar com Henry, distraí-lo com piadas e musiquinhas, mas ele nunca parara de odiar aquilo. "Henry é corajoso", dizia ele, todos os dias, ao entrar na sauna. "Henry não é chorão." E piscava os olhos rapidamente, do jeitinho que fazia quando tentava não chorar. Durante as sessões, ao vê-lo enxugar as próprias lágrimas, Elizabeth engolia em seco. "Nossa, você está suando tanto que está com suor até nos olhos!"

Agora, pensando naquilo, ela se perguntou: será que Henry acreditava nela? "Henry sua muito!", respondia ele às vezes, com um sorriso. Será que o sorriso era genuíno, de alívio por não estar levando bronca por conta do choro, ou falso, para fingir que as lágrimas eram suor? Seria ela apenas uma mãe malvada que assustava o próprio filho ou uma mãe psicótica, que o transformara em um mentiroso? Ou as duas coisas?

A porta se abriu. Shannon entrou com Anna, uma de suas sócias, e ela viu o familiar corredor próximo à sala de audiências. Claro. Aquela era uma das salas dos advogados.

— A Anna arrumou um ventilador e eu trouxe água — disse Shannon.
— Você ainda está meio pálida. Aqui, beba. — Ela levou um copo aos lábios de Elizabeth e inclinou, como faria com um inválido.

Elizabeth empurrou a mão dela.

— Não, eu só estou com calor. É difícil respirar aqui dentro.

— Eu sei, sinto muito — respondeu Shannon. — É bem menor que a nossa sala habitual, mas é a única sem janelas.

Elizabeth estava prestes a perguntar por que não tinha janelas, então se lembrou. Os cliques e flashes das câmeras, Shannon tentando protegê-la, os repórteres disparando perguntas sem cessar. *O que você quis dizer quando afirmou que não havia gato? Os seus vizinhos têm gatos? Você já teve algum gato? Você gosta de gatos? Henry era alérgico a gatos? O que acha de remover as garras dos gatos?*

Gato. Arranhão. O braço de Henry. Sua voz. Suas palavras...

Elizabeth sentiu que ia desmaiar, exaurida de sensações, o mundo enegrecendo. Precisava de ar. Aproximou bem o rosto do pequeno ventilador sobre a mesa. As advogadas nem perceberam, estavam conferindo e-mails e mensagens de voz. Ela se concentrou no vento, no borrão das lâminas girando, e depois de um minuto o sangue retornou a seu rosto, trazendo uma comichão ao couro cabeludo.

— Isso é uma foto das *unhas* da Elizabeth? — perguntou Anna.

— Que merda — respondeu Shannon —, aposto que os jurados...

Elizabeth levou as mãos às orelhas e fechou os olhos, concentrando-se no zumbido do ventilador, que filtrava a voz das duas e deixava apenas a de Henry, se ela prestasse bastante atenção. *Tirar férias, dar a volta ao mundo. Eu não devia ter nascido. O gato me odeia.*

— O gato me odeia — repetiu ela, entre os dentes.

Estaria ele elaborando a ideia do gato imaginário ou falando dela, que o arranhara e se tornara o "gato" da história? Será que realmente pensava que a mãe o odiava? E a referência às férias... Ela mencionara isso a Teresa, uma vez. Estava afastada de Henry, que assistia aos DVDs, e sussurrara, para ter certeza de que ele não ouviria. Mas ele tinha ouvido. A confissão sussurrada de que ela às vezes desejava que ele não existisse...

Essas palavras, de alguma forma, ecoaram pelas paredes de aço e chegaram aos ouvidos dele.

Certa vez, Elizabeth havia lido que os sons deixavam marcas permanentes: as vibrações tonais penetravam objetos próximos e expandiam-se infinitamente no nível quântico, como uma pedrinha jogada num lago, provocando ondas incessantes. Teriam as palavras dela, toda aquela feiura, penetrado os átomos das paredes — assim como a dor de Henry ao ouvi-las transpassara seu cérebro — e, naquele último mergulho, com Henry sentado naquele mesmo ponto e envolto por aquelas paredes, a feiura e a dor haveriam colidido, em uma rajada, estourando seus neurônios e o incinerando por dentro?

A porta se abriu e outro sócio, Andrew, entrou.

— A Ruth Weiss concordou!

— Sério? Que beleza — respondeu Shannon.

Elizabeth ergueu o olhar.

— A manifestante?

Shannon assentiu.

— Eu pedi que ela testemunhasse sobre as ameaças do Pak. Isso apoia o nosso...

— Mas foi ela. Ela provocou o fogo e matou o Henry. Vocês sabem disso — retrucou Elizabeth.

— Não, eu não sei disso — respondeu Shannon. — Eu sei que você *acha* isso, mas já discutimos esse assunto. Elas saíram da delegacia e foram direto para Washington, D.C. Os registros de GPS dos celulares confirmam que elas estavam em Washington, D.C. às 21h, então não tem como...

— Pode ter sido planejado — disse Elizabeth. — Elas podem ter deixado uma pessoa lá para começar o incêndio, mas levado todos os celulares, para estabelecerem um álibi. Ou podem ter dirigido bem rápido e chegado em cinquenta minutos, ou...

— Não há prova de nada disso, e tem um monte de provas contra o Pak. Nós estamos num tribunal. Precisamos de evidências, não de especulação.

Elizabeth balançou a cabeça.

— Foi isso o que a polícia fez comigo. Ninguém quis nem saber se fui eu ou não, só que eu sou a mais fácil de levar a juízo. Vocês estão fazendo a mesma coisa. Eu estou dizendo esse tempo todo que vocês têm que ir atrás das manifestantes, mas vocês estão deixando para lá por conta da dificuldade de obter provas.

— É exatamente isso — respondeu Shannon. — Não é função minha ir atrás dos verdadeiros criminosos. A minha função é te defender. E não me interessa o quanto você odeia essas mulheres. Se elas podem ajudar o júri a enxergar o Pak como uma alternativa viável e nos ajudar a reverter o veredito a seu favor, são suas melhores amigas neste momento. E você está precisando disso, porque, depois do ataque de hoje, já perdeu qualquer apoio que tinha. Estão comentando que a Teresa voltou para o lado do Abe.

— É verdade — soltou Andrew. — Eu passei por lá agora há pouco e vi. Ela estava sozinha na sala de audiências, daí se levantou e mudou de lugar, passou para o lado da acusação.

Teresa, sua última e única amiga. A história do arranhão do gato a havia enojado, claro.

— Merda — disse Shannon. — Não sei qual é o motivo de tanto drama, dessa baboseira de cruzar o corredor. Não me admira ter visto o Abe se achando agora há pouco.

— A gente acabou de cruzar com ele — disse Anna —, e Abe falou que vai chamar Teresa em seguida, tentou nos desconcertar. "Ela ouviu umas coisas *muito* interessantes que vão *fascinar* o júri" — concluiu ela, imitando um sotaque sulista. — Que babaca.

— Eu andei pensando sobre isso — disse Shannon. — Ele falou que a Teresa vai testemunhar sobre umas coisas que *ouviu*, ou seja, só pode ser uma exceção à regra da prova testemunhal indireta, o que significa...

— Uma confissão? — perguntou Anna.

— É o meu palpite. — Shannon virou-se para Elizabeth. — Você disse alguma coisa para a Teresa que pudesse te deixar em maus lençóis? Do jeito que ele falou, parece ser algo bastante incriminador.

Só podia ser uma coisa. A conversa das duas na câmara. As palavras íntimas e vergonhosas que as duas haviam trocado, aos cochichos, sozinhas, palavras que não deveriam ser compartilhadas com mais ninguém, que jamais deveriam ter sido ditas. Aquelas palavras nas quais ela não suportava nem pensar, Teresa planejava repetir sob testemunho, e logo se espalhariam pelo mundo em jornais e sites.

Ela sentiu uma pontada de traição. Desejou confrontar Teresa, exigir saber o porquê daquele ataque contra ela, sendo que a própria Teresa havia compartilhado as mesmas palavras, os mesmos pensamentos. Quis dizer a Shannon que Teresa também confessara o desejo de que Rosa morresse. Que satisfação aquilo traria, ver Shannon acabar com ela no meio do julgamento. Jogar a bondosa Madre Teresa no rol das Péssimas Mães, para variar um pouco.

Mas Teresa não era uma péssima mãe. Teresa não tinha arranhado a própria filha. Teresa não forçava a filha a passar por tratamentos dolorosos que a faziam chorar e vomitar. E, a despeito de qualquer fala ou pensamento, Teresa jamais fizera sua filha achar que ela a odiava. Teresa tinha um bom motivo para abandoná-la agora: enfim, percebera quanto Elizabeth era desprezível e queria justiça para Henry em detrimento da mãe que o fizera passar por tanta coisa ruim.

— Elizabeth, você consegue pensar em alguma coisa? — insistiu Shannon.

Ela balançou a cabeça.

— Não, nada.

— Bom, continue pensando. Eu gostaria de saber o que está por vir. Senão, vou ter que enfrentar essa mulher no escuro — afirmou Shannon, virando-se para os sócios.

Enfrentar. "O que aconteceu logo antes dessa fala de Elizabeth?", ouvia ela, em sua mente. "Digo, vocês duas não estavam conversando sobre uma ida ao cabeleireiro quando, de repente, ela soltou que preferia que Henry estivesse morto, não é mesmo? Estou curiosa... *A senhora* disse alguma coisa parecida? Ou pensou?" Ela sentiu uma náusea ao pensar em estranhos julgando os pensamentos mais íntimos de Teresa, as palavras que compartilhara apenas com Elizabeth. Precisava impedir a propagação daquela história, proteger Teresa da dor que ela, Rosa e Carlos sentiriam frente à divulgação de tudo aquilo. Mas como?

Shannon virou-se para Elizabeth.

— Você saberia listar todo mundo que passou um tempo a sós com o Henry no verão passado? Terapeutas, babás... O Victor não foi visitar o filho num dos fins de semana?

— Por quê?

— Bom, é só que... o que você disse pode ser interpretado de diversas formas e estamos tentando debater o que poderiam significar as palavras "não tem gato nenhum", entender por que alguém diria isso.

— *Alguém?* — retrucou Elizabeth. — O alguém sou *eu*. Fui eu quem disse isso e estou bem aqui. Por que vocês não me perguntam?

Ninguém disse nada. Não era preciso. Eles não haviam perguntado a ela porque não havia necessidade. Era óbvio que todos sabiam a resposta, mas não queriam que a verdade restringisse seu "debate" sobre como contornar a questão.

— Entendi — disse Elizabeth. — Bom, vou falar mesmo assim. O que eu quis dizer com...

Shannon ergueu a mão.

— Pare. Você não precisa... — Ela suspirou. — Olha, não importa o que você quis dizer. O que você disse não é prova de nada. O juiz mandou que os jurados desconsiderassem e num mundo perfeito o assunto se encerraria aí. Mas isso é a vida real. Eles são humanos, é impossível não serem afetados. Então preciso neutralizar sua fala, oferecendo alternativas para que eles não te enxerguem como uma abusadora de crianças.

Elizabeth engoliu em seco.

— Mas como? Que alternativas?

— Outra pessoa pode ter feito mal a ele — disse Shannon. — Alguém que Henry quisesse proteger, alguém de quem talvez você suspeitasse, e ouvir o seu filho acobertando essa pessoa te deixou tão transtornada, que você teve um surto no meio da sessão.

— Como é que é? Você está querendo acusar uma pessoa inocente de abuso infantil? Uma professora, uma terapeuta, o Victor? A esposa do Victor? Meu Deus, Shannon! — gritou Elizabeth.

— Acusar, não — disse Shannon. — Só jogar a hipótese. Distrair o júri das ideias a seu respeito, de pensamentos que eles não deveriam nem estar tendo, para início de conversa. A gente só apontaria algumas razões teóricas pelas quais *você* poderia ter dito aquilo.

— Não. Isso é loucura. Você sabe que não é verdade. Você acha que *eu* arranhei ele. Eu sei que você acha.

— O que eu acho não interessa. O que interessa são as provas que eu posso apresentar e quais argumentos sou capaz de fornecer. E eu não vou desistir de uma ideia só porque ela não é muito bacana. Está entendendo?

— Não — respondeu Elizabeth, levantando-se. O sangue se esvaiu de sua cabeça e a sala toda pareceu encolher. — Você não pode fazer isso. Você tem que se limitar a dizer que isso não tem nada a ver com a pessoa que provocou o incêndio. Você pode convencer o júri disso.

— Não posso, não — retrucou Shannon, enfim renunciando ao verniz de tranquilidade forçada. — Posso argumentar até ficar roxa, mas o júri não vai querer ficar do seu lado se achar que você machucou Henry, seja lá quem possa ter provocado o incêndio. Eles vão querer punir você.

— Então vou ser punida. Eu mereço, mesmo. Não vou deixar que você envolva inocentes nessa história.

— Mas eles...

— Chega! — disse Elizabeth. — Eu não aguento mais isso. Quero me declarar culpada.

— Como é? Que história é essa?

— Eu sinto muito, de verdade, mas não tenho mais condições. Não consigo pisar naquela sala nem mais um segundo.

— Tudo bem, certo — disse Shannon. — Vamos manter a calma. Se isso te incomoda tanto, a gente não segue em frente. Eu posso apenas insistir no ponto de que o arranhão não é relevante para o resultado...

— Não importa — disse Elizabeth. — Não é só isso. É tudo. O arranhão, o Pak, as manifestantes, a Teresa, o vídeo, eu preciso que tudo isso acabe. Quero me declarar culpada. Hoje.

Shannon não disse nada, apenas respirou fundo algumas vezes pelo nariz como se num esforço para não perder a calma.

— Muita coisa aconteceu hoje — disse ela, bem devagar, feito uma mãe argumentando com uma criança birrenta. — Acho que você está precisando de uma trégua, todos estamos. Vou pedir ao juiz para encerrarmos por hoje, para irmos todos descansar e refletir.

— Isso não vai mudar nada.

— Tudo bem. Amanhã, se você ainda quiser, a gente fala com o juiz. Mas você precisa pensar de verdade nisso. Você me deve isso.

Elizabeth assentiu.

— Está bem. Amanhã.

Ela, no entanto, sabia que não mudaria de ideia. Poderiam largá-la na prisão e jogar a chave fora, ela não estava nem aí. Ao pensar dessa forma, sabendo que tudo acabaria em breve, Elizabeth sentiu o pânico dos últimos momentos arrefecer e restabeleceu seus sentidos. Feito o despertar de um pé dormente, quando o formigamento dá lugar ao latejo, depois a uma coceira e à dor do avivamento, com a diferença de que as sensações percorriam todo o seu corpo. De repente, ela tomou ciência do próprio suor, da oleosidade na raiz do cabelo, da umidade nas axilas.

— Vou ao banheiro. Preciso lavar o rosto.

Sem esperar resposta, ela se levantou.

Quase no mesmo instante, avistou Young, a poucos metros de distância, em uma cabine telefônica. Daquele ângulo, Elizabeth pôde ver o perfil de Young, pálido e leitoso, os ombros caídos, feito um fantoche de cordéis cortados. Pensou em Young adentrando a sala de audiências com a cadeira de rodas de Pak, o homem que ficara inválido por tentar ajudar Henry e Kitt. E que agora estava sendo caluniado por sua própria advogada, na intenção de tirar a culpa de cima dela.

Elizabeth parou e esperou Young. Dali a pouco, Young desligou e saiu da cabine. No instante em que os olhares se cruzaram, Young prendeu o ar e arregalou os olhos, surpresa. Não. Mais do que surpresa. Estava com medo. E outra coisa que Elizabeth não soube distinguir — lábios trêmulos, cenho franzido, olhos semicerrados. Parecia sentir dor e arrependimento, mas não fazia sentido. Ela devia estar interpretando errado, como alguém que encara por muito tempo a mesma palavra e depois não consegue pronunciá-la, mesmo que seja uma palavra simples, como "são". A expressão no rosto de Young só podia ser de pura hostilidade, por Elizabeth ser a causadora de tanto sofrimento à sua família.

Elizabeth aproximou-se.

— Young, queria que você soubesse quanto eu lamento. Eu não sabia que a minha advogada ia acusar seu marido. Por favor, diga ao Pak que lamento muito. Queria que esta semana nunca tivesse acontecido. Prometo que isso vai acabar logo.

— Elizabeth, eu sinto... — Young mordeu o lábio e desviou o olhar, como se insegura do que dizer. — Espero que isso tudo termine logo — disse, por fim, antes de se afastar.

Amanhã, Elizabeth quis gritar. *Eu vou me declarar culpada amanhã.* As palavras explodiam dentro dela.

— Eu vou me declarar culpada amanhã — falou baixinho.

Era ridículo. Ela iria para o corredor da morte, não para um casamento. Ainda assim, depois da decisão tomada, Elizabeth foi invadida por uma sensação de alívio, quase uma empolgação, fazendo-a desejar ter uma amiga com quem compartilhar aquilo. Além do mais, o pedido de desculpa lhe aliviou um pouco a culpa. Era uma confirmação. Ela estava certa em querer dar um fim àquilo tudo o mais rápido possível.

Ela foi até o banheiro, pegou um punhado de papel higiênico e enxugou o suor do rosto. Ao sair, cruzou com Shannon e Andrew, que estavam indo falar com o juiz. Anna ainda estava na sala, ao telefone. Ao vê-la entrar, Anna fechou o laptop.

— Vou lá fora um minuto — disse, apenas movendo os lábios, e saiu.

Elizabeth sentou-se à mesa e aproximou as mãos do ventilador, para se refrescar. O laptop de Anna estava sobre uns papéis, que ela ficou tentada a ler. Não. Nada mais importava. Estratégias, argumentos, testemunhas...

Tudo irrelevante. Ela olhou em volta e viu sua bolsa junto à de Shannon, com a pasta no canto. Estava tentando lembrar onde a havia deixado. Quando se aproximou, viu um bloquinho de notas no bolso da pasta de Shannon. Estava meio torto, com o trecho de uma anotação despontando. <u>DECLARAÇÃO DE CULPA — CON...</u>

Qual era a palavra? Conversa? Conceito? Convite?

Elizabeth deslizou o bloquinho com o dedo, apenas o suficiente para ver o restante da palavra. No canto esquerdo superior, na caligrafia caprichada de Shannon, lia-se <u>DECLARAÇÃO DE CULPA — CONTESTAÇÃO?</u>. Ela ergueu o bloquinho. Era uma lista de tópicos:

- Req. declaração de culpa VA — "consciente, voluntária e inteligente" — alegar que cliente é mentalmente incompetente? (Anna)
- Precedente para contestar declaração de culpa do cliente em áreas de competência (Andrew) (Trazer casos: declaração de culpa "fraude no tribunal")
- Conflito de interesse, necessidade de abandonar o caso? — regras éticas (Anna)
- Avaliação de competência mental — reun. dr. C <u>hoje à noite</u>! (Shannon)

Declaração de culpa. Competência mental. Contestar a declaração de culpa do cliente. A garganta dela apertou e a gola da blusa começou a sufocá-la. Ela abriu o botão de cima e respirou fundo, para levar oxigênio aos pulmões.

Amanhã, se você ainda quiser, a gente fala com o juiz, dissera Shannon. *Mas você precisa pensar de verdade nisso..* Mas ela não pretendia deixar Elizabeth se declarar culpada. Nem amanhã, nem nunca. Shannon lançaria uma ofensiva contra sua própria cliente. Planejava dizer que Elizabeth estava louca, que estava defraudando a corte, o que fosse necessário para seguir com o julgamento. Arrastaria Elizabeth de volta à sala e a faria ver o resto do vídeo de Henry. Forçaria Teresa a revelar os pensamentos vergonhosos que as duas tinham confidenciado uma à outra. Mentiria em relação a

Victor ou a quem achasse conveniente acusar de abuso. Culparia Pak e jogaria seu nome na lama, e, pior ainda, usando as manifestantes para isso.

As manifestantes. Ruth Weiss. OrgulhosaMãeDeAutista. Ao pensar naquela mulher, ela sentiu com tamanha força o familiar golpe do ódio que ficou tonta, precisou se apoiar na parede. Aquela mulher havia matado o menininho de Elizabeth apenas para sustentar um argumento, propagandear sua "teoria sobre o autismo" (que não passava de uma justificativa a seu próprio estilo de cuidados). E Elizabeth era culpada por não tê-la impedido. Aquela mulher a perseguira nos grupos de discussão sobre autismo, proferindo ameaças e difamações, chegara a contatar o Serviço de Proteção à Criança, e Elizabeth ignorara a escalada daquilo, deixara a coisa sair do controle, permitindo que ela se engajasse em ações extremadas sem temer as consequências. Agora, por conta de sua própria inação e covardia, Ruth Weiss havia se safado de um crime e estava prestes a causar mais dor a outra de suas vítimas, Pak.

Não. Ela não podia deixar que isso acontecesse.

Ela se levantou e começou a caminhar. Precisava sair dali, mas não havia janela por onde pular, e Anna estava do outro lado da porta. Por mais que ela desse um jeito de sair do prédio, o que poderia fazer? Não tinha carro e não havia táxis circulando pela rua. Ela poderia chamar um, mas talvez nesse meio-tempo sua falta começasse a ser notada. Mesmo assim, precisava tentar.

Ela foi buscar a bolsa. Ao estender a mão, esbarrou na de Shannon, logo ao lado, fazendo-a tombar. O ruído dos itens sacolejando dento da bolsa teve o poder de evocar uma imagem profundamente entranhada na mente de Elizabeth. Uma imagem dela própria fazendo algo que já deveria ter feito havia muito tempo.

Ela agarrou a bolsa de Shannon e se levantou. Sabia exatamente aonde precisava ir e o que fazer. Era necessário, simplesmente. E rápido, antes que ela fosse flagrada. Antes que mudasse de ideia.

MATT

Matt e Janine esperavam juntos por Abe, do lado de fora do gabinete do juiz. Havia outro casal ali perto, mais jovem, e, pelos frequentes beijos e olhares de admiração ao anel na mão da moça, ele imaginou que estivessem prestes a se casar. Decerto pensavam que ele e Janine haviam ido até o fórum para assinar os papéis do divórcio — Janine exibia uma carranca e não parava de perguntar, em sussurros altos, o que diabos eles estavam fazendo ali, e ele permanecia em silêncio, balançando a cabeça.

Não era que ele não quisesse contar. O problema era que Matt conhecia Janine. Sabia que ela tentaria convencê-lo de não contar a Abe *toda* a verdade — a presença dela no local naquela noite, por exemplo, ou as escapadas dele para fumar com Mary. Sabia que ela sugeriria um ensaio de todas as exatas palavras a serem ditas. O problema era que ele estava de saco cheio daquilo tudo, das mentiras, dos esquemas, da enumeração de fatos, de todas as coisas. Precisava encarar Abe e vomitar tudo de uma vez, independentemente das consequências.

Abe e Shannon saíram, cada um com um assistente.

— Abe, preciso falar com você urgentemente — disse Matt.

— Claro, já encerramos por hoje. Podemos usar esta sala.

Abe abriu a porta de uma das salas de reunião do outro lado do corredor.

Shannon ergueu as sobrancelhas e ocorreu a Matt que ela também precisava saber, até mais do que Abe. Mas que parcela da confissão dele resistiria ao filtro de detalhes técnicos imposto por Abe e de fato chegaria a Shannon? Não havia sido esse o motivo principal de não revelar a Janine primeiro, contornar quaisquer manobras conspiratórias?

— Sra. Haug — disse ele —, a senhora também. Preciso falar com vocês dois juntos.

Abe balançou a cabeça.

— Não é uma boa ideia. Vamos primeiro...

— Não — disse Matt, mais seguro do que nunca de que Shannon precisava ouvir. — Só vou abrir a boca quando estivermos todos na mesma sala. Confie em mim, a senhora vai querer ouvir isso.

Ele adentrou a sala, puxando Janine, e Shannon foi atrás. Abe ficou parado junto à porta, de olhos arregalados, espumando de raiva.

— Podemos começar? — perguntou Shannon, preparando o bloquinho. — Se você for sair — disse, dirigindo-se a Abe —, pode fechar a porta, por favor?

Abe estreitou os olhos, como se quisesse trucidar a mulher ali mesmo, naquele instante, então entrou na sala e sentou-se diante de Matt. Não pegou bloco nem caneta, apenas recostou o corpo e cruzou os braços.

— Muito bem — disse a Matt —, vamos lá.

Por debaixo da mesa, Matt procurou a mão de Janine. Ela se afastou, fazendo um biquinho, como se chupasse um limão azedo e tentasse não cuspir. Matt respirou fundo.

— A ligação para a seguradora. Vocês sabem, a respeito do incêndio criminoso.

Abe descruzou os braços e inclinou o corpo para a frente.

— Eu me lembrei de uma coisa — prosseguiu Matt. — A Mary tinha acesso ao meu carro. Sabia onde eu guardava a chave reserva. — Ele olhou para Abe. — Inglês sem sotaque.

— Espera aí — disse Shannon. — O senhor está dizendo...

— Além disso — continuou Matt, temendo não ser capaz de continuar caso fosse interrompido —, a Mary passou o último verão fumando. Cigarros Camel.

— E você sabe disso por quê...? — perguntou Abe.

— A gente fazia isso juntos. Fumávamos, digo. — Matt sentiu um calor invadir seu rosto, desejou que os capilares se contraíssem e interrompessem o fluxo de sangue. — Eu não sou fumante, mas um dia, num ímpeto, comprei uns cigarros e estava fumando sozinho antes de um mergulho, quando Mary apareceu de repente e eu dei um cigarro a ela.

— Então foi só uma vez — comentou Abe, mais em tom de afirmação que de pergunta.

Matt encarou Janine, tomada de medo e esperança, e pensou sobre a noite da véspera, quando afirmara a ela que tinha sido apenas uma vez.

— Não. Eu adquiri o hábito de fumar perto do córrego, e ela às vezes aparecia por lá, então a gente se encontrava. Foram umas 12 vezes, acho, durante aquele verão.

Janine escancarou a boca ao perceber que ele havia mentido na noite anterior. Mais uma vez.

— E vocês dois sempre fumavam? — indagou Shannon.

Matt assentiu.

— Camel? — perguntou ela.

Matt assentiu.

— E, sim, eu comprava no 7-Eleven.

— Meu Deus! — soltou Abe, balançando a cabeça e olhando para baixo, como se quisesse socar a mesa.

— Então os cigarros Camel e os fósforos que a Elizabeth encontrou... — disse Shannon.

— *Supostamente* encontrou — corrigiu Abe.

Shannon balançou a mão como se estivesse afastando um inseto, os olhos cravados em Matt.

— O que o senhor sabe a respeito disso, dr. Thompson?

Matt sentiu uma onda de gratidão por Shannon não ter feito as perguntas que ele temia: o que mais acontecia durante seus "encontros" (sem dúvida mencionados entre aspas verbais) e quantos anos Mary tinha na época, exatamente.

Ele encarou Shannon bem nos olhos.

— Os cigarros e os fósforos eram meus, fui eu que comprei — disse ele.

— E o bilhetinho do H-Mart sobre o encontro às 20h15?

— Meu. Eu deixei para a Mary. Queria terminar. Parar, digo. De fumar. E achei melhor dizer, pedir desculpa, sabe, por ter feito ela adquirir um mau hábito, então mandei o bilhete, e ela respondeu que sim e deixou outro bilhetinho para mim, na manhã da explosão.

— Jesus — soltou Abe, encarando a parede branca e balançando a cabeça. — Eu mencionei o papelzinho do H-Mart mil vezes e você... — Ele cerrou os lábios.

— E como tudo isso foi parar na mata, onde a Elizabeth os encontrou? — perguntou Shannon.

Era esse o momento em que precisava pisar em ovos. Uma coisa era expurgar-se de sua própria história sem ligar para as consequências, mas o que viria a seguir era a história de Janine, não dele. Ele olhou para a esposa. Ela encarava a mesa, o rosto impassível e totalmente pálido, feito um cadáver no necrotério.

— Não sei muito bem qual é a relevância disso — respondeu Matt. — Ela encontrou os objetos onde eles estavam. Que importância tem como foram parar lá?

— Tem importância porque a acusação — respondeu Shannon, encarando Abe — afirmou repetidas vezes que os cigarros e fósforos que estavam com a Elizabeth haviam sido usados para provocar o incêndio. Então nós precisamos saber quem mais estava de posse deles e quem os teria usado antes de descartar o resto para que ela encontrasse.

— Bom — disse Matt —, eu estava trancado na OHB, então não poderia...

— Fui eu que peguei. E entreguei à Mary — disse Janine.

Matt não olhou para ela, não quis ver o ódio brilhando em seus olhos por ter sido posta naquela situação.

— O quê? Quando? — perguntou Shannon.

— Por volta das oito, antes da explosão — respondeu Janine, com a voz meio trêmula, como se sentisse frio. Matt quis envolvê-la num abraço, passar um pouco de calor. — Eu suspeitei de alguma coisa... Que o Matt estivesse... Enfim, fui revirar o carro dele... O porta-luvas, o lixo do chão, tudo... Daí encontrei.

Matt apertou a mão de Janine. Ela poderia ter simplesmente dito que encontrara o bilhete, mas, não. A confissão detalhada de ter revirado as coisas dele mais parecia um perdão, como se ela assumisse para si parte da culpa naquela história. Os dois haviam cometido erros.

— A senhora está dizendo que foi até Miracle Creek naquela noite? — indagou Shannon.

Janine assentiu.

— Eu não contei ao Matt. Só queria ver que encontro era aquele. Enfim, o mergulho estava atrasado, o Matt tinha me ligado para avisar, então eu vi a Mary, fui confrontá-la, entreguei tudo a ela, disse que ela era uma péssima influência e mandei que ela deixasse o meu marido em paz, daí fui embora.

— Deixe-me ver se entendi direito. Menos de meia hora antes da explosão, a Mary Yoo estava sozinha, perto do galpão, de posse de cigarros Camel e fósforos do 7-Eleven. É isso que você está me dizendo?

Janine baixou o olhar e assentiu.

— Você vai retirar a queixa? — indagou Shannon, virando-se para Abe. — Porque, caso contrário, vou tentar anular o julgamento.

— O quê? — Abe se levantou, já com o rosto bem menos pálido. — Não seja melodramática. Uma puladinha de cerca no meio da história não garante a inocência da sua cliente. Está bem longe disso.

— Houve deliberada obstrução de justiça, sem mencionar perjúrio. Sob juramento. Pela sua principal testemunha.

— Não, não, não. De quem era o cigarro, de quem era o bilhete... são pequenos mistérios secundários. A sua cliente queria se livrar do próprio filho e estava sozinha, com as armas do crime à mão, quando o incêndio começou e nada do que foi dito aqui muda esse fato.

— Com a diferença de que, agora, a Mary Yoo...

— A Mary Yoo é uma menina que quase morreu na explosão — retrucou Abe, esmurrando a mesa e fazendo voar a caneta de Shannon. — Ela não tinha nenhum motivo, em absol...

— Nenhum motivo? Oi? Você ouviu alguma coisa que foi dita aqui? Uma adolescente estava tendo um caso com um homem casado. A menina rejeitada, confrontada pela esposa. Totalmente humilhada, furiosa, quer simplesmente *matar* o cara que, por um acaso, está no interior da estrutura que viria a explodir. Você está de brincadeira? É um caso clássico, sem mencionar o pequeno benefício de um seguro no valor de 1,3 milhão de dólares, que ela mesma telefonou para confirmar.

— A gente não tinha um caso — Matt conseguiu dizer, embora não muito alto.

— Como? — perguntou Shannon, virando a cabeça para ele.

Ele começou a repetir, mas Janine o interrompeu, disse qualquer coisa bem baixinho, de cabeça baixa, quase um murmúrio, algo a respeito da ligação.

Abe pareceu ter ouvido.

— O que foi que você disse? — perguntou ele, encarando-a, o tom de voz e o semblante tomados de choque.

Janine fechou os olhos, respirou fundo e os abriu outra vez. Olhou para Abe.

— Fui eu que fiz a ligação. Não foi a Mary. Você estava certo, o Matt e eu trocamos de celular aquele dia.

Abe escancarou a boca em câmera lenta, sem dizer uma palavra.

Janine virou-se para Matt.

— Eu investi cem mil dólares na empresa do Pak.

Cem mil dólares? Janine ligando para perguntar sobre incêndio criminoso? Isso estava tão distante do que ele imaginava, que seu cérebro não entendia, não conseguia processar como tudo aquilo se encaixava. Matt encarou os lábios de sua mulher, por onde haviam saído aquelas palavras, as pupilas pretas dilatadas cobrindo quase toda a íris, os lóbulos avermelhados das orelhas pendendo junto às bochechas, o rosto inteiro caindo para os lados, feito uma pintura cubista.

— Achei que fosse um bom investimento — prosseguiu Janine. — Ele tinha uma fila de pacientes, todos já haviam assinado o contrato, efetuado o depósito, e...

Matt piscou.

— Você pegou nosso dinheiro? É isso mesmo? Sem me comunicar?

— A gente andava brigando muito e eu não queria brigar mais. Você era totalmente contra a OHB, estava sendo irracional. Eu achava que você se oporia, mas parecia tão transparente e certo. O Pak ia nos restituir o investimento antes de qualquer coisa, então nós teríamos todo o dinheiro de volta em quatro meses, antes que você desse pela falta, e depois disso receberíamos uma porcentagem dos lucros. A gente tinha um dinheirão parado na conta, não estávamos precisando.

Shannon pigarreou.

— Olha, posso indicar um bom terapeuta de casal para vocês resolverem isso, mas vamos voltar à ligação sobre o incêndio criminoso. Onde é que o telefonema se encaixa nisso tudo?

Neste momento, Matt sentiu uma nova onda de gratidão por Shannon. Por desviar a atenção do fato de que sua mulher havia mentido para ele outra vez, por não querer se aborrecer com uma potencial discussão. Seria esse motivo melhor ou pior que o *dele* — não querer interromper os encontros com uma garota?

— Algumas semanas depois do início dos mergulhos — respondeu Janine —, o Pak contou que encontrara um monte de guimbas de cigarro e fósforos na mata. Ele imaginou que fosse coisa de adolescentes, mas estava preocupado em haver gente fumando perto do galpão e queria meu conselho, saber se deveríamos preparar cartazes para alertar sobre os tanques de oxigênio e proibir o fumo nos arredores. Nós conversamos e desistimos da ideia, só que eu fiquei nervosa, por conta do investimento. No início, o Pak não queria contratar o seguro, e eu precisei dizer que só investiria se a empresa estivesse segurada. Daí, fiquei pensando... E se ele tivesse contratado uma apólice bem básica, só para me tranquilizar, mas que não contemplasse a possibilidade de alguma garotada perturbada resolver atear fogo no galpão? Então liguei para a seguradora, e o funcionário me garantiu que a cobertura em caso de incêndio criminoso estava incluída em todas as apólices e ponto final.

Todos passaram um minuto em silêncio. Por um breve instante, Matt sentiu a nuvem em sua mente se dissipar, o mundo se organizar. Sim, ela havia mentido. Mas ele também. De certa forma, tomar ciência da transgressão de Janine era um alívio: suavizava a culpa de Matt em relação aos próprios pecados e uma decepção cancelava a outra.

— Então — disse Abe —, isso quer dizer...

No mesmo instante, alguém bateu à porta e a abriu. Um dos assistentes de Abe.

— Desculpem interromper, mas o detetive Pierson está tentando falar com o senhor. Disse que alguém afirmou ter visto a Elizabeth Ward lá fora, sozinha.

— Como assim? Ela está aqui, com minha equipe — retrucou Shannon.

— Não — respondeu o rapaz. — O Pierson acabou de falar com eles, e os dois disseram que ela tinha saído. Mencionou algo sobre a senhora entregar um dinheiro a ela?

— O quê? Por que eu daria dinheiro a ela? — indagou Shannon, e saiu correndo com Abe.

Atrás deles, a porta se fechou com um rangido.

*

Janine apoiou os cotovelos na mesa, feito um tripé, e cobriu o rosto com as mãos.

— Ah, meu Deus.

Matt abriu a boca, mas não soube o que dizer. Encarou as próprias mãos e percebeu que estavam enganchadas, uma palma forçando a outra, as cicatrizes deslizando. Ele pensou no incêndio, na cabeça de Henry, em Elizabeth no corredor da morte.

— É bom você saber — disse Janine — que o Pak pagou vinte mil dólares de volta antes da explosão, e prometeu pagar os outros oitenta assim que o dinheiro do seguro entrar. Se isso não acontecer, retiro do meu fundo de aposentadoria.

Oitenta mil dólares. Ele encarou a esposa, a seriedade em seus olhos, os vincos profundos entre as sobrancelhas, e quase começou a rir. Todo aquele dramalhão por conta de oitenta mil dólares, que (ela tinha razão) com toda a coisa da explosão ele nem tinha reparado. Em vez de rir, ele assentiu.

— Essa história está me fazendo repensar tudo. Eu não tive chance de contar ao Abe, mas vi o Pak e a Mary queimando alguma coisa hoje. Acho que eram cigarros. Naquela lata de lixo de metal que eles têm, sabe?

Janine o encarou.

— Você esteve lá hoje? Que horas? Foi quando disse que ia ao hospital?

Matt assentiu.

— Hoje de manhã eu percebi que precisava contar tudo ao Abe e imaginei que a Mary merecia ser avisada. Quando cheguei lá, eles estavam queimando alguma coisa, e fiquei pensando se de repente... — Ele balançou a cabeça. — Enfim, daí eu vim direto para cá, encontrei você e...

— E me preparou uma merda de uma armadilha. Sem nem avisar.

— Sinto muito. De verdade. Eu precisava abrir o jogo e tive medo de perder a coragem se não fizesse isso imediatamente.

Janine não respondeu. Apenas franziu o cenho, como se ele fosse um desconhecido estranhamente familiar.

— Por favor, diga alguma coisa — pediu Matt, por fim.

— Eu não acho — disse ela, devagar, separando cada sílaba — que nós termos passado um ano inteiro mentindo um para o outro seja sinal de um bom casamento.

— Mas a gente conversou sobre isso ontem à noite...

— Também não creio que seja um bom sinal o fato de não termos contado toda a verdade um para o outro, mesmo tendo dito, ontem à noite, que faríamos isso.

Matt respirou fundo. Ela tinha razão. Ele sabia.

— Eu sinto muito.

— Eu também.

Janine engoliu em seco, levou as mãos ao rosto e esfregou com força, como se tentasse limpar uma sujeira incrustada. Algo vibrou em sua bolsa, e ela pegou o celular. Olhou a tela e abriu um sorrisinho torto, tomado de tristeza e cansaço.

— Quem é?

— A clínica de fertilização. Para confirmar a consulta, provavelmente.

Ele havia esquecido: os dois tinham uma consulta naquele dia, depois da sessão do tribunal, para iniciar o processo de fertilização *in vitro*.

Janine se levantou e foi até o canto da sala. Ficou encarando a parede feito uma criança de castigo.

— Não acho que a gente deva ir.

Matt assentiu.

— Quer remarcar? Para amanhã?

Ela recostou o corpo e a cabeça na parede, como se fraca demais para permanecer de pé.

— Não. Não sei. Só... acho que não consigo mais lidar com isso.

Ele se aproximou e a abraçou. Preparou-se para uma rejeição, mas ela se inclinou para trás, aceitando o abraço de Matt. Os dois passaram um tempo ali, o coração dele batendo nas costas dela, e ele sentiu uma pontada no peito — tristeza, mas também paz e alívio —, que penetrou a pele de Janine. Havia muito mais a conversar — a sós, com a polícia, com Abe, talvez com um juiz. Muitas outras perguntas a serem feitas e respondidas, por eles próprios e por outras pessoas. Não haveria clínica de fertilização — nem no dia seguinte, nem na semana seguinte. Ele soube disso naquele abraço, que mais parecia um adeus. Por ora, porém, entregou-se ao momento: os dois juntos, sozinhos, sem dizer nada, sem pensar, sem planejar. Apenas existindo.

A porta se abriu e ele ouviu passos. Janine se virou bruscamente, feito quem acorda assustado. Matt deu meia-volta. Era Abe, que agarrou a pasta e saiu correndo.

— Abe? O que houve? O que está acontecendo? — perguntou Matt.

— A Elizabeth — respondeu Abe. — Não está em lugar nenhum. Ela desapareceu.

ELIZABETH

Ela estava sendo seguida. Por um sedã prateado, meio quadradão e comum, do tipo que parecia ser dirigido pelos policiais à paisana. Vinha acompanhando-a desde Pineburg. Ela tentara relaxar, pensar que era só alguém deixando a cidade depois do almoço, mas, quando virou em uma curva aleatória, o carro também virou. Por conta da distância, ela não conseguia ver quem estava ao volante. Tentou reduzir a marcha, depois acelerar, depois reduzir outra vez, mas o carro manteve a mesma distância, reforçando a ideia de que seria um policial. Mais à frente, havia um recuo. Ela encostou o carro e parou. Se fosse pega, paciência, mas não dava mais para continuar daquele jeito. Estava com os nervos à flor da pele.

O carro reduziu a velocidade, mas seguiu em frente. Ela teve certeza de que o motorista pararia e baixaria o vidro, revelando uns caras de óculos escuros e crachás da polícia, ao melhor estilo *Homens de Preto*, mas o carro avançou. Era um jovem casal: um rapaz ao volante, uma moça olhando um mapa. Viraram numa entrada ampla, sinalizada por uma placa com o desenho de uma uva.

Turistas. Claro. Em um carro alugado, seguindo as placas da rota do vinho da Virgínia. Elizabeth se inclinou para trás e respirou fundo várias vezes, bem devagar, para alentecer o coração, que não descansava desde que ela decidira roubar o carro de Shannon. Era um pequeno milagre ter chegado até ali, escapando por um triz várias vezes ao longo do caminho.

Na sala, enquanto transferia as chaves de Shannon para a própria bolsa, Anna havia entrado, e ela teve que contar uma mentirinha, falou que estava precisando de absorventes e que Shannon lhe mandara pegar dinheiro trocado em sua carteira. Graças a Deus, Anna não insistia em acompanhá-la até o banheiro, mas havia dois guardas plantados na entrada do fórum, então ela aguardou a chegada de um grande grupo e escapuliu enquanto eles passavam pela revista de pertences. Encontrar o carro de Shannon foi fácil, mas havia um funcionário na cabine de saída. Ela havia se esquecido do pagamento... Será que tinha dinheiro? E se ele a reconhecesse, se soubesse que ela não tinha permissão de dirigir? Ela pôs os óculos escuros de Shannon e o chapéu que estavam no porta-luvas, puxou a aba do chapéu e pagou olhando para o outro lado, mas ao sair dirigindo ouviu a voz do guarda. "Desculpe, senhora, mas a senhora é..."

Dirigir pela cidade foi a pior parte. Ela planejava pegar as vias secundárias, mas avistou um grupo de mães de autistas, então virou no sentido oposto, que levava à rua principal, bem mais movimentada. Baixou o chapéu e pisou no acelerador — o suficiente para seguir depressa, mas não tanto que chamasse atenção. Precisou parar duas vezes para a passagem de pedestres, e na segunda viu um homem com uma bolsa grande — um fotógrafo? — estreitando os olhos para ela, como se tentasse distinguir seu rosto, e desejou acelerar, mas uma mulher vinha cruzando a faixa de pedestres, segurando uma criança e empurrando um carrinho de bebê, parando a cada dois passos para puxar a criança. O homem começou a avançar na direção dela, então a faixa de pedestres foi liberada e ela arrancou, rezando para que ele não avisasse ninguém.

Agora, cá estava ela. Fora de Pineburg, sem nenhum carro à vista. Não fazia ideia de onde estava, mas, por outro lado, ninguém sabia. Ela olhou o relógio. Era quase uma da tarde. Fazia vinte minutos que tinha fugido. Sua ausência certamente já havia sido notada.

Ela ajustou o GPS de Shannon rumo à Creek Trail, a estrada entre a I-66 e Miracle Creek que ela cruzara inúmeras vezes no último verão. Ficava meio fora de mão, mas era importante circular por uma via conhecida. Além do mais, ninguém procuraria por ela ali; mesmo que os policiais suspeitassem de que ela havia seguido para Miracle Creek, imaginariam que fosse pegar o caminho mais curto.

A Creek Trail era uma estradinha secundária e sinuosa — duas faixas estreitas de asfalto esburacado, ladeadas por árvores robustas que formavam uma cobertura bem alta, chegando a 18, vinte metros. Uma montanha-russa de túnel verde, como Henry chamava. Era estranho estar ali. A última vez que ela dirigira naquela estrada foi no dia da explosão, claro, um dia igualzinho ao de hoje — o sol despontando após uma chuva torrencial, os feixes de luz penetrando as copas das árvores, a lama do asfalto esguichando nos vidros dos carros. Ou seja, na última vez que ela fizera aquela curva, Henry ainda estava vivo. Ao se lembrar disso — Henry sentado no banco de trás, tagarelando, os dois respirando em compasso, os pulmões dela sorvendo o ar expelido por ele —, ela firmou as mãos no volante, os nós dos dedos ficando brancos.

Uma placa amarela com sinalização em U surgiu à vista, anunciando uma curva à frente, a favorita de Henry. Na manhã da explosão, tomada por uma dor de cabeça fortíssima (ela havia perdido o sono depois da visita do Serviço de Proteção à Criança, na noite da véspera), ela comentara, bem naquele momento, quanto odiava aquela estrada, quanto as curvas a nauseavam. "Mas é legal", respondera ele, às gargalhadas. "É uma montanha-russa de túnel verde!" A vozinha aguda penetrou as têmporas de Elizabeth, e ela quis encher o menino de tapas. Num tom frio, disse que ele estava sendo insensível e que deveria dizer que lamentava muito que ela estivesse passando mal e perguntar se poderia fazer algo para ajudar. "Sinto muito, mamãe. Posso ajudar?", dissera ele. "Não. 'Sinto muito *que você esteja passando mal. Posso fazer algo para* ajudar?' Tente outra vez." Ela o fizera repetir as duas frases vinte vezes seguidas, recomeçando sempre que ele errava uma palavrinha. A cada repetição, a voz de Henry ficava ainda mais trêmula.

A questão era que não havia magia alguma naquelas frases, nem qualquer diferença prática entre as palavras dele e as dela. Ela só queria torturá-lo, pouco a pouco, como recompensa por sua frustração. Mas por quê? Naquele dia, ela se convencera de que ele (depois de quatro anos de terapia de integração sensorial) ainda não sabia interpretar sinais sociais. Agora, distante daquele momento, distante *dele*, ocorreu-lhe que as gargalhadas de Henry poderiam tranquilamente ser uma tentativa de animá-la, de fazer graça, como qualquer menino de oito anos faria frente a uma mãe irritada. Na verdade, chamar a estrada de "montanha-russa de túnel verde" fora de uma criatividade enorme — por que isso passara despercebido? Será que tudo o que ela considerava traços de autismo não era apenas a imaturidade inerente às crianças, que as mães (dependendo de seu estado de humor) achavam irritantes ou graciosas, com a diferença de que Elizabeth — pelo histórico de Henry, porque passava a merda do tempo inteiro cansada — achava tudo em seu filho irritante?

Um esquilo passou correndo pela estrada e, sem muito esforço, ela desviou. Era comum a presença de animais por ali — ela vira pelo menos um por dia no último verão. A bem da verdade, a gota d'água para que ela desistisse da OHB horas antes da explosão havia sido a presença de um cervo nos arredores. Ela dirigia para casa depois do mergulho matinal, absorta na história das ameaças das manifestantes e de sua briga com Kitt. Não percebeu o cervo a tempo, derrapou para fora da pista e bateu numa pedra, deslocando o eixo do carro, que ficou meio instável. Ela deixou Henry na colônia de atividades, pensando quando encontraria tempo de mandar consertar o carro, ainda mais depois de ter perdido duas horas pesquisando sobre incêndios em câmaras de OHB, por conta dos panfletos das manifestantes, até concluir que as regras de Pak (apenas roupas de algodão, sem papéis, sem metais) bastavam para prevenir acidentes similares. Colado à parede, viu o calendário do dia:

7h30 Sair para OHB (H toma o café da manhã no carro)
9h–10h15 OHB
11h–15h Colônia de atividades (compras/mercado, preparar jantar p/ H)
15h15–16h15 Fonoaudióloga
16h30–17h Exercícios de rastreamento ocular
17h–17h30 Lição de casa de ID emocional
17h30 Sair para OHB (H janta no carro)

18h45—20h15 OHB
21h—21h45 Casa, sauna, banho

Ao procurar um espacinho no cronograma, ela se deu conta, pela primeira vez, de como devia ser exaustivo para Henry, até mais do que para si própria. Não recordava a última vez que ele havia jantado à mesa, e não no carro, indo ou voltando de alguma terapia. Entre a fonoaudióloga, a terapia ocupacional, o metrônomo interativo e a neuromodulação autorregulatória, todas as horas do dia eram preenchidas com práticas de fluência verbal e escrita, sustentação do contato visual etc. Um trabalho incessante, além de muito árduo para uma criança. Henry, contudo, jamais reclamava. Apenas fazia o que lhe era mandado, seguindo em frente dia após dia. E ela nunca reconhecera quanto isso era espantoso para uma criança, pois vivia o tempo todo espumando de autocomiseração e ressentimento por Henry não ser o filho que ela desejara: uma criança calma, que gostasse de abraços, fosse bem na escola e encontrasse com frequência os amiguinhos. Ela culpava Henry pelo autismo e por todo o choro, as pesquisas e o tempo no volante que vinham junto. E as agressões.

Ela tornou a erguer os olhos, então imaginou o calendário do dia seguinte sem nada após a colônia de atividades, das 9h30 às 15h30. Um dia sem correria, sem atrasos, sem gritos de "por favor, Henry, pelo amor de Deus, não enrole". Um dia com uma hora livre para fazer nada, talvez tirar uma soneca ou ver tevê. E, mais importante, uma hora para que Henry jogasse seus joguinhos ou fosse andar de bicicleta. Não era disso que as manifestantes e Kitt diziam que ele precisava? Ela escreveu *CHEGA DE OHB!* no bloquinho e sublinhou com tanta força que a caneta furou o papel. Ao circular aquelas palavras, sentiu cada órgão de seu corpo se reanimar, suspenso em um glorioso estado de leveza, então soube: precisava parar. Parar com as terapias, os tratamentos, toda a correria. Parar com o ódio, a culpa, as agressões.

Ela passou o resto da tarde relaxada. Ligou para a fonoaudióloga de Henry e desmarcou a sessão daquele dia (e com um bônus: telefonara a tempo de evitar a multa por cancelamento com menos de duas horas). Pela terceira vez na vida, talvez, foi buscar Henry na colônia de atividades no horário normal de saída, junto com as outras crianças. Os dois rumaram direto para casa, e, em vez de correr com ele para a terapia visual e fazer a lição de casa da integração sensorial, ela largou o menino no sofá com um pote de sorvete orgânico de coco, deixou que ele assistisse ao programa que desejasse (mas com restrições: apenas Discovery e National Geographic) e foi pesquisar sobre políticas de cancelamento nos sites de todas as terapias que frequentava — eram tantas! — e disparar um e-mail atrás do outro, com os avisos necessários.

O único problema era o Miracle Submarine. Ela tinha conseguido um desconto pelo pagamento antecipado de quarenta mergulhos, e o contrato que assinou não mencionava nada sobre reembolsos. Pior: cancelamentos no mesmo dia ocasionavam multa integral. Cem dólares indo pelo ralo. Ela odiava desperdiçar dinheiro (era seu calcanhar de aquiles). Não foi suficiente para demovê-la da ideia, mas deixou-a irritada e fez murchar um pouco o entusiasmo pela decisão de interromper tudo, o que levou ao Erro Número 1, o primeiro na série de decisões e atitudes que levaram à morte de Henry: ligar para Pak (em vez de mandar um e-mail) para tentar um acordo, talvez buscar alguém a quem transferir o contrato para receber pelo menos um reembolso parcial. No entanto, por mais estranho que fosse, quando ela ligou para o telefone do galpão, ninguém atendeu, nem a costumeira secretária eletrônica. Ela desligou, disposta a tentar o celular de Pak, quando seu telefone tocou.

Se ela tivesse olhado a identificação da chamada, não teria atendido. Mas não olhou (Erro Número 2).

— Oi, Pak, que bom, consegui falar com você. Eu estou... — disse ela, presumindo que fosse Pak do outro lado da linha, retornando a ligação.

— Elizabeth, sou eu — interrompeu Kitt. — Escuta...

— Kitt, não posso falar agora.

— Espera, por favor — pediu Kitt. — Eu sei que você está com raiva, mas não fui eu. Eu não liguei para o Serviço de Proteção à Criança. Eu sei que você não acredita, então passei o dia na internet e fazendo ligações, e consegui descobrir. Eu sei quem foi.

Elizabeth pensou em fingir que não tinha ouvido e desligar, mas foi vencida pela curiosidade, então — Erro Número 3 — permaneceu na linha e escutou Kitt contar que havia feito um cruzamento entre todos os grupos de discussão sobre autismo e encontrado uma manifestante que desaprovava a crescente militância do grupo, aí conseguiu a senha da mulher para acesso ao fórum de mensagens e bingo, encontrara o tesouro, uma série de comentários da OrgulhosaMãeDeAutista sobre os "supostos tratamentos" perigosos de Elizabeth, planejando protestos no Miracle Submarine e, por fim, o estopim, alardeando a ligação ao Serviço de Proteção à Criança na semana anterior.

Elizabeth escutou tudo em silêncio. Quando Kitt terminou, ela agradeceu, curta e grossa, desligou o celular e retornou ao preparo do jantar especial, a comida preferida de Henry: "pizza" de "queijo" falso (couve-flor gratinada) e massa caseira de farinha de coco. No entanto, ao servir uma fatia na bela louça escolhida para a refeição, ela tremia de raiva, de ódio. Sabia que aquela mulher a odiava. Mas um grupo inteiro falando dela pelas costas, planejando derrubá-la... Isso a tirou do sério. Era humilhação. Ela visualizou a mulher grisalha cuspindo veneno, relatando o "abuso" ao Serviço de Proteção à Criança, decidida a arruinar a vida de Elizabeth ou a de Henry, sentindo prazer em acabar com ela a qualquer custo. O que aquela mulher pensaria quando notasse a ausência de Elizabeth na OHB? Iria comemorar? Estouraria o champanhe e brindaria ao sucesso do grupo por ter derrotado uma perversa abusadora de crianças?

Não. Ela não poderia faltar naquela noite. Não poderia deixar a detestável e arrogante OrgulhosaMãeDeAutista achar que havia vencido. Não poderia entregar àquela tirana a satisfação de pensar que ela estava acuada, envergonhada. E mais do que isso. Agora que o telefonema de Kitt estourara de uma vez por todas a bolha de impulsividade e arrancara Elizabeth do seu estado de relaxamento, ela via com clareza: ter cancelado tudo num arroubo, sem consultar as professoras de Henry, havia sido imprudente, irresponsável, extremamente arrogante. E faltar à sessão da OHB sem qualquer possibilidade de recuperar o dinheiro... Que sentido tinha isso? A OHB não prejudicava em nada. Já que os cem dólares estavam pagos, por que não fazer mais um mergulho? Concluir o dia, aguentar o trajeto mais uma vez, sabendo que seria o último, talvez elevasse sua expectativa e trouxesse uma sensação de encerramento. Ela nem precisava entrar na câmara, poderia pedir ajuda aos outros — Kitt já havia supervisionado o mergulho de Henry uma vez, quando ela estava doente —, então ir até o córrego e passar um tempo em paz, refletindo de verdade a respeito de tudo, para ter certeza de que aquela era a melhor decisão. Para melhorar, ela ainda encontraria a tal grisalha. Diria a ela que sabia de seus planos e da ligação ao Serviço de Proteção à Criança e lançaria *ela própria* a ameaça de registrar queixa contra a mulher por assédio moral, caso ela não parasse com aquilo.

Elizabeth olhou a mesa posta para dois, a taça de cristal, o vinho gelado e apanhou com a espátula a fatia que havia servido para Henry. Durante todas as noites do ano seguinte, quando se deitava para dormir ou às vezes de manhã, ao acordar, ela fechava os olhos e visualizava um mundo paralelo, em que fazia o que deveria ter feito naquele momento: balançava a cabeça, convencia-se de não se deixar afetar por uma mulher que jamais tornaria a ver, devolvia a pizza ao prato e chamava Henry para comer. Nesse universo alternativo, depois do jantar e do vinho, ela se enroscava com Henry no sofá para assistir a uma maratona de *Planeta Terra*. Teresa ligava, contando do incêndio, e ela chorava por seus amigos, beijava a cabecinha de Henry e agradecia a Deus por ter decidido parar — e justo hoje! Meses depois, no carro, retornando do julgamento de Ruth Weiss por assassinato, sentia um calafrio ao lembrar que quase comparecera ao mergulho só para irritar aquela mulher.

Na realidade que a aprisionava, porém, Elizabeth não devolveu a pizza ao prato. Deixou a fatia na espátula e — Erro Número 4, o Maior de Todos, o ato irrevogável que selaria o destino de Henry, do qual ela se arrependeria e que reviveria todos os dias de sua vida, todas as horas de todos os dias, a cada minuto de todas as horas, sem cessar, até o momento de sua morte — transferiu-a para um prato de papel, para comer no caminho. "Henry, calce o sapato. Nós vamos para o último mergulho no submarino." Ao largar tudo no carro, ela sentiu uma pontada, pensando na bela arrumação da mesa, nos cristais cintilantes, e ficou tentada a dar meia-volta e retornar, mas o sorriso arrogante e o maldito cabelinho grisalho daquela mulher lhe assomaram à mente feito um fantasma, e ela seguiu adiante. Engoliu em seco, mandou Henry se apressar e tentou pensar no dia seguinte. No dia seguinte, tudo mudaria.

Até lá, porém, ela tentaria aproveitar o tempo perdido. Pegou vinho e chocolate para levar para o córrego — estaria exausta demais para beber a taça comemorativa quando chegasse em casa, às 21h30, mas não permitiria que as manifestantes abjetas estragassem tudo. Ela não costumava deixar Henry ver Barney — "porcaria para o cérebro", ela dizia, e sempre sentava o menino bem longe da janelinha que abrigava a tela do DVD —, mas naquele dia, como um presente, acomodou Henry ao lado de TJ, para que assistisse. Pediu a ajuda de Matt, mas Matt parecia aborrecido, e ela não quis forçar a barra, então entrou e ajeitou tudo, conectando a mangueira de oxigênio à torneira e ajustando o capacete de Henry. Mandou que ele se comportasse direitinho e quis beijar seu cocuruto, bagunçar seu cabelinho, mas ele já estava de capacete, então ela simplesmente saiu da câmara. Foi a última vez que viu Henry com vida.

Dez minutos depois, sentada à beira do córrego e enfim bebericando seu vinho, ela pensou na reação de Henry ao saber que a mãe não o acompanharia no mergulho. Mesmo com o capacete odioso — ele ficava engasgado, dizia que o aro era sufocante —, seu rosto inteiro havia relaxado. Ele ficara feliz. Aliviado. Por passar uma hora livre dela, a mãe eternamente insatisfeita, a mãe que vivia reclamando. Ela deu outra golada no vinho, sentiu a pontada fria, rascante e ácida na garganta ir suavizando e desejou arrancar aquele capacete da cabeça do filho assim que ele saísse de lá. Pensou que o abraçaria e diria que o amava e que tinha sentido saudade, então daria uma risada e diria que sim, sabia que era bobagem sentir saudade, já que eles tinham ficado só uma horinha separados, mas mesmo assim ela tinha sentido.

O álcool invadiu suas artérias, infundindo calor aos poros, degelando os dedos dormentes de dentro para fora. Ela olhou o céu, que assumia um tom violeta-escuro. Cravou os olhos em uma nuvem de algodão branquíssima, feito cobertura de chantili, e pensou em assar um bolinho no dia seguinte para o café da manhã. Quando Henry perguntasse o motivo, ela diria, com uma risadinha, que estavam comemorando. Diria a ele que o amava muito, por mais que não demonstrasse com frequência, talvez nunca, e que enlouquecia de tanto amor e preocupação, e que os dois dali em diante levariam uma vida nova, sem tanta correria. Não seria uma vida perfeita, porque nada e ninguém pode ser perfeito, mas tudo bem, pois eles tinham um ao outro. Talvez ela esfregasse um pouquinho de cobertura de bolo no nariz dele, só de brincadeira, e talvez ele sorrisse — um sorriso de criança, escancarado, mostrando a janelinha nos dentes de cima, o tracinho branco do dente novo —, e talvez ela beijasse seu rosto, não só um beijinho leve, ela grudaria os lábios naquela bochechinha macia, daria nele um abraço apertado e se entregaria àquele instante delicioso pelo tempo que ele permitisse.

*

Nada disso aconteceu, claro. Nem bolinho, nem beijinho, nem dente novo. No lugar de tudo isso, ela reconheceu o corpo de seu filho, escolheu um caixão e uma lápide, foi presa por sua morte, viu os jornais debatendo se ela merecia ir parar num hospício ou no corredor da morte, e agora dirigia um carro roubado em direção à cidade onde seu menininho havia sido queimado vivo por causa dela.

Essa era a maior loucura, ter sido *ela* — com seu orgulho, ódio, indecisão e mesquinharia — a responsável pela morte de Henry. Teria ela acreditado de verdade poder reivindicar a vitória sobre as manifestantes retornando para mais um mergulho? E os cem dólares não reembolsáveis... Seu filho realmente havia morrido por causa de cem dólares? E quando ela chegou lá e viu que as manifestantes já não estavam, e mais ainda, que a sessão estava atrasada *e* a câmara estava sem ar-condicionado, por que não foi embora na hora? E em seguida, ao encontrar os cigarros e fósforos — gente fumando perto de tanques de oxigênio puro! —, devia ter logo pensado em incêndio. Teria sido o álcool já em seu sangue ou o desvario de triunfo por saber que as manifestantes estavam na delegacia? Mais cedo, ela advertira Pak sobre o perigo que aquelas mulheres representavam, então por que presumira que a pior atitude delas seria provocar um incêndio na câmara vazia? Por que ela havia subestimado os limites das manifestantes em prol de sua causa?

Elizabeth parou o carro no acostamento. Nada daquilo importava. Não havia nenhum universo paralelo para o qual se transportar, nenhuma máquina do tempo que a levasse de volta. Durante toda a semana, quando as coisas vieram à tona e ela desejou que tudo acabasse, tentara se agarrar a pensamentos de vingança por Henry, à ideia de ver Shannon derrotar Ruth Weiss, aquela mulher vil. Mas, agora que Shannon havia se recusado a ir atrás das manifestantes, que esperança lhe restava?

Ela apertou o botão que baixava a capota do carro. Era engraçado... No fórum, desejara poder pegar o próprio carro, mas agora percebia que um conversível era bem melhor. Diminuía o risco de que o plano desse errado. Ela pensou que fosse estar mais frio ali, no topo da encosta que separava Miracle Creek de Pineburg, mas com a capota baixada a umidade a envolveu rapidamente. Ela desafivelou o cinto de segurança e refletiu se era melhor deslocar o banco para a frente ou para trás; por um lado, aproximar-se muito do airbag era perigoso, mas por outro afastar-se demais aumentava a chance de ser lançada do carro em uma colisão. Ela decidiu deixar o banco onde estava e afivelou outra vez o cinto — odiava o apito que os carros faziam quando o cinto estava solto.

Estava tudo pronto, era hora de ir, mas Elizabeth hesitou. Havia tantas coisas que não tinha considerado. E se seu plano não desse certo? E se desse, e Shannon seguisse tentando limpar o nome dela e trouxesse à tona a terrível insinuação sobre Victor e os arranhões? E se, na sua ausência, Abe resolvesse ir atrás de Pak? Será que ela deveria...

Elizabeth fechou os olhos com força e balançou a cabeça. Precisava deixar de bobagem e *agir* de uma vez por todas, porra. A verdade era uma só: ela era covarde. Era uma mulher inibida e indecisa que não confiava nos próprios instintos e encobria sua covardia sob o pretexto da deliberação. Essa era a verdadeira razão pela qual Henry estava morto: ela sabia que precisava parar com a OHB, mas tinha medo, e, como sempre, quis garantir que não estava esquecendo nada, preparar a maldita lista de prós e contras, pensar em todas as contingências. Ela machucara o próprio filho, abusara dele, fizera o menino acreditar que era odiável, forçara-o a entrar numa câmara e morrer queimado enquanto ela bebericava vinho e enchia a barriga de chocolate. Era hora de retomar o plano e fazer o que precisava ser feito, o que ela sabia que precisava ser feito havia *um ano*, sem prós nem contras, sem analisar, sem hesitar.

Elizabeth agarrou o volante e começou a dirigir. Seus dedos latejavam sobre o couro quando ela fazia as curvas, impedindo que o carro invadisse a mureta metálica e as árvores que ladeavam a estrada. A placa amarela de atenção surgiu; o ponto estava logo à frente. Na primeira vez que cruzara aquela placa, ela sentira um estranho impulso, como se estivesse bem na beirada de um penhasco e fosse acometida pelo ímpeto de saltar. Ela tinha visto a curva, a súbita clareira nas árvores, a mureta torta, envergada para baixo, feito uma rampa rumo ao vazio, e pensara como seria fácil se libertar, apenas seguir em frente e sair voando pelo céu.

Ela reduziu a marcha para fazer a curva, então viu, logo à frente. Temia que já tivessem consertado, mas ainda estava lá. O ponto envergado da mureta. O metal cinzento retorcido em forma de rampa, iluminado por um feixe de luz cintilante, refletindo um brilho atraente, irresistível. Ela desafivelou o cinto e sentiu o coração latejando nos punhos, entre os joelhos, no alto do crânio. Pisou no acelerador com toda a força. No horizonte, logo adiante, viu uma nuvem fofa e arredondada, com um pontinho escuro bem no meio, igual à que ela mostrara a Henry no verão anterior. "Parece a minha boca, com a janelinha!", dissera ele, gargalhando. Ela rira também, impressionada — ele tinha razão, parecia *mesmo* sua boquinha —, e o erguera no colo, abraçando-o com força e beijando a covinha de sua bochecha.

À frente da nuvem, o calor e o brilho do sol formavam pequenas ondas no ar, como uma cortina invisível no céu. Chamativa, receptiva, convidando-a para um voo, para o calor. Ela inclinou o corpo. Com um baque, os pneus invadiram a mureta curvada, e ela vislumbrou o vale abaixo, belo e luminoso, cintilando à luz do sol, tal qual uma miragem.

PAK

Ele odiava esperar. Fosse a fervura da água ou o início de uma reunião, esperar significava depender de algo fora de seu controle, e raramente isso fora tão real quanto hoje, preso em casa, sem carro, sem telefone e sem a menor ideia de onde estava Young. Depois que ele e Mary queimaram tudo, não havia nada a fazer, então eles se sentaram para esperar e tomar chá de cevada. O chá só ele tomou. Mary serviu um pouco para si, mas não bebeu. Ficou parada, encarando a xícara como se fosse um aparelho de TV, dando sopradinhas de vez em quando, fazendo ondular o líquido cor de âmbar, e ele pensou em dizer que não estava quente, que já não estava quente fazia uma hora, mas não falou nada. Compreendia que Mary precisava aplacar a opressão da espera, apenas isso, e quis poder caminhar. Era esse o problema — um dos muitos — da paralisia: não era possível circular de um lado a outro para satisfazer o desejo de movimento que assomava em momentos como aquele, de calmaria sufocante.

Quando Young enfim voltou para casa, às 14h30, Pak sentiu uma onda de alívio. Por ela ter retornado, e sozinha, não com a polícia. (Ele tentara acalmar Mary, dizendo que Young jamais daria queixa deles, mas ao vê-la percebeu que não estava tão seguro assim.)

— Yuh-bo, por onde você andou? — disse ele.

Ela não respondeu, nem sequer olhou para ele, apenas se sentou, fria e rígida. O peito de Pak se encheu de terror.

— Yuh-bo, estávamos preocupados. Você viu alguém? Falou com alguém?

Então, ela o encarou. Se parecesse magoada ou assustada, ele saberia lidar com aquilo. Se gritasse, furiosa e histérica... Ele estaria preparado. Mas aquela mulher inexpressiva, que mais parecia um manequim — feições austeras, boca imóvel —, não era a mulher com quem estava casado fazia vinte anos. Ao ver aquele rosto, ao mesmo tempo tão familiar e tão desconhecido, ele se assustou.

— Conte tudo — disse ela, a voz também inexpressiva, sem qualquer traço da emoção que, agora ausente, ele percebia que lhe era essencial.

Ele engoliu em seco.

— Você já sabe de tudo — respondeu, forçando a voz a sair tranquila. — Você me ouviu falando com a Mary, antes de sair correndo. Aonde você foi?

Young não respondeu, não pareceu sequer ouvir a pergunta. Cravou os olhos nele. Pak sentiu o rosto esquentar, como se recebesse um feixe de laser no meio dos olhos, dentro do cérebro.

— Você precisa olhar nos meus olhos e me contar tudo. A verdade, desta vez.

Ele queria que ela falasse antes, que descarregasse toda a sua raiva dizendo exatamente o que tinha ouvido, de modo que ele conseguisse ajustar a própria história. Mas ela não ia falar. Ele assentiu e apoiou as mãos sobre a mesa — no mesmo ponto onde, na noite da véspera, ela jogara o saco do galpão, forçando-o a improvisar uma história que soasse plausível. Depois dessa manhã, ela só podia estar imaginando que fosse tudo uma grande mentira. Ele precisava partir desse ponto.

— Eu menti ontem à noite — disse ele. — A lista de Seul não era para o meu irmão. Era para nós, para que nos mudássemos depois do incêndio. Sinto muito por mentir. Quis proteger você.

Ele esperou que ela se abrandasse frente àquela demonstração de vulnerabilidade e reparação. Young, no entanto, apenas enrijeceu o olhar, contraindo as pupilas negras e fazendo-o se sentir um criminoso. Ele recordou que esse era exatamente o objetivo, fazê-la crer em seu papel de vilão, e seguiu em frente com o misto de verdade e mentiras que decidiu adotar. Falou que havia contatado um corretor de imóveis e percebera que eles não tinham dinheiro para retornar à Coreia. Falou que havia optado pelo incêndio criminoso para arrumar dinheiro, então ligara (do telefone de outra pessoa, para caso houvesse uma investigação) para a seguradora, para sondar sobre ressarcimento em caso de incêndio criminoso.

A parte sobre as manifestantes foi mais fácil — a verdade sempre era —, então ele contou sobre aquele dia: sua frustração com os policiais por não terem feito nada, o que levou ao plano de usar os balões para derrubar a eletricidade; o alívio temporário frente ao sucesso do plano, mas daí aquela mulher ligou e ameaçou voltar e causar mais problemas; sua decisão de plantar um cigarro no exato ponto que o folheto indicava, para enquadrar as manifestantes e botá-las em maus lençóis, afastando-as de uma vez por todas.

Algumas poucas vezes, ele tentou cruzar olhares com Mary, para adverti-la a não contradizê-lo, mas a filha ainda encarava a xícara de chá cheia. Quando ele terminou de falar, fez-se um longo silêncio.

— Você deixou alguma coisa de fora? — perguntou Young, por fim. — Essa é mesmo toda a verdade?

Ela tinha o semblante contido, mas sua voz guardava súplica, um âmago de tristeza envolto numa esperança angustiada, e ele desejou poder dizer que não, claro que não, ela sabia quem ele era, sabia que ele jamais arriscaria a vida de ninguém por dinheiro.

Mas não disse. Certas coisas eram mais importantes que a honestidade, mesmo que envolvesse a sua esposa.

— Sim, essa é toda a verdade — respondeu Pak, tentando se convencer de que era para o bem dela.

Se Young soubesse a verdade, toda a verdade, ficaria arrasada. Ele precisava protegê-la. Essa era sua função, seu maior dever, como chefe de família: proteger sua esposa e filha, sob quaisquer circunstâncias. Por mais que passasse a ser um criminoso insensível aos olhos da mulher que mais amava. Além do mais, ele *era* responsável. Havia engendrado o plano para enquadrar as manifestantes por tentativa de incêndio criminoso. Naquele dia, ele acendera o cigarro e observara a espiral de fumaça subir pela pontinha vermelha, o coração acelerado de tanto nervosismo, visualizando o fluxo de oxigênio puro a poucos centímetros de distância, e ainda assim decidira seguir adiante, certo de que havia pensado em tudo e nada daria errado. Excesso de confiança. O pior pecado.

Young piscou depressa, como se tentasse não chorar.

— Então foi você que fez tudo? Sem a ajuda de ninguém, sem o envolvimento de nenhuma outra pessoa?

Ele se forçou a manter os olhos fixos em Young.

— Sim. Ninguém mais sabia. Eu tinha noção do perigo dos meus atos e não quis mais ninguém envolvido. Fiz tudo sozinho.

— Pegou o telefone do Matt e ligou para a seguradora?

— Isso.

— Ligou para a corretora de imóveis, para falar sobre Seul?

— Liguei.

— Escondeu a lista de apartamentos no galpão?

Ele assentiu.

— Comprou cigarros Camel e escondeu na latinha de metal?

Pak assentiu, e seguiu assentindo em resposta a cada pergunta, com pausas cada vez menores, sentindo-se um daqueles bonequinhos de pescoço mole. Aquilo o deixou nervoso, tantas perguntas sobre coisas a respeito das quais ele havia mentido. As indagações de Young eram condutivas, como Shannon fazia no tribunal. Será que era uma armadilha?

— E a sua intenção era realmente provocar um incêndio com o cigarro? Você estava mesmo tentando receber o seguro, não só arrumar problemas para as manifestantes?

Ele se sentia tonto, como se tivesse afundado na água e não soubesse o caminho de volta à superfície.

— Sim — conseguiu dizer, baixinho, num tom que ele próprio quase não ouviu.

Young fechou os olhos, o rosto pálido e imóvel, e ele visualizou um cadáver.

— No caminho de volta para casa — disse ela, sem abrir os olhos —, eu vim pensando que talvez, só talvez, você pudesse ser honesto comigo. Por isso, não te contei o que descobri. Queria te dar a chance de falar primeiro. Não sei se me impressiono ou me aborreço por você ter se esforçado tanto para inventar uma história tão complexa, só para me engambelar.

Todo o ar pareceu se esvair do ambiente. Pak inspirou, tentando pensar. O que ela tinha descoberto? O que estava sabendo? Young estava blefando, só podia ser. Estava desconfiada, nada mais, e ele precisava manter a firmeza. Silêncio e negação.

— Não sei do que você está falando. Eu já confessei tudo. O que mais você quer de mim?

Ela abriu os olhos. Lentamente, como se erguesse uma cortina pouco a pouco, para efeito dramático. Olhou para ele.

— A verdade — disse Young. — Eu quero a verdade.

— Eu já falei a verdade. — Ele tentou soar indignado, mas as palavras saíam de seus lábios frias e distantes, como um eco vindo de muito longe.

Young semicerrou os olhos. Parecia tentar tomar uma decisão.

— O Abe contatou o funcionário da seguradora — disse ela, por fim.

Pak sentiu uma quentura nos olhos e enfrentou a vontade de piscar, de desviar o olhar.

— A pessoa que ligou para lá falava inglês perfeito, sem sotaque — prosseguiu ela. — Não pode ter sido você.

Pensamentos de pânico começaram a disparar na mente de Pak, mas ele se forçou a permanecer calmo. Negação. Precisava manter a cabeça no lugar.

— Obviamente, esse funcionário está equivocado. É impossível que alguém que recebe centenas de ligações por dia se lembre de todas as vozes, um ano depois.

Young colocou algo sobre a mesa.

— Eu contatei a corretora de imóveis, a respeito da lista de Seul. Ela se lembrava direitinho. Disse que é incomum as pessoas quererem se mudar de volta para a Coreia, e mais incomum ainda a ligação partir de uma garota.

Pak se forçou a continuar encarando Young.

— É por isso que você acha que eu estou mentindo? — retrucou ele, intensificando o tom de indignação. — Tomando por base uns estranhos que não se lembram de vozes que ouviram faz um ano?

Young não respondeu, não ergueu a voz para enfrentá-lo.

— Ontem à noite — prosseguiu ela, no mesmo tom calmo e rígido —, quando eu te mostrei a lista, você pareceu tão surpreso. Achei que estivesse surpreso por eu ter achado seu esconderijo, mas não foi isso. Você nunca tinha visto aquela lista. — Pak balançou a cabeça, mas ela continuou: — Nem a latinha.

— Ora, você sabe que a latinha era minha. Você mesma me entregou, lá em Baltimore, e eu...

— E você deixou na pilha dos pertences dos Kang e entregou à Mary, para que ela devolvesse.

Pak sentiu um calafrio. Ele nunca tinha contado isso a ela. Como ela sabia?

— Eu liguei para eles hoje — disse Young, como se em resposta. — O sr. Kang lembrou que a Mary tinha devolvido tudo, falou que somos sortudos por termos uma filha tão prestativa. — Ela olhou para Mary. — O que não perceberam, claro, foi que ela ficou com a latinha de cigarros. Ninguém percebeu. Até ontem à noite, você achava que essa latinha estava em Baltimore.

Pak regurgitou uma saliva amarga e engoliu em seco.

— Eu *de fato* entreguei as coisas dos Kang à Mary, isso é verdade. Mas peguei a latinha primeiro. Fui eu que a guardei no galpão.

— Isso é mentira — devolveu Young, com uma certeza tão absoluta que o estômago dele revirou. Se fosse um blefe, era uma atuação memorável. Mas como ela *sabia*, sem qualquer sombra de dúvida?

— Você não sabe disso — retrucou ele. — Está presumindo e está errada.

Young se virou para Mary.

— A Teresa disse que te ouviu falando ao telefone no galpão.

Mary continuava encarando o chá, segurando a xícara com tanta força que ele achou que fosse se partir.

— Eu sei que você mandou a lista para a casa de uma amiga — prosseguiu Young. — Sei que você usou o cartão de crédito do seu pai. Sei que escondeu tudo numa caixa no galpão. — Ela virou-se para Pak. — Eu sei.

Pak queria continuar negando, mas havia muitos detalhes vindo à tona. Para manter a credibilidade, ele precisava admitir algumas coisas.

— Muito bem, a lista era dela. Mary queria voltar para Seul e preparou a listagem para me mostrar. Agora está se sentindo culpada, como se essa fosse a grande questão, sendo que fui *eu* que bolei o plano do incêndio criminoso. Então eu resolvi me responsabilizar por tudo, tentar anular a participação dela. Você é capaz de entender isso?

— Eu entendo que você queira assumir a culpa de tudo, mas não pode. Eu te conheço. Você jamais provocaria um incêndio perto dos seus pacientes, por menor ou mais controlado que fosse. Você é cuidadoso demais.

— Eu queria que você estivesse certa, mas eu *fiz* isso — interrompeu Pak. Precisava continuar falando, para impedi-la de dizer as palavras que ele mais temia. — Você tem que aceitar. Não sei o que você acha que aconteceu *de verdade*, mas talvez esteja pensando que Mary teve algum envolvimento. Só que você me ouviu confessando hoje de manhã, você viu como ela ficou chocada. Nós não sabíamos que você estava ouvindo. A nossa conversa não foi ensaiada.

— Não, não acho que tenha sido. Acredito que você estava dizendo a verdade.

— Então você sabe que fui eu que fiz tudo. O cigarro, os fósforos, quer dizer, o que mais...

— Eu pensei sobre isso, e muito. Pensei e repensei em tudo o que você disse que fez. A escolha do lugar, o montinho de gravetos, os fósforos, o cigarro em cima... Todos os detalhes da preparação. Só tem uma coisa faltando.

Ele não disse nada, não conseguia. Não conseguia respirar.

— A coisa mais importante — prosseguiu ela. — Eu fiquei pensando... Por que ele deixaria isso de fora?

— Não sei do que você está falando — disse Pak, balançando a cabeça.

— Estou falando de você ter de fato ateado o fogo.

— Claro que eu fiz isso. Eu acendi o cigarro.

Neste instante, ele foi invadido por lembranças familiares. Seu pânico aquela noite quando as manifestantes resolveram provocá-lo, dizendo que retornariam e não descansariam por nada. A ideia, ao olhar o folheto, de fazer parecer que elas haviam tentado incendiar a câmara de OHB. O toco de árvore encontrado por ele na mata, os cigarros e os fósforos que tinha visto ali. A corridinha até lá, para apanhar a caixa de fósforos e a guimba de cigarro mais comprida. A preparação do montinho. O ato de acender o cigarro, deixar queimar um minuto, depois apagar a pontinha com a mão enluvada.

— Você acendeu o cigarro, mas apagou — disse Young, como se lesse os pensamentos dele. — Você queria que a polícia encontrasse daquele jeito... Como se as manifestantes tivessem *tentado* provocar um incêndio, mas o cigarro tivesse apagado antes da hora, inviabilizando o plano. Você não provocou o incêndio. Essa nunca foi a sua intenção.

Ele sentiu o medo — gélido, de tão quente — se alastrar por todo o seu corpo.

— Isso não faz sentido. Por que eu confessaria ter feito uma coisa que não fiz?

— Para distrair — disse ela. — Para desviar minha atenção de onde você temia que eu chegasse caso seguisse investigando.

Ele respirou fundo. Engoliu em seco.

— Eu sei a verdade — disse Young, tão baixinho que ele precisou se esforçar para ouvir. — Tenha a decência de ser honesto comigo. Não me faça ter que falar.

— O que é que você sabe? — perguntou ele. — O que você *acha* que sabe?

Young piscou e virou-se para Mary. Então perdeu a compostura e contorceu o rosto, tomada de dor. Até aquele momento, ele não tinha certeza. Mas, pela forma como ela olhou a filha — um olhar tão terno, que guardava toda a tristeza do mundo —, ele soube. Ela tinha descoberto tudo.

Antes que Pak pudesse reagir, pedir que ela parasse, que não dissesse nada, que não desse corpo àquelas palavras tão devastadoras, Young tocou o rosto de Mary e enxugou suas lágrimas. Gentil, delicada, como se alisasse uma peça de seda.

— Eu sei que foi você — disse ela à filha. — Sei que você provocou o incêndio.

MARY

À s 20h07 do dia 26 de agosto de 2008, 18 minutos antes da explosão, Mary estava recostada em um salgueiro, depois de correr pela mata durante um minuto inteiro. "Eu não sei que história é essa", dissera ela, no tom mais calmo possível, quando Janine lhe atirou cigarros, fósforos e um bilhete amassado. Deu meia-volta e saiu andando no sentido oposto. Um pé, depois o outro, cuidando em não apressar o passo, contendo o ímpeto de sair correndo e gritando, com as unhas cravadas nas palmas das mãos e a língua entre os dentes cada vez mais cerrados, *quase* ao ponto de abrir uma ferida e arrancar sangue. Depois de cinquenta passos (ela tinha contado), não aguentou mais e começou a correr, o mais rápido possível — os músculos das panturrilhas ardiam, as lágrimas lhe embaçavam a visão —, até que foi ficando tonta, com as pernas bambas, largou-se junto ao salgueiro e chorou.

Puta, Janine a chamara. *Piranha*. "Você pode bater os cílios, balançar o cabelo e agir feito uma garotinha inocente, mas sejamos honestas, nós duas sabemos muito bem o que você estava fazendo", dissera ela. Ali sentada, longe de Janine — o modelo de mulher em que seu pai desejava que ela se inspirasse, a razão pela qual ele queria vê-la estudando nos Estados Unidos —, era tão fácil pensar em tudo o que ela poderia e *deveria* ter dito. Era Matt quem levava os cigarros. Matt começara os bilhetinhos propondo os encontros. Sim, ela se sentia sozinha ali e era grata pela companhia dele, mas seduzir? *Roubar?* Justo aquele homem, que se disfarçara de amigo antes de mostrar suas verdadeiras intenções, que a segurara e enfiara a língua em sua boca enquanto ela tentava gritar, que montara em cima dela e a forçara a meter a mão em sua calça, a segurar seu pênis com uma força dolorosa e bombear, bombear, bombear?

Mary, no entanto, não dissera nada. Ficara ali parada, ouvindo os xingamentos de Janine, deixando que as palavras penetrassem sua pele, seu cérebro, que criassem raízes. Agora, mesmo ao tentar se convencer de que Janine estava errada, que era Matt o culpado de tudo aquilo, e ela, a vítima, uma vozinha interna sussurrava: ela não tinha apreciado a atenção? Não percebia os olhares dele? Não gostava de sentir-se desejada, talvez até mais que Janine? No dia do seu aniversário, Mary não resolvera vestir uma roupinha sensual e convidar Matt para beber com ela, não havia retribuído o beijo inicial — leve, romântico, exatamente como ela imaginava que seria seu primeiro beijo — e, por um instante, antes da virada sombria da noite, não imaginara um conto de fadas com juras de amor, olhos nos olhos e outros clichês constrangedores e agora impensáveis?

Ela pensara que a humilhação da noite do aniversário tivesse extinguido aquela esperança patética e ingênua, mas a investida de Matt ao longo da semana, escrevendo inúmeros bilhetinhos diários e indo atrás dela no cursinho, reacendera a chama. Ela concordara em vê-lo. Depois de dar umas goladas na garrafa de soju de seu pai para criar coragem e caminhar até o córrego, parte dela, por uma fração de segundo — uma parte pequenina, regida por um pedacinho de cérebro dominado por filmes da Disney —, visualizara Matt parado junto ao córrego, esperando para declarar seu amor, confessar sua desesperada incapacidade de viver sem ela e justificar o comportamento daquela noite como um momento de insanidade que jamais se repetiria, suscitado por um misto de paixão e embriaguez. Naquele instante, com o soju revirando no estômago e o coração disparado, cheio de expectativa, ela viu Janine. O choque do encontro, a torturante percepção de que tudo fora uma armação para que a *esposa* dele a dispensasse! Agora, pressionando a testa no tronco de salgueiro para controlar a pontada de dor atrás dos olhos, a vergonha ameaçando explodir e romper todos os seus órgãos, Mary desejou desaparecer, simplesmente sumir e jamais tornar a ver Matt ou Janine.

Ela, então, ouviu um barulho. Uma pancada distante, vinda da direção de sua casa. Janine. Só podia ser Janine, indo atrás de seus pais para reclamar da piranha que seduzira e perseguira seu virtuoso marido. Ela imaginou os dois à porta, horrorizados, olhando os bilhetes e cigarros nas mãos de Janine, que a denunciava como a garotinha patética obcecada por seu marido. Ao pensar nisso, ela foi outra vez tomada de vergonha e medo, além de outra coisa. Raiva. Raiva de Matt, o homem que transformara sua solidão em algo doentio, depois mentira para a esposa a seu respeito. Raiva de Janine, a mulher que presumira a inocência do marido sem pensar duas vezes, sem sequer ouvir a versão de Mary. Raiva de seus pais, que a afastaram de sua casa e dos seus amigos e a levaram até aquele ponto. Raiva de si mesma, sobretudo, por ter deixado tudo aquilo acontecer sem reagir. Não. Era demais. Ela se levantou e saiu andando em direção à casa. Não deixaria que ninguém a julgasse sem revelar o que Matt havia feito.

Então, caminhando para casa, tomada por um misto de vergonha, raiva por sua própria impotência e uma dor de cabeça, ela viu: um pequeno cilindro branco junto aos fundos do galpão. Um cigarro. Na posição perfeita para causar um incêndio que acabaria com o galpão, destruiria o Miracle Submarine. O incêndio com o qual ela sonhara justamente uma semana antes.

*

A ideia surgira em seu aniversário de 17 anos. Depois de Matt sair correndo, ao fim da noite de bebedeira que terminara com Aquilo (ela não se permitia nomear), Mary se recolheu em seu cantinho entre os salgueiros, recostou-se numa pedra e foi fumando um cigarro atrás do outro, tentando não chorar nem vomitar.

Após o terceiro ou quarto cigarro, largou-o no chão e foi pegar outro. Queria acender o mais depressa possível — precisava da fumaça para neutralizar o cheiro entranhado em suas narinas, uma combinação da doçura enjoativa do Schnapps de pêssego com o odor pungente de sêmen —, mas ao mesmo tempo mantinha cabeça e corpo totalmente imóveis, para que o mundo não começasse a girar e o álcool não revirasse seu estômago. Seus dedos ainda tremiam e era difícil enxergar sem mexer a cabeça, por isso Mary deixou cair o fósforo aceso.

O fogo não pegou; o fósforo caiu perto da margem e se extinguiu depressa. Ao olhar a grama, no entanto, Mary viu uma brasa logo adiante, aparentemente de um cigarro que ela havia largado sobre uma pilha de folhas. Soube que precisava apagar o fogo no mesmo instante, mas algo a impediu. Ela se agachou, observou — ondas crescentes, dançantes, laranja, azuis e pretas — e recordou os dentes de Matt contra sua boca, a língua forçando seus lábios, fazendo-a engolir o *Pare*. Lembrou-se dele encaixando os dedos dela ao redor de seu pênis, usando sua mão para bombeá-lo, cada ida e vinda acompanhada de um grunhido que fedia a pêssego fermentado, e ela engasgando na língua dele, e o jato quente e viscoso de sêmen, que continuava pegajoso mesmo depois de ela esfregar as mãos no córrego até arder, e o arranhão esbranquiçado do zíper da calça dele em sua palma. Ela pensou em como havia sido idiota com as amigas do cursinho, mais cedo. Depois de todas afirmarem que não poderiam ir ao seu jantar de aniversário, ela disse que não tinha problema, que havia marcado um encontro à noite com um cara, um *médico*, e frente à provocação das amigas de que devia ser um coroa pervertido atrás de sexo, disse que ele era um verdadeiro cavalheiro, um amigo, que se importava com ela, escutava seus problemas e também estava vivendo momentos difíceis. Elas riram, chamaram-na de ingênua, e tinham razão.

Mary derramou o restante do Schnapps no fogo. No mesmo instante, as chamas se avivaram, e ela teve um desvario de alegria, pensando que o fogo poderia tocá-la, engoli-la e destruir tudo. Matt, suas amigas, seus pais, sua vida. Tudo.

Quase na mesma hora, as chamas se apagaram, após um breve segundo de expansão pré-morte, e, antes de ir embora, ela conferiu se não havia mais nenhum resquício de fogo. Mais tarde, na câmara, ela sonhara com o incêndio, as chamas se alastrando pelo bosque de salgueiros, engolindo o galpão e destruindo o negócio que os prendia àquela cidade que ela tanto odiava, ao homem que ela queria que desaparecesse. Ao acordar, não voltou a pensar naquilo — tentou esquecer aquela noite, ocupar-se dos estudos para os exames admissionais, a pesquisa de universidades e as opções de moradia em Seul —, mas agora, quase uma semana depois, lá estava, bem diante do galpão: um cigarro despontando de uma pilha de gravetos e folhas secas, tudo posicionado bem no meio de um leque de fósforos abertos. Parecia um presente, uma oferta. Como se o destino a chamasse, a convidasse a acender o cigarro, a seguir em frente, a satisfazer sua exata necessidade naquele momento, poucos minutos depois da humilhação de ver a esposa de Matt chamá-la de vagabunda, acusá-la de perseguir seu marido, de ser dilacerada pela raiva e pela vergonha. *Acenda o cigarro e acabe com tudo.*

Ela foi se aproximando. Devagar, com cuidado, como se caminhasse rumo a uma miragem prestes a desaparecer. Agachou-se junto ao montinho, estendeu a mão trêmula e pegou o cigarro. Em algum recôndito de sua mente, ocorreu-lhe que a ponta estava queimada, como se ele tivesse sido acesso, mas apagado antes de incendiar os gravetos. A pergunta sobre quem e por que só viria mais tarde. Depois de acordar no hospital e durante o ano seguinte, ela vivera consumida por isso. Naquele momento, porém, aquilo não interessava. A única coisa importante era que aquele cigarro *tinha* que ser aceso, os gravetos tinham que pegar fogo. Ela pensou nas labaredas avivadas pelo Schnapps, junto ao córrego, no reconfortante calor do fogo, e desejou sentir tudo outra vez. Precisava daquilo.

Mary pegou a caixa de fósforos, tirou um e riscou. Ele acendeu. Bem depressa, ela acomodou caixa e cigarro no montinho. A caixa de fósforos pegou fogo por completo, e o cigarro foi queimando, a pontinha bem vermelha. Ela sentiu um calor no fundo do peito, aquele mesmo conforto; soprou o fogo com delicadeza, incitando sua expansão, fazendo flutuar em meio à fumaça os flocos cinzentos das folhas secas. Seu rosto esquentou. Ela esperou que todo o montinho ardesse em chamas, então se levantou e recuou, passo a passo, observando o fogo, querendo vê-lo maior, mais quente, desejando que ele destruísse aquela construção decrépita e tudo o que havia lá dentro.

Mary deu meia-volta para retornar à casa, e a magia do momento, a sensação de surrealismo de tudo aquilo, foi-se embora. Já passava de 20h15, então não haveria mais nenhum paciente — sim, ela conferiu que o estacionamento principal estava vazio. Além disso, Janine dissera que o mergulho tinha terminado mais cedo. Mas e se seu pai ainda estivesse no galpão, limpando tudo? Não, o galpão também estava vazio, claro; ele sempre desligava o ar-condicionado *depois* de limpar, e o ar estava desligado, o ventilador barulhento estava quieto, as luzes, desligadas. Mesmo assim, Mary sentiu o coração acelerar ao pensar no que havia feito — incêndio criminoso, crime, polícia, prisão, seus pais —, e ela parou, pensando em voltar atrás e pisotear o fogo antes que saísse do controle.

— Meh-hee-yah. Meh-hee-yah!

O grito veio de dentro da casa, sua mãe obviamente estava irritada por não encontrá-la. Parecia uma rajada de pedras acertando seu peito, seis sílabas cáusticas envoltas pela desaprovação de sua mãe, e na mesma hora Mary se enfureceu outra vez, expulsando a calma que havia sentido ao acender o fogo e sair andando. Ela deu meia-volta e correu.

Quase chegando ao galpão — estava desesperada por um cigarro —, ela viu o pai do lado de fora, ligando para alguém.

— Ah, que bom, eu já ia te ligar — disse ele, erguendo o olhar. — Preciso da sua ajuda. — Ele levou o telefone à orelha e fez um gesto para que ela se aproximasse. — Você sempre pensa o pior dela — continuou, depois de uns segundos. — Mas Mary está aqui, me ajudando. As pilhas estão debaixo da pia, mas é melhor não deixar os pacientes sozinhos. Vou mandar Mary buscar. — Ele se virou para ela. — Mary, vá até lá agora. Leve quatro pilhas grandes para o galpão — disse ele, então voltou ao telefone. — Eu vou liberar os pacientes em um minuto. Não esquece, não é para dizer... Yuh-bo? Alô? Você está aí? Yuh-bo!

Pacientes. Liberar. Galpão.

Essas palavras a invadiram feito um ciclone, fazendo sua cabeça rodopiar. Ela se virou e correu, o mais depressa que suas pernas conseguiam. *Por favor, Deus, por favor, permita que o fogo tenha se apagado. Permita que tenha sido só um sonho, um pesadelo. Permita que eu tenha ouvido mal as palavras do meu pai.* Como poderia haver pacientes no galpão? O último mergulho tinha terminado muito tempo antes, Janine confirmara. O ar-condicionado estava desligado. As luzes estavam apagadas. Os carros não estavam lá. O que estava acontecendo?

Ela não conseguia respirar, não conseguia mais correr, o soju subia quente em sua garganta, o chão balançava, ondeava, ela ia cair, e em algum ponto ao longe sua mãe chamava seu nome, mas Mary continuou correndo. Ao se aproximar do galpão, viu as luzes apagadas. O estacionamento vazio. O ar-condicionado desligado. Estava quieto, tão quieto que ela não conseguia ouvir nada, exceto... Ah, Deus, um barulho dentro do galpão, um som baixo, feito marteladas, e o estalido das chamas vindo dos fundos, consumindo a mata. A fumaça se alastrou por detrás do galpão, e, ao contornar a parede dos fundos, ela sentiu o fogo quente no rosto, tão quente que era impossível se aproximar, por mais que sua mente ordenasse que ela fosse até lá, que se jogasse na parede e apagasse as chamas com o próprio corpo.

— Meh-hee-yah — disse, então, a voz de sua mãe, baixinha e delicada.

Ela se virou e deu de cara com a mãe, de olhos arregalados, como se não a visse havia anos. No instante antes da explosão, antes que seu corpo fosse lançado pelo ar, ela viu a mãe se aproximar de braços abertos. Desejou correr ao seu encontro. Quis abraçá-la, pedir que a mãe a apertasse com força e fizesse tudo ficar bem. Como fazia quando Mary era pequenina, quando ela ainda era sua Um-ma.

YOUNG

Assim que Young acusou a própria filha de assassinato, Mary ergueu os olhos e a encarou, relaxando os vincos do rosto em uma expressão de alívio. A verdade, enfim.

— Isso é loucura — disse Pak, quebrando o silêncio.

Young não olhou para ele; não conseguia desviar os olhos da filha, absorvendo o que via: uma necessidade, um desejo de conexão, de confissão. Quanto tempo havia que as duas não compartilhavam uma intimidade real, um contato para além dos breves olhares trocados no planejamento da logística cotidiana? Era estranho, quase mágico, perceber quanto essa conexão mudava tudo. Até o abismo da linguagem — Young e Pak falando em coreano, Mary sempre respondendo em inglês —, tão estranho no passado, agora se somava àquela intimidade, como se as duas tivessem criado uma linguagem particular.

— O que você está dizendo, exatamente? — perguntou Pak. — Acha que nós estamos conspirando? Que eu organizei tudo e chamei a Mary para fazer a parte mais perigosa?

— Não — disse Young. — Até cogitei isso, mas, quanto mais refletia, mais compreendia… você jamais provocaria um incêndio com gente lá dentro. Eu te conheço. Você nunca seria tão insensível em relação à vida dos outros.

— E a Mary seria?

— Não. Eu *sei* que ela jamais arriscaria a vida de alguém. — Ela afagou o rosto de Mary, apenas um leve toque, para que a filha se sentisse compreendida. — Mas se pensasse que o galpão estava vazio, que os mergulhos do dia tinham terminado, que não havia ninguém lá dentro...

Os vincos no rosto de Mary se dissiparam por completo e lágrimas inundaram seus olhos. Gratidão por sua mãe enfim saber de tudo e, principalmente, compreender. Perdoar.

Young estendeu a mão para enxugar as lágrimas da filha.

— Por isso você ficava repetindo que tudo estava tão quieto. Você repetiu muito isso depois que acordou, e os médicos achavam que você estava revivendo a explosão, mas não era nada disso. Você estava tentando entender por que havia gente na câmara e o oxigênio estava correndo, se estava tudo desligado. Você não sabia da queda de energia.

— Eu tinha passado o dia todo fora — disse Mary, a voz áspera, como se não falasse havia dias. — Quando voltei, o estacionamento estava vazio. Eu tinha certeza de que os mergulhos tinham acabado. Achei que o oxigênio estivesse desligado e a câmara estivesse vazia.

— Claro. O mergulho anterior tinha atrasado, por isso o estacionamento estava cheio e o último grupo precisou parar os carros nos fundos. Quando os primeiros pacientes saíram, o estacionamento ficou vazio. Como é que você ia saber?

— Eu devia ter conferido o segundo estacionamento. Eu sabia que eles tinham estacionado lá de manhã, mas... — Mary balançou a cabeça. — Nada disso importa. Eu provoquei o incêndio. Não foi acidente. Fui eu. Foi intencional. A culpa é toda minha.

— Meh-hee-yah — disse Pak. — Não diga isso. Não foi culpa sua...

— É claro que foi culpa dela — retrucou Young.

Pak encarou a esposa, chocado e boquiaberto, como se não compreendesse a ousadia de Young.

— Não estou dizendo que você queria que alguém morresse — disse ela a Mary —, nem que podia ter previsto isso. Mas as atitudes têm consequências e você é responsável por elas. Eu sei que você sabe disso. Eu te observei, vi quanto você se torturou, tantas lágrimas. Isso está te consumindo, ter que comparecer ao tribunal e ver que as suas escolhas destruíram tantas vidas.

Mary assentiu; seu rosto foi inundado por uma onda de alívio, frente ao reconhecimento de sua culpa. Young compreendia: às vezes, o mais insuportável em relação à culpa era ver os outros fingindo ignorar a responsabilidade do culpado. Era infantil, humilhante.

— Quando eu acordei do coma, no hospital — disse Mary —, pensei que talvez tivesse imaginado tudo. Não era que eu não lembrasse. Eu tinha uma lembrança muito clara daquela noite... Uma coisa aconteceu antes, e eu estava muito aborrecida, como nunca tinha estado na vida, e estava andando perto do galpão, daí encontrei um cigarro e uns fósforos. Eu não planejava fazer nada, mas vi aquilo e parecia... o destino, como se o meu desejo naquele exato momento fosse simplesmente queimar tudo, destruir tudo, e eu senti uma coisa tão boa quando o fogo começou. Fiquei lá vendo, alimentando as chamas, esperando o galpão queimar. — Mary olhou a mãe. — Mas fiquei tão confusa, porque não pensei que o tanque de oxigênio fosse explodir, já que estava desligado, daí fiquei achando que tudo aquilo tinha sido um sonho, uma mistura do coma e das minhas lembranças. E fazia sentido, já que... qual seria a razão de haver um cigarro justo ali?

— Então foi por isso que você não disse nada? Você realmente não sabia? — perguntou Young, com o cuidado de não expressar desconfiança. Ela percebia quanto Mary queria acreditar naquilo, tendo desconsiderado a própria lembrança como um equívoco, até Pak confirmar que o cigarro era real e contar como ele havia ido parar lá.

Mary desviou o olhar, encarando a luz azul adentrar pela janela improvisada. Respirou fundo e olhou Pak, então Young, e abriu um sorrisinho triste.

— Não, eu sabia que era... só besteira minha — respondeu, balançando a cabeça. — Eu sabia que tinha acontecido de verdade.

— Então por que não falou nada? Por que não contou para mim ou para o seu pai?

Ela mordeu o lábio.

— Eu ia contar. No dia seguinte ao que eu acordei, quando o Abe foi me visitar. Mas antes você veio e me falou sobre a Elizabeth, que havia um monte de provas de que ela planejava matar o Henry, e eu achei que tinha mesmo sido ela. Que ela tinha preparado o montinho de gravetos e tinha deixado o cigarro e os fósforos lá. Imaginei que ela tivesse fugido depois de acender, para não estar perto quando o tanque explodisse, mas o cigarro tinha apagado por acidente, talvez por uma rajada forte de vento. Aquilo me fez me sentir tão melhor, como se eu *não* tivesse provocado o incêndio, na verdade. Tinha sido a Elizabeth, *ela* era a culpada, e o fato de eu ter reacendido o cigarro foi só um detalhe técnico, para que desempenhasse a função pretendida por ela.

— E isso te deixou em paz com o fato de ela estar sendo julgada? — perguntou Young.

Mary assentiu.

— Eu me convenci de que ela era culpada e merecia ser julgada, porque tinha sido intencional, e o plano *teria* funcionado se o cigarro não tivesse apagado, por um acaso. Fiquei pensando que ela nem imaginava que outra pessoa tivesse intervindo. Na cabeça dela o plano tinha dado certo, tudo havia saído conforme o planejado. Eu me senti menos culpada, mas daí... — Mary fechou os olhos e suspirou.

— Daí você viu ela, no julgamento — disse Young.

Mary assentiu e abriu os olhos.

— Foi tudo diferente de como o Abe disse que seria. Tantas perguntas foram feitas, e pela primeira vez eu pensei... *Será que não foi ela? Será que outra pessoa preparou tudo aquilo e ela não teve nada a ver com o incêndio?*

— Então foi só nesta semana que você cogitou a inocência dela? — Era isso o que Young imaginara e esperara, mas ela precisava confirmar que sua filha não havia causado mal a uma mulher inocente de forma intencional.

— Isso. Foi só ontem que eu comecei a achar que talvez... — Mary mordeu o lábio, balançou a cabeça. — Que pudesse ter sido outra pessoa, mas ainda achava que na verdade tinha sido a Elizabeth. Então, hoje de manhã, o Ap-bah me contou que tinha sido ele. E eu tive certeza de que ela era inocente.

— E você? — perguntou Young, virando-se para Pak. — Quando foi que você percebeu a culpa da Mary? Há quanto tempo está acobertando sua filha?

— Yuh-bo, eu achava que tinha sido a Elizabeth. Todo esse tempo, nutri a certeza de que ela havia encontrado o montinho e provocado o incêndio. Mas ontem à noite, quando você me mostrou as coisas do galpão, eu fiquei tão confuso. Comecei a ficar desconfiado, mas não conseguia entender qual era a participação da Mary em toda a história. Só de pensar, fiquei assustado, então resolvi proteger a nossa filha. Ela viu o saco quando entrou em casa e me contou tudo hoje de manhã. Daí eu contei a ela que fui eu que preparei tudo na mata, não a Elizabeth. E você ouviu a gente.

Agora, tudo fazia sentido. Todas as peças se encaixavam com elegância. Mas que imagem que formavam? Qual era a solução?

— Eu sei que preciso contar tudo ao Abe — disse Mary, como se em resposta. — Quase fui ao escritório dele no início da semana, para conversar, mas fiquei pensando na pena de morte, e tive tanto medo, e... — Mary contorceu o rosto, tomada de vergonha e arrependimento. De medo.

— Não vai acontecer nada com você — disse Pak. — Se ela for condenada, eu me apresento.

— Não — retrucou Young. — A Mary precisa confessar. Agora. A Elizabeth é inocente. Perdeu o filho, está sendo julgada pela morte dele. Ninguém merece uma dor assim.

Pak balançou a cabeça.

— Nós não estamos falando de uma mãe inocente que não fez nada de errado. Você não sabe o que eu sei a respeito ela. Ela pode não ter provocado o incêndio, mas...

— Já sei o que você vai dizer. Eu sei que você ouviu o papo de ela querer ver o Henry morto, mas eu conversei com a Teresa, que explicou tudo. A Elizabeth não teve a intenção de dizer isso. As duas só estavam conversando sobre sentimentos que toda mãe tem, que *eu* já tive...

— Querer ver o filho morto?

Young suspirou.

— Todos temos pensamentos vergonhosos. — Ela tomou a mão de Mary e entrelaçou os dedos nos dela. — Eu te amo e sofri muito no hospital, assistindo à sua dor. Teria trocado de lugar com você, se pudesse. Mas, de certa forma, eu adorei aquele período. Pela primeira vez em muito tempo, você precisava de mim, me deixou cuidar de você e te abraçar sem se afastar, e eu... — Young mordeu o lábio. — Eu nutri o desejo secreto de que você não melhorasse, para ficarmos um pouquinho mais perto uma da outra.

Mary fechou os olhos e as lágrimas correram por seu rosto. Young apertou sua mão com mais força e continuou:

— Eu não sei quantas vezes nós discutimos, e por um único minuto, eu desejei que você sumisse da minha vida, e tenho certeza de que você pensou o mesmo a meu respeito. Mas, se isso acontecesse de verdade, seria insuportável. E se alguém reunisse esses piores momentos e resolvesse me culpar pela morte da minha filha... Eu não sei como conseguiria viver. — Ela encarou Pak. — É isso o que estamos fazendo com a Elizabeth. Precisamos dar um fim em tudo isso. Agora.

Pak dirigiu a cadeira de rodas até a janela. Ele não conseguia enxergar o lado de fora, pois a abertura era muito alta, mas permaneceu ali, encarando a parede.

— Se nós fizermos isso — disse ele, depois de um minuto —, vamos afirmar que eu provoquei o incêndio, sozinho. A Mary não teria feito nada se eu não tivesse deixado o cigarro lá. O correto é que eu leve a culpa.

— Não — rebateu Young. — O Abe vai ligar os pontos. A Mary, os cigarros, os apartamentos de Seul... Tudo vai vir à tona. É melhor abrirmos o jogo agora. Foi um acidente. Ele vai entender.

— Vocês ficam dizendo que foi um acidente — disse Mary —, mas não foi. Eu acendi o cigarro de propósito.

Young balançou a cabeça.

— Você não pretendia ferir nem matar ninguém. Não planejou nada. Acendeu o cigarro por impulso, no calor do momento. Não sei se isso interessa para a lei norte-americana, mas para mim, sim. Parece humano. Compreens...

— Shh — disse Pak. — Tem alguém chegando. Eu ouvi a porta de um carro.

Young correu para espiar por sobre a cabeça de Pak.

— É o Abe.

— Lembrem-se, fiquem quietas por enquanto. Ninguém fala nada.

Ignorando Pak, Young abriu a porta.

— Abe! — chamou ela.

Abe foi entrando na casa, sem responder. Tinha o rosto vermelho, os cabelos molhados de suor. Encarou Pak, Young e Mary, um de cada vez.

— O que houve? — perguntou Young.

— Elizabeth — respondeu ele. — Ela morreu.

*

Elizabeth, morta. Young tinha acabado de vê-la, de falar com ela. Como ela poderia estar morta? Quando? Onde? Por quê? Young não conseguiu dizer nada, nem se mexer.

— O que aconteceu? — perguntou Pak, com a voz trêmula e distante.

— Acidente de carro, a poucos quilômetros daqui. Ela despencou numa curva que estava com a mureta destruída. Estava sozinha. Nós achamos... — Abe parou. — Ainda é cedo, mas a suspeita é suicídio.

Foi estranho: ela ouviu o próprio arquejo, sentiu os joelhos cederem, percebeu seu choque, seu espanto, mas ao mesmo tempo aquilo não surpreendia. Fora suicídio, claro. O olhar de Elizabeth, o tom de sua voz — repleto de arrependimento, porém resoluto. Em retrospecto — e, se ela fosse honesta, mesmo agora —, era óbvio.

— Eu a vi hoje — disse Young. — Ela falou que estava preocupada. Pediu... — Ela olhou para Pak. — "Por favor, diga ao Pak que lamento muito."

O rosto pálido de Pak foi tomado de vergonha.

— O quê? Quando foi isso? Onde? — perguntou Abe.

— No fórum. Talvez por volta de 12h30.

— Foi bem na hora que ela saiu. Se ela pediu desculpa... Faz sentido. — Abe balançou a cabeça. — Ela teve um surto hoje no fórum... Bom, aparentemente queria se declarar culpada. Meu palpite é que ela estava sem condições de seguir em frente com o julgamento, de tanta culpa. Visto que a defesa estava tentando transferir a responsabilidade para o Pak, faz sentido que ela carregasse uma culpa em relação a ele, especialmente.

Elizabeth, nutrindo culpa em relação a Pak. Morta, por causa daquela culpa.

— Isso significa que o caso está encerrado? — perguntou Pak.

— O julgamento acabou, naturalmente — respondeu Abe. — Estamos procurando uma carta, algo que aponte para uma confissão definitiva. O pedido de desculpa a você, Young, certamente teria peso nisso tudo. Mas... — Abe olhou para Mary.

— Mas o quê? — perguntou Pak.

Abe piscou.

— Precisamos confirmar umas coisas antes que o caso seja oficialmente fechado.

— Que coisas? — perguntou Pak.

— Pontas soltas, umas informações novas que Matt e Janine nos deram.

Seu tom era casual, como se não fosse nada sério, mas Young sentiu um nervosismo ao ver o olhar dele para Mary, como se Abe pretendesse observar a reação dela. Além do mais, a ênfase do tom em "Matt e Janine"... Havia algo nas entrelinhas. Uma mensagem secreta que Mary, pelo rubor de seu rosto, havia compreendido.

— Enfim — concluiu Abe —, vou organizar as coisas e chamar todo mundo para responder umas perguntas. No mais, compreendo o tamanho do choque, sei que é muita coisa para absorver. Mas espero que vocês e todas as outras vítimas possam ficar em paz e seguir em frente.

Vítimas. A palavra esmagou Young, que se forçou a não estremecer. Sentia as pernas fracas. Doloridas, como se tivesse passado horas de pé.

Quando Abe saiu, Young recostou-se na porta, apoiando a testa na madeira bruta e inacabada. Fechou os olhos e recordou o encontro com Elizabeth no fórum, poucas horas antes. Àquela altura, ela já tinha descoberto a culpa de Mary, já sabia que Elizabeth era inocente. Percebeu que Elizabeth se sentia sozinha e envergonhada, e deixou que *ela* pedisse desculpa sem dizer uma palavra. Apesar de todo o discurso de que Mary precisava confessar de imediato e salvar Elizabeth de mais momentos torturantes, quando Young tivera chance de agir, de revelar a verdade a Elizabeth, não o fizera. Saíra correndo. E agora Elizabeth estava morta.

Atrás dela, Pak soltou um suspiro lento e pesado, e outro, e mais outro, como se não conseguisse levar oxigênio aos pulmões.

— Nenhum de nós podia saber... — disse ele, depois de um instante, em coreano, mas sua voz foi morrendo. Dali a mais um minuto, ele pigarreou e prosseguiu: — Talvez a gente devesse falar com o Matt e a Janine, tentar descobrir de que o Abe estava falando. Se conseguirmos descobrir só mais isso, talvez...

Young sentiu uma coceira na garganta. Suave, de início, mas que foi crescendo à medida que Pak seguiu falando sobre o que dizer a Abe, e ela não conseguiu mais aguentar, precisava rir, soluçar, as duas coisas. Cerrou os punhos, fechou os olhos com força e berrou, como Elizabeth berrara no tribunal — tinha sido aquela manhã? —, até perder o fôlego, até a garganta arder. Então abriu os olhos e se virou. Encarou Pak, aquele homem que não gastara cinco minutos lamentando a morte de Elizabeth antes de começar a planejar uma logística de estratégias para encobrir a verdade.

— Fomos nós — disse ela, em coreano. — Nós matamos a Elizabeth, nós provocamos esse suicídio. Você consegue se importar com isso?

Pak desviou o olhar, com o rosto tão contorcido de vergonha, que ela sentiu dor só de olhar. A seu lado, Mary chorava.

— Não culpe o Ap-bah — disse ela. — A culpa é minha. Fui eu que provoquei o incêndio e matei as pessoas. Eu devia ter me entregado na hora, mas não falei nada. E agora a Elizabeth está morta também. Fui eu que causei tudo isso.

— Não — disse Pak a Mary —, você ficou em silêncio porque achou que a Elizabeth havia preparado tudo para matar o Henry. Hoje de manhã, quando descobriu que não tinha sido ela, você quis falar com o Abe. Se eu não tivesse te impedido... — A voz de Pak foi morrendo. Ele fechou os olhos com firmeza e cerrou os dentes, como se fosse preciso muito esforço para não desintegrar.

— Nós todos podemos inventar desculpas — soltou Young. — Até hoje de manhã, vocês dois consideravam que a Elizabeth tinha culpa e merecia punição. Talvez, dado o desenrolar de toda a história, isso até seja compreensível. Mas nada muda o fato de que nós mentimos... uns para os outros e para o Abe. Nós passamos um ano inteiro sustentando inúmeras mentiras, decidindo o que era justo ou não, o que era relevante ou não. Somos todos culpados.

— O que aconteceu foi uma tragédia — disse Pak —, e eu daria tudo para mudar o passado. Mas não é possível. A única coisa que a gente pode fazer é seguir em frente. De certa forma, por estranho que seja, isso foi uma dádiva para a nossa família.

— Uma dádiva? A tortura e a morte de uma mulher inocente são uma *dádiva*?

— Você tem razão. Essa não é a melhor palavra. Eu só quis dizer que não há mais motivo para confissão nenhuma. A Elizabeth morreu. Não podemos mudar isso. Então...

— Então vamos tirar vantagem disso, considerar uma *sorte* que ela tenha se matado?

— Não, mas que propósito haveria em confessarmos agora? Se ela tivesse família, talvez, alguém que fosse afetado por isso... Mas não existe ninguém.

Young sentiu o sangue se esvaindo dos braços e pernas, os músculos perdendo a força. Algo lhe prendia a garganta, sufocando-a feito uma mão invisível.

— Então ficamos calados e fingimos que a Elizabeth provocou o incêndio? A culpa morre com ela, nós pegamos o dinheiro do seguro, nos mudamos para Los Angeles, a Mary vai para a faculdade? É esse o seu novo plano?

— Dessa forma, ninguém se prejudica. A história toda acaba.

— Eu sei que você acredita nisso, mas você também acreditava que seria assim no primeiro plano. Você achou que deixar um cigarro perto do tanque de oxigênio não faria mal nenhum, mas duas pessoas acabaram morrendo. O segundo plano, permitir que a Elizabeth fosse a julgamento... Mais uma morte. Agora você arrumou um terceiro plano que *sabe*, tem *certeza* de que vai dar certo? Quantas outras mortes até você aprender? Não existe garantia de resultados. Tudo começou como um acidente, mas tanto acobertamento nos transformou em assassinos.

Ao sentir a garganta doendo, ela percebeu que estava gritando, e Mary, soluçando. Pela primeira vez, não sentia vontade de aliviar a dor e as lágrimas de sua filha. Queria que Mary sofresse, refletisse sobre seus atos e sentisse uma vergonha insuportável, pois a alternativa significaria o impensável: que ela era um monstro.

Mary apoiou os cotovelos na mesa e cobriu o rosto com as mãos. Young afastou as mãos de Mary do rosto.

— Olha para mim — disse ela à filha. — Você está tentando anular tudo isso com a força do pensamento, feito uma criancinha com medo de pesadelo. Mas não dá para escapar. — Ela olhou para Pak. — Você acha que o nosso silêncio não vai machucar ninguém? Olha a sua filha. Isso está acabando com ela. Mary precisa enfrentar o que fez, e não fugir. Você acha que ela vai ter algum instante de paz se conseguir escapar? Que eu ou você vamos ter paz? Ela vai levar isso para sempre, vai se destruir.

— Yuh-bo, por favor. — Pak se aproximou e pegou as mãos da mulher. — É a nossa filha. A vida dela está só começando. Nós não podemos deixar que ela vá presa e estrague a própria vida. Se o silêncio for uma tortura para nós, que sejamos torturados. É nosso dever como pais, o dever que assumimos quando trouxemos uma vida ao mundo, proteger nossa filha, sacrificar tudo o que fosse necessário. Não podemos entregar a nossa própria filha. Eu prefiro assumir a culpa de tudo. Estou disposto a fazer esse sacrifício.

— Você acha que eu não daria a minha vida cem vezes para salvar a dela? Acha que eu não sei como vai ser doloroso ver minha filha presa, o quanto eu não preferia sofrer isso por ela? Mas nós temos que sustentar a escolha mais difícil. Precisamos *ensinar* a Mary a sustentar a escolha mais difícil.

— Esse não é um dos seus debates filosóficos! — Pak esmurrou a mesa, frustrado, cuspindo as palavras. Fechou os olhos um instante e respirou fundo. — É a nossa filha — repetiu, lentamente, com uma calma forçada. — Não podemos mandá-la para a cadeia. Eu sou o chefe desta família, sou responsável por nós. A decisão é minha e eu decido que não vamos dizer nada.

— Não! — retrucou Young, virando-se para Mary e tomando suas mãos. — Você já é uma adulta. Não por ter completado 18 anos, mas por tudo o que passou. A decisão é sua, não minha nem do seu pai. Eu não vou facilitar para você; não vou ameaçar contar ao Abe, se você não for. É você que tem de fazer a escolha difícil. Fale com o Abe ou não, é você que sabe. A responsabilidade é sua, a verdade é sua.

— Se ela não disser nada, você não vai fazer nada? Vai deixar o Abe encerrar o caso?

— Vou. Mas, se você se calar, eu vou me afastar. Não quero ter nenhuma relação com esse dinheiro. E não vou mentir. Se o Abe perguntar, não vou revelar o que você fez, mas *vou* afirmar com certeza absoluta que a Elizabeth não provocou o incêndio e vou limpar o nome dela. Pelo menos isso ela merece.

— Mas ele vai perguntar quem foi. Vai perguntar como é que você sabe — retrucou Pak.

— Eu digo que não posso contar. Me recuso a responder.

— Ele vai te forçar. Ele vai te botar na cadeia.

— Então eu vou para a cadeia.

Pak soltou um suspiro pesado e exasperado.

— Não tem necessidade disso. Se você só...

— Para — disse Young. — Eu cansei desse cabo de guerra. — Ela se virou para Mary. — Meh-hee-yah, isso não é um embate entre mim e o seu pai. Você não precisa escolher um lado. Essa batalha é sua, você tem que decidir sozinha o que é certo e tomar a sua própria decisão. Você me ensinou isso. Lembra? Na Coreia, você tinha 12 anos, era só uma criança, falou que sabia que eu não queria me mudar para os Estados Unidos e perguntou como eu conseguia seguir cegamente a decisão de outra pessoa a respeito da minha vida. Eu te dei uma bronca, te mandei obedecer ao seu pai, mas senti vergonha. E tanto orgulho de você. E ultimamente andei pensando muito a respeito disso. Se eu tivesse falado alguma coisa naquela época...

Young baixou o olhar e balançou a cabeça. Correu os dedos pelo cabelo de Mary.

— Eu tenho fé em você. Você sabe como é viver em silêncio. Sabe o alívio que sentiu quando enfim revelou a verdade. Uns dias atrás, quando eu falei sobre o dinheiro do seguro e a sua ida para a universidade, você me perguntou como eu podia falar nisso, com o Henry e a Kitt mortos. Pense nisso. Pense na Elizabeth. Reúna forças a partir disso.

— Nada que a gente faça vai trazer ela de volta — disse Pak. — Você está pedindo à Mary que destrua a vida dela por nada.

— Não é nada. Fazer a coisa certa significa muito.

Young se levantou, afastou-se dos dois, marido e filha, e foi andando em direção à porta. Um pé, depois o outro, esperando que Mary a impedisse, que gritasse *espera, eu vou com você*. Mas ninguém disse nada, ninguém fez nada.

Estava um dia claro lá fora. O sol brilhava tanto, que ela precisou apertar os olhos, e o ar estava denso e úmido, como sempre ocorria nos fins de tarde de agosto. O céu estava límpido, ainda sem sinal da tempestade que chegaria dali a algumas horas. A pressão e o calor do sol a pino iam aumentando, até que o céu irrompia numa tempestade de dez minutos, suficiente para aliviar a pressão e promover uma noite mais refrescante. No dia seguinte, o ciclo recomeçava.

Do lado de dentro, ela ouviu as vozes abafadas. Afastou-se, sem querer escutar o que Pak devia estar dizendo, mandando que Mary tivesse paciência e esperasse Young recobrar a o juízo. Caminhou até uma árvore próxima, um carvalho gigante de tronco nodoso, feito as cicatrizes de antigas feridas.

Atrás dela, a porta se abriu, com um rangido, e passos se aproximaram. Ela seguiu encarando a árvore, temendo o que veria no rosto da filha. Os passos cessaram. Uma mão apertou seu ombro, com uma pressão leve.

— Estou com medo — disse Mary.

Young se virou, com os olhos cheios d'água.

— Eu também.

Mary assentiu e mordeu o lábio.

— O Ap-bah falou que, se eu confessar, ele vai falar que fez tudo de propósito, por causa do dinheiro, e vai desmentir a minha história, falar que eu inventei tudo para fingir que tinha sido acidental. Disse que, se contar essa versão ao Abe, vai acabar sendo condenado à pena de morte.

Young fechou os olhos. Pak era esperto. Ameaçando a filha com outra pena de morte, a dele próprio. Ela abriu os olhos e segurou as mãos de Mary.

— Nós não vamos deixar isso acontecer. Vamos contar tudo ao Abe, incluindo a ameaça do seu pai. Ele vai acreditar em você. Vai ter que acreditar.

Mary piscou com força. Young esperou que ela chorasse, mas a menina esgarçou os lábios em um sorriso sofrido. De repente, uma lembrança: Mary pequenina, talvez cinco ou seis anos, dando um ataque. Young dizendo, muito devagar, que estava decepcionada com ela, ao que Mary tirara um lencinho da penteadeira, enxugara as lágrimas e abrira um sorrisinho. "Olha, Um-ma, não estou mais chorando", dissera, com a expressão contida, tal qual agora. Young abraçou a filha com força.

— Você vem comigo? — perguntou Mary depois de um instante, com a cabeça ainda no ombro de Young. Pela primeira vez naquele dia, falou em coreano. — Não precisa dizer nada, mas só vem ficar do meu lado?

As lágrimas sufocaram as palavras de Young, e ela não conseguiu fazer nada além de abraçar a filha com força, acariciando seus cabelos e assentindo. Dali a pouco, afastaria o corpo um pouco, só um pouquinho, ajudaria Mary a se levantar, diria que a amava e que sentiria orgulho em acompanhá-la na revelação da verdade, por mais dolorosa que fosse. Diria que sentia muito por ter falhado, por tê-la deixado sozinha por tantos anos em Baltimore, por não tê-la defendido, e que ficaria a seu lado para sempre, se possível. Faria as perguntas ainda não feitas, contaria as histórias ainda não ditas. Faria tudo isso, dali a pouco — em um minuto, uma hora ou um dia. Naquele instante, porém, ficar ali parada, sentindo o peso do corpo de sua filha, a respiração quente em seu pescoço... era tudo de que ela precisava.

DEPOIS

Novembro de 2009

YOUNG

Ela se sentou num toco de árvore, do lado de fora do galpão. Ou melhor, onde ficava o galpão até a véspera, quando os novos donos demoliram os escombros e removeram tudo, pedacinho por pedacinho. Havia restado apenas o submarino, jazido sobre o chão, esperando para ser levado a um ferro-velho, um emaranhado de ferro e cabos em meio à grama e às árvores, o perfeito cenário de um filme de ficção científica.

Aquela era a hora do dia preferida de Young. De manhã bem cedinho, quando a noite ainda se imiscuía ao dia. O luar brilhava, mas não totalmente. Só uma nesguinha, lançando um levíssimo brilho ao submarino. Ela não enxergava por completo os chamuscados, as bolhas na pintura, os recortes pontudos do vidro quebrado das janelas. Via apenas a silhueta, que àquela luz (ou melhor, falta de luz) parecia idêntica à do ano anterior, quando a estrutura ainda reluzia com a pintura fresca.

Às 6h35, a câmara ainda era um contorno sombreado, mas a distância o céu ia clareando. Ela olhou as nuvens, o toque rosado no fundo cinza, e recordou a desorientação que sentiu ao ver as nuvens no voo de Seul a Nova York em sua primeira viagem de avião. Pela janela, vira sua terra natal desaparecer, enquanto o avião subia e penetrava uma densa camada de nuvens. Ao emergir, encantou-se com a beleza e constância das nuvens — a uniformidade nas variações, os padrões no aparente caos — que se estendiam pelo horizonte. Olhou a asa de metal, balançando de leve ao roçar as bordas difusas das nuvens, fatiando à perfeição aquelas flores de algodão, e sentiu o vislumbre de algo errado, como se não pertencesse ao céu. Parecia arrogância. Rejeitar seu lugar natural no mundo e usar uma máquina exótica para desafiar a gravidade e deslocar-se para outro continente.

Às 6h44, o céu adquiriu um leve arroxeado, derrota da noite negra pelo sol. Já era possível ver um chamuscado na câmara, mas a penumbra o fazia parecer uma sombra, talvez um musgo crescendo no metal e transformando a máquina em parte da paisagem.

Às 6h52, o céu exibia um azul delicado, feito o quartinho de um recém-nascido. A pintura esverdeada do submarino, que antes tinha um brilho molhado, agora estava tomada de manchas.

Às 6h59, feixes brilhantes penetraram a espessa folhagem e atingiram em cheio o submarino, como se todas as luzes do palco se concentrassem na grande estrela do espetáculo. Durante um breve segundo, a estrutura foi envolta num halo de luz fortíssimo, que encobria suas imperfeições. Young, porém, manteve o olhar fixo, forçando as pupilas a se contraírem, e viu a prova do crime: tudo preto, carbonizado; o vidro da janelinha derretido, feito lágrimas; o tanque todo envergado, como um velho apoiado numa bengala.

Ela fechou os olhos e respirou. Ar para dentro, para fora. Embora fizesse mais de um ano, o cheiro de cinzas e carne queimada ainda envolvia a carcaça do tanque, imiscuído ao orvalho da manhã, fazendo subir um fedor de carvão. Ou talvez fosse a imaginação dela. Sua consciência, informando que pequeninas partículas lhe invadiam os pulmões e que ela estava, naquele momento, inspirando as células das pessoas incineradas naquela câmara.

Ela olhou para o córrego. Não conseguia ver a água, escondida atrás da mata de folhas vermelhas e amarelas espalhadas sem qualquer ordem, como se crianças pequenas tivessem saído a esmo com latas de tinta para colorir as árvores. Imaginou Mary sentada atrás daquelas árvores, os pés bem pertinho d'água, fumando com Matt Thompson, certa noite sendo imprensada por ele, atacada, então, em outra noite, sendo agredida verbalmente por sua esposa, chamada de piranha. De puta.

Era engraçado: antes da confissão de Mary — ou melhor, das confissões, visto que ela precisara repetir inúmeras vezes para Abe, o defensor público e o juiz que proferira a sentença do processo pelos crimes de homicídio doloso e incêndio criminoso —, Young acreditava que ela precisava aceitar qualquer punição recebida. No entanto, agora que a filha e Pak estavam presos, Young refletia se era mesmo justo que a menina amargasse anos na prisão — dez, no mínimo —, quando tantas outras pessoas que haviam contribuído para o curso dos acontecimentos daquela noite não tinham sofrido qualquer consequência. Sim, Mary provocara o incêndio. Mas não teria feito se Janine não tivesse mentido, dizendo que o mergulho havia terminado e Matt havia ido embora. Não teria *conseguido* se Pak não tivesse deixado o cigarro e os fósforos no ponto onde deixara. E Matt... Ele era a raiz de todo aquele mal: sem Matt, sem seus atos e mentiras para com Mary e Janine, elas não teriam feito o que fizeram na noite da explosão. Até o cigarro que Pak acomodou sob o tubo de oxigênio era de Matt, tirado da pilha de guimbas no toco da árvore. Ainda assim, a lei considerara Janine mera espectadora, não lhe imputara qualquer culpa. E Pak e Matt não foram punidos pela participação no incêndio em si; Pak foi condenado a 14 meses de prisão, e Matt, a uma pena suspensa com liberdade condicional, ambos por perjúrio e obstrução de justiça. Ela ficou sabendo que Matt e Janine estavam se divorciando, o que era um certo consolo; por mais que tentasse, o tratamento que Matt dispensara à sua filha era o único ato sem punição naquilo tudo que Young não conseguia perdoar.

Ela própria, sobretudo. Tantas coisas deveria e poderia ter feito de outra forma, em tantos momentos daquela trajetória. Se tivesse ficado no galpão e desligado o oxigênio a tempo. Se não tivesse passado um ano inteiro mentindo para Abe. Em especial, porém, se tivesse confessado tudo a Elizabeth naquele último dia. Ela contou tudo isso a Abe, alegando que também merecia ser presa, mas ele considerou suas atitudes "tangenciais" e recusou-se a prestar queixa.

Às sete, seu relógio apitou. Era hora de embalar o resto das coisas. Nessa exata hora, naquela manhã, as manifestantes haviam chegado, dando início à sequência de eventos. Ela não as culpava exatamente. Mas, se elas não tivessem aparecido, Henry, Kitt e Elizabeth estariam vivos. Pak não teria provocado a queda de energia, os mergulhos não teriam atrasado, o oxigênio estaria desligado e todos já teriam ido embora no momento em que Mary acendeu o fogo, o que ela não teria feito, a bem da verdade, pois Pak não teria deixado cigarro algum em lugar algum.

Essa era, ao mesmo tempo, a melhor e a pior parte: todos os acontecimentos haviam sido a consequência não intencional dos erros de uma boa pessoa. Teresa, certa vez, contara que a razão de sua insônia, o que a impelia a seguir procurando uma cura, era a certeza de que não era destino de Rosa ser daquele jeito. Se fosse um problema genético, ela aceitaria. Mas Rosa era saudável e adoecera por conta de algo que não deveria ter acontecido — uma doença não tratada a tempo. Era inatural, evitável. Da mesma forma, Young quase desejava que Mary tivesse feito tudo de caso pensado. Na verdade, não, pois naturalmente não queria que Mary fosse uma pessoa ruim, mas de certo modo era pior saber que sua filha era uma boa pessoa que havia cometido um erro. Era quase uma conspiração do destino, uma manipulação *exata* dos eventos daquele dia, induzindo Mary a acender aquele fósforo. Algumas peças precisaram se encaixar: a queda da energia, os atrasos nos mergulhos, o bilhete de Matt, o confronto de Janine, o cigarro de Pak. Se uma dessas coisas não tivesse acontecido, Elizabeth e Kitt estariam naquele momento levando Henry e TJ para a escola. Mary estaria na faculdade. O Miracle Submarine ainda estaria em funcionamento, e ela e Pak teriam um dia inteiro de mergulhos pela frente.

Mas é assim que a vida funciona. Cada ser humano é resultado de um milhão de fatores diferentes. Um entre um milhão de espermatozoides chega ao óvulo num dado instante; um milissegundo antes ou depois, teria nascido uma pessoa totalmente diferente. As coisas boas e as más — cada amizade ou romance surgido, cada acidente, cada doença — resultam da conspiração entre mil outras coisinhas, intrinsecamente inconsequentes se analisadas em separado.

Young caminhou até uma árvore vermelha e pegou as três folhas mais vivas que encontrou no chão. Vermelho, para dar sorte. Imaginou como estaria aquela mata dali a dez anos, quando Mary saísse da prisão. Ela teria

28 anos. Ainda poderia fazer faculdade, apaixonar-se, ter filhos. Ter um futuro. Enquanto isso, Young seguiria visitando a filha toda semana — se os últimos meses haviam trazido algo positivo, fora o renascimento e o aprofundamento da relação entre as duas. Ela compartilhava com Mary seus textos de filosofia preferidos da época da faculdade, que elas debatiam durante as visitas, feito um clube do livro para dois; Young falava em coreano, e Mary, em inglês, suscitando olhares intrigados das outras detentas.

Com Pak fora mais difícil, sobretudo no início. Young ainda guardava raiva de sua teimosia, mas procurava visitá-lo regularmente, e a cada visita percebia nele uma postura mais suave, um crescente arrependimento e a aceitação de sua responsabilidade não apenas pelo incêndio e pela morte de Elizabeth, mas pela tentativa de silenciar Young e a filha. Com o tempo, talvez, ficasse mais fácil ver Pak, falar com ele. Perdoá-lo.

Teresa chegou e estacionou junto ao maquinário de construção — uma grua, segundo os operários. Estava sozinha.

— A Rosa está com as suas amigas da igreja? — perguntou Young, recebendo-a com um abraço.

— Está — disse Teresa. — Temos *muita* coisa a fazer hoje.

Era verdade. Young já tinha levado quase todos os seus pertences para o quarto de hóspedes de Teresa ("Pare de chamar de quarto de hóspedes, é o *seu* quarto agora", Teresa insistia em dizer), mas as duas ainda precisavam concluir algumas tarefas da lista de Shannon para a cerimônia de inauguração, marcada para o meio-dia. Desde o artigo do *Washington Post*, na semana anterior, o número de confirmados havia triplicado, e agora incluía o grupo de mães de autistas da área de Washington, D.C., várias antigas famílias do Miracle Submarine, Abe e sua equipe, todos os detetives e *suas* equipes, além de — surpresa de última hora — Victor. Claro, fora Victor quem viabilizara todo aquele esforço, ao acabar (em uma reviravolta bizarra) recebendo em herança o dinheiro de Elizabeth. Ele dissera a Shannon que não queria, que Elizabeth teria desejado empregar o dinheiro em uma boa causa, talvez um projeto relacionado ao autismo, e pediu a ajuda de Shannon. Shannon foi consultar Teresa, e as duas, com o auxílio de Young, estavam inaugurando a Casa do Henry, uma "base" não residencial para crianças com necessidades especiais, com oferta de terapias, creche e colônias de atividades aos fins de semana.

— Eu trouxe uma coisa — disse Teresa, entregando uma bolsa a Young. Dentro havia três retratos, em molduras idênticas, de madeira marrom-escura. Elizabeth, Henry e Kitt, com seus nomes e datas de nascimento e morte gravadas na parte de baixo. — Achei que pudéssemos deixar no saguão, debaixo da placa comemorativa.

Um nó se formou na garganta de Young.

— É lindo. E muito apropriado.

À frente delas, os homens se preparavam para erguer a câmara. Ao observá-los circundar a estrutura com um cabo, Young recordou o ano anterior, quando outros homens depositaram a câmara naquele exato ponto e soltaram as amarras. Pak planejava chamar a empresa de "Centro de Bem-Estar de Miracle Creek", mas, ao ver que a estrutura era igualzinha a um pequenino submarino, ela disse: "Miracle Submarine". Virou-se para Pak e repetiu. "Miracle Submarine... Vai ser esse o nome." Ele sorriu e confirmou que era um bom nome, bem melhor, e ela sentiu uma empolgação ao pensar nas crianças ali dentro, respirando oxigênio puro, seus corpinhos sendo curados.

A grua apitou, suspendeu a câmara, deu um giro e posicionou-a sobre um caminhão. O braço foi baixando. Quando a estrutura metálica tocou o assoalho do caminhão, também metálico, fez-se um rangido alto, e Young estremeceu. Encarando o chão de cascalho, ela sentiu uma dor no peito, que irradiou por todo o corpo. Tantos planos, tanta esperança... Tudo destruído.

Enquanto os homens prendiam a câmara ao caminhão, Young olhou os retratos na bolsa e pensou na Casa do Henry. Vidas perdidas, uma dor profunda... Ela e sua família jamais seriam capazes de recompensar tudo isso. Mas ela veria TJ todos os dias; levaria e buscaria o menino na Casa do Henry, cuidaria dele entre as terapias e daria um respiro a seu pai e suas irmãs, aliviando a vida de todos um pouquinho. Trabalharia ao lado de Teresa, ajudando-a nos cuidados com Rosa e outras crianças como ela, TJ e Henry.

Teresa segurou sua mão. Young fechou os olhos, sentindo o suave calor da mão da amiga na sua mão esquerda, a alça macia da bolsa na direita. O caminhão estrondeou e apitou outra vez. Ela abriu os olhos. Próximo ao trecho de terra morta e ressequida, longe da carcaça do submarino que se afastava devagar, uma mudinha de flores silvestres, amarelas e azuis, resistia. Ao olhar as flores, ela sentiu o desespero ceder lugar a um sentimento ao mesmo tempo mais leve e mais pesado. *Han*. Não existia palavra equivalente em outra língua, não havia tradução. Era um sofrimento e um pesar devastadores, tristeza e nostalgia profundas, que penetravam a alma... mas com um toque de resiliência, de esperança.

Ela apertou a mão de Teresa e sentiu a amiga retribuir. As duas permaneceram juntas, de mãos dadas, observando o Miracle Submarine desaparecer a distância.

AGRADECIMENTOS

O primeiro livro acumula muitas dívidas, e a maior delas vai para o meu marido, Jim Draughn, que desempenhou inúmeros papéis ao longo de todos os estágios de meu processo de escrita: leitor, ouvinte, editor, conselheiro, consultor de cenas de tribunal, chefe de cozinha e motorista, além de preparador e servidor de cafés, omeletes, martínis e o que mais eu precisasse ter em meu cantinho de escrita para concluir cada capítulo. O que eu teria feito sem você? Não teria escrito este livro, isso é fato. A bem da verdade, não teria escrito nada; foi você quem me revelou, há alguns anos, que eu era escritora. Obrigada por me fazer acreditar nisso e por me dar as ferramentas e o espaço para tentar.

Susan Golomb, minha agente extraordinária e *superstar*, obrigada por recolher uma novata desconhecida da pilha de originais largados na editora, por acreditar neste livro e defendê-lo com tanta paixão. Você, além de Maja Nikolec, Mariah Stovall, Daniel Berkowitz e Sadie Resnick, da agência Writers House, me apoiou e guiou todos os passos de meu caminho.

Sarah Crichton, editora e *publisher* mais inteligente que alguém poderia ter: você *compreendeu* este livro — que empolgação senti na nossa primeira conversa! — e soube exatamente o que era preciso para levá-lo cada vez mais adiante. Obrigada por me impulsionar. E, à incrível e magnífica equipe da FSG, em especial Na Kim, Debra Helfand, Richard Oriolo, Rebecca Caine, Kate Sanford, Benjamin Rosenstock, Peter Richardson,

John McGhee, Chandra Wohleber e Elizabeth Schraft: obrigada por transformarem minhas palavras em um belo livro, do qual sempre me orgulharei.

Ao diretor de vendas da FSG, Spenser Lee, minha gratidão por ter abraçado e defendido este livro. Às minhas agentes publicitárias, Kimberly Burns e Lottchen Shivers: nosso trabalho juntas apenas começou, mas tive muita sorte por ter mãos tão competentes guiando-me por todo o processo. Obrigada a Veronica Ingal, Daniel del Valle e a toda a equipe de vendas, marketing e publicidade, pelo intenso trabalho para trazer este livro ao mundo.

À minha equipe de redação — Beth Thompson Stafford, Fernando Manibog, Carolyn Sherman, Dennis Desmond, John Benner e o membro honorário estrangeiro, Amin Ahmad —, obrigada por permanecerem comigo ao longo de múltiplos manuscritos e revisões, desde a absurda primeira versão até as provas diagramadas. E pelo prosecco. Não esqueçamos o prosecco.

Marie Myung-Ok Lee, cuja generosidade não conhece barreiras, apresentou-me a todos os escritores, editores e agentes de sua considerável esfera de amigos. Às queridas amigas Marla Grossman, Susan Rothwell, Susan Kurtz e Mary Beth Pfister, minhas primeiras leitoras e maiores entusiastas, obrigada por atenderem a inúmeros telefonemas desesperados e aos mais variados pedidos de ajuda, de ideias de títulos a seleções de fotos promocionais. Vocês são as irmãs que eu escolhi e as melhores amigas que alguém poderia ter.

Muitas outras pessoas me ajudaram a conceber este livro. Nicole Lee Idar, Maria Acebal, Catherine Grossman, Barbara Esstman, Sally Rainey, Rick Abraham, Mary Ann McLaurin, Carl Nichols, Faith Dornbrand e Jonathan Kurtz, que me ofereceram críticas céleres e honestas. John Gilstrap e Mark Bergin, que responderam com paciência minhas perguntas sobre explosões e impressões digitais. (Quaisquer erros remanescentes, sem sombra de dúvida, são de minha responsabilidade.) Annie Philbrick, Susan Cain, Julie Lythcott-Haims, Aaron Martin, Lynda Loigman e Courtney Sender, que me ajudaram a navegar o misterioso mundo dos agentes literários e *publishers*. E Missy Perkins, Kara Kim e Julie Reiss, que me abasteceram de vinho com grande frequência. Junto com o clube do livro Sem Pressão, Sem Culpa e o grupo de mães unidas para caminhadas, vocês me deram um apoio muito bem-vindo e colaboraram para a minha sanidade.

Por fim, aqueles que têm um lugar especial em meu coração. A meus pais, Anna e John Kim, Um-ma e Ap-bah, obrigada por sacrificarem a vida na Coreia para trazer nossa família a esta terra estrangeira, em prol do meu futuro. Sua abnegação e seu amor me comovem e inspiram. Helen e Philip Cho, Ee-mo e Ee-mo-boo, que nos abrigaram nos Estados Unidos: eu não estaria aqui sem vocês, literalmente. E, aos meus três garotos: obrigada por aguentarem diariamente o caos e a loucura da minha vida de escritora, por me encherem de abraços e beijos (às vezes por livre e espontânea vontade!) e abastecerem minha escrita ao me permitirem acessar uma gama de emoções humanas — de preocupação cega e frustração furiosa a um amor e uma proteção quase insuportáveis — a cada dia, às vezes de hora em hora. Eu me orgulho de vocês todos os dias. Amo vocês. Vocês são os meus milagres.

Então, fechando o círculo, retorno a Jim, meu primeiro e último leitor, meu amor, meu parceiro. Sei que já disse isso, mas vale repetir: sem você não há nada. Obrigada, amor. Sempre.

DIREÇÃO EDITORIAL
Daniele Cajueiro

EDITOR RESPONSÁVEL
André Marinho

PRODUÇÃO EDITORIAL
Adriana Torres
Júlia Ribeiro
Adriano Barros

REVISÃO DE TRADUÇÃO
Carolina Vaz

REVISÃO
Letícia Côrtes
Mariana Bard

DIAGRAMAÇÃO
Douglas K. Watanabe

Este livro foi impresso em 2021
para a Trama.